U0034061

墮落門

沉淪澳洲的中國男人

沈志敏——著

人活在這個世界上，

經常搞不清楚自己的身份。

我是誰？

——老謝語

目次

引言

老謝是生活在現實裡的人，老謝又是夢中之人，老謝有時候搞不清楚自己是處在現實之中還是在睡夢裡。老謝在夢中還要打呼嚕，老謝為他夢中出現的圖景激動，也為夢中的情景而後悔。「如果沒有夢，人還活著幹什麼？」老謝說：「這句話是絕對的百分之百的真理，比馬克思主義的真理還要真理。」老謝下過鄉，做過工，也做過教師，老謝引以為榮的職業是教師。老謝說在中外歷史上，許多偉人都擔任過老師，後來就成為帶領廣大人民群眾走上一條金光大道的導師了。老謝當然沒有這麼偉大的志向，也不能說一點也沒有，老謝也有出人頭地的想法，不然吹起牛也不會一套又一套的。

老謝出了國，老謝變成了黑民，老謝又被關進移民局的大牢，老謝搖身一變拿到了澳洲永久居留。老謝結過婚，老謝又不得不離了婚。老謝是一個平凡的人，而老謝卻偏偏要走不平凡的路，平凡和不平凡就像兩個雞蛋碰撞，蛋殼碎了，流出一堆黏糊糊的蛋清和蛋黃，這就是老謝的人生悲喜劇。滾圓的雞蛋有點浪漫主義色彩，就像每個人的心裡都藏著一份浪漫主義的情懷；吃在嘴裡的雞蛋，卻是一股兒現實主義的味道。但雞蛋畢竟是雞蛋，雖然不是大魚大肉，和米飯菜蔬還是有點區別的。老謝也一樣。老謝是生活在現代的人，但是按照現代人的標準，老謝又是即將過去的人，和新生代隔著八九條代溝，他想跳也跳不過去。可是老謝不死心，他還要無休無止地想望將來。老謝在國外混的並不怎麼樣，卻一心想混出個人模狗樣，於是，為了滿足老謝的要求，上帝讓老謝莫名其妙地發了財，讓他衣錦還鄉光宗耀祖了一回，回到澳洲，老謝又糊裡糊塗破了產。老謝罵道：「發根他媽。」這句罵人的話裡面有兩成意思，發根是洋人的國罵「Fucking」的諧音，「他媽」是國罵的主要成分，把洋罵和國罵結合起來是老謝的獨家的發明。「發根他媽」音調罵不響，用北京口音吐出來還帶有點唱腔，聽起來也不像罵人的話，所以洋人聽不懂，中國人也弄不清楚，以為說的是某人「孩子他娘」的意思，不過有一些海外華人還是能夠聽懂的。老謝的態度是，不管別人是否聽懂，他自己能夠聽懂就好。其實老謝的意思也是有道理的，因為在很多情況下，罵人並不一定是去激怒別人，而是在安慰自己。就像阿Q罵別人是自己的兒子，其目的也是一種心理安慰。老謝連罵人的話也這樣不清不楚，可見他的人生道路混來混去，也像是在一條泥濘的道路上，拖泥帶水，亂七八糟的。

時間能淘汰老謝的生命，時代卻無法淘汰老謝混跡海外的形象。

一、老謝喜歡吹牛侃大山

1

謝常家之所以被稱為老謝，並非他二十幾歲下鄉回城的時候就開始前額光禿，腦頂髮謝，也不僅僅他姓謝，最主要的原因他就是老謝。猶如作家老舍筆下的張大哥是一切人的大哥一樣，老謝也差不多是一切人的老謝，親戚朋友大人小孩全稱他為老謝。這決不是誇大其詞，空穴來風，而是有根有據的。想當年，有人稱呼他父親老謝，也有人開始喊謝常家為老謝，於是他們謝家就出現了兩個老謝。有人上門一叫喚，兩個人同時轉過頭，這事就有點麻煩。所以兒子老謝就不喜歡待在家裡，常常出去串門子，侃大山。胡同裡的一群狐朋狗友見他來了，馬上說：「讓座、讓座，老謝來了。」中間最好的位置就是他的了，更有熱心者給老謝倒茶點煙，老謝就喜歡這種氛圍，這種屬於老謝式的氛圍，他喜歡人家叫他「老謝」。有時候，老謝還提一根竹笛，給大夥吹一曲「騎馬挎槍保邊疆」，笛聲悠悠，老謝能吹會侃在酒仙胡同裡是出了名的。

老謝住在北京城，皇城根下，他認為自己是比較有檔次的人，老謝的檔次不是在今天，而是在很久很久以前。據老謝獨家考證，他的先人應該是東晉十六國時期的大貴族謝安，也就是說，謝家最風光的時候，應該是距今一千六七百年以前。有兩句古詩為證：「舊時王謝堂前燕，飛入尋常百姓家。」這「謝」字就是指謝家。老謝的父親是有點文化的，給兒子和女兒起的名字裡面就包含著這層意思，謝常家還有一個妹妹，名字叫謝飛燕。

青年時代的老謝正巧碰上偉大領袖號召知識青年上山下鄉，說句實話，老謝的父親對於這種號召是有點看法的，想為兒子另謀出路，但那時候上面傳下中央首長的指示，說什麼「上山下鄉」的政策十年不變。老謝的父親對這種政策無可奈何，他是吃過苦頭的人，不敢亂說亂動。胡同裡的居委會主任帶人敲鑼打鼓上門來了兩回，問道，老謝怎麼還賴在城裡吃閒飯？如果第三回敲鑼打鼓上門，老謝就和「破壞上山下鄉」的罪名很接近了。於是，老謝就在他父親的安排下，奔赴河南老家虎頭縣謝家村去務農。老謝屬於知識青年，在廣闊天地裡大有作為，在家鄉做過赤腳醫生和農村小學教師之類。也就在那時候，他開始掉頭髮。這並不是他用腦過度，教貧下中農的孩子識幾個字，用不了他幾個腦細胞。後來老謝回城後才想起那個山村裡的水質非常可疑。因為虎頭縣城裡有一家小化肥廠，廢水都排泄在一條名叫柳葉河的河流裡，柳葉河不長，出了縣城，在虎頭山下的謝家村前轉了一道彎，就流進了柳條江裡。那時候村裡人的吃用都靠這條河，村裡不少人年紀輕輕就掉頭髮，當時科學不發達，大家都沒有意識到這回事。

老謝坐在開山引水造田的虎頭山上，望著層層梯田，產生了一個美好的設想，將來如果自己發跡，一定要為家鄉做點好事，他在山頭上吹了一曲笛子，清脆的笛子聲引來了一群嘰嘰喳喳的鳥兒。這根笛子也是父親老謝傳給他的。

後來老謝是頂替父親回北京的，在那家小醬油廠裡做工，老謝的父親是從副廠長的位置上退下來，老謝在這家胡同小廠做了兩年工人，當然沒有發跡。那時候剛恢復高考，雖然老謝有點文化根底，北大清華等名牌大學的門檻太高了，高於上青天，謝常家跨不進，他在農村裡也缺乏溫習數理化的條件，再說他打心底裡就沒有欣賞過那兩句話「學會數理化，走遍天下都不怕」。他認為走遍天下主要靠的是上下兩層嘴皮子。於是就在離家不遠的一家剛開辦的夜大學裡混了一段時間，拿到畢業證書後，通過關係和後門，就幹上了中學語文教師這一行，也就是幾十塊錢工資，不過正好發揮了他能說會道的特長。他在酒仙橋中學和學生混得很熟熱，學生一口一個「謝老師」「謝先生」。老謝想，我，一個下鄉知青怎麼就混成了首都北京的人民教師呢？他心裡那個得意勁就像吃了他非常愛吃的炒豆子。

老謝有許多業餘愛好，比如繪畫書法，還會吹幾聲笛子。老謝的老婆就是在美妙的笛子聲中被老謝引誘上鈎的，那時候，胡同裡老謝的笛子聲一響，妮娜就來聽吹笛，那時候妮娜還不是老謝的老婆，妮娜是一個單純的青春少女，是胡同裡的一枝花。老謝吹了一曲茉莉花，圍在一起的哥們就起哄著讓妮娜唱歌，妮娜喜歡唱那首剛學來的流行歌曲〈恰似你的溫柔〉。

老謝就和妮娜眉來眼去，溫柔來溫柔去。以後兩個人有了進一步的行為，去北京的積水潭公園幽會。其中的一次幽會被公園裡多管閒事的聯防隊員給抓了，在一連串的訓斥聲中，老謝抬起頭來，義正詞嚴地說：「我倆是青年男女正當談戀愛，你們是吃飽了撐著。」那聯防隊的老傢夥也念念有詞道：「正當戀愛就可以亂摸嗎？這裡是中國的公共場所，不是香港也不是美國。」老謝認為這話講得有點意思，就問：「你的意思是，在美國或香港的大街上就可以亂摸了？」老傢夥也沒回過神來，就說：「那還要看摸的是什麼人，在資本主義國家也不是你想摸誰就摸誰的？如果在外國大街上，你瞅見一個金髮女郎就上去摸，這成什麼體統？」老謝進一步轉入反攻：「你老一定去過美國，至少也去過香港，去資本主義大街上摸過女人，不然不會知道的這麼具體。」老頭來氣了，「我在說你呢，你剛才那兩隻手放在這個女人的什麼地方，誰知道你們兩個是正當戀愛還是在搞腐化？」老謝也來火了，非要拉著這個老頭去聯防隊辦公室找他們的領導說清楚，去派出所也可以，天下總得有個說理的地方。

在公園辦公室裡，領導把情況問清楚了，這位戴眼鏡的領導同志還算比較有策略，把老謝和那個老頭都批評了。批評老謝的意思是：在談戀愛的時候手也不能亂放，該放什麼地方就放什麼地方，如果將來戀愛談不成，你的那雙手不是便宜佔得太多了嗎，又不能把你的那雙手砍了。老謝認為領導就是領導，說話有水準，說的不是沒有一點道理。批評那老傢夥的意思是：做工作要調查研究，毛主席說沒有調查就沒有發言權。老傢夥不服氣，說他注意老謝和那個年輕女同志在公園裡已經搞了好幾次了，特別是這個男的，一到那個樹底下的角落裡手就沒有停過，這事情還要怎麼調查才算清楚？就是毛主席來調查也是這麼一回事。老傢夥還說他反覆研究過了，說老謝不僅僅是動手動腳的毛病，而是思想問題，是受到了腐朽沒落的剝削階級的思想影響。比如，以前有首下流民歌叫什麼「十八摸」

老謝說：「你唱給我聽聽，我還不知道呢，哪十八摸？」

老傢夥喉嚨又響起來：「聽見沒有，這就是他的思想根源。」

老謝喉嚨也響起來，說：「男女戀愛，以前有現在有將來也有，這是人生之過程，大自然的發展規律，怎麼就腐朽沒落了？」

老傢夥說：「我談戀愛的時候就沒有碰過我老婆一個指頭，因為那時候我老婆還不是我老婆。不是老婆怎麼能夠隨隨便便亂碰呢，碰來碰去會出大事情。」老謝問他會出什麼大事情？老傢夥就說：「我看的多了，男的女的在公園裡摸來摸去，還沒有結婚，女的肚子就被摸大了，這也是一個規律。公安局和不少單位都到我這兒來調查過這些亂七八糟的事情，以前有的人還被戴上壞分子的帽子。現在雖然壞分子帽子是沒有了，但肚子大起來的事情比以前更多了。」

老謝說：「我女朋友妮娜現在就站在你面前，你看她肚子大起來沒有，要不要去檢查一下？」老傢夥說：「我又不是醫生，要檢查送醫院去檢查，送公安局去檢查也可以。」

戴眼鏡的領導一拍桌子說：「你們還有完沒完？統統給我滾出去。」

老謝滾出辦公室後，就在想，在國外的大街上，男人和女人到底可以親熱到什麼程度？也許這就是一種潛意識神不知鬼不覺地潛到了老謝的內臟裡。因為當時老謝還沒有意識到自己將來也會有一天走在外國的大街上。

這事情發生以後，老謝就提高了認識，認識到老是在一個地方談戀愛也是不行的，容易引起別人的誤會，以後他倆打一槍換一個地方，逛遍了北京附近的各個公園。而謝妮娜也進一步認識到，老謝摸她是賺了便宜，而她摸老謝在世人看來仍然是讓老謝佔便宜，摸來摸去，終歸是老謝得便宜，要想討回這些便宜已經是不可能了。只有徹底嫁給老謝，才算是沒有讓老謝討便宜。再說她對老謝本來就有幾分敬仰和崇拜，認為老謝是一個文化人，嫁給老謝不算吃大虧，吃點小虧也就認了。但她父母頗有微詞，說老謝家又不是什麼名門望族，老謝頭禿發謝也算不上是個大知識分子，再說，老謝和妮娜的年齡相差七八歲，也太多了一點，閨女好歹也是胡同裡的一枝花，還怕嫁不出去。但今天女孩子都有叛逆心理，父母越反對，她就越要做，父母說老謝是臭豆腐，妮娜就說老謝是香餑餑，她非要咬一口香餑餑，這是他們年輕人的戀愛自由。

老謝說：「誰敢阻擋年輕人的戀愛自由，就是螳螂擋車，最終會被歷史的車輪碾得粉碎。」不過，那時候老謝上下班騎一輛飛鴿牌自行車，無法用自行車輪碾他未來的老丈人和丈母娘。如果老謝駕駛一輛坦克車，那情況就嚴重了。

沒過多少時間，謝妮娜就在這種朦朦朧朧的意識支配下，被老謝抱進了新婚洞房。這下老謝能夠放心大膽地摸了，是十八摸還是一百八十摸，反正妮娜身上每一寸肌膚老謝都狠狠地摸到了家，也不用怕什麼聯防隊員。不過婚房的左邊大屋裡住著父母，右邊的小屋裡住著沒有出嫁妹妹謝飛燕，老謝和妮娜也不能太放肆，就是說不能發出太大的聲響，老謝的手指一邊在妮娜上肢下體的光滑的皮膚上一寸一寸地游動，一邊在妮娜的耳朵邊悄聲說：「此時無聲勝有聲。」妮娜回答道：「無聲你還說什麼話呀？」不過，妮娜還就是喜歡老謝的這種小幽默。老謝又在熱被窩裡說：「大珠小珠落玉盤。」

當老謝三十四五歲的時候，老謝和妮娜還沒有孩子。妮娜也姓謝，兩個謝湊在一塊了，這是天意，老謝就叫他老婆為小謝，妮娜叫他還是老謝。妮娜在當時還是一個比較時髦的女性名字，妮娜不但時髦，而且開明開放，具有戰略家的眼光。她認為老謝的潛力遠遠沒有開發出來，守在家裡也不知道什麼時候才能開發出一個孩子，與其這樣守在老婆身邊吹吹笛子，還不如出去闖蕩一番，她動員丈夫出國開創一番大事業。那時候越來越多的北京人忙出國。老謝的潛意識被小謝喚醒了，「大丈夫焉能一世默默無聞，應該幹出點光宗耀祖的事情來，當年王謝家的堂前燕，能飛入百姓家，如今這燕子為什麼不能再飛到大福大貴的人家裡呢？」這時候妹妹飛燕出嫁了，嫁給一個北京大學的年輕教師。

於是，老謝就開始做準備，晚上去參加英語進修班，一大清早天沒亮就起來，在大院裡搖頭晃腦的背英語單詞，把鄰居家的自行車也撞倒了，鄰居說老謝抽風了。白天在學校裡教書的事，老謝能混則混，不像以前，一上講臺特來勁，學生們也喜歡聽謝老師在課堂上翻唇弄舌。學生們議論紛紛，說謝老師病了。老謝為了辭掉班主任的差事還和校長吵了一場，說什麼做班主任一學期才十多元錢津貼，還買不上一條好煙。校長說：「你以前說沒有津貼也願意帶班，現在是腦子進水了還是其他什麼原因，政治思想覺悟去了哪兒？你的入黨報告還在我的辦公桌裡擱著呢，你認真考慮考慮。」

那些日子，謝妮娜在鐵鍋裡炒了幾斤豆子，讓老謝一邊朝嘴裡扔一顆豆子，一邊背一個英語單詞，老謝特別喜歡吃炒豆子，這是他在農村時養成的嗜好，因為豆子既是糧食也是閒食。就在這時候中國發生了「六四」運動大事件。老謝在家裡坐不住了，北京城這麼熱鬧，他怎麼能袖手旁觀？老謝憂國憂民的精神勃發，一天到晚騎著自行車在天安門廣場轉悠，瞧著人山人海，旌旗如林，他一會兒扎進左邊的人群裡議論國事，一會兒闖進右邊的人群裡發表政見，雄心勃勃，大鳴大放，照他運用古人的話來說：就是處江湖之遠則憂其君。他以天下為已任，好像下一屆總書記的寶座應該請他去坐一坐。

回到胡同裡，他在那群哥兒們中間一坐，就更了不得了，高談闊論，縱論天下，好像他已經成了國務院總理，給在座的每位哥們都指定了一個部長的職位，說如果現在是他老謝當道，立馬提出上中下三策，力挽狂瀾，他能如何處理當今國事，平息這紛亂的局面等等。這時候，似乎他已經處在坐廟堂之高則憂其民的地位，這是因為老謝前幾天在學校的課堂上，正在給學生們講古代范仲淹的〈岳陽樓記〉。於是老謝把酒仙胡同當作岳陽樓，對著那幫哥們長歎短吁道：「這些日子我是飯也吃不下，覺也睡不好，進也憂，退也憂，先天下之憂而憂，嗚呼哀哉，形勢這樣發展下去，中國的前途怎麼辦啊？」幾天後的一個晚上，他聽見的槍聲乒乒乓乓就像他老婆炒豆子的聲音，老謝慌不擇路，飛鴿自行車扔在長安街上，回來大哭了一場，哭得謝妮娜抱住他的腦袋。

老謝第二天去扔自行車的地方，瞧見那輛自行車已經被坦克車壓成幾段碎片。老謝終於明白什麼叫被碾得粉碎的道理，他沒有尋找到救國救民的道路，不得不為自己找了一條出路。不久後，就像當年他趕上了下鄉務農一樣，趕上了一陣白嘩嘩的出國潮來，於是就把老謝捲到了南半球的澳大利亞海灘上。

2

老謝來澳洲後，先在遙遠的西邊佩斯混了幾個月，雖然那兒也是鳥語花香，但地廣人稀，就像老謝頭上的頭髮。老謝在英文學校裡沒有學到幾句英語，口袋裡的用幾千塊人民幣換來的幾百塊澳幣已經花得差不多了，再給那個鳥語花香的語言學校交學費做貢獻，老謝認為自己真成大傻了，還不如用那錢餵鳥呢？

但簽證已經過期，大事不好，老謝罵一聲「發根他媽」，這一句是虛指，沒有特定對象，只是表達出老謝來到澳洲後的不滿情緒。問題的關鍵是老謝學會了開口罵人，老謝以前擔任人民教師的時候，是不隨隨便便罵人的，這說明老謝開始墮落，開始走下坡路。

老謝滑腳開溜，溜到大城市悉尼來混飯吃。在離悉尼市六七十公里的一個叫石頭鎮的地方找到一份工作，那是一個大公司下面的宰牛廠。這個廠有五六百個工人，每天都要宰殺千百頭牛，這個廠已經有上百年的歷史，老謝照此推算，在這個廠裡被宰的牛，數量加起來，比澳大利亞全國人口還多，真是殺性四起，血流成河。照老謝的話說：殺得少，大家都不高興。老闆不高興是錢賺得少了；工人不高興，是因為不少臨時工沒活幹，沒錢掙，就得回家。不過，那些沒有被宰掉的牛們好像高興得不得了，亂哄哄地在牛欄裡叫著，蒼蠅在牛頭和牛頭中間飛舞著。

老謝就是在肮髒的牛皮車間幹活的臨時工。老謝回家就是回到他和阿廣和另一名鬼佬索羅門合租的一套舊住宅。肥頭大耳的阿廣是從廣東來的肥佬，他在宰牛車間幹活，身上的工作汗衫老是血淋淋的，老謝就叫他「恐怖分子」，不過幹恐怖這一行的，錢也掙的多，是他們三個中間工資最高的。那個被稱為鬼佬的也是一名外來客，是從非洲坦塞尼亞來到澳洲混飯吃的黑人索羅門。索羅門說他最怕見血，他被分配在最輕鬆的黃油車間，錢是少了一點，但他的那張黑臉和奶白色的黃油相映成趣。

「大家都是混飯吃，地無分南北東西，人無分黑種白種和黃種，這已成了當代世界的潮流。大概古代世界的潮流也是這樣，不然的話，地球北邊的大不列顛的子孫也不會糊裡糊塗地混到地球南邊的澳洲來是不是？據《山海經》裡說，幾千年前咱們中國的老祖宗就來過澳洲。幾百年前，三寶太監鄭和也光臨過這片土地。那獼猴桃小白菜不全是從中國移植過來的嗎！」這會兒老謝已經在破沙發上翹起二郎腿吹開了，左手一杯茶熱氣騰騰，右手一支煙煙霧嫋嫋。

在老謝牛皮哄哄吹噓自己是什麼一千多年前的貴族後代時，索羅門就說自己是酋長的兒子，而阿廣說自己以前的老婆是廣州軍區副司令的女兒，那是百分之百的。老謝就說：「輸給你們，你們都是現代派，我是個老古董。」

「酋長在非洲有一萬年了。」索羅門的意思是自己的家族比老謝的家族更加古老，更加高貴。他的腦袋後面編著許多小辮子，說話時露出一排白牙。老謝說索羅門露出門牙時最好看，就像一排整整齊齊的坦塞尼亞的鐵路，老謝還記得當年中國援助坦塞尼亞造鐵路的事情。索羅門也說中國人和坦塞尼亞人是老朋友。於是兩個人也就成了友誼加兄弟的哥兒們。不過，他和索羅門交流，除了幾句簡單的英語加上各種各樣的手式，畢竟有許多文化差異，談不透，吹不深。

老謝身處國外，心還是中國心，他比較喜歡和阿廣胡侃神吹各種各樣的秘聞佚事。老謝吸了一口煙，問阿廣：「有一件事你知不知道？」

阿廣也是見多識廣之輩，副司令員的前女婿這時候正在將一個牛蹄，一包藥材扔進大鍋，說要煲一鍋大補湯讓老謝和索羅門嚐嚐，說能滋陰壯陽，行房事如魚得水。雖然他們如今幾個男人住在一套破房子裡，也沒有什麼房事可行。然後，阿廣就在老謝對面坐下，也點上一支煙：「老謝，你應該問，世界上還有什麼我不知道的事情？」

「阿廣，告訴你一個中央政治局級別的秘密。林彪怎麼死的知道嗎？那個小林不是摔死在什麼蒙古的溫都爾汗的草原上，而是被打死在中南海老毛家的前院裡。（老謝唯一稱別人老的，就是稱毛澤東為老毛）。這檔案要到一百年後才解密。」

「那你怎麼知道的？」阿廣去揭開鍋蓋，牛骨頭湯開始沸騰。

「我家鄰居，和我一起玩的那位哥們在八三四一部隊做保鏢，就駐紮在中南海裡面。話說老毛南巡回來，聽說林彪和他兒子要窩裡反，就讓周總理把林彪等人請來，等他們一走進前院，早就埋伏在那兒的部隊一陣機槍亂射，把小林給報銷了。當時，我那哥兒們就在場，還握著六五式衝鋒槍射了幾發呢。」

「真的？」阿廣兩眼發直。

「當然是真的。」老謝從沙發上站起來，一副不可否定的權威模樣，數了數煙盒裡的煙捲，又點上一支。

「那三叉戟飛機是怎麼會事？說林彪先要飛廣州，那時候我老丈人還是軍區副司令，和林彪合不來，用高射炮對著天空，林彪就改主意朝北飛了。」阿廣也有他的論據。

「什麼飛南飛北都是胡扯，你前老丈人又不是政治局委員，知道什麼屁事。要我說辦那點事還不容易，把幾具屍體搬上飛機，找一個喝醉酒的飛行員，再給他吃幾粒迷幻藥，讓他飛上天空，摔在哪兒是哪兒，這會正摔在蒙古的溫都爾汗的草原上，要是摔在莫斯科紅場的克里姆林宮頂上，我們偉大領袖才高興呢。」

阿廣兩個招風耳朵顫動著，將信將疑，又發問道：「如果那個飛行員在天上轉了幾圈，糊裡糊塗地飛到天安門上面掉下來怎麼辦？要是飛到中南海毛主席的房子上面掉下來。」

「你不要打岔好不好。」老謝繼續發揮道，「除了小林林彪外，還有那位蠢兄陳伯達。說什麼陳伯達跟隨林彪純粹瞎掰，難道陳伯達在官場上混了這麼多年，還不知道忠於老毛比忠於小林重要。陳伯達遭殃的原因在於他家鄉的一塊石頭。」

「一塊石頭？」阿廣的一對招風耳朵又豎立起來。這時候湯裡的那股兒藥材味道彌漫屋裡。

「那是一塊大石頭，原來安放在陳伯達福建老家的院子裡，照算命先生的話說，這塊圓石是奠基之石，又是壓邪之石，四處來犯之力，八方侵襲之氣全聚在這塊石頭之下，統統被壓住，久而久之，化陰為陽，去邪歸正，又變成了他家地氣，使他家香火旺盛了好幾代。文化大革命時候破四舊，來了幾個力大無窮的農人將這塊石頭給砸碎了，地氣盡散，活該陳伯達倒楣，這叫道高一尺魔高一丈，所以小陳就遭了殃。」

「哪個小陳啊？」阿廣嚐了嚐牛骨頭湯的味道。

「你還沒有聽清楚啊，自己想想。」老謝又點上一支澳洲產的「魂飛爾」牌香煙，吸一口，將話題從歷史長河中拉回到現實中，「我看哪，最近小江還算把國家搞得不錯，又是抓經濟又是抓腐敗，看來小鄧培養小江是有點眼光，以前我老謝怎麼就沒有看出來。」

「你說的小鄧小江又是誰呀？」阿廣丈二和尚摸不著頭腦。

「你還算不算中國人啊，小江小鄧都不知道，小江江澤民小鄧鄧小平嘛。唉」老謝又歎了一口氣道：「就是小基小鮑還沒有個准，搞得我們心裡慌慌沒有譜，早知道這樣，還不如在國內混呢，我的幾個朋友都在國內混上什麼總經理了。」

「什麼雞鴨魚肉，海鮮鮑魚全弄上來了，你到底在說誰啊？」阿廣越聽越不明白。

「你在澳大利亞這幾年也算是白待了，小基嘛，總理基挺，小鮑嘛，移民部長鮑格斯。」

「有你這麼說的嗎？人家鬼佬也沒有稱呼什麼老的小的。」

「那就叫Little（小）基，Little鮑，不就行了。」老謝強詞奪理。

「你這Little基Little鮑的，中國人聽不懂，鬼佬也不明白。」

「管他們明白不明白，只要我老謝明白就行了。」老謝得意洋洋地吐了一口煙。阿廣聽了此等言語只能翻白眼了。

在外面轉了一大圈買了一本色情雜誌的索羅門回到家，瞧見老謝還在高談闊論，大聲叫喚道：「Too much talking（話說得太多了），老謝。」諸位看官，連鬼佬也叫他老謝是不是。

二、老謝生理上的壓抑和心理上的墮落

1

那天，老謝在宰牛廠掛完牛皮回家。

哦，這裡需要說明一下，老謝在牛皮車間幹的就是掛牛皮的活計，鐵架子車上滿滿一車從宰牛車間運來的牛皮，蒼蠅在上面飛舞，血水在下面滴淌。老謝要把這又濕又沉的新鮮牛皮一張一張地掛到腦袋上方的鐵鉤子上，鐵鉤子下有小鋼輪，按在一人多高的鋼軌上，老謝掛上牛皮，再把牛皮沿著鋼軌推進冷藏間。這一車還沒有掛完，下一車又運來了。你說老謝瞧著這一張又一張的生牛皮，心理和生理能夠不壓抑嗎？他傻愣愣地瞧著那一大堆牛皮，嘴裡嘟嘟囔囔地不知道在叨念什麼，大概是說這牛皮不是吹的，牛皮是掛的是推的等等。

工頭巴比扣踏著大皮靴走過來，那大皮靴肯定是用牛皮做的，可見牛皮在這個世界上有各種各樣的用途，可吹可推可以做皮鞋，還可以做大皮箱，女人手裡的小包，穿在女人和男人身上的漂亮的皮茄克。在老謝手上被推的牛皮儘管粗糙，搖身一變，就能變出許多花樣。巴比扣瞧見老謝呆頭呆腦的模樣就說：「What the fuck are you saying？you are too fucking slow。」（你他媽的嘴裡在說什麼呢，你他媽幹得太慢了）平時他的每一句話裡都有一個「發根」，這話也不能算是罵人，就象某些國人嘴裡的口頭禪「媽的」。

老謝回過神來，就學著巴比扣的腔調說，用英語說：「發根他媽，你瞧見沒有，我他媽的今天掛了多少牛皮了。以前我在農村的時候一天他媽的也沒有幹過這麼多活。」

「你他媽幹這點活算什麼，我年輕的時候一天要幹十六個小時。以前這個宰牛廠不光是宰牛，宰豬宰羊宰袋鼠，他媽的什麼都宰……」巴比扣來了勁，給老謝進行回憶對比，「瞧見沒有，廠區裡有許多廢棄的鐵軌，那時候火車直通廠裡，一拉來就他媽的幾十車的皮，牛啊豬啊羊啊宰都宰不完，不加班加點怎麼行？有一次我幹了兩天兩夜四十八小時。我他媽的在這個牛皮車間都混了二十幾年。」

「那人幹活，不就像奴隸一樣。」老謝趁機和巴比扣侃上了。

「他媽的，人幹活就得像奴隸一樣。」巴比扣很得意自己的嘴裡能說出一句像格言一樣的話語。

「那這兒不成了監獄了？哦，幹了二十幾年你還活著，這個廠裡有沒有宰過人吧？」老謝最喜歡這樣侃下去，最好是再來一杯茶一支煙。

「這裡本來就是監獄，幹活必須發瘋一樣地幹，幹活中間流水線停下來，讓你休息五分鐘，這他媽的就像監獄裡放風，明白嗎？」巴比口講得頭頭是道，越講越得意，「和監獄不同的是，老闆每天給你錢，還有下班以後，放你出門，晚上回去喝喝酒和女人雞狗雞狗。男人只要雞巴沒有被割掉就行了。」說到下流話，巴比扣哈哈大笑起來。這時候胖妞萊絲走過來，胖妞幹的活很輕鬆，是在電子秤上給牛皮過磅。巴比扣叫一聲「達令」，摟住她的腰，朝電子秤那邊走去。

老謝又開始拚命幹起來，這一車又一車的牛皮都是他的活計，不幹完是不能下班的。

2

下班後，老謝拖著疲憊不堪的腳步朝廠門口走去，這廠區也太大了，從牛皮車間走到廠門口有一裡地。再從廠門口走到火車站又有二裡地。

老謝走到火車站上，點起一支煙，剛吸了兩口，那個小鬼妹又上來討香煙。小鬼妹才十五六歲，抽煙上癮，口袋裡又掏不出幾個錢，所以見到老謝就像見到救星一樣。雖然老謝平時省吃儉用，每抽一支煙都要瞅著煙盒數一下，不過碰到這個性感漂亮的小鬼妹就沒有招了。今天小鬼妹穿著袒胸露臂的緊身裝，更透出幾分誘人的氣息，她理所當然地接過煙捲。

老謝喜歡用火柴而不喜歡用打火機，「吱」一聲，老謝為她點上煙，兩眼卻直勾勾地盯著小鬼妹的胸脯，口水雖然沒有流下，火柴已經燃到手指。小鬼妹驕傲地吐出一口煙，像勾魂似地朝老謝瞟了一眼，「What do you think？」（你認為如何）老謝吹了吹手指，「Very nice，very nice。」（非常漂亮，非常漂亮）小鬼妹對老謝笑著說，「You only looking，don't touch。」（你只能看，不能摸）老謝也笑起來，「Why？」（為什麼）小鬼妹臉朝那兒一轉，「If you touch，my boyfriend not happy。」（如果你摸了，我的男朋友會不高興）

「這小鬼妹是什麼意思，好像她還是挺願意讓我摸的，卻將責任推到男朋友身上。老謝斜眼朝那邊一看，果真有一個金頭髮的小夥子虎視眈眈地瞧著這邊，老謝的手就像被鐵鉗夾住了一般，不敢亂伸。他又想起北京積水潭公園裡那個聯防隊的老傢夥，不由笑了起來。

老謝在中國是有家有室的人，到了海外孤身一人，燥熱難熬也在情理之中。老謝在吹牛侃大山時喜歡說古道今，談國際國內的大事，可是阿廣和索羅門老喜歡說女道男，低級趣味，這就使老謝不得不受到一定影響。

當老謝下了火車，抄近路穿過購物中心，在一家華人開的雜貨店買了一份華語報，又去洋人的報紙店花了兩元錢買了一份六合彩「Tattslotto」，老謝叫它「抬死駱駝」，老謝聽阿廣說過，這種「死駱駝」彩票要是中獎，最高時能得上千萬澳幣的獎金，最低時也能得幾百萬獎金。阿廣還說，有一個中國留學生在窮得走投無路時，用最後五元錢去買一根繩子上吊，走了幾家商店都沒有買到結實的繩子，走出門恰好一家彩票店撞在眼前，咬咬牙買了一份「抬死駱駝」，晚上就中了五百萬獎金，一下子變成了留學生的首富。照阿廣的意思是，走過路過不要錯過，每星期花幾元錢小錢買一張「抬死駱駝」是很有必要的。老謝覺得這種思路是對的，兩元錢不就是買一張車票的錢嗎，再說老謝也很少花錢買車票，省下錢買一份「抬死駱駝」還是應該的，說不定哪天就讓老謝撞上大運，讓老謝成為留學生中的第二位中獎者。

老謝要是中了大獎那還了得，有了五百萬一千萬，他的感覺就會像老人家站在天安門上說中國人民站起來了，老謝是從地球南部的澳大利亞站起來了，就是天翻地覆概而慷的意思，就是翻身當家做主人的感覺，就是實現了沒有做老闆就發大財的夢想。因此「抬死駱駝」也成了老謝和阿廣之間經常討論的話題，阿廣說中了獎，就請老謝吃遍世界上的各種美食。

老謝說你們廣東人就知道吃，如果我中了獎，和你一起去周遊世界。阿廣說，我和你一起去周遊世界有什麼意思，你又不是什麼靚妹子。

老謝買了報紙買了彩券，想著各種各樣的好事，兩條細腿麻木不仁地朝前走著，冷不防踏在前面一個人的皮鞋後跟上，抬頭一看，是一個頭髮稀疏的鬼佬，頭髮稀疏和頭髮稀疏是不一樣的，那張佈滿皺紋的臉起碼比老謝大二十歲，老謝連忙道一聲對不起，側眼一瞧，是一位打扮得山青水綠的中國女郎，女郎白嫩的手臂挎在鬼佬毛茸茸的手臂上。老謝頓時肚子裡冒出一團火，嘴裡吐出了一個髒字「狗屎」。這對中洋情侶以為老謝腦袋瓜有毛病，拔腿就走，女的還用國語扔下一句話「神經病」。老謝嘴裡也用國語不清不楚地罵著：「發根他媽，讓鬼佬操，不讓咱同胞操，豈有此理。」於是老謝感到大腿中間有了反應。

3

老謝回到自己那幢破房子裡，走進廳裡，只聽見隔壁的屋子裡傳來了咿哩哇啦Oh Yes、Oh Yes的男歡女叫的聲音。老謝隔著門縫細聽了一會，好像是老黑索羅門和一個女人在屋內搞情調。「發根他媽，什麼時候老子也去搞一個雌貨來。」老謝慾火如同被扇子搧了幾下，越燒越旺。

不一會，那扇門打開了，老謝一個腳步跨到破沙發邊，拿起報紙，正襟危坐。

「哈嚕！」一個金髮女郎毫無羞色地走出門來，趾高氣揚地走出門去。黑不溜鰍的索羅門對女郎做了一個飛吻狀。索羅門轉過身，白多黑少的眼睛對老謝一笑，得意洋洋地吹噓道，這是他剛剛勾上手的從阿美里加來的小娘們，還說自己床上功夫如何好，打遍天下美女無敵手。這使老謝羨慕不已。

「老謝，你為什麼不去找一個女朋友？」索羅門關心地問道。「我有老婆。」老謝無可奈何地搖搖頭。「老婆不在，可以找女朋友。」索羅門很認真地說道，又告訴老謝一條消息，阿廣也把女朋友搞到手了，也是一個金髮女郎。

「真的？」老謝吃了一驚，阿廣那傢夥真鬼，從沒有對自己吐露過半個字，一定要仔細盤問盤問。「唉，每個男人都能搞到女朋友，就數我沒有能耐，連點腥味也聞不到。」老謝想著想著，越發可憐自己。「不過，沒有女人也好，女人事多，有女人就會有麻煩，女人是禍水……」老謝採取了阿Q的精神勝利法，他打開報紙，想把自己的注意力轉到那份《華語報》上，一條報導馬上吸引住他的眼球，有一位華裔女子提出：「和西方人上床，十個洋男人，有八個都很厲害，兩個馬馬虎虎；和自己的同胞上床，十個中國男人有八個都不行，兩個馬馬虎虎。」「發根他媽。」老謝肚子底下的一股氣又升了上來，這裡的中國女人能找到十個八個鬼佬上床，這裡的中國男人比女人多，但有幾個中國男人能把十個八個金髮鬼妹子弄上床的？還有，老謝又想自己到了這個年齡，還沒有在老婆小謝的肚子裡種出一個兒子來，就感到有點底氣不足。自己到底行不行，還是屬於馬馬虎虎呢？

這個事情老謝以前也考慮過好幾回，這行不行的原因，到底是在他老謝身上，還是在謝妮娜身上，這誰也不清楚？當時，老謝和小謝誰也沒有說開，也沒有去醫院檢查一下，都怕檢查出來的結果責任在自己身上。那時候，老謝以哲學家的口吻對老婆說了一句話：「讓時間來證明一切吧。」妮娜聽了莫名其妙。

晚上，阿廣一進門，身上那套西服上就先鬧出一股香水味。老謝扔下報紙，急不可待地問道：「據革命群眾索羅門反映，你有一個重大問題需要交代。」

阿廣抽下脖子上的領帶，「老黑說什麼了？」

「你已經把女朋友搞到手了。」

「濕濕水啦，陰陽平衡嘛。」阿廣滿不在乎地和老謝講起男女之事，誰和誰是一對，誰和誰又搞上了，誰和誰剛上過床，誰和誰剛換過情人。老謝說：「我發現你這一類消息知道得忒多？你不會是幹拉皮條出生的吧？」他倆就這一話題探討了兩個多小時，邊上，索羅門翻著色情雜誌，不時地把一張張光屁股的圖片送到他倆眼前，要求他倆進行評頭論足。

4

當夜，老謝躺在破床墊上做了一個美夢，他在國外賺了一筆錢回國去做生意，不知怎的去了北京城裡開起一家京都大妓院。那妓院樓高三層，最上面一層，由劉小慶鞏麗葉子美葉玉卿等大牌電影明星領銜接客，接待的貴賓是國外來訪的首腦和國內部長以上的大官們；第二層也是美女如雲，接待的都是大腕大款級別的人物；最底下一層才按照澳洲的標準，八十元錢半小時的價格，接待普羅大眾……

京都大妓院開張那天，嫖客如雲，圍觀的人更是人山人海。國家領導人紛紛傳來賀電，小江主席送來的賀詞是：「與民同樂。」小李總理的指示是：「寓教於樂，堅持正確的政治方向。」那北京市長陳西同更是帶著一幫人登門道賀，握著老謝的手說：「老謝啊，你為北京人民辦了一件大好事啊，辦了一件大好事啊。」頓時大廳內音樂驟起，掌聲如雷。牆上老毛的詩詞：「天生一個仙人洞，無限風光在仙峰。」十四個龍鳳飛舞的大字金光閃閃，耀眼傳神。

誰知道開張儀式進行到一半，那位抓經濟的朱副總理讓秘書打來電話，「老謝同志，希望你早日成為北京城裡的交稅大戶。」一聽此話，老謝就光火了，「這錢還沒有掙到，就想要我交稅，不交，我一分錢也不交……」這一氣將老謝從夢中氣醒了，他越想越不對勁，黨和國家領導人正在中國帶領廣大人民群眾建設精神文明，掃黃反腐敗，怎麼能容許我老謝開什麼京都大妓院？還有那些大牌明星們，都是精神文明的建設者，怎麼可能跑到此等場所來混飯吃？荒唐，太荒唐了。老謝在被窩裡狠狠扭了一把自己的大腿，質問自己道：「這些低級趣味，黃色下流的東西是從哪兒鑽到我腦袋裡來的？」整整一夜，老謝輾轉反側，反省著自己，看來自己的腦海深處還真有不少腐朽沒落的剝削階級思想。他想起以前在京城裡做中學老師時，從一個中學生的書包裡查出兩張外國女人裸體照，就讓那學生寫了五張紙的檢查。不過，老謝沒有將那事報告上去，只是將那兩張照片塞進了自己的辦公桌裡，沒人的時候，自己拿出來瞧瞧。看來，這就是老謝最早的思想根源。如今自己異想天開，要在北京城裡開什麼京都大妓院，那非得被槍斃不可。老謝認為槍斃只吃一粒花生米是太便宜了自己，應該坐牢吃盡苦頭，應該深刻檢查，應該再去上山下鄉接受貧下中農再教育……，這不是洋插隊，自己又來了嗎？

三、老謝去紅燈區走走

1

反省管反省，檢討管檢討，老謝沒有在靈魂深處鬧革命，老謝也沒有坐進大牢裡。如今老謝身處誰也管不著誰的自由世界，老謝是想去哪兒就去哪兒的自由人，所以老謝還是去了一個地方，悉尼國王十字街的紅燈區。不過，老謝的腦袋另有一個說法，這個說法也是他去國王十字街的一個理由。

話說這幾天老謝買的《華語報》上，天天都有「八二論」的爭辯，西方男人和東方男人，在床上誰比誰厲害等等。和老謝一起在宰牛廠牛皮車間幹活的同胞——福建老戴就不買賬。老戴脾氣和老謝有點相似，也喜歡人家叫他老戴，老戴身材比老謝瘦小，但是勁比老謝大，據他自己吹噓，以前在中國解放軍部隊裡幹過兩年特種兵，復員後聽說澳洲掙錢容易，所以也混到澳大利亞來了。福建老戴還說自己練過「金槍不倒功」，自己那桿「金槍」辦理男女間的那件事情，能七個小時十五分鐘金槍不倒。這話老謝有點不相信，老謝自己做那件事，十五分鐘就倒下了，就算你的能力比我大十倍，一百五十分鐘，也就是兩個半小時。七個多小時，那是一個晚上都不睡覺了，第二天上班怎麼辦？老戴搬牛皮時，也不像一宿沒睡的樣子。但老謝也不反駁老戴，怕傷了和氣。老戴繼續發揮道：「七個小時下來，我那把金槍準把那小娘子肚子也捅穿了，再問她到底是洋男人厲害還是中國男人厲害？」老謝笑了起來。

巴比扣走過來，叫嚷道：「你們不幹活，他媽的在說什麼？」老戴就說：「你他媽的知道不知道，在床上是東方男人厲害還是西方男人厲害？」巴比扣聳聳肩，攤開手說：「我他媽的怎麼會知道？我就知道我比我老婆厲害。」

今天下班，老謝躺在床上先打了個盹，醒來時老謝有一種特別的感覺，只是一種什麼感覺，老謝也說不上，或者是不想說清楚。老謝行動起來，將箱子底下那套西裝抖落出來。這套西裝還是老謝來澳洲前，請他父親的本家，北京城裡一位頗有名氣的謝裁縫製作的。老謝去機場時，送行的侃友比家人親戚還多，來了一大群，把他圍在中間像眾星捧月一樣，一聲一聲叫喚老謝的聲音此起彼落，老謝穿著這套西服感覺好得不得了。老謝穿著這套西裝一起飛上了天空，那時候，老謝就是奔赴天堂的感覺。

說句實話，到澳洲以後他就沒有穿過西裝，這也不是老謝不願意穿著打扮，老謝想，這麼上檔次的衣服也不是平時隨隨便便穿的，應該是正式出客的場合或者是娛樂出門的時候，才能風光一下。可是來澳大利亞一年多，前半年他在西澳那邊的國際語言學校讀書，讀著讀著就像斷了氣一般，沒有錢交學費，怎麼好意思穿著西裝走在大街上；後半年，他在悉尼郊區的宰牛廠，每天幹活累得像死人一樣，那有心思穿西裝。在南半球的這塊土地上老謝就沒有出席過什麼正式出客的場合，就更別提娛樂了。

這會兒，西裝一套上身，老謝就感到精神煥發，老謝在白襯衫的領子上打上一條花紋的領帶，領帶上夾著一個銀色的小配飾，老謝在鏡子前面一站，頓時瞧見裡面那張瘦臉上溢出一股兒活人的色彩，真是人靠衣裝馬靠鞍。老謝從枕頭套裡摸出一疊錢，將錢數了一遍，又數了一遍，從其中摸出一張二十元的鈔票，小心翼翼的放進西服口袋。老謝不喜歡帶錢出門，帶錢出門就容易花錢，這個道理三歲小孩都明白。那句狗屁話說什麼「能掙會花」，老謝最反感。現在老謝在宰牛廠打工，每星期幹六天，其中一天是加班，早上天濛濛亮出門，下午兩條腿累得發軟回家，一進屋就朝床上一躺，像死人一樣。如此如此，兩天一盒煙，一天一張報紙，一周買一份「抬死駱駝」獎券，花這些錢對老謝來說是必不可少的，伙食費能節省就盡量節省，隔天的麵包也一樣吃，水果菜肴，老謝挑最便宜的買，再扣去房屋租金和水電費，老謝一星期能攢起二百五十元錢，一個月能有一千元。這澳幣換成人民幣該有五六千元，和老謝以前在國內的百把十元工資來說，能說今天老謝不會掙錢嗎？

可是這錢能隨隨便便花嗎？老謝還指望著若干年後，攢起一大筆錢，說不定那一天老謝就能衣錦還鄉了，他在海外混日子盼的就是這一天。有時候，老謝對於以前老人們說的那句話「一分錢扳成兩瓣用」深有體會，他就經常恨不得把每一個硬幣都變成一塊金子，這樣他的錢就花不完了。老謝用一塊破布在皮鞋上擦了擦，索羅門瞧見老謝這副模樣，就問老謝是不是去開派對。老謝笑一笑，說一聲晚上見，就神采奕奕地走出門去。

2

夜晚，當身穿西服的老謝漫步在悉尼城裡的國王十字街上的時候，一個身材高大的金髮女郎上來搭訕：「Are you Japanese？」（你是日本人嗎）老謝搖搖頭。「Are you Vietnamese？」（你是越南人嗎）老謝又搖搖頭。「Are you Chinese？」（你是中國人嗎）大概亞洲人都長得一個模樣，老謝心想，「都是什麼Nese（你死）。」「你帶錢來了嗎？」金髮女郎的這句問話引起了老謝的高度警惕，他本能地搖搖頭。「那你帶了銀行的提款卡和信用卡嗎？」「沒有帶。」老謝回答的很乾脆。「你什麼都不帶，跑到國王十字街來幹嘛？」那妓女對身穿西裝的老謝一臉鄙夷的神態，轉身將屁股對著老謝，踩著高跟鞋一扭一扭地走開了。

「發根他媽，這純粹是種族歧視，連妓女也瞧不起咱們黃種人。」老謝肚子裡又來了氣，但轉眼一想，自己什麼也不帶，跑來紅燈區太沒有道理了，老謝摸了摸西裝口袋裡那張鈔票，在街上逛來逛去，煙抽了一支又一支。最後，老謝在街上碰到了一個會講國語的鬼佬，說他會講國語，他只會說兩個字：「肏逼，肏逼！」他用手指和圓圈做著猥褻的動作。老謝瞧著他那滑稽的言語和動作笑了起來。原來這個傢夥是脫衣舞廳門口的皮條客，老謝就這樣被他拉進了裡面。售票員在老謝的手臂上敲了一個藍圖章，於是老謝像被割肉似的，那張二十元的票子被割去了十元，這是門票的價格。

老謝肉痛地想著鈔票，可一走進表演廳，馬上被舞臺上的形象吸引住了。一位脫衣舞娘將衣服一件一件除去，抖動乳房，抬幾下大腿又扭動起屁股，不一會她走下臺來，和觀眾聯絡感情，瞧見老謝穿得山青水綠，大概以為他是一個有錢的主，走到老謝身邊，朝老謝懷裡一坐，要老謝將她胯下的最後一條底褲脫下來。老謝在扒她的底褲時，順手在那胖胖的屁股上扭了一把，頓時，老謝喜上心頭，「這十元錢，值。」那舞娘見老謝也沒有塞點小費在底褲裡，白了老謝一眼走開了。老謝當然不願意再花錢，別說小費，就是在舞廳裡買一杯飲料，老謝認為太貴了。

舞臺上，年輕的舞娘們一個一個輪流上臺脫衣除衫，揮動四肢，張牙舞爪地表演裸體舞蹈，過了十二點，節目更加精彩，那塊十幾平方的舞臺上進行真人性交表演。一個半老徐娘的舞娘將一個個人高馬大的鬼佬挑上臺去。那鬼佬踏上舞臺時個個趾高氣揚，脫光衣服後，挺起胸膛握緊拳頭，左轉右轉，煞有其事地像一個健美運動員表演自己，但躺倒在臺上的時候，任憑那舞娘百般吹弄，下面的玩意就是豎立不起來，氣得舞娘將這些傢夥如數踢下臺去。

「一二三四五六七八個……」老謝在下面數著，「不行不行，這西方男人是八個不行。今天老謝來看脫衣舞，並熬到下半夜看真人表演的主要目的就是為了進行一番考證，因為《華語報》上正在進行的東西方男人床上功夫的大討論，老謝算不算知識分子卻不說，那點兒侃大山的文化水準是放在那兒的，他也打算寫上一篇文章湊熱鬧。老謝寫文章當然要有根有據，不能像福建老戴瞎吹什麼七個多小時金槍不倒，今天老謝是親眼所見，真憑實據，一定能夠和那位提出「八二」論的女子辯個高低。於是老謝一邊看演出一邊構思大作。不過那題目除了洋男人還有中國男人呢，這中國男人到底行不行？如果讓老謝上臺，在大庭廣眾之下表演一番，八成也不行。

舞廳內亂哄哄的，粗俗的音樂聲浪一陣蓋過一陣，就在這時候，那臺上的舞娘真將一個留學生模樣的亞裔人叫喚上臺，那人和邊上的一個同伴說了一句話，好像是中國話。老謝暗暗為那位男同胞擔心。那位哥們壯了壯膽，喝幹手上的啤酒瓶子，從左邊的階梯踏上了半人高的小舞臺。在舞娘的幫助下，他除衣去衫，然後瞧見他眼睛一閉，咬緊牙關朝臺上一躺，但在舞娘的撫弄下，那位哥們的大腿中間也絲毫不見起色。在臺下瞧戲的老謝比臺上演戲的那位哥們還緊張，見那哥們無動於衷的樣子，老謝是手心裡捏出一把汗，這時候老謝也不知道此地是什麼場合，只感覺到自己的喉頭一展，情不自禁地用國語大叫一聲：「為國爭光！」說是遲那時快，臺上的那位哥們兩腿中間的玩藝「噌」地站立起來。「Beautlful！」（棒極了）那臺上的舞娘說。臺下的鬼佬都以為老謝發了什麼神功，大聲叫喚道：「Chinese功夫，Chinese功夫……」全場哄然，老謝躲在角落裡真想上臺去和那位兄弟熱烈地握一把手……

老謝長長地吐出一口氣，這叫揚眉吐氣。說句實話，老謝來澳混了一年多，儘管澳大利亞有藍天白雲花園草地，老謝心裡還是有不少失落感，卻不說在這兒陪他侃大山的爺們哥們少了許多。老謝是從堂堂中國首都北京來的，從近代史考察，老謝母親的前輩，在滿清皇朝時也是葉赫那拉氏的一位遠親，和皇宮人士能沾點邊；從古代史考察，老謝家就更不得了了，這在前面已經敘說過了，老謝就是貴族家裡飛出來的一隻燕子，如今不過是飛在尋常百姓家而已。但不管怎麼說，老謝在出國前，大小還算是一個教書先生，吃開口飯的。誰知道來澳大利亞混口飯吃全靠苦力的幹活。雖說這邊掙的錢多一些，吃的東西也不算太貴，又肥又大的雞翅膀才一元九毛九分錢一公斤。但是想當年，老謝在學校走進走出的時候，學生們一口一個：「謝老師，謝先生。」難道咬嚼雞骨頭的味道，能和聽到「謝老師，謝先生」的感覺相提並論嗎？這完全不在一個檔次上，於是乎，老謝的內心越發不能平衡。

3

言歸正傳，老謝看完脫衣舞已是半夜，本來打算坐最後一班火車回家，第二天可以趕去宰牛廠上班，這叫「革命生產兩不誤」。誰知道該死的最精彩的真人表演非得拖到深更半夜才開張。這會可真是誤點誤大了，火車半夜停駛，要等到明天清晨，才會有火車班次，去宰牛廠有幾十里地，上班是肯定來不及了，一天得少掙幾十塊工錢，老謝就像被人宰了一刀，又沒有辦法。老謝當然更捨不得花幾十塊錢叫出租車，於是他只能像夜遊神似的在國王十字街上遊蕩。老謝看見一個大漢將一個拉皮條的打得鼻青眼腫，又見到另一個模樣更厲害的大漢揮起一拳將這個大漢打倒了。他還瞧見一個喝醉酒的妓女在街上當眾脫光衣服，警察將她塞進一輛警車，一條野狗跟在警車後面奔跑，興奮地直叫喚。老謝抽著煙捲兒在念叨著：不要碰到那個傢夥，上來給他一拳；也不要碰到其他倒楣事，被警察拉進警車，去警察局裡過夜。一會兒走過來一個傢夥，問老謝要煙，一會兒又走過來一個要煙的，老謝也不敢不給。出門時，老謝帶著一整盒煙，現在盒裡空空如也，老謝嘴裡又來一聲：「發根他媽」，可見這句話已經成了老謝的口頭禪，也說明了老謝的墮落程度。

整整一夜，老謝終算沒有出事。清晨，老謝又來到火車站，對於買不買火車票老謝考慮了幾分鐘，按照老謝的原則是能不買盡量不買，用老謝的話說是少買一張火車票就如同多吃一條魚，雖然老謝也很少買魚吃，嫌魚太貴，如果省下一年的車票就等於能吃一頭牛了。據說，若干年後，老謝回國，在北京城裡坐公共汽車也不買票，售票員要他買票，他說老子在國外坐空調火車也不買票，坐你這個爛巴士還買什麼票。這是後話，暫且不表。

昨晚今晨老謝穿西裝戴領帶是出來參加娛樂活動的，娛樂總該有點消費觀念。再說去宰牛廠也肯定晚點了，不就是少賺幾個錢嘛，有什麼大不了的，自己放自己一天假，回去睡大覺，咱瀟灑走一回。於是，老謝摸出錢打了一張票。

告訴各位看官，幸好老謝今天打了這張票。老謝踏上頭班火車，一大清早，火車上就來幾個穿灰西裝留小鬍子手上拿著小本子的傢夥。這些查票的傢夥查到金頭髮的鬼佬沒有票，讓他們補買一張票就完事了，查到黑頭髮的亞裔人士沒有票，就非罰你一百元錢。「這他媽的百分之百是種族歧視。」老謝肚子裡又憤憤不平。平時老謝坐火車時最怕聽到那句話「Ticket please。」（請出示車票）一看見查票的人走來，他腳底抹油，溜到其他車箱去。此刻，老謝手上捏著車票想道，「今天狗日的你們可別想找岔了。」但是，使老謝感到失望的是，那兩個留小鬍子的查票員連正眼也沒有瞧他一下，大搖大擺地從他身邊走過去，大概是那兩個傢夥斜著眼瞧見老謝一大清早穿著西裝，不會是逃票的主兒。老謝對於今天買了票而沒有被查到也很不滿意，肚子裡又罵了一句：「狗眼瞧人低，發根他媽！」

回到那個叫BLACKTOWN（黑鎮）的地方老謝下了火車，走回家裡老謝蒙著被子睡了個大覺，夢裡面很多東西又像過電影一樣的過了一次。

醒來時，阿廣已經下班了，臉上流露出明顯的悲觀情緒。於是老謝對阿廣進行了刨根問底的問訊，才知道阿廣的女朋友被鬼佬勾去了。「這叫種族歧視。」老謝泡上茶點上煙，擺出一副大侃一番的架勢。

阿廣說：「這和種族歧視沒關係，追女人是鬼佬的天性。丟他老媽，我本事沒有那鬼佬大。」

老謝吐出一口煙，搖晃著腦袋：「NO，NO，這你不懂，追女人不是什麼鬼佬的天性，而是一切男人的天性。你只看表面現象，看不到深層意識。鬼佬喜歡追黑頭髮的亞洲女人，如果黑頭髮的亞洲男人去追金髮女郎，那可是難上加難了。連國王十字街的妓女也只是看中亞洲男人的錢袋，在她們的內心深處，對你們這些夷族男人是不屑一顧的。」

阿廣也搖搖頭，說：「我的那位洋妹子長得太瘦了，也許是個吸白粉的，丟了就丟了，不可惜。我有一個做生意的朋友就比我有本事，一個挺漂亮的金頭髮藍眼睛的鬼妹看中了他，當然他也比我有錢，那個鬼妹現在已經是他老婆了，挺著大肚子，要給他養兒育女呢。」

「那是個別情況，是十個手指和一個手指的關係。其實，不管你是有錢人還是窮鬼，在洋人的潛意識中都存在著一種非我族類的鄙夷情結。」

「這話我聽不懂，越聽越糊塗。」

「你啊，就知道男人女人，腦肥腸滿轉不了彎。我再舉一個例子給你聽聽，他們叫日本人是什麼日本你死，叫越南人是什麼越南你死，稱呼我們中國人就更不對勁了，叫什麼掐你死，他們心底裡就是想把夷族人一個個地掐死。」

「那有像你這樣解釋的，英語China是出產瓷器的意思。」

「那小日本小越南也出產瓷器嗎？你這個人還是搞不懂，你聽聽，那英國人叫English，法國人叫France，順暢動聽，美國人就更帶勁了，阿美里加，一溜順就進了耳朵，聽了都舒服。把我們稱什麼『掐你死』，難道你聽了就沒有產生一點兒恐怖感。也許你已經在宰牛車間裡恐怖慣了，麻木不仁，糊裡糊塗，腦袋不開竅。」

四、老謝結識了張傑克

1

第二天，老謝去廠裡上班，走到辦公室前面的小廣場上，眼睛一亮，他瞧見旗杆上有一面五星紅旗迎風飄揚，心頭一熱，嘴裡先哼上一句：「起來，不願做奴隸的人們，把我們的血肉築成我們新的長城……」以前老謝在學校裡的時候，每天都要帶領學生進行升旗儀式，習慣了。各位看官要問，這澳大利亞的宰牛廠裡怎麼會升起五星紅旗？

這個廠裡有兩排旗杆，除了澳大利亞國旗，本公司的牛頭廠旗之外，還有其他幾面畫著各種圖案的不知名彩旗，搞得像聯合國一般，其中有一根旗杆上的旗幟是經常調換的。這個宰牛廠是做出口生意的，有美國的訂單，日本的訂單，南朝鮮的訂單，中國大陸的訂單和臺灣的訂單等，各國的客戶也經常來廠裡參觀。於是，廠方就根據客戶的國籍，那根旗杆上前天掛美國星條旗，昨天掛日本太陽旗。老謝想，今天掛上了五星紅旗，說明中國代表團要來宰牛廠參觀了。

小廣場上還停著幾輛加長型的冷凍集裝箱大卡車，底下的兩排車輪又高又大，有三十幾個，車身有十幾公尺，一次能裝十幾噸。有一位也是從北京來的哥們在那邊做搬運工，他對老謝說，「每當裝卸牛腿的時候，我瞧見那扇車門一打開，就像看見了碉堡的槍口，我的雙腿就開始發軟，抱著冰凍的牛腿送進集裝箱的時候，就像上刀山下火海……」幸好老謝幹的不是裝卸工，他想，還是推牛皮比較輕鬆。

老謝換上工作服，熱情洋溢地踏進牛皮車間，瞧見一大車牛皮已經等在那兒了，他把一張特大號的牛皮掛上鐵鉤子，推進冷庫裡的時候，冷不防，穿著大棉衣的老戴像狗熊似地從冷庫裡蹦出來。老謝叫道：「你幹嘛呀？嚇我一跳。」老戴拉下棉帽子說：「這就嚇你一跳，嚇你的事還在後面呢。」

老謝從老戴的嘴裡知道，昨天他不在廠裡的時候，廠裡發生了一件大事，黃油車間的女工，蘇海倫被移民局抓進去了。因為上下班時間的差異，老謝從來沒有見過這個中國女子，聽老戴說，四川妹蘇海倫是牛廠裡幾十個中國女工裡最漂亮的一位，就是和上百個鬼妹子也能有一拚，在黃油車間裡堪稱是一朵「油花」。老謝說：「這麼大的事兒，昨晚阿廣怎麼也沒有和我說起？」老戴搖搖頭說：那個廣東肥佬失戀了，只知道自己痛苦，他這個人有嚴重的自戀情緒。」

老謝也聽索羅門說過，黃油車間有一個漂亮的中國女人。老謝就對索羅門說：「你可以和美國女人上床，不要動中國女人的腦筋。」索羅門就問：「為什麼？」老謝回答他：「在澳大利亞。我們中國男人都找不到中國女人，你們就別跟著瞎摻和了。」索羅門說：「我知道你老謝找不到女朋友的原因了，為什麼你非要找中國女人？這兒各種膚色的女人都有，白女人，黑女人，黃女人，咖啡顏色一樣的女人。」老謝搖搖頭說：「你不懂。」

現在發生的事已經超越了女人男人之上。宰牛廠有五六百工人，在澳大利亞能算是一家大廠，光是中國留學生就有一百多人，其中不少人都像老謝一樣是黑民。老謝問老戴：「為什麼只抓了蘇海倫一個人？如果昨天我在廠裡，也撞在槍口上了。」

老戴說：「來這兒上班的中國留學生，十個有八個是黑民。就是那鬼佬鬼婆鬼妹子，也有不少是黑民，也是從世界各地來這兒掙錢的。你以為就你一個人是黑民？這個廠裡是漆黑一片。老闆才不管你青紅皂白，只要你賣力地替他幹活。」

「哪天，移民局會不會來個大包圍，把我們全抓了？」老謝擔驚受怕。

老戴擺出一副老資格說：「這事我見多了。這個廠是個大廠，從大門口走到車間有一里地，移民局要來廠裡抓人，必須通過大門口的門衛。昨天就是這樣，移民局的探子被門衛帶到廠辦公室，探子在辦公室裡指名道姓地說出蘇海倫是黑民，人事部大經理約翰牛讓幾個探子先穿上白色的工作服戴上工作帽，說這是進食品車間的要求，然後才帶著探子進車間到了蘇海倫的工作檯邊，探子問清楚姓名，把四川妹帶走了。」老戴分析到：「這就充分說明，是有人在蘇海倫背後告了黑狀，這種鳥事沒人去移民局舉報，移民局是不會查到廠裡來的。」

「這我就聽懂了，美女門前是非多，肯定是哪個追她的男人，沒有達到目的，一使壞，就把她送進移民局的大牢裡去了。」老謝雖然不是美女，也不是美男子，不過移民局光臨牛廠的事件，總讓老謝感到有點不寒而慄，再說老謝推牛皮的地方也是冷颼颼的，於是老謝說：「我發現，牛廠裡越來越冷，真不是人待的地方。」

正在老謝發冷的時候，他瞧見車間門口，人事部經理約翰牛帶著一批人踏進門來。老謝一想不好，這傢夥又帶移民局的人來了，就轉身躲進冰庫裡。冰庫裡有零下三四十度，老謝是一身單衣，穿著大棉襖的幹活老戴說：「幹什麼呀？你想在這兒凍成冰棍。」老謝指了指門外，老戴出去看了看，進來說：「約翰牛帶來的人都是亞洲面孔，不會是移民局的。」

老謝已經凍得直哆嗦，走出冷庫去掛牛皮。約翰牛帶著那些人走到老謝前面說：「這位密斯脫謝，也是你們中國人。」

老謝明白了，急忙伸出冰冷的手緊緊握住祖國親人的熱手說：「同志們，歡迎你們來石頭河宰牛廠參觀。」那位從中國來的經理一口山東口音：「沒有想到澳大利亞牛廠裡的中國人這麼多，好傢夥，中國人就是牛，都是同胞兄弟。媽日個逼，訂單就給這家宰牛廠了。」約翰牛問他說什麼？老謝把話翻譯出來，倒數第二句省略了。邊上的中國翻譯聽了笑笑沒說話，約翰牛聽了很高興，對老謝和山東經理伸出大拇指。

中午吃飯的時候，老謝知道自己犯了一個錯誤，沒有把飯盒帶來。他不得不花三元錢在食堂裡買了一個漢堡包，三元澳幣能換二十元人民幣，這讓老謝心疼了好長時間，以後一定不能犯這種低級錯誤。漢堡包裡夾著洋蔥生菜和牛肉餡餅，這牛肉餡特難吃，一股兒騷腥味。老謝估計這牛肉不是本廠生產的，這牛也不是本廠宰的牛。本廠是做出口生意的，宰的是好牛，哪能用這種低檔次的垃圾牛肉，這種垃圾牛肉怎麼可以賣到中國去。牛和牛的檔次就像人和人的檔次是不一樣的，這個道理老謝明白。

就在老謝咬嚼難以下咽的漢堡包的時候，他的眼睛朝窗外一瞟，大驚失色，那根旗杆上五星紅旗沒有了，換成了青天白日的國民黨旗幟，搞政變也沒有這麼快啊？老謝再細眼注視了一下，沒錯啊，就是青天白日旗。

正在老謝認真思考重大政治問題的時候，飯堂那邊響起一片喧鬧聲，有華人同事叫道：「脫衣舞，快去看脫衣舞。」老謝聽見脫衣舞耳朵也豎起來，就把政治大事先扔一邊，迅速地把掉在桌上的麵包碎屑朝嘴裡塞，一邊朝那邊趕去。

那邊中外工人群眾已經圍起了一個大圈，中間是胖妞萊斯和另一對跳脫衣舞的男女。聽邊上的人說，今天是胖妞的二十一歲生日。二十一歲生日在澳洲是大事情，是證明一個人走進成人行列的日子。所以胖妞就請來了這對跳脫衣舞的男女，到宰牛廠裡和大夥慶祝一下。平時瞅著胖妞的模樣，老謝一直以為胖妞是三十出頭的女人，沒想到胖妞才二十一歲。中國人看外國人就像外國人瞧中國人差不多，經常會看走眼。

那個跳脫衣舞的男子，脫到一條褲衩的時候就不脫了，像健美表演一樣，賣弄著全身上下的一塊塊肌肉，大夥就把胖妞朝舞男身上推，胖妞就抓抓舞男身上的肌肉，又在舞男褲衩被那玩意頂起來的地方抓了一下，然後大家發出一陣陣大笑。接著就輪到那個舞女了，那個舞女也看不出是什麼年齡。那個男的套上一條長褲，提起一把吉它彈奏起來，舞女一邊跳舞一邊脫衣裙，也不知道她到底穿了多少衣服，邊上有幾位洋男人口水都快掉下來了，還沒有見到舞女的身體，哇哇直叫。老謝伸長腦袋數著，舞女脫到第十一件衣服的時候總算露出了肌膚，老外工人都哄叫起來，中國工人眼睛直勾勾地瞧著舞女身上最後的防線——褲衩和胸罩。女人就是比男人脫得徹底，脫得一絲不掛時，男人的吉它聲嘎然停住，這場脫衣舞就算結束了。後面有幾位沒有看清楚，擠到前面來，想把那個舞女上下瞧個清楚，舞女已經套上了裙裝。再要看，可以，加錢。老謝瞧過牆上的掛鐘，這場脫衣舞一共跳了十五分鐘，聽說收費是一百五十元。老謝想，我掛一天牛皮，累死累活才掙六十幾元錢，女人脫光衣服錢就是能掙錢。

工頭巴比扣在一旁大聲吆喝，說過了時間，催工人進車間去上班。老謝在走進車間時越想越感到不對頭，在紅燈區跳跳脫衣舞，還算是一種說法，脫衣舞跳進工廠裡來了，腐蝕我們工人階級，這簡直不像話，在我們社會主義祖國是絕對不容許的，是一種犯罪行為，不槍斃也得送去勞動改造，不像話太不像話了，這比老謝以前夢裡出現的，在北京城裡開京都大妓院，還要過分。老謝思想再開放，也不容許在大庭廣眾下跳這種傷風敗俗的舞蹈。這時候老謝的感覺自己就是單位的領導幹部，他搖起頭來。後面福建老戴跟上來說：「老謝，一個人搖頭晃腦幹什麼？」老謝說：「你說說，在工廠裡跳脫衣舞，成何體統？我看不慣。」「剛才我瞧你欣賞舞蹈的時候，也很投入的，怎麼又看不慣了？」老戴一轉身進了廁所。老謝叫道，：「你快點，巴比扣在催人呢。」從廁所裡傳出老戴的聲音：「我歇歇火。」

下午的時候，約翰牛又把一批參觀者帶到老謝工作的地方，給老謝介紹道：「密斯脫謝，是你們中國人。」老謝伸出冰冷的手握住那位的手，突然想起青天白日旗，馬上改口道：「熱烈歡迎臺灣同胞來牛廠參觀，熱烈歡迎！我們廠裡生產的都是上等的牛肉，價格公道，銷往世界各地。」臺灣同胞有點看不懂，以為這個幹活的中國人是宰牛廠裡的大股東。

事後，約翰牛把中國大陸和臺灣的兩件生意都談成了，他來車間裡拍了拍老謝的肩膀，伸出大拇指，表揚老謝的表現不錯。約翰牛還從辦公室裡拿來一杯牛奶咖啡給老謝喝。老謝以前瞧見工頭巴比扣經常去辦公室倒牛奶咖啡喝，現在自己也喝上了，心頭熱起來，這個宰牛廠還是有點人間溫暖，今天的日子豐富多彩，也不盡是殺戮。

2

老謝回到家裡，手也熱起來，滿腔熱情發揮在筆桿子上。他那篇參加討論「八二論」的文章投稿給《華語報》，很快有了回音。主編兼記者張傑克來了電話，他對老謝非常賞識，說此稿立論有據，又說老謝獨具慧眼，問老謝怎麼會想到去脫衣舞廳裡搞來這些詳實而有充分說服力的男人女人的論據。不過，張傑克認為老謝的文章謀篇佈局有些問題，他幫老謝再加加工，還給文章起了一個響噹噹的名字「事實勝於雄辯」。以前老謝起的名字是「中外男人女人在舞臺上的表演」。張傑克說這個名字概念不清，中外男女之間發生的事情不僅僅在舞臺上，而且在舞臺下，在每一間關上電燈或者是亮著燈光的屋子裡，在世界的每一個角落，如果將來地球上的男人女人去月球上居住，也是這個道理。因為，在這個世界上，大部分男人和女人是沒有什麼表演機會的。這樣你的文章就有了普遍性，指導性，有了真理層面上的意義。經張傑克這麼一指點，老謝如醍醐灌頂，感歎道：「我遇到了比我高的高人。」

大作「事實勝於雄辯」在《華語報》上發表了，反響熱烈，好評如潮，特別是得到了在澳洲的廣大中國男人的好評（那年頭還沒有電腦網路，如果有網路，老謝的文章在網路上一貼，全世界的中國男人都能看到，那可了不得了）。

張傑克當然不是什麼鬼佬，也是一名中國留學生，就如同李約翰王托尼趙丹妮徐安娜周莉娜蘇海倫一樣都是中國人到了海外玩的洋名字。只有老謝坐不改姓，一個「謝」字，沒有給自己取一個洋名字，成了稀有動物。張傑克和老謝不同的是，張傑克從來不幹體力活，他是一名真正的留學生，用他的上海話來說：「不是掏漿糊留學生。」他在中國上海是華東師大的中文系畢業生，來澳洲悉尼文學院拿了一個文學碩士的學位。張傑克想到洋人的報社裡去找飯碗，人家說他英語還不夠格。於是他就找了一家華語報紙，兼職主編加記者。他說不是為了掙錢，撈點外快，重要的是揚揚名氣。

老謝和張傑克混得越來越熱乎，張傑克也喜歡吹牛侃大山，兩個人碰到一起真是酒逢知己千杯少。除了談論那篇文章和脫衣舞之間的關係，老謝又說了宰牛廠裡城頭變幻大王旗的趣事，美國旗日本旗南朝鮮旗，一天一變，上午是共產黨的旗幟，下午是國民黨旗。這旗換來換去，澳大利亞牛是不變的。張傑克在吹牛中露出一點口風說，「現在我們在澳大利亞最重要的是，先解決身份問題。換成澳洲身份就成了澳洲牛，不用變來變去了。」這時候就可以看出張傑克的先見之明，「身份」兩字，其意義對於海外華人來說至關重要，多少人被這兩個字搞出一把辛酸淚，包括以後的張傑克和老謝。

老謝那天二鍋頭喝得有點糊塗，這瓶牛欄山二鍋頭是他以前北京胡同裡的侃友托人帶來的，他就請張傑克來喝酒。老謝沒有理解張傑克所說的身份，還振振有詞道：「什麼身份？我們又不是孫悟空，變來變去還是個弼馬溫。在中國時，你在上海，我在北京，一南一北，這就叫南有張傑克，北有謝常家，將來，我倆早晚要在澳大利亞成為名人，這就是我們的身份。」

可是沒過多久張傑克不見蹤影了，老謝打電話去張傑克家，只聽見電話公司的小姐嘰裡咕嚕地說了一通，這個號碼取消了。打電話去報社，報社的人說張傑克走人了，走到哪兒去誰也不知道。

可是過了幾個月，張傑克又像從地下鑽出來似的，給老謝打來了電話。老謝問他：「這段日子你去了哪兒，是不是加入地下黨了？」張傑克說：「我正在做一件大事。」老謝問：「你報社裡不幹了？」張傑克說報社的鳥老闆給的工錢太少了，還經常要拖欠工資，所以他不幹了。他現在自己做老闆掙大錢。老謝來了興趣，就問：你做的是哪一門子生意？張傑克告訴老謝，他在唐人街「立德大廈」租了一間辦公室，專做各國移民的事務。讓老謝有空去坐坐。

老謝對這一行有偏見，認為做移民生意的和人口販子差不多？這年頭，移民公司洋錢都賺得滿缽流油，中國留學生像潮水似地朝這兒湧來，金錢滾滾，爭先恐後地滾進移民公司老闆的口袋裡。就拿老謝自己說吧，當時，老謝和小謝從親戚朋友那兒到處借錢，通過一個朋友的介紹，把錢匯給一個澳洲的移民公司，誰知道這家狗屁移民公司把他送去了一個西澳的語言學校。那時候老謝根本不知道澳大利亞的東南西北，只是貪圖學費便宜。

老謝是坐著波音747飛機從藍天白雲中間飛來的，如果把移民公司說成是人口販子，那麼老謝就該坐在又臭又髒的販賣奴隸的船艙裡，像牲口一樣被運過太平洋。關於「奴隸」的講法，老謝和工頭巴比扣之間有過一番論說，照巴比扣的意思，在宰牛廠幹活也和做奴隸差不多。用大道理來說，鳥語花香的澳大利亞，怎麼可能製造出奴隸？老謝對自己的這個想法捉摸不定……

五、張傑克的絕招

1

張傑克消失的日子確實有點像老謝說的，轉入地下，變成了地下黨。

張傑克要比老謝小三四歲，可這兩位哥們碰到一起，喝著酒抽著煙，侃大山吹大牛，意氣相投。張傑克和老謝相同的是，兩人的老家都在河南，河南是中國歷史最悠久的省份，文化底蘊源遠流長，說古道今的事講不完。張傑克和老謝不同的是，張傑克不但是華師大的正牌畢業生，還在這兒的悉尼大學混過幾年，這就養成了他幾分洋脾氣，用他的話說，就是融入澳洲的主流社會。關於「主流社會次流社會民主社會專制社會舊社會新社會華人社會洋人社會等等」這些命題在華人報紙上以及在老謝和張傑克談話中有過多次爭論，在此不表。

其實張傑克就是喜歡聽鬼佬嘴裡吐出來的一個一個的「密斯脫張」的稱呼，張前面加上密斯脫就成了尊稱，他和老謝檔次就不一樣了。老謝是打工階層，張傑克是坐寫字間的白領。此外，張傑克在華人社會裡還小有名氣，他的名片上印著：華語報大牌記者，著名作家。他還參加了一個民運組織，熱情投身於海外民主運動。不像老謝只知道混在鐵皮屋頂下面的宰牛廠裡推牛皮，於是，兩個人的視野長短寬闊就有所不同。

記得上次張傑克對老謝說過：現在最重要的事情是身份問題。那時候，老謝目光狹隘只知道掙錢。而張傑克已經在為他的身份問題忙碌了，一會兒弄個技術移民申請，一會兒又搞個難民申請。正在他為各種事情忙得熱火朝天的時候，他收到了移民局的來信，信裡面的英文告訴他，他的各種各樣移民申請都已被駁回，他的簽證也早已過期，令他在二十八天內離開澳大利亞境內。這一封信一下子就把張傑克打入地下。他馬上辭了工作，換了地址，和老謝一樣，變成了一個黑民。

張傑克思前想後，認為不能再和那些冒牌留學生合租在一起，誰知道誰是黑民啊，說不定剛逃出一個陷阱，又搬進另一個陷阱，那年頭留學生為了逃避移民局的探子，東竄西逃，惶惶不可終日，搬家搬瘋了。有的人剛從這兒搬出去，搬進一套剛走人的空房裡，第二天，移民局就找上門來，找的是剛從這兒搬出去的「黑民」，他們跑了，你這位「黑民」送來了，正好撞在槍口上，這叫歪打正著，送你去維拉沃特拘留中心吃閒飯。

張傑克搬到了一家廣東夫婦出租屋裡，睡了兩個星期大覺。在國外，飯可以少吃甚至不吃，這房錢不能不付，不然就得像電影裡的流浪漢一樣去睡大街。他在華語報裡混的時候，名義上是個主編兼大牌記者，老闆給他開的工資也比車衣女工高不了多少，再說張傑克平時應酬多，也得花些錢，說句老實話，他積攢起的錢，遠不能和老謝相比。躲在屋裡，寅吃卯糧也不是一件事，去問朋友借錢，張傑克感到面子上拉不下來。張傑克口袋裡已經沒有幾塊澳幣了，煙也不抽了，什麼主流社會次流社會等等都被擠到了腦袋的角落裡，現在錢是第一位的，錢是主流，沒錢交房租沒錢買吃的喝的抽的，那才是要命的事情。

十幾天來，他每天躲在那個租金五十元一周的小房間裡，無精打采地靠在那個二手貨極夢思床上，夢越做越少，白天黑夜不關電燈，對著前面那道牆發呆。隔壁的廣東婦人已經警告了他幾次，要讓他加十塊錢電費。突然間，張傑克感到自己的腦袋被燈光照亮了，大徹大悟了，「在這個世道上，只有錢是真的，是最重要的，這麼簡單的問題他以前怎麼會沒有想到？」可是到哪兒去弄錢呢？他還是沒有方向，自己的姓名在移民局裡掛了號，回報館肯定是不行的，找個地方打工也不是沒有危險，再說他天生就不是打工的料，他為什麼要去打工？，他來澳大利亞是為了替這兒的老闆賣苦力的嗎？他困惑他迷茫他著急他無事可幹，他只能翻翻他以前搞的《華語報》，就在他翻動某一頁報紙廣告版的時候，如同靈光洞穿，上帝把一束靈光射進了他的腦袋。

2

那時候，在悉尼唐人街五六層樓高的立德大廈內，移民公司一家接一家開張，國際移民留學服務中心、環球移民代理處，大信留學生移民代理中心，海外留學移民中心，家家生意紅火。現在又多了一家「強尼」移民公司。張傑克姓張，在洋人的嘴裡吐出來的發音就是「強尼」。

這家「強尼」移民公司開張至今已有一個月，也就是說已經超過了移民局讓張傑克必須在二十八天離境的期限。「狗屁移民局」張傑克坐在那張做工粗糙的黑色寫字檯後面罵了一聲。讓他離境有這麼容易嗎？移民局的官員真是豬腦子，以為張傑克是什麼百萬富翁，以為他真是來給澳大利亞交學費的，他不在澳洲土地上掙幾個大錢能回中國嗎？再說他出國還有許多歷史使命沒有完成。不過他的「強尼」移民公司生意不怎麼樣，一個月沒有做成幾筆像樣的業務。據張傑克自己分析：一來是這家公司剛開張，還沒有打出牌子（他也不願意在報紙上打廣告，太招搖了，畢竟他有點心虛），第二是他辦公室裡的排場太寒酸，家具都是二手貨，還有幾把椅子是撿來的，連沙發也沒有一個。這也不能責怪張傑克，他囊中羞澀不得不先湊合混著。

「狗屁資深移民代理。」張傑克這句罵的對象是另外幾家移民公司，也可以說是他的競爭對手。那幾家門庭若市，當初，張傑克申請難民的材料就是某一位資深移民代理做的，讓他花了六百元錢得到一張「二十八天離境」的廢紙，真他媽的太冤了。當初，張傑克挺認真，花了三天時間，寫下了爺爺和父親不尋常的家庭歷史，那狗屁代理說寫這些沒用，把張傑克的家史朝紙簍裡一塞，說給張傑克設計一份「三套車」。什麼叫「三套車」呢？第一條，爺爺是地主，土地被共產黨分了；第二條，爸爸五七年被打成右派，被共產黨槍斃；第三條，本人參加過「六四」運動，在長安街上擋坦克（那會兒張傑克倒是有點滿腔激情，不過那時候他在上海灘上可沒有什麼坦克可擋，最多也就是混在人群裡攔過幾輛公共汽車）。其實這個資深代理的英語水準還不如張傑克，搞個模式，不管誰進門，填上名字朝裡面套，花兩個小時全搞定。申請難民交上去的材料，十個人有八個都是「三套車」，讓張傑克當移民官員都看膩了，還不把三套車全擋在門外。那些狗屁移民代理光知道撈錢，也施不出什麼新招。張傑克對什麼難民申請人道申請婚姻申請技術移民等等，其中的奧妙，早已摸出了門道，不然也不敢掛出移民公司的牌子。

如今想讓移民代理張傑克先生離開澳大利亞，那就得看移民局官員的運氣了，哪天能逮住他，算他倒楣，逮不住，他移民公司照開，錢照賺，「遲了恐怕來不及了」。最後一句話好像是名人魯迅說過的，現在正好讓名人張傑克用上。

話是這麼說，問題是張傑克在這間寒酸的辦公室裡混了一個月，沒有撈到幾個錢，連交房租也不夠，這不，又到交房租的時間了。不過張傑克已經想了幾招，能不能掙到房租錢就看今天了。張傑克一本正經地坐在辦公桌後面，西裝領帶已經整了好幾次。西裝的兩個衣袖有點長短不齊，這套行頭是他從攤位上買來的福建某家鄉村企業號稱「帝皇」的名牌產品。這會兒張傑克在家裡用熱水杯子整燙了一下，對付著算了。廢話。這不就是為了省錢嗎？

一直挨到下午，連門也沒有人敲一下。那份隔天的《華語報》張傑克已經翻閱了好幾遍，連徵婚招租東北虎搬家甜甜按摩之類的豆腐塊小廣告都一字不漏地讀過了，還不見有人光臨，他心煩意亂，肚子咕咕叫起來，他想起來，為了省錢早飯已經取消一個月了，他拉開抽屜，摸出幾片幹麵包塞進嘴裡。

門「咕吱」一聲被推開了。張傑克急忙吞下麵包，伸直頭頸，順手再將頸上的領帶抽了一下。進門的是一位小個子，他自報姓名吳道，當然是來辦難民申請的。面對第一位顧客，張傑克精神抖擻，兩張嘴皮滔滔不絕，將準備好的一大套言語如數發揮出來，生怕走了這一位，再無後來人。

小個子吳道聽著聽著，提起了幾分興趣，問道：「傑克先生，那你到底是怎樣替我辦呢？」

「明人不做暗事，咱辦難民申請共分三等。」

「哪三等？」

「一等申請，個案個做，材料精辦，另加提供特別證據，成功率90%以上；二等申請，個案個做，但不附加證明材料，成功率60%；至於三等申請嘛，這叫三套車，成功率20%。」

「什麼是三套車，是不是還有莫斯科郊外的晚上？」那位問道。

「三套車嘛……」張傑克將地主右派擋坦克之類地解釋了一遍。

吳道今天已經跑了幾家移民公司，抱著貨比三家不吃虧的心理踏進門，他說「哦，當然要一等。」

「這就對了。不過貨分三等，三等價錢當然不同，一等是收費六百元，外加證明材料三百元，這九百元能保證你的成功率90%，二等六百元，三等三百元。」

小個子的眼睛在眼鏡片子後面轉了好幾圈，足足沉思了一刻鍾。張傑克瞧著這傢夥有戲，還用劣等茶葉為他泡了一杯茶。吳道喝了一口茶，嚴肅地問道：「傑克先生，你貴姓，我是問你的中國名字？」

「鄙姓張。」

「姓張，我就叫你一聲張大哥。這次我是豁出去了！」說著他從口袋裡抖抖嗦嗦地摸出一疊票子，「這九百元錢就算你的了。我能不能留在袋鼠國就看你的了。我是聽你說得有理，把寶押在你的身上。你知道，我是在牛肉廠扛牛腿的，那牛腿死沉死沉，我每天要扛八九百個，一年得搬空一條萬噸輪啊，這錢掙得不容易啊。就靠你了，張大哥啊——。」這一聲叫讓張傑克真正地感到了自己身上的歷史使命，感到自己由張傑克變成了張大哥。

「好說好說，張大哥不是吹的，這就給你搞一個充分有力的證明材料。」張傑克拍著胸脯將吳道帶進了裡屋。

裡屋空蕩蕩的什麼東西也沒有，屋內一片幽暗。「來，這邊來。」張傑克將吳道拉到一邊，背著牆朝前站住，又拉起吳道的胳膊，「來擺上這個姿勢。」吳道弄不懂，根據張傑克的要求，抬頭挺胸猶如宣誓一搬，嘴裡咕噥道：「張大哥，這是拍哪家子電影啊？」張傑克指揮著：「好了好了，你不要朝後看，朝前看就行了。」

吳道在那暗房裡分不清東南西北，這時候只見燈光大亮，上下左右和前方亮起五個二百支光的大燈泡。「玩什麼花樣？」吳道眼花繚亂，不見張傑克的人影。

「別看，別朝後看。」只聽見張傑克嚷道。但是吳道還是情不自禁地側目朝後看了一下，這一看不得了，只見張大哥在背後當場拉開一幅國民黨青天白日大旗。「你這是幹什麼？」吳道叫嚷道，「在大陸，我還有七十歲的老爺子六十歲的老娘，老婆和我那五歲的兒子，你別害我啊？」「我說讓你別朝後看嘛，這玩意不是給你看的，也不是給我看的。」「誰看，給大陸的共產黨看還是給臺灣的國民黨看？」「共產黨看不到，國民黨也瞧不見。能看到的就此一家，澳大利亞移民局。你想想，你在澳洲入了國民黨，能回大陸嗎？當然不能。臺灣當局也不會看了你這張破照片就讓你去寶島定居。澳洲當局不是講人道嗎？你沒地方住，不待在澳洲去哪兒，你不是難民誰是難民？」

「這，這……」吳道抓著頭皮猶豫著。

張傑克繼續開導他：「你再想想，以前那些狗屁資深移民代理搞的那套難民申請，證明材料都是那張天安門廣場上擋坦克的照片，那照片唐人街照相店裡有買，再讓你做個姿勢，弄個分鏡頭，兩照片一合，做個技術處理，就算你是擋坦克那位了。現在搞難民申請的人多，擋住的坦克該有幾千輛了，能打世界大戰了。移民局心裡早就有譜，仔細一瞧，那分鏡頭分明有詐，破綻百出，不就成了提供偽證，馬上讓你二十八天離境。這相比之下，咱提供的證據天衣無縫。」

小個子聽他說得有理，又擺上了架勢。張傑克拿著從國內帶來的傻瓜照相機「啪啪啪」地給吳道連按三張。

當吳道走出裡屋的時候，想來想去不對勁，畢竟他在大陸受黨教育多年，轉臉一本正經地問道：「張大哥你可別蒙我，你是不是那個……」「什麼這個那個？」「那個國民黨情報機關的？」「嗨，你話扯到哪兒去了。我既不是國民黨情報機關的，也不是共產黨安排的，我是非黨派人士懂嗎？如果你一定要說我加入過什麼黨，咱就算是掙錢黨吧。其實不管是中國的國民黨還是共產黨，美國的共和黨還是民主黨，我們澳洲的工黨還是自由黨，這些黨內的不少人士都是身在曹營心在漢，都是我們掙錢黨的黨員，掙錢黨的黨章和黨綱加起來只有兩個字：掙錢。不瞞你說，以前我對政治也有幾分興趣，現在我是看透了，這個世界上掙錢最重要。實話對你說吧，如果有一位臺灣人士光臨鄙處，不想回臺灣，也想搞一個袋鼠護照什麼的，咱照做，給他當場拉一幅鐮刀錘子的共產黨黨旗，照片三張。國共兩黨一律平等，價格嘛，也是九百塊大洋。」

這一席話說得吳道對張大哥佩服得五體投地，出門時緊緊握著張傑克的手，說事情辦成了一定請大哥喝酒。張傑克順便問了一句：「你也是牛廠的？」吳道說：「是啊，石頭河牛廠，我們廠大著呢，五六百個工人。」張傑克就說：「你們廠是不是有兩排旗杆？」吳道說：「是啊，你怎麼知道？」張傑克一笑說：「老謝告訴我的，替我和老謝問好。」顯然張傑克搞的青天白日旗的創意是來自於老謝的旗杆之說。吳道也不知道老謝是哪位，答應著走出門去。

小個子走後，張傑克將抽屜裡的那袋已經吃了三天的麵包扔進紙簍裡，準備去麥當勞吃一餐，至於是先付房租還是先去買一套像樣的西裝，他還得考慮考慮。

3

立德大廈裡的底層是花花綠綠的商店，二樓是誘人腸胃的美食中心，三樓以上就是各種各樣的辦公室。平時是一樓二樓熱鬧繁忙，上面幾層樓面比較清靜。這幾天，兩架電梯裡老是擠滿垂頭喪氣的人，上上下下，上面幾層樓頓時熱鬧起來。找上門的人越來越多，當然不是指強尼移民公司生意興旺，是指那幾家老牌子移民公司，也不是說他們生意越來越紅火。也許是政府最近撥下一筆款項，移民局加快了各種移民審理的進度，拒簽的人一撥一撥地收到二十八天離境的通知。亂哄哄的人闖進辦公室，嬉笑怒罵，抹眼淚擦鼻涕，「老闆，你不是說一定能辦成嗎，你不是說不成功不收費嗎？」「媽的，我交了一千元錢，你給我辦的什麼鳥移民？」質問，咒罵，嚷著要退款，要揪移民代理的腦袋。移民公司的老闆怎麼能給你退錢呢？這錢吃喝嫖賭不知道花到什麼地方去了，就是沒有花掉也不能退給你啊，做生意怎麼能夠不撈錢。於是就說出各種理由來辯解搪塞拖延，反正你們這些倒楣蛋也拖不了幾天，統統要離境滾蛋。

是啊，怎麼能叫人不傷心呢，這移民申請一招辦砸，就和綠卡無緣，就決定了一輩子的命運。強尼移民公司至今還沒有人找上門來，也許是因為開張較晚，沒有品牌，兩個月來找張傑克做移民申請的也不多；也許還有一個原因，是張傑克搞得都是個案個做，用了一番腦筋。照理說，對門和隔壁的那幾家移民公司鬧得越厲害，張傑克應該越高興。可是，此刻的張傑克惶惶不可終日，正在整理東西，把辦公桌裡幾個稍微值點錢的玩意都塞進包裡，他的心情比其他各家的移民代理還不安。人家好歹有一張勞什子的移民代理的執照，或者有個什麼律師助理的頭銜。張傑克對外說自己是悉尼法律學院畢業的高材生，還把自己在文學院畢業時帶黑色方帽子的照片放大了一張掛在牆上，反正法學還是文學別人在照片上也看不出，這就叫掛羊頭賣狗肉，澳大利亞不就是出產羊嗎？誰讓自己去學什麼澳大利亞文學，卻不說澳大利亞有沒有文學，這學文學本來就是走錯了道，文學能餵飽肚子嗎？這是張傑克最近才覺悟到的。但張傑克自己最清楚，自己什麼也不是，只有門上掛的一塊強尼移民公司的招牌，除此之外，口袋裡還有一紙催命符似的移民局的逐客令，百分之百的黑戶。如果他辦理移民申請的那些客戶，遭移民局拒簽吵上門來，如果那一位一上勁和他較真，一不小心把他的真名實姓弄到移民局去，不出二十四小時，準來兩位高頭大馬的移民局官員，把他押上囚車，送進悉尼西面的維拉沃特拘留營，白民黑民都混不成了。

「一二三」張傑克嘴裡反覆念叨著，他已決定，他辦理過的人士，只要有三位吵上門來，和他論理什麼申請辦砸之事，他就立馬提包拍屁股走人，辦公室又到交房租的時間了，錢也算撈了幾個，總不能拿自己的身家性命開玩笑。他的耳朵隨時隨地地聽著敲門聲，等著不知哪位傢夥吵進門來。就在這時，桌上的電話鈴聲叫了起來，張傑克提起電話，一聽是吳道的聲音，感覺大事不妙，這是他收費最高的一位顧客。

「張大哥，成了！」那邊傳來吳道欣喜若狂的聲音。「什麼成了？」這邊張傑克還沒有反應過來。「你替我辦的申請辦成了，我剛收到移民局批准下來的來信。」吳道在那邊千恩萬謝。這會兒，張傑克糊塗起來了，自己糊弄的招數，移民局沒有搞錯吧。

更沒有想到的是，不到兩個小時，又來了兩位老兄傳來「成了」的電話，而吵上門的人一個都沒有。這回兒，張傑克不糊塗了，悲喜交集，更確切地說，是有幾分傷感和後悔。悔不該當初出了六百元去請什麼狗屁資深代理辦理自己的申請。如果自己的那幾招用在自己的身上，早就是大功告成了，也不用提心吊膽的背著那個「黑鍋」。此時此刻，張傑克絕對相信自己才是移民代理中的高手，是金牌移民代理。機不可失，時不再來，把背包裡的東西重新擺佈出來，進一步考慮強尼移民公司的業務的擴展。要發揚以一當十的精神，三個人辦成功了，就把它吹成三十個，在報紙上登上一大版廣告，轟動轟動，對，還應該提高收費，成功率高，提高收費是應該的，撈它娘的大錢。這時候的張傑克熱血沸騰，感到辦公室門口人頭攢動，人們紛至踏來，生意滾滾而來，數鈔票也來不及，得請一位漂亮的秘書小姐了。

說幹就幹，張傑克整了一下西裝領帶，那一塊破布在皮鞋上擦了幾下，準備出門去做廣告，再一想，做廣告是做廣告，得有點真憑實據，對了，將小個子吳道的那份被移民局批准的材料借來複印一份，以後上門的人，第一件事就是讓他們瞧一眼這玩意。

張傑克馬上又撥響了電話：「喂，吳道嗎？我是張大哥。」那邊小個子一聽張大哥的聲音，仍是激動得手舞足蹈，「張大哥，我越想越高興，咱們得慶祝一下，我請你喝酒，喝好酒。」這話正合張傑克的心意，去吳道住處正好能把複印那份材料的事一塊兒辦了。再說，張傑克好久沒有舒坦地喝一口了，那老謝也不知道怎麼搞的，聽說他幹上了移民代理這一行，好像愛理不理，也不來請他喝酒了。

4

吳道和另兩位留學生合租了一套房子，他們在廚房裡又是抽煙又是炒菜又是大呼小叫，在一片烏煙瘴氣的氛圍裡搞出一桌菜，有燉豬爪，紅燒雞翅膀，番茄溜雞蛋，土豆燒牛肉等，最貴的是幾個清蒸大蝦。這碗碟也是亂七八糟的，有大盆小碟，有鐵皮碗搪瓷杯，最後把鐵鍋也端上桌來。張傑克進門瞧見這一桌菜肴，就說：「你們已經進入共產主義了。」

大家在幾張破沙發上入坐，中間是一張低矮的桌子。張傑克想，要是老謝在就好了，這氛圍肯定挺合乎那傢夥的口味，不過這頓飯不是自己請客。就在這時候，吳道興高采烈地摸出一瓶酒：「張大哥，我知道你喜歡喝酒，看，我為你準備了什麼酒？」「茅臺。」張傑克眼睛發亮。

「這是我下午從唐人街酒店裡採購來的，整一百五十元澳幣。以前孝敬老爺子我也沒有買過這等好酒，這會兒張大哥能為咱辦成這件大事，心裡高興那，咱喝茅臺。」

張傑克笑眯眯地雙手捧過酒瓶，旋開瓶蓋，一股茅臺酒香沖鼻而來，「好酒，好酒啊！」

四位酒友碰杯飲酒。第一口酒喝進嘴裡，舌頭髮麻，咽下喉嚨，喉嚨發燒，流入肚子也是熱火火的，張傑克感到有點不對勁，問道：「吳道，以前你喝過茅臺酒沒有？」

「沒有，這是咱生平第一遭。」吳道老老實實地說。

張傑克拿過酒瓶，用鼻子嗅了嗅，不對，又倒出一盅，慢慢地倒入嘴裡，味兒還是不對。剛剛開瓶時，明明聞到一股茅臺酒香，那香味去哪兒了？張傑克眼光掃過桌面，瞧見塞酒瓶的木塞躲在一個鐵皮碗下，他用懷疑的目光對這個木塞打量了一會，抓過來一嗅，恍然大悟，「呵，這木塞放在茅臺酒裡浸過，和瓶子裡的酒是兩回事。」

「假茅臺？」吳道一臉氣氛，「我去找唐人街酒店的老闆算賬，媽的，竟敢用假貨騙我。」

「一樣一樣，」張傑克大笑起來，端起酒瓶，「這木塞子和我那青天白日旗的那一招屬於異曲同工，絕招，此乃絕招也。」

「張大哥，明日咱再去找那狗老闆，搞一瓶真茅臺給你。」

「不用，不用。真做假時假亦真，這叫辯證法。只要酒能喝就行。」說著張傑克把杯裡的酒一飲而進，紅光滿面，滔滔不絕地發揮起來，「這叫酒不醉人人自醉，色不迷人人被色之謎……」

「張大哥真是大能人，真是天才，我們敬你一杯。」另兩位也紛紛替張傑克斟酒。

「張大哥，」吳道端起酒杯，「小弟還有一事相求。」「什麼事？」「就是我這兩位朋友，申請也剛被拒，聽說被拒者只要有正當理由，還可以上訴。我對他們說，還花那些冤枉錢幹什麼，不如找咱張大哥想想辦法，張大哥辦一個成一個，張大哥你看怎麼樣？」

「上訴是有點難度的。」張傑克放下酒杯，一副思索的模樣。「張大哥能幫忙嗎？」兩位著急起來。張傑克仍然一語不發。這邊吳道又說：「張大哥別誤會，這事不是白乾的，收費多少給多少。」

那兩位從口袋裡摸出早準備好的黃色的工資袋，從裡面倒出鈔票，放在張傑克的前面。張傑克朝錢掃了一眼，仍然沒有言語，此刻他像老僧入定一樣般，坐著聞風不動，兩眼直勾勾地看著前方。兩位中間的一位自作聰明，起身跑到隔壁房間，一會兒又蹬蹬地跑過來，大概是從枕頭套裡又摸出鈔票，他將錢又朝桌上一放，「張大哥，你到底要收費多少，說個數。」

這時候只聽見張傑克長歎一聲，「唉，有時候世界上的事情，不是有錢就能辦到的。比如愛情。」「愛情」，幾位丈二和尚摸不著頭腦。張傑克又說：「是啊，我剛才正在考慮愛情。」

「張大哥結婚沒有？」吳道問道。

「沒有啊，光棍一條，所以才想談情說愛的事情。吳道兄弟，我真羨慕你，有老婆有孩子，搞到身份，一家子就能來澳洲團聚，真使人高興。」張傑克又轉過臉問道：「這兩位兄弟成家沒有？」那兩位搖搖頭。

「是啊，我也是，在這兒結婚成家難著呢。有些人，想花點錢，透過假結婚搞身份，我最反感，我認為這結婚就一定要有愛情做基礎，愛情基礎是什麼各位知道嗎？」

那幾位感到張大哥莫非多喝了幾杯假茅臺，有點雲裡霧裡瞎扯。

「嗨，以前在中國的時候，你們有沒有聽過黨支部書記講革命，講人生觀，理想觀，愛情觀？」張傑克好像真糊塗起來，越發說得認真。

那兩位也不知道怎麼辦，就順著這位張大哥的醉話，湊合幾句：「講過講過，耳朵都聽出了老繭，不就是什麼愛情不能以金錢為基礎，要有共同理想，志趣相同，意氣相投。」

「生動準確，講得太好了。」張傑克大加讚賞，好像一下子酒醒了，站起身來說，「現在你們兩個就回屋，把你們最好的衣服穿上，打扮打扮。」「穿衣服幹嘛呀？」「哦，沒有好衣服吧，沒關係，就把赴澳時穿的那套西服套上也湊合，我這就給你們兩位行大禮。」兩位越聽越糊塗，「行什麼大禮，張大哥你喝糊塗了，你沒有搞錯吧？」

「我怎麼會搞錯？」張傑克又抓起桌上的酒瓶子：「瞧，今天喝的是什麼酒，不辦喜事，喝什麼茅臺？」

「辦什麼喜事？」那兩位快暈倒了。

「剛才你兩位不是講了愛情的基礎？你兩位都想留在澳洲拿袋鼠國護照，共同理想；你倆都喜歡喝酒，志趣相同；你倆經常一人手上一個酒杯，前面一碟牛肚，一碟花生米，對著就喝上了，意氣相投。這酒喝多了，人就容易迷糊，你倆不就是迷迷糊糊地愛上了嗎？」「同性戀啊？」兩位大叫道。「由戀愛自然而然地發展到結婚，你們說是不是？」張傑克得意的就像一位魔術大師。兩位聽傻了眼。

「你倆再想一想，如果在中國大陸，同性戀結婚，那新房非大牢莫屬，還能去那兒？澳洲是個自由國家，反對什麼假結婚，你倆可是真結婚，誰也反對不了。澳洲當局看你兩回不了中國，當然得派發袋鼠護照給你們。」張傑克說得振振有詞。「這，這……」兩位支支吾吾找不到詞。

「這有什麼可猶豫的，以後你們倆廝守一輩子，或者感情不合鬧離婚，全都是正常的。頭等大事，就是先把綠卡弄到手是不是？今天先把這喜事辦了，按中國人的禮節不就是吃喝一頓嗎？明天也不用上教堂，花幾十元錢搞些文件，請個太平紳士做個證人簽個名，一切都成了。」張傑克又問吳道，「你這兒傻瓜相機有沒有？」

「有啊，有個全自動相機。」吳道翻箱倒櫃找出一個破相機。

「好好，拍幾張婚禮照作為證明材料，我再為你們倆寫一段羅曼蒂克的戀愛史，一起送上去，看得那移民官眼花繚亂。不是我張大哥吹牛，百分之一百成功。」張傑克大拍胸膛，從這個角度跑道那個角度，為兩位同胞拍新婚照。

「高，實在是高，妙，實在是妙。」小個子吳道伸出大拇指，「這叫一箭雙雕，一石二鳥，你倆的事，一下子全讓咱張大哥辦成了。」

不一會，那瓶假茅臺酒就見底了，吳道開著破車又去外面搬回一箱福士特啤酒。張傑克和那兩位已經抽掉幾包「魂飛爾」牌香煙，房間裡烏煙瘴氣，其樂融融，喜氣洋洋。

張傑克張大哥擴大業務範圍的事，後面再說。

六、老謝又去找張傑克

1

出事了，老戴出事了。掛牛皮的鐵鈎子從上面的軌道上掉下來，砸在福建老戴的腳板上，還算是大頭牛皮工作鞋保護著，沒有把老戴那雙大腳砸成稀巴爛，但把鞋頭裡面的鐵皮也壓變形了，老謝的腳趾受傷，得在家休息幾個月。

老戴回家，老謝就由臨時工轉為正式工。澳大利亞的正式工享受許多福利待遇，一年有四周假日工資，公共假日工資，病假工資等。這都是老謝期待已久的。不過好景不長，沒有幾天，廠裡鬧起了罷工，而且很有規律，周四發工資，周五就鬧罷工，每星期鬧一天。那些金頭髮的工人都是附近鄉鎮上的人，平時在家，上班下班也由老婆管著，這會鬧罷工，誰也管不著了，大快人心，他們都喜氣洋洋地湧到酒吧間和TAB跑馬俱樂部去了，喝得爛醉。中國工人的想法就不同了，每周少做一天就少一天工錢，他們說澳洲工人沒有腦子，也不想一想，老闆因為生意不好，開工不足，平白無故地也不能讓工人回家，就勾結工會頭頭想出了罷工這一招，罷工的日子當然就能省下大筆開支，至於老闆私下給了工會領導人多少好處費，大家就不清楚了。

大家議論紛紛，牛腿車間的吳道個子小，勁不小，當時能通過難民申請搞定身份的屬於鳳毛麟角，吳道的事兒已經在石頭河宰牛廠的上百名中國人之間秘密傳開了。吳道有了身份，認為自己是光明正大的「白民」，也越發牛起來，他說，這罷工都是自願的，工會也不能強迫工人參加罷工。於是他就大搖大擺地走進辦公室，對約翰牛經理說他不參加罷工，要求星期五照常上班。約翰牛經理二話沒說，就讓他來上班。星期五廠裡不開工，吳道拿一把掃帚在車間裡東劃一下，西劃一下，這活太輕鬆了，比別人多拿一天工資，他自鳴得意撿了個「洋撈」。沒有想到，第二個星期，工會就去老闆那兒告狀，提出了必須開除吳道的要求。我們知道，澳洲的老闆，一般不願意得罪勢力強大的工會，再說這罷工裡面的貓膩誰也說不清楚。於是，不願意參加罷工的吳道就被開除了。

吳道很憤怒，跑到辦公室問約翰牛經理：「你們講不講理？」經理讓他去找工會，工會主席亨利是一位大個子，正拿著刀子在給牛開膛，他斜眼藐視了一下小個子吳道，粗聲粗氣地說：「你他媽的不尊重工會的決定，就是藐視我們工人階級。」嘩地一刀，牛肚子拉開了。吳道大屁也不敢放一個，就走開了。

吳道告狀無門，站在宰牛廠大門口詛咒叫罵，說這宰牛廠過不了一百天，就得關門倒閉，說不定還要遭到天火燒。大門口的保安說：「他媽的，要罵你可以回家去罵，在這裡胡鬧，我要去叫警察了。」吳道說：「他媽的，這裡不是言論自由的社會嗎？我有公民的權利。」說這話他有點心虛，現在他已混到澳洲永久居留的份上，但離開澳大利亞公民還有一段距離，他也不想把事鬧大了，一邊說一邊滑腳開溜。

不知道是吳道的詛咒產生了效果，還是其他什麼原因，反正這牛廠好像大事不妙，有點山雨欲來風滿樓的氣象。

遠隔萬里的英國出了瘋牛病。照理說英國的牛發瘋，澳大利亞的宰牛廠老闆應該笑掉大牙才是，那訂單應該雪花飄飄地飄到澳大利亞來，澳洲和大不列顛國中間隔著大海洋，英國牛再瘋狂也闖不到澳大利亞的土地上來。世界各國的百姓不吃英國牛肉，可以改吃澳洲的牛肉是不是？可事情偏偏不是這樣。前一階段，宰牛廠老闆雇傭幾個槍手，以科學家的名義在報紙上大談養雞場使用了太多的激素，吃一公斤雞肉就等於吃下多少激素等等；而牛是在牧地裡吃草長大的，營養好，蛋白質成分高，提倡大家多吃牛肉。於是乎，宰牛廠的生意好得不得了。現在情況不同了，人民群眾不但抵制英國的瘋牛，對全世界的牛，當然也包括英聯邦澳大利亞的牛肉都抱著一種懷疑的目光。不少老百姓寧可吃有許多激素的雞肉了，也不沾牛肉的邊。一直津津有味地吃到「禽流感」爆發，這是以後的事。

老闆的訂單越來越少了，臨時工都被請回家去，老闆又和工會主席商量著，是否每星期罷工一天改成罷工兩天，罷三天工也沒關係。這就讓工會頭頭為難了，於是工會就在大飯堂裡召集工人開大會，五六百張嘴一起議論紛紛，說一星期只讓我們上兩天班，還讓不讓人活了？老闆又提出，從經理起到工人，人人減一成工資，才能維持工廠的生產。工會又召集工人在大飯堂開會，工人堅決不同意。老闆瞧見工會開會開不出什麼結果，就說，要把宰牛廠改成殺雞廠了。工會又要召集工人開大會，老闆不讓在廠裡召開，說開會是你們的事，廠房電費都是花我的錢。把廠門一關，讓工人們到外面的荒郊野嶺裡去開會。老闆和工會徹底鬧翻了，荒郊野嶺裡佔大多數的金頭髮工人群情激昂，工會主席站在一輛破車上講話，廣大工人群眾在邊上吆喝呼喊，有點兒列寧在一九一八年的味道。黑頭髮工人懶懶散散地躲在四周看熱鬧，最後的結果是無限期大罷工。

這無限期罷工，離工廠倒閉也就是沒有幾步了。一百多年的宰牛廠，宰了上百萬頭上千萬頭牛的牛廠，今天怎麼會出現這種狀況，這一件件事情怎麼會鬧到這個地步？黑頭髮裡面有人說，這是吳道詛咒在起作用。也有人不同意，這小個子哪來這麼大能量，他又不是從英國來的巫婆（那時候報紙上登載，一個從英國來的神通廣大巫婆，她這輩子逃過九十九次災難，在五年前她就預測到英國的牛會發瘋）。也有人說，這是世界一體化的結果，瞧，悉尼的高樓大廈裡，各國來的高官在召開什麼世界經濟協作會議，各國的喜好管閒事的傢夥也來到悉尼街頭遊行鬧事。所以，北半球大西洋邊上，那個大不列顛國的牛放一聲響屁，南半球的澳大利亞的人民也馬上聞到了臭味。

2

說了這麼多世界大事和宰牛廠大事，這話題應該回到主人翁老謝身上了。本來，老謝認為轉成長工就是在澳大利亞找到鐵飯碗了，沒想到這飯碗一下子就裂了縫。那幾天老謝給阿廣和索羅門分析世界形勢和宰牛廠之間的關係時，兩位仁兄也對前景表示擔憂，不知道宰牛廠哪天能夠復工，更不知道瘋牛什麼時候恢復正常。阿廣說：「要是能夠把瘋牛送進瘋人院裡，和正常的牛隔離開來，事情就好辦了。」索羅門認為行不通，瘋牛力氣大，一下子就能把瘋人院的牆撞倒了，其他瘋子連牛尾巴也抓不住，瘋牛在倫敦大街上亂闖，那還得了。

老謝對阿廣說：「看來這長工短工都不穩定，聽說現在有不少中國留學生改做生意了。書早就不讀了，留什麼學呀，能交得起學費的沒有幾個。張傑克現在就有自己的生意。」阿廣也認為做生意是一條出路，而且可以掙大錢。老謝說：「一是要有本錢，二是要有好的點子。」於是兩人就討論做生意的事情，他們談了許多專案，從中國的服裝小商品到澳洲的牛皮羊毛。

老黑索羅門也插上話來，說非洲草原上有許多獅子，弄點獅子皮毛來澳洲或者賣去中國，肯定可以掙大錢。阿廣說可以試試，這也不用花什麼本錢，買一張飛機票去非洲，買一杆好一點的獵槍，弄一挺機關槍也行，阿廣還說自己以前參加過民兵，玩槍沒問題。索羅門的父親是那裡的酋長，近水樓臺先得月，這事情有眉目。老謝比較有頭腦，他說：「非洲的獅子也是聯合國禁獵的動物，就像我們中國的老虎一樣，打死一頭少一頭，不像澳洲的牛羊宰也宰不完。」索羅門說：「我們那裡沒有人管，只要你不被獅子吃掉，把獅子宰了你就是英雄。」老謝覺悟高：「不行，寧可被獅子吃掉，也不能打獅子的主意。你瞧，我們中國的東北老虎現在已經找不到了，人卻越來越多，這就是說，人死掉十個八個沒關係，老虎一頭也不能死。非洲的獅子也是這個道理。」

最後，老謝想出一個好的點子，也和宰牛廠有關。老謝說：「我們計算一下，廠裡每天宰一千頭牛，一般情況應該是公牛母牛各五百頭，有點上下也差不了多少。五百頭公牛就應該有五百個生殖器，照中國人的說法也就是五百條牛鞭子。阿廣你說過，你們宰牛車間把牛雞巴都當作廢物扔掉的？」阿廣說：「千真萬確，每天都是我去扔垃圾桶的，一股騷臭味，我想這牛就是比人厲害。」

「你說得很對，福建老戴吹噓他七個半小時金槍不倒，純粹是吹牛。為什麼說是吹牛，不說是吹豬吹羊吹狗，就因為牛是最厲害的。可惜了，一天五百根牛雞巴，十天五千，一百天五萬，一年十幾萬根，全都被當作垃圾扔掉，這是在糟蹋最寶貴的人生資源。」老謝開始長篇大論，「為什麼這些資源會被浪費，這裡有一個東西方文化差異的問題。西方人定量分析，發明偉哥，說裡面含有什麼分子元素，以為吃一粒小藥丸就像吃下一顆炮彈，能量力大無比，就能把天下美女都轟趴下。中國人含含糊糊，相信吃什麼補什麼，把牛雞巴當寶貝，美其名曰為牛鞭，以為吃了這玩意，自己那玩意也能和牛鞭子一樣粗壯有力，讓老婆高興，讓情人快樂。我看我們的生意就是這個專案了，宰牛廠裡的垃圾，我們買來肯定花不了多少錢。說不定約翰牛經理一高心，讓我們免費把牛雞巴拿回家。我們拿回來後，把牛雞巴放在太陽下面曬乾，做成牛鞭，再運往中國，高價出售。這是無本的買賣。」

阿廣眉頭一皺說：「我認為你這個主意不行，雖然澳大利亞住房大，有前後花園，如果屋前屋後全曬著這牛雞巴，你看行嗎？」老謝插上話來，「還有那個涼衣服的鐵架上也能掛上一二百條牛鞭。」阿廣接著說，「全掛滿了牛鞭，那股騷臭味會引來許多蒼蠅，現在也不知道那玩意在太陽下曬幾天才能曬成乾牛鞭。再說碰到下雨天怎麼吧？」

於是出現了一幅圖景，前後花園裡曬著成千上萬個牛雞巴，一群群黑色的蒼蠅在嗡嗡飛舞，那氣勢蔚為壯觀。說不定能被選入金氏世界紀錄了。老謝想來想去，認為阿廣的憂慮是有道理的。如果真的出現那個宏偉的千萬根牛雞巴的場面，左鄰右舍都跑來參觀，肯定要提出抗議。老謝又想出辦法：「我們可以把買來的貨，在宰牛廠的冰庫裡放著，存滿幾噸搞一個冷凍集裝箱運往中國出售。」

「這個主意不錯。」阿廣又說：「我可以去廣東聯繫下家，我們那兒的街上，髮廊和按摩院都開滿了，是男人全都希望補一補身體，這個生意肯定能做成做大。還可以出口香港臺灣日本，那裡的男人也很崇拜牛鞭子，說不定做一兩年，你我就能成為國際富翁了。」

「肯定能，肯定能。」老謝摸出煙盒，自己嘴上叼一支，給阿廣一支。索羅門說，也要來一支。老謝說：「你從來不抽煙，不是浪費我的煙嗎？」索羅門自己從老謝的煙盒裡拿了一支，點上火，吸了一口，嗆了三口。

就在這時候，電話鈴聲響了，是福建老戴的鄰居打來的，一個不幸的消息傳到老謝耳朵裡。出工傷的老戴，在家裡好好養著傷，移民局的官員突然找上門來，老戴腳一拐一拐地被他們塞進囚車載去悉尼西南部的維拉沃特拘留營。

「真是說到曹操，曹操就來事。」老謝感歎一聲，他一直以為老戴早就混到澳洲公民的身份，最起碼也是一個永久居民，沒有想到老戴也是一個「黑民」，老戴嘴緊，和誰也沒有說起過自己的身份，不知道是哪個掌握內情的小子告了密。反正那個年頭，誰也靠不住。老謝對阿廣說：「做人應該有原則，害人之心不可有，防人之心不可無。」

幾天後，又傳來一個消息，說老戴不想在維拉沃特拘留營裡長住，讓移民局買一張飛機票送他回國。他說他對澳大利亞很不滿意，幾年來他為宰牛廠出大力，在宰牛廠的冰庫裡差點凍成冰棍，給澳大利亞人民做了這麼大的貢獻，如今無情無義的澳洲政府卻把他像罪犯一樣給逮起來，這輩子他不會再來澳大利亞，澳洲總理請他來他也不來，他回福建老家去辦一個養牛場去，看看將來在這個世界上到底誰牛？是澳大利亞牛，還是中國牛？老戴就是這樣滿腔激憤地跨進尾巴上畫有袋鼠的飛機，越過太平洋飛回祖國，有點壯士一去不復返的味道。

這年頭，太恐怖了，不知道哪天移民局會找上門來。老謝感到不得不關心自己的身份問題了，吹牛侃大山討論國家大事應該朝後挪一挪。他也在宰牛廠的黑頭髮群體中，道聽途說過吳道搞到移民身份的事情，他和那位小個子沒有什麼來往，老謝也不是隨隨便便和那些無名之輩交往的人。但他聽說吳道的申請是一家叫「強尼」移民公司給做的，強尼移民公司已經出了名，宰牛廠裡不少黑頭髮群眾都紛紛去城裡唐人街立德大廈，送錢給強尼移民公司，排隊辦理各類移民。

有一天，有一個從東歐來的金頭髮的鬼佬也來偷偷問老謝：「謝，聽說有一家你們中國人辦的強尼移民公司，辦案成功率很高。你有沒有這個公司的地址？」老謝第一個反應是，這個傢夥肯定也是一個黑民；第二個反應，張傑克的形象一下子推到老謝眼前。雖然老謝對張傑克幹移民代理有一點看法，但這些看法在當前移民局四處出擊的白色恐怖形勢下，一下就顛倒過來。他必須去拜訪一下張傑克了。

宰牛車間的阿廣也沒有牛可宰了，身上的牛血一點也看不到了，每天打扮得山青水綠，還要噴幾下古龍香水。可是打扮得再摩登，沒有錢賺，心裡那個焦急啊。只有索羅門一點也不著急，他本來就是從頭到腳一片漆黑的黑人，對於討論什麼「黑民白民」一點興趣也沒有，他說還要找一份包裝黃油那樣的輕鬆工作。沒事幹，他就把那幾本老掉牙的色情畫報翻出來欣賞。

老謝和阿廣天天商量有關身份的頭等大事，兩人決定去悉尼城裡的唐人街立德大廈找張傑克諮詢一下。

從黑鎮到悉尼城有幾十公里，老謝說不用打車票，在火車上混一個小時就到了。阿廣不願意冒這個險，堅持開他那輛破車去城裡。老謝說城裡的停車費很貴，一個小時八元錢。阿廣說，如果混車票給查到，罰款八十元，再把事情鬧到警察局移民局去，就是給自己添麻煩了。老謝認為阿廣說得有理，現在是非常時期，同意了阿廣的意見，鑽進了阿廣那輛破車。

這輛三千元錢買來的福特破車在半路上拋錨了，如果叫拖車再加上修車，不知要花多少錢。阿廣說有一個名叫阿李的朋友是車行裡的修車師傅，在路邊電話亭打了一個電話，那邊阿李說要等下午四點下班才能趕過來。老謝和阿廣把破車推到路邊，阿廣說，丟它老媽這輛破車，今天真倒血黴。老謝說沒事，世界上發生的事情都是一好一壞，禍兮福所依，福兮禍所依，老謝點上香煙的時候一副哲學家的派頭。兩人進一步討論關於申請移民的重大問題，老謝還根據自己的思路習慣，概括出上中下三策：「留，混，走。」留，就是想辦法搞到身份，名正言順地留在澳大利亞；混，就是沒有搞到澳洲身份，混在澳洲打工掙錢，掙到哪天是哪天；走，就是走出澳洲，搞一個第三國移民，世界這麼大，也不是非要留在澳大利亞這個袋鼠待的地方。

一會兒話題又從移民轉到了「抬死駱駝」的彩票上。阿廣又點上一支煙說：「要是能抬起死駱駝，搞它五百萬一千萬，還搞什麼移民？」老謝也續上一支煙，噴出一口煙霧道：「就是，有了幾百萬錢澳洲政府還不搶著要我們留在這兒，這叫肥水不流外人田，移民局那幫孫子跑來不是抓我們，而是抬著轎子追著叫我們大爺，總理小基請我倆吃飯都來不及。發根他媽，到時候還要看我願不願意呢。」

兩個人吹著抽著，煙盒裡都抽到最後一支煙的時候，阿李趕到了，這兩支煙就歸阿李了，阿李一邊抽煙一邊鼓搗破汽車，他的技術還真不錯，一會兒就把汽車發動起來了。這時候天開始黑了，阿廣問老謝還去不去城裡，老謝說為什麼不去，晚上城裡的泊車位不用收費。阿廣擔心車還會拋錨，阿李說你太小瞧我這個八級修車師傅了，你得請我去城裡唐人街喝酒。阿廣只能少數服從多數，破車朝城裡駛去。

3

到了悉尼城裡已是晚上六點，老謝說先辦正事，他擔心「強尼移民公司」關門了，趕到立德大廈，坐電梯上樓，電梯門一開，踏進張傑克的辦公室，裡面一片熱鬧，還有幾位顧客坐在沙發上等著。如今的辦公室裡已經添置了幾張大沙發和茶几，牆上掛著風景油畫，張傑克把以前的二手貨辦公桌扔了，換了一個頗有氣派的胡桃木大辦公桌。屋裡還等著幾個客戶，這傢夥忙得不得了，瞧見老謝幾位進屋，點一下頭算是打招呼，讓他們三個坐在一張長沙發上等著。

老謝瞧著張傑克幹活，見他辦事還是挺認真的，講話得體，每件事都說得有根有據，對顧客提出的各項要求，盡量滿足。和那幾位談完，已經是晚上八點，立德大廈上面幾層辦公樓到了關門時間，清潔工已經站在走道裡。張傑克說：「老謝，不好意思，不好意思，讓你們等了兩個鐘頭。立德大廈的關門時間也太早了，現在我恨不得做通宵。今天你們是找我有事吧？」老謝還是客氣地說：「沒事，沒事，進城來看看你。」阿廣肚子裡說，什麼沒事，都折騰了一天，這不是白進城了，就說：「傑克先生，你看這樣行不行，今晚我們請你吃飯，在飯桌上一邊喝酒一邊說事。」

「客氣，客氣。」張傑克把文件等東西都塞進皮包，說道：「老謝是我的朋友，你們是老謝的朋友也就是我的朋友。我最近呢也賺了幾個小錢，今天的晚飯由我請，就在二樓的美食中心，坐電梯下去就到。」

美食中心的四周是各種吃食店，中間放著一排排桌椅，那檔次和大排擋差不多，晚上吃客不多，他們四人找一張小桌，叫四瓶啤酒，一個鐵板燒牛肉一個電烤雞和幾個菜蔬，「乾，乾！」幾位舉起酒杯喝開了。

酒席間，老謝和阿廣就把移民申請的事說開了，張傑克說可以替他們辦理難民申請，這事包在他身上。老謝前思後慮，認為不妥，自己堂堂中國人怎麼能辦難民，應該辦一個合理合法的移民身份；其實老謝的肚子裡還有另一層意思，自己將來要回國，不像張傑克是什麼民運組織的領導人，非得在國外弄一個難民身份。自己回國去要辦什麼京都大妓院，只是腦袋裡的荒誕想法而已，又不會真做。身份一搞定，他的第一件事就是打道回府去看老婆妮娜。阿廣對難民申請也不敢認同。

張傑克又提出了兩個設想，搞技術移民，他們兩個都沒有高學歷，也沒有什麼突出的技術；搞婚姻移民，他們兩個都是結過婚的人，也沒戲。阿廣說：「看報紙上的廣告，說你們還辦理第三國移民，是否可以給我們搞個第三國移民，我們也不是非要賴在澳大利亞不可。」老謝在邊上點頭稱是，「此處不留爺，自有留爺處。」這個問題是他倆下午在馬路邊上討論時，上中下三策之中的下策「走」。

「可以，可以。」張傑克又給各位倒滿酒，敬上煙，煙霧繞繞，他問：「你們想辦哪個國家？」

阿廣說：「我們只是想搞一個第三國的護照，你知道我們來澳的時間也不算太長，錢也掙得不多，所以辦這個護照能少花錢就盡量少花錢。」

張傑克舉起酒杯說：「盡量辦，盡量辦。」他讓老謝和阿廣介紹了一些自己的背景情況，回家每人準備五千澳元，等他的消息。

4

在家裡等了兩個星期，老謝和阿廣每天在屋裡吹牛，從世界大事中國大事澳洲大事牛廠大事，到留學生中間的各種花邊新聞風流韻事，到他們自己的移民小事和「抬死駱駝」「金露彩票」等等，再也吹噓不出什麼新東西了，煙也越抽越少，抽煙得花錢。老謝說，坐吃山空，這樣等下去也不是個事。他和阿廣設計的那個買賣牛雞巴的生意，現在宰牛廠不開門不宰牛，也無從做起。索羅門已經在黑鎮的一家菜市場裡找到一份清潔工，他說清潔工活太髒，不如以前在宰牛廠包裝黃油，他每天晚上吃完手抓飯，就要祈禱一番，求上帝讓全世界的牛早日恢復健康，宰牛廠能夠早日開工恢復生產。

可是沒幾天，三位都收到了一封宰牛廠辦公室寄來的信函，通知大家，宣佈石頭河宰牛廠正式倒閉，給他們每人兩周遣散費。這個消息不僅把他們三人的飯碗徹底敲碎了，還像一桶冷水澆滅了老謝阿廣買賣牛鞭的發財夢，中斷了他倆走向百萬富翁的道路。

「老天真是不長眼啊，我們設計的那個宏偉藍圖拉雞巴倒了，我們的人生的道路太不幸了。」老謝發出一聲感歎，準備出門去找工。

「前途是黑暗的。」阿廣搖著大腦袋，他感到自己最近遭到兩項沉重的打擊，失戀和失去工作，於是對澳大利亞更加失望了。

老謝安慰道：「這年頭能混就先混著，以後有機會再幹大事。」

幾天後老謝在一家越南人開的麵包店找到一份工作。也就是在這一天，老謝接到了張傑克打來的電話，說第三國護照的事有眉目了，讓他們去一次。老謝對阿廣說：「這不是雙喜臨門嗎？道理是曲折的，前途是光明的。」

老謝和阿廣又去了城裡唐人街，這次他們是打票坐火車去的，如今老謝的膽子變小了，對混車票的事有點膽怯。火車到了中央火車站，他們兩個走出火車站時，有好幾個穿西裝的傢夥在查票，老謝說，「發根他媽，現在查票的狗子越來越多了。」阿廣說：「今天買票沒有錯吧。」

在燦爛的陽光下，他倆穿過倍爾蒙公園的綠草地，走過幾條馬路，那兒就是唐人街了。唐人街的牌樓正在重新油漆，還有一隊舞龍的隊伍在敲敲打打，一片喜氣洋洋的色彩，老謝對阿廣說：「中國人就知道在唐人街上折騰，什麼時候能夠折騰到唐人街外面去，這才叫本事。」阿廣說：「能在唐人街上混混就不錯了。我還想在唐人街飯店裡混個大廚，聽說大廚的工資能拿到一千元。」

當他倆踏進張傑克的辦公室，首先瞧見張傑克背後的牆上多出了一張醒目的大照片，是澳大利亞總理基廷和張傑克的合照。老謝一看嚇一跳，就說：「不得了了，傑克兄弟的生意做大了，和小基混上了。」

辦公室裡只有張傑克和另一個中東模樣的人，。張傑克連忙站起身迎上前和老謝握手說：「多日不見，正在等你們，」又給他倆介紹道：「這位是黎巴嫩來的穆罕默德兄弟，是為你倆的事特意趕來的。」

穆罕默德和老謝阿廣熱情握手，他帶著中東口音慷慨激昂地說了一大通英語。老謝和阿廣的英語都有限，聽南腔北調的英語就更吃力了，只聽懂最後一句是什麼歡迎你們之類。張傑克解釋道：「穆罕默德說，非常歡迎你們兩位醫生去黎巴嫩。」

老謝問：「我們什麼時候成醫生了？」

「老謝你不是說你在插隊落戶的時候做過赤腳醫生？阿廣你說你家祖宗三代是中醫，你也懂點醫道。你們兩個，一個有實踐經驗，一個有理論知識，去黎巴嫩幹醫生這一行算是經驗人士。」張傑克展開話題，「穆罕默德說他們那兒非常缺乏醫生，你倆可以以技術移民資格去黎巴嫩。他還說，並不是非要你們加入真主黨，中國兄弟可以有自己的信仰，你們去那兒，不用像在這兒，整天東躲西藏和移民局捉迷藏，他們那兒就根本沒有移民局，你們可以正大光明地上前線，為受傷的穆斯林兄弟包紮傷口。」

「那兒不躲移民局得躲槍子眼兒。」老謝縮了縮腦袋。「那兒在打仗啊？」阿廣問。

穆罕默德又嘰哩咕嚕地說了幾句。張傑克解釋道：「他說中國兄弟去那兒，會得到那兒的兄弟們的尊敬。兄弟們正在和以色列人作戰，一個一個地英勇死去，那是阿拉的召喚。」

老謝說：「啊喲，我可別讓阿拉召喚去。我說傑克老弟，咱們的思想境界和白求恩大夫還有一段距離，再說中東地區的誰是誰非，也搞不清楚，不像當年的反法西斯戰爭那樣，一目瞭然，這事情我看還是以後再說吧。」阿廣問：「那地方搞錢容易嗎？聽說中東出石油，富得流油。」

穆罕默德兄弟還有真主黨大事要辦，先走一步。

張傑克說：「如果你們不想去黎巴嫩，還可以選擇另一處，那兒的條件更好一些。」

「你說來聽聽。」老謝又來了興趣。

「在那兒，你們會被尊敬地稱為人民醫生，幹得好，還可能被授予人民功勳醫生的獎狀，能在平壤千里馬大街的公寓房子裡住上兩室一廳的房子，將來你們有了子女，上學也不用掏錢，政府全包，福利不比澳大利亞差。如果你們真想去，勞動黨黨員的黨證也給你們辦齊，不過得多加點錢，還有……」

老謝問：「還有什麼新招？」

張傑克說：「還有你倆的名字，朝鮮人那有叫什麼老謝阿廣的？得改成朴順吉，金順平什麼的。」

老謝說：「就直接精神病得了。」阿廣問：「為什麼要改名字？」

張傑克回答：「這是商務秘密，裡面牽扯到許多重大的國際關係，我不能隨便透露。真想改名字，也不算是冒名頂替。」

老謝問：「是不是還要帶一臺收發報機去。」張傑克說：「那就隨你便了，帶什麼沒有規定，那兒的供應不是很好，多帶些東西沒有壞處。」老謝說：「再取個代號老狐狸什麼的。」阿廣問：「這是搞移民嗎？」

「這是搞間諜。」老謝繼續道，「我不去，聽說那兒在鬧饑荒，吃了上頓沒有下頓，我不能去那兒給朝鮮人民增加負擔。」張傑克嘿嘿笑道：「老謝你的思想境界真高。」

老謝又說：「傑克，你怎麼老是找一些第三世界的國家讓我們接受挑戰，你能不能給我們搞個什麼美國英國的移民，聽說北歐一些國家也不錯，什麼丹麥瑞士瑞典等等。」

張傑克說：「這叫一分價錢一分貨。你們出五千塊錢，就只能安排你們去黎巴嫩北朝鮮了。如果你們只肯出兩千塊錢，我賺一千塊，另一千塊錢買一張飛機票，直接送你們去阿富汗，那兒什麼證件都不需要，你們到了那兒是參加基地組織還是參加塔利班游擊隊，這都不管我的事。」阿廣說：「去阿富汗，你還要從我們身上賺一千元錢，真黑。」張傑克又說：「去美國去英國，別做美夢了，這得花五萬美金，合八萬澳幣，還不算搞綠卡的錢，你們出得起嗎？除非你老謝和美國中央情報局有關係，開後門通路子。當然，你和美國總統老布希有親戚關係，這事也能商量。」

這一席話說得老謝和阿廣的心服口服，腦子裡那點混亂不清的思路被徹底燙平。老謝就問牆上那張大照片是怎麼回事，總理基廷都成了張傑克的朋友，是否可以通通路子，讓小基去移民局關照一下。張傑克給兩位點上煙說：「真人面前不說假話，這是唬人的。當初我在《華語報》做大牌記者的時候，基廷還沒有當上澳洲第一把手，他作為工黨的領導人來參加華人社區的宴會，我在採訪他的時候，站在他邊上，讓別人按了一張。這會還真用上了，要不是基廷是洋人，我還能把他吹成是我小舅子呢。什麼時候回中國弄一張和鄧小平的合影照掛牆上，做澳中移民生意保你大發。」

老謝和阿廣出門的時候，雖然沒有搞定去什麼國家，但在張傑克的吹噓中，眼界大開，懂的了不少行情。張傑克說：歡迎他們再來。價格稍微貴一點的還有，南非以色列匈牙利和太平洋上的島國塞班島等。

回去路上，阿廣特意去買了一份世界地圖。一到家，他就趴在藍色的太平洋塊面上，東南西北找了半天，也找不到那個塞班島，地圖上都是又細又小的英文字。他說：「這不是大海裡撈針嗎？」老謝說他知道塞班島，第二次世界大戰的時候，美國就在那個小島上登陸，舉行大反攻。不過老謝在地圖上找了好一會也沒有找到，他說眼睛花了，要去睡覺，明天一清早要去麵包店上班。阿廣不死心，「我來找，打第三次世界大戰我也要找到它。」

七、巴黎麵包店

1

半夜三點鍾鬧鐘催命似的叫起來，一個鬧鐘還沒有叫停，另一個鬧鐘又響起來，老謝怕自己睡死爬不起床，特意準備了兩個鬧鐘。當第二個鬧鐘響起來時，老謝「啊」地大叫一聲，從床上一咕嚕爬起來，阿廣和老謝住一間屋，也被吵醒了，他嚷道：「你幹什麼啊？可以不可以把鬧鐘搞輕一點，我剛才在夢裡已經踏上塞班島了，你的鬧鐘叫得像日本鬼子的機關槍聲音一樣，我一下子從船上掉到太平洋裡，變成美國大兵了。」

老謝一邊穿衣服一邊說：「是兩個鬧鐘，我老婆小謝買鬧鐘的時候挑得就是這種聲音清脆響亮的，中國貨就是好，不像鬼佬的鬧鐘叫起來輕得像貓叫春。它不死命地叫，一大清早我能聽見嗎？你就克服一下了，要不你起床，和我一起去麵包店幹活。」阿廣說：「現在是清早嗎？明明是半夜。什麼破麵包店，半夜雞叫就去幹活。」老謝說：「老闆說了，做麵包是趕早不敢晚，半夜就要去店裡攪麵粉。」隔壁索羅門也被吵醒了，他敲牆大叫道：「閉嘴，閉嘴！」

半夜沒有交通工具，老謝花二十元錢買了一輛舊自行車，又花十元錢買了一頂保護腦袋用的防護帽。去麵包店幹活，他投資了三十元，就等著收回投資賺取利潤了。

夜空中的星星眨著眼睛，瞧見老謝出門了。老謝跨上自行車，爬上一道高坡，又從一道高坡上一溜兒下去。以前在國內老謝騎著飛鴿牌自行車上班，但是北京城裡沒有上坡下坡。寒風呼嘯，老謝頂風踩著車，一會兒又要上坡了，他必須咬牙使勁，這兒的路上坡下坡要花不少力氣，坡太陡，他只能下車推行，一邊推車，他喉嚨一癢，就對著夜色吼唱起來：

「一道道的那個山來喲，一道道的那個水喲，咱們噢中央紅軍到陝北，一桿桿的那個紅旗喲，一桿桿槍，咱們的隊伍實力壯……」這時候老謝的腿有點發軟，夜色裡沒有一個行人，隨便老謝的破嗓子這麼吼叫。前面那段下坡路比較平坦，老謝騎車一路溜滑下去，嗓子眼也暢爽了，又吼唱道，「毛主席領導我們打江山……」這時候的老謝握著車把手，就有點兒君臨天下的感覺。

半個小時後，他騎車到了麵包店，下車時老謝的兩條腿直打哆嗦。不過，他現在不用坐火車了，也沒有混車票時擔驚受怕的感覺。麵包店裡吃麵包是現成的，每周購買食品的錢一定能省下不少。老謝混進麵包店，也有他的打算。老謝把自行車推進後院，瞧見麵包店裡面的燈亮，心想老闆真辛苦，比夥計來得更早，大概比毛主席還辛苦。

麵包店的林老闆，是當年從越南海上逃出來的船民，從難民營出來後，在這兒起早摸黑省吃儉用多年開起了這家麵包店，他是華裔血統，也會講國語，他對老謝說：「小兄弟，不容易啊，九死一生。澳大利亞到處是鳥語花香，在這裡過日子，要感恩，要知足。」老謝對林老闆的遭遇表示同情，心裡說：「人家才是真正的難民。」林老闆給老謝開的工資是一小時五元錢。老謝認為太低了一些，他在宰牛廠推牛皮一小時是十元錢。但他沒有說出口，心想找一份工作不容易。林老闆從老謝的那張瘦臉上看出來了，就說：「你現在什麼都不會幹，是個生手，過兩個月，等你成了熟手，我給你加工資，再說我給你的一小時五元錢是現金，不用打稅。」

林老闆還對老謝說，他在越南西貢的時候他們全家就開著一家麵包店，手藝是他爺爺從法國大師傅那兒學來的，做出來的是正宗的巴黎麵包，所以現在的這家麵包店的名字也叫「巴黎麵包店」。以後老謝學會了，也可以自己開一家麵包店，法國還有兩個城市也很有名，一個叫馬賽，一個叫里昂，隨便老謝挑那個城市做麵包店的名字都行。胖胖的林老闆說這話的時候，好像他就是法國總統。

老謝睡眼惺忪，一邊把那一大團一大團麵粉在桌板上乒乒乓乓地扔著，一邊聽著林老闆說話直點頭。兩個小時幹下來，老謝手上的濕麵團越來越沉重，好像不是在扔麵團而是在扔牛皮。於是，老謝又迷迷糊糊想起什麼，那位大文豪高爾基在少年時代不就是在麵包房裡做學徒嗎？記得麵包店裡還來了一個非常漂亮的俄羅斯姑娘，好像名字叫什麼娜佳，把麵包店的工人搞得暈頭轉向。將來我應該學做俄羅斯麵包，名字也想好了，就叫「高爾基麵包店」，可是，到哪裡去找一個娜佳呢？

第一批麵包出爐了，熱烘烘香噴噴，看來林老闆的手藝還真不是吹的。老謝聞著麵包的香味口水也快掉下來了，林老闆很通人情地塞給老謝一個熱麵包，老謝剛咬上口，林老闆說讓他去附近幾個老客戶家送麵包。老謝一邊嚥下麵包，一邊在自行車後面綁上一個塑膠的牛奶筐，又把一袋袋各種各樣的麵包放進筐裡，林老闆叮囑他，不要忘記收錢，不要把賬目搞錯。

老謝因為第一次送麵包，騎自行車沒有問題，但他附近的路不熟悉，七轉八繞地總算把麵包全送完了，收回五十元錢。林老闆讓老謝每天在麵包店幹十個小時，也就是說老謝每天能掙五十元工錢。不過，這會老謝口袋裡的五十元錢還不是他的，是林老闆的。剛才送麵包時，有一個容貌慈祥的金髮老頭給了老謝兩元錢小費，老謝激動地想叫他「大爺」，但洋人是不是能這樣叫他也不清楚，只能連聲說謝謝，把兩塊金黃色的硬幣放在另一個口袋裡，這個錢是他的，他很高興。

送完麵包，天色已經大亮。老謝的自行車一溜兒騎回來，他只才看清楚，麵包店所在的市口真不錯，是在黑鎮的市中心，街道上人來人往已經很熱鬧，前面還有一個大廣場，廣場邊上有幾幢古典式的維多利亞建築，周圍是草坪花壇，中間的大理石臺階上樹立一個青銅雕像。應該是一位當年被稱為海盜現在被稱為航海家的英雄人物。老謝喜歡這裡的氣氛和環境，他站在廣場中間，點上一支「魂飛爾」牌香煙，得意洋洋地吐出一口煙，抬頭挺胸，舉目四望，那模樣也有點青銅雕像的味道。老謝又瞧見青銅雕像不遠還有一尊古老的鐵炮趴在地上，四圍用鐵索攔著，順著炮筒朝前望去，那炮口好像正對著街道前面的「巴黎麵包店」。老謝笑了起來，就推著自行車朝麵包店走去。

麵包店已經開張了，街道上就能聞到麵包店裡飄溢而出的誘人香味。幾位顧客在櫃檯前買麵包，玻璃櫃檯上面露出一個戴白帽子的女人的年輕漂亮的臉，老謝頓時兩眼發直，這個麵包店妹子是誰啊？那女子一邊應付生意，一邊又對走進店裡的老謝擠眼笑了笑，笑得老謝骨頭髮軟。難道麵包店裡來了娜佳？那張漂亮的臉蛋有點像洋妹子，但分明又是一張亞裔女人的臉。

老謝走到店堂後面，瞧見林老板正繃著臉，林老闆對老謝叫道：「謝，什麼時間了，你整整去了兩個小時，送這點兒麵包一個小時就足夠了，以後再這樣，扣你一小時工資。」就像一盆冷水澆在老謝臉上，老謝把五十元錢交到林老闆手裡時一聲不吭，肚子裡卻罵了一聲：「發根他媽。」

2

麵包店的另兩位工人是林老闆剛從越南弄來的，都不會說國語，英語說得也很差勁，老謝和他們交流時，他們說著媽迷媽迷的越南話，老謝只能用黏著麵粉的手和他們打手勢，好一會，老謝才搞懂，他們的工資比老謝還低，每小時四元錢。雖然他們個子比老謝低，勁可不小，砸起麵粉團又快又猛，幹活比老謝還賣力，只要林老闆一出現，他們就像小鬼見了閻王，一點聲音也沒有了。老謝和他們沒話好說。

這時候飄過來一股香味，女人身上的香水味和麵包的香味是不一樣的。這個女人是誰，各位讀者一定猜到了，就是在前面店堂裡賣麵包的漂亮女子。手忙腳亂的老謝聞到香水味的時候，還沒有搞清楚麵包店裡怎麼會有這種香味，是不是麵包裡要添加某種香料？當老謝聽見腳步聲抬起頭來，瞧見那年輕女子款款走來時，一下子來了精神，他明白了是什麼香味。上午老謝送麵包回來時，因為匆匆忙忙，瞧見的只是在櫃檯上那女子的上半身和白帽子下的一張漂亮臉蛋，後來老謝被林老闆一頓臭罵，一下子就把他的審美情緒罵回腦袋深處了。現在這位美人又出現了，小巧玲瓏的身材，皮膚白淨，臉蛋上有一對水汪汪的眼睛。當她走近時，老謝轉過臉，自己的眼神和她的眼神對上了。她說前面的水果麵包已經賣完了，有沒有新烤出來的。那兩位夥計聽見這位美人吩咐，爭先恐後地從架子上搬麵包。

這位女子轉眼就和老謝搭上話，小口一張，說她叫阿媚，她是從越南來的。老謝說：「你的國語講得真好。」她說，「一點點啦。」她說她也是越南華裔，又問老謝是中國什麼地方的人？老謝自豪地說，首都北京。他又問阿媚是來自越南什麼地方？阿媚說是越南西貢。老謝說：「西貢是個好地方，雖然不是越南首都，比首都漂亮多了，被人們稱為東方小巴黎。」阿媚說你對越南知道得挺多。老謝說：「那是，世界上我不知道的東西不是很多。我雖然沒有去過西貢，不過在圖片上看熟了，西貢有一條西貢河，綠樹成蔭，鳥語花香，河畔還有法國人造的小洋樓。還有一部戲，名叫《西貢小姐》，我雖然沒有看過，聽那名字就感到舒服。還有一個法國女作家寫的一本書，名叫《情人》，我也沒有看過，以後也要找來認真讀一讀。總而言之一句話，越南的美麗和中國的美麗不一樣。」阿媚問：「有什麼不一樣？」老謝說：「那叫嫵媚，那地方美麗得和你差不多，你就是那個西貢小姐吧。」一句話就把阿媚說得笑起來。老謝在肚子還有另一句話沒有說出來，就是阿媚什麼時候能成為他的情人。

就在這時候，前面的林老闆大聲叫起來：「牛油麵包。」阿媚對老謝吐了吐舌頭。「我替你送去。」老謝舉著一大盤麵包雄赳赳氣昂昂走在阿媚前面。

3

老謝喜歡從背後看阿媚走路的樣子，小蠻腰扭動著就像一條鮮活的鰻魚，她穿著牛仔褲高跟鞋，豐滿的臀部在走路時一顛一顛，更讓老謝產生了無窮的遐想。老謝還喜歡聞阿媚身上的玫瑰香水味，那兩位夥計表示他們也喜歡聞女人的香水味，那股香味一飄過來，幹活就來勁。這使老謝弄懂了一個道理，男人的德性都是差不多的。以前老謝總是把濃重的香水和俗氣的女人聯繫在一起。如今阿媚身上濃重的香氣已經壓過了熱麵包的香氣，也改變了老謝對俗氣女人和高雅女人的界限。老謝認為阿媚是小家碧玉，每天當他聞到這股玫瑰香味的時候，就知道阿媚來上班了。阿媚上班要比老謝等幾位夥計晚來幾個小時，是在天亮麵包房開始營業的時候。阿媚上班也騎一輛自行車，那騎車的倩影更讓老謝想入非非，老謝想，要是能她和一起騎車上下班就好了，這不成了夫妻雙雙把家回了。每天一看到阿媚的笑臉，老謝就會一陣激動，就會感到一顆心被揪了一下。其實，在這心被揪一下的時候，老謝就把他的老婆妮娜扔到腦後。

一般來說，老謝和幾位夥計在後面做麵包烤麵包，阿媚和林老闆在前面店堂裡做生意賣麵包，當然林老闆經常要來後面工場間監督視察和做技術指導。有時候林老闆的女兒也來店堂裡幫忙，林老闆的女兒是個大學生，看上去比阿媚年輕幾歲，高低也差不多，但臉蛋身材模樣都不能和阿媚相比，一張盤臉，胖胖的身材，大概是林老闆身材的遺傳。

林老闆幹活到下午，就要躲進隔壁存放麵粉的小庫房裡打個盹，他說自己年紀大了，每天乾十幾個小時身體吃不消。老謝對林老闆力不從心的感歎表示理解。林老闆瞧上去將近五十歲了，要比老謝大十幾歲。有一天，林老闆問老謝想不想再多幹幾個小時，老謝還沒有明白老闆的意思。林老闆就說，他打算做到下午兩點和那兩個夥計一起下班，如果老謝願意再幹三個小時，就是在店堂裡和阿媚一起賣麵包，不過這三個小時活很輕鬆，只能給老謝三元錢一小時，老謝在下班時可以帶幾個沒有賣完的麵包。老謝一口答應了，主要是他一下子就想到了能和阿媚在一起了，雖然他對三元錢一小時有所不滿。

林老闆是這樣考慮的，如果自己早回家，夥計們都下班了，店裡就留阿媚一個人，他不放心，他也想過讓一位越南夥計留在店裡，不過那兩夥計來澳洲才幾個月，英語實在太差，顧客說話一句也聽不懂，留在店堂間沒有作用。林老闆也不願意為這幾個小時再雇一個人，就想到了老謝身上。當然，這時候他還沒有從老謝和阿媚身上看到什麼跡象。

阿媚對老謝說，她來到澳大利亞才一年。老謝說：「你來一年英語就講得這麼好，我來澳洲三年了還不如你一半，瞧你在賣麵包時，那張小嘴嘰嘰喳喳把顧客說得都笑起來，從口袋裡掏錢越掏越高興，麵包賣得比發牌還快。如果誰討了你做老婆，讓你做個麵包店老闆娘，那肯定發財了。」阿媚嘻嘻一笑說：「我在越南的時候是做英文老師的，所以在這兒講英語很快習慣了。」老謝一聽更樂了：「你是老師，我在中國的時候也是老師，我看把麵包店改成學校得了，你教英文我教中文，這不就是澳洲提倡的多元文化麼。對了，你還能教我越南話，省得我和你們那兩位越南夥計說話時，就像雞和鴨說話。」阿媚說：「一定啦。我國語也只會一點點，你也要教我中文。你是中文老師，說話好聽，我喜歡聽你說話。」老謝說：「那我就天天陪你說話，一定讓你聽得像吃了蜜糖一樣舒服。」阿媚說：「英語裡的Honey（甜蜜），就是男人和女人之間說好聽話，說話像蜂蜜一樣甜。」老謝就說：「知道，知道，在情人之間稱為甜心。」下午幾個小時，他倆一邊賣麵包一邊說笑，有時候還夾雜著那麼幾句打情罵俏的話語，度過歡樂時光。

下班的時候是下午五點，兩人都騎自行車，可惜不是一條道，過了兩條街兩輛自行車就分道揚鑣了。老謝自行車後面的牛奶筐裡還有一袋麵包。老謝想起了中國老祖宗孔老夫子說的那句話：「食色性也。」巴黎麵包店裡好像全有了。

天已經黑了，老謝推著自行車先在窗前溜達幾步，再看看四周有沒有形迹可疑的車輛。雖然老謝在麵包店裡和阿媚一起幹活很快活，但回到家他不得不防，現在形勢不好，移民局抓黑民抓得太緊，今天聽說張三被抓進去了，明天又聽說李四被移民局逮住了，搞得廣大人民群眾人心惶惶。阿廣還聽說，如今移民局抓黑民成精了，在屋裡抓了第一個，不走人，繼續屋裡待著，就像守株待兔一樣等著，進屋的人就查護照，如果是黑民，來一個抓一個。老謝認為，誰被抓住誰自認倒楣，但不能被一鍋端，對付移民局那幫孫子，他就用上了一個中國地下黨的辦法，在窗戶上貼一張美女畫報，第一個在屋裡被抓住的人，應該及時地撕下窗戶上的那張紙，後來者在街上一瞧見窗戶上沒有美女，就能知道屋裡出事了，滑腳開溜。這會兒，老謝瞧見窗戶上的美女頭像還在，裡面的燈光從美女的臉上透出來，煞是好看。老謝提著那袋麵包大搖大擺地走進屋裡。

黑人索羅門瞧見老謝手上的一袋麵包就笑眯眯地說：「我最喜歡吃麵包。」老謝說：「你以前不是最喜歡吃咖哩飯嗎？」阿廣也迎上來說：「我一般都吃當天的麵包，我們廣東人不新鮮的東西不吃。第二天的麵包味道就變味了。老謝，你的麵包不是昨天的吧？」老謝說：「不是，不是，大家吃。以後每天都有新鮮麵包吃。」索羅門去拿來一些爛水果算是入夥，這些水果都是他在蔬菜店下班時收集來的。阿廣把他每天煲的藥材牛骨頭湯端上桌來，大家就咬麵包喝骨頭湯吃爛水果。

現在這間屋裡，只有阿廣沒有工作，他還在搞什麼第三國移民，他說他查清楚了，那個塞班島太小，車輪子一滾就掉到大海裡去了，他現在又加了兩千元錢，讓張傑克給他辦去以色列的簽證。老謝咬一口羊角麵包說：「上次辦的是黎巴嫩，把人家真主黨兄弟也請來了，還吹噓什麼阿拉的召喚，我以為他同情阿拉伯戰士；這回給你辦的是黎巴嫩的階級敵人以色列，他到底站在那一方的立場上，這個張傑克也太沒有原則了。」

黑人兄弟索羅門胃口很好，已經吃下三個麵包兩大碗湯和四個爛蘋果。

4

那天早晨，前面的店鋪還沒有開門，老謝和兩位夥計在扔麵粉團的時候發現老闆不見了。老謝手藝學得快，加鹽加糖加粉加香料他都能操作，自認為是麵包坊師傅了。

突然，老謝聞到了一股香味，肯定不是剛才麵包裡加的香料味，那股兒玫瑰香味太親切了，應該是從阿媚身體上散發出來的。可是阿媚還沒有來上班啊，難道麵包店裡還隱藏著第二個女人？

老謝指指鼻子問那兩位夥計聞到了什麼？兩位搖搖頭。老謝也聞不到了，一會兒好像又聞到了，沒錯，他朝四周嗅了嗅，一定要搞清楚這個秘密，於是像狗鼻子一樣地辨別著味道，朝一個方向走去，他感覺這股香味越來越靠近了，這時候他的腳步停在儲藏麵粉等物的小倉庫門邊，聽見小倉庫裡面好像有動靜。

小倉庫平時鎖著，取東西時才打開，鑰匙在老闆手裡。以前，林老闆下午在裡面睡一會，自從他提早下班回家，也不在裡面睡覺了。這會兒門上的鎖不見了，老謝想，林老闆不會一大早就在裡面的小床上睡覺吧？他推開門，瞧見林老闆真在床上，只是他胖胖的身材下面還壓著一個女人，林老板正摟著她，大嘴巴在她的臉上叭叭地親著。那張臉上的一對大眼睛瞧見了老謝，老謝也瞧清楚了她的鵝蛋臉，這不就是阿媚嗎？她什麼時候來的，她怎麼會和林老闆搞上的？老謝的腦子一時轉不過彎來，他認為這些天來和阿媚眉來眼去，阿媚對自己有點意思呢。不過他連阿媚的手還沒有摸過一下，林老闆已經把阿媚壓在身下了，老謝越想越生氣，他不肯相信眼前的現實，「發根他媽！」老謝已經在喉嚨裡面開罵了。

林老闆又在阿媚臉上咂了兩口，感覺到背後發生了什麼事，轉過頭，瞧見了門口的老謝，大怒道：「你幹什麼？我出了工錢是讓你站在這裡看風景的？」那兩位夥計也聞聲過來看熱鬧，林老闆還壓在阿媚身上，跳起來大罵道：「他媽的，滾，滾，都給我滾回去幹活！」

倉庫門又關上了。那兩位夥計哈哈大笑，指手畫腳給老謝說起來，老謝越聽越糊塗，終於聽懂了，大吃一驚。原來阿媚是林老闆的老婆，是一年前，林老闆從越南娶來的新太太。老謝感覺到自己好像一下子跳進冰水裡，酷冷，失望，沒戲唱了。

一整天老謝都無精打采，耷拉著腦袋，下午在店堂裡賣麵包時，他對阿媚愛理不理，不願意接受阿媚是林老闆新太太這個痛苦現實。

下班回家，老謝很壓抑。看官們都知道老謝壓抑的時候就會想去紅燈區走走。老謝把索羅門手上的色情畫報奪過來，一邊瞧著光屁股女人相，一邊就對阿廣說出了自己的想法。

阿廣顯然是老手，他說：「不用大老遠去城裡的國王十字街紅燈區，不就是找一家妓院嗎？黑鎮上就有好幾家。」老謝問：「好幾家，我怎麼不知道？」阿廣說：「你不是天文地理雞毛蒜皮的事全知道嗎？問你一下，黑鎮上那家聖喬治銀行為什麼會關門？」老謝說：「我怎麼會不知道，和石頭河牛廠一個樣，生意做不好。」阿廣接著問：「為什麼生意不好？」老謝答不上來了。

阿廣一臉神秘地說：「告訴你吧，起因是銀行裡發生了一件事。」老謝對道聽途說的事最有興趣了，「什麼事？是不是搶銀行了，被搶掉幾百萬？上次我還差點在那家銀行開一個賬戶呢。」阿廣伸出手來：「老謝，來一支煙。」他因為最近沒有工作，把煙錢也省了，癮上來了，問老謝要一支。老謝是寧可提供阿廣免費麵包，也不願意給他煙，這「魂飛爾」牌香煙可是要用錢買的。不過哥們說出口，你也不能不給，何況老謝還特想聽阿廣的下文。阿廣咬上煙捲，待老謝替他點上火，噴出一口煙又說開了：「有一天，一位銀行女職員在點錢時，一滴水從上面掉下來。女職員抬起頭，又一滴水掉在她的鼻子上，她瞧見是從天花板上掉下來的水，水還有點腥味，她又用手指一摸，這水還有點膩。你知道這是什麼水嗎？」

老謝說：「蒸汽水，不會有人在銀行裡涮鴛鴦火鍋吧？」

「那是因為聖喬治銀行樓上是一家妓院，嫖客和妓女幹的太厲害了，那淫水流到地板上，從地板縫裡流出來，滲透了下面的天花板，掉到了下面的銀行賬臺上。這叫淫水直流，把陰氣邪氣晦氣全帶給了樓下，你說聖喬治銀行怎麼會不倒閉呢呢？」阿廣說這番話時得意洋洋地抽著老謝的「魂飛爾」香煙，嘴裡還吐著煙圈。老謝瞧著阿廣的嘴臉，心想這小子吹起來快要超過我了，肯定是跟著張傑克學壞了，還騙我的煙抽。

索羅門聽說要去妓院逛逛，也來了興趣，他和那個從美國來的騷娘的一夜情早就結束了，現在也憋得慌。他們三個人坐著阿廣的破車出發了，就像一起去餐館吃飯一樣。

不一會，破車就來到那家已經關門的聖喬治銀行門口，他們三人從後門上了樓。這次老謝是帶著錢來的，老謝知道這回動真格的，真刀實槍去開葷，不帶錢連腥味也聞不到。他們按了門鈴，老闆娘來開門時皮笑肉不笑地說：「歡迎光臨。」

這家妓院不大，小姐都在忙碌，現在只有兩個洋妞出來接客。阿廣主動表態：「你們兩人進去快活吧，我現在沒有工作沒有收入就不進去消費了，坐在沙發上等你們，抽兩支煙半個小時就過去了。老謝你把香煙給我留下。」

老謝不太情願地把一盒「魂飛爾」煙給了阿廣，摟著一個洋妹子進去銷魂。進了屋裡，洋妞手一伸，「錢。」老謝付了八十元錢，那洋妞笑著在老謝臉上吻了一下，先出門去和老闆娘交賬。

那間屋裡，一張大床，老謝第一次瞧見牆上有一扇大鏡子，馬上明白了其中的道理，一明白更添上一份激情。屋裡還有一個淋浴間，水龍頭剛在老謝身上灑下幾滴水，老謝馬上想到，才半個小時，還洗什麼雞巴澡啊，連忙跳出淋浴間。這時候洋妹子又進屋了，還帶著一個漂亮的小包。老謝坐在床上，瞧著洋妹子在他面前一件件脫衣卸褲，好不興奮，胯下顫顫作抖。洋妹子脫得一乾二淨，裸體在老謝眼前搖晃，老謝火燒火燎，真要撲上前去。洋妞說：「慢著。」從小包裡拿出衛生紙巾之類替老謝把下面擦乾淨，又拿出一個避孕套要給老謝帶上。老謝一瞧見這玩藝兒就像皮球瀉了氣，興致全無，他說他不習慣用這個小套套，他以前和老婆做那種事也不用。

洋妹子說：「我不是你老婆。」老謝就給鬼妹子講道理：「我對你打個比方，這就像穿上襪子洗腳，感覺不一樣。」洋妞大概聽懂了老謝的意思，回答道：「你使用的不是你的腳而是你的生殖器。」老謝把小套套朝床上一扔，甩起大爺脾氣：「我從來不用這東西。」洋妹子也不示弱：「你必須得用，不用就不能做。」她還指了指牆上使用避孕套的圖案。這時候，老謝的下面已經疲軟下來，但嘴裡的聲音卻高了起來：「不做就不做，退錢。」那赤身裸體的洋妞差一點扇老謝兩個耳光，罵道：「Fucking。」老謝嘴裡咕嚕著：「發根他媽，誰發誰啊？」

就這樣，老謝十分鐘不到就走出門來，老闆娘扣了四十元錢，老謝問：「為什麼扣錢，我一點事也沒幹。」老闆娘強調說，「你進去了十分鐘，女孩子的裸體也全讓你看了，所以只收你一半錢。」那洋妞還在邊上怒目而視。

沙發上的阿廣看不明白，以為老謝辦這事也太快了一點，他剛抽了一支煙，第二支還沒有續上。

5

老謝在聖喬治銀行樓上泄了氣，一路上罵了許多聲「發根他媽！」。

回到家，他拿出那根從中國帶來的竹笛，站在後院裡對著月亮吹起〈騎馬挎槍保邊疆〉。索羅門沒有聽到過這種竹笛聲，就說是從天上傳來很好聽的聲音，他感到今夜很舒服。老謝想，你和那鬼妹子舒服過了，我可沒有搞舒服。他又吹一曲〈一簾幽夢〉，吹得起淒淒切切。

雖然老謝在這幾天遇到了一點兒挫折，但時間能醫治創傷。一個星期過去，老謝和阿媚和好如初了。雖然老謝還認為阿媚做林老闆的新太太，是一朵鮮花插在牛糞上，阿媚和自己比較般配，是鮮花插在奶油上。但事實上，阿媚是林老闆花了大錢，從越南娶來的老婆，你老謝有什麼資格生氣吃醋，你不想在林老闆手下混麵包吃了？

阿媚好像什麼事也沒有發生過，特別是下午林老闆一走，她和老謝一起賣麵包時，笑容燦爛，聲音更加悅耳動聽。老謝已經想通了，已經不生氣了，對阿媚恢復了笑臉。阿媚舊事重提，要老謝教她說中文，老謝感覺到她中文說得不錯，其實什麼都懂。她卻一會兒問什麼叫「愛情」，什麼叫「結婚」？讓老謝用中文解釋給她聽。老謝古今往來天花亂墜地吹了一通，說愛情和結婚是不一樣的，有的婚姻有愛情做基礎，有的結婚沒有愛情，有的是沒有結婚卻有愛情。阿媚也不知道聽懂了多少，她說她和林老闆是「結婚」，不是「愛情」，她還告訴老謝，她和林老闆結婚是為了出國。這些話說得老謝心猿意馬，老謝在幹活時，有意無意地在阿媚身上蹭一下，阿媚好像也沒有什麼反感。

沒有顧客時，老謝索性握住阿媚的小手說，要給她看手相算命。阿媚挺樂意，老謝撫摸著阿媚的手說：「你的手雖然不是十指纖纖，是一雙又白又嫩的肉手，手指之間沒有縫隙，說明你會過日子，不會亂花錢，娶你做老婆的人有福了，可惜消受享福之人是林老闆，不是我老謝。」

阿媚問：「你就是這樣給人算命的？」老謝說：「這才是剛剛開始，好，第一個問題，貴庚多少？」阿媚說：「什麼貴庚，我聽不懂。」老謝說：「問你幾歲？」阿媚說：「我剛剛過了生日，二十八歲。謝，你幾歲？」老謝說：「我三十七歲，比你大九歲。」

「林老闆比我大二十幾歲呢。」阿媚閃給老謝一個媚眼說：「謝，你結婚了沒有？」老謝支支吾吾地不說清楚，又說：「是我給你算命，還是你給我算命？」

阿媚笑了，她問老謝：「羅曼蒂克你知不知道，你們中國人有沒有羅曼蒂克？」老謝反問道：「你們越南人有沒有羅曼蒂克？」阿媚說：「越南人當然有羅曼蒂克，越南人的羅曼蒂克是法國人教的，法國人是世界上最羅曼蒂克的。我外公就是法國人，後來扔下我外婆回法國去了。生下我的母親，我父親是中國人，教我說中國話，後來打仗逃難不知道逃到哪裡去了。留下我這個苦命的女孩。」

「怪不得你的大眼睛高鼻樑看上去有點像法國人，你身上有中國人越南人法國人三種血液，這是上帝的造化，混血兒是最漂亮的。」老謝說著一條手臂摟在阿媚的肩上：「我們中國人自古以來就有羅曼蒂克，不過和外國人有點不一樣。嫦娥飛到月亮上的故事聽過沒有？」

這時候來了幾位顧客，兩人上去照應了一陣。五點鐘到了，老謝對阿媚說：「你身上也有中國人的血統，應該學點中國式的浪漫，明天我讓你欣賞一點中國的浪漫。」說著就朝塑膠袋裡放帶回家的麵包，關門打烊。

在跨上自行車前，老謝大著膽子在阿媚的臉頰上吻了一下，阿媚笑了，一點也沒有怪罪的意思。老謝騎上自行車，鈴聲清脆地按了兩下。阿媚騎上車時也按了兩下。

6

當老謝躺在床上的時候，把煙盒裡的最後一根煙送進嘴裡，他想到的第一個問題是：阿媚肯定對自己有意思，這是瞎子也能看到的，看不到也能摸到。以後他能夠和阿媚浪漫到什麼地步，是中國式的浪漫還是法國式浪漫，都要看實際情況，走一步看一步，中國話說得好，心急吃不了熱豆腐。老謝從阿媚再想到林老闆，聾子也能從她的話裡聽出話來，越南也是一個窮地方，窮地方的姑娘想出國，還能有什麼招？林老闆不就是早出來幾年，靠一份袋鼠護照和幾個從麵包店裡弄來的破錢，把漂亮的阿媚搞到手的。老謝想到林老闆趴在阿媚身上啃她的臉，就感到噁心，氣就會從丹田而生。

於是老謝就想到了第二個問題：林老闆說過，老謝進店兩個月，學會技術就給他長工資。現在麵包店裡，添粉加料，烘烤製作，老謝樣樣拿得起放得下，還擔任售貨員賣麵包，老謝感覺自己是一個全能冠軍，林老闆沒有理由不給自己加工資。

對面床上的阿廣問老謝還有沒有香煙，老謝把空煙盒朝他扔過去，自己鑽進被窩，聽見阿廣罵了一聲，老謝躲在被窩裡想著阿媚偷著樂。

第二天，老謝從一清早去上班，就一直等著下午林老闆下午滾蛋，可是今天生意特別好，顧客不斷，烤出來的一爐一爐麵包全賣完了。林老闆一直忙到四點才走人，臨走時關照老謝要把做麵包的工具都洗乾淨。

只有一個小時的時間，老謝忙著幹活，連和阿媚說話的功夫也沒有。五點一到，老謝總算忙完了手上的活計。阿媚以前都是躲進廁所裡換衣服的，今天就在老謝身邊換衣服，她白帽子一摘，一頭秀美的長發落在滾圓的肩上，脫下工作服，裡面緊身的T恤勾勒出豐滿的胸部。老謝兩眼直勾勾地瞧著阿媚的身段，就差點沒有流下口水，他伸出手去，拿不定主意伸向阿媚身體的那個部位，他猶豫著抓住了阿媚的手，把阿媚拉到麵包房的後院裡。

後院裡有一棵檸檬樹，樹上的檸檬已經熟透，地下也掉著幾顆金色的檸檬，飄散出一股檸檬香味，和阿媚身上的玫瑰香味一起衝進老謝的鼻子裡，老謝深吸了兩口，那個舒服勁啊就像喝醉了美酒。

檸檬樹下有一張塑膠桌子和兩把椅子，老謝把阿媚安排在其中的一張椅子上，阿媚不知道老謝要幹什麼，難道是要在這張破桌子上請她吃飯？老謝自已沒有坐下，站在檸檬樹下，用手理了一下自己腦袋上不多的幾根頭髮，好戲開場了，他從挎包裡摸出一根竹笛，放到嘴邊試了一下音，吸一口長氣就吹起來，清脆動聽的笛聲在院子迴蕩。

一曲吹罷，阿媚就拍起手來。老謝更加得意了，又吹了一曲，問阿媚好聽嗎？阿媚說好聽。老謝說，「我第一曲吹得是茉莉花，第二曲吹得是嫦娥奔月，一直要吹到晚上月亮出來，這就是中國人的浪漫。」阿媚說：「那你就一直吹到月亮出來。」她讓老謝坐下來吹，把椅子移到老謝身邊。老謝又吹了一曲流浪者，笛聲悽楚委婉。當他吹完的時候，轉過臉想對阿媚說幾句親熱話，但感覺到阿媚的臉已經靠在他的背上，兩條手臂摟在他的腰上。

什麼也不用說了，已經進入此時無聲勝有聲的境界，他抱起阿媚的臉，兩張嘴緊貼著熱吻起來，火辣辣地吻了一陣，就進入了第二步，老謝的手在阿媚的身上撫摸起來，剛開始的時候，老謝的手還顫抖了一下，他想到了當年在公園角落裡撫摸謝妮娜的情景，倒不是怕從什麼地方鑽出一個聯防隊員，而是，一個有老婆的人做這種事情可以嗎？老謝腦袋裡馬上跳出一個反問句：「老婆不在身邊，有什麼不可以的？」於是他那雙手就像探測器一樣發動起來，從衣服外面摸到衣服裡面，沒有想到阿媚已經把裡面乳罩的扣子解開了，老謝的手立刻摸到那個豐滿的部位，阿媚就熱情地喘氣，把氣都吐在老謝的臉上，老謝也開始喘氣，那只手在那個柔軟的部位發抖。當老謝的呼吸恢復正常，那只手也已經遊刃有餘，他又得寸進尺，把手移到下面，阿媚下面穿著緊綳的牛仔褲，老謝的手在牛仔褲外面遊走了一會，就拉開了褲子的拉鏈，那只不老實的手就像一條蛇遊動進入阿媚的下身。那時候阿媚就不僅僅是喘氣了，她輕輕地叫喚出聲……

這時候天黑了，笛子沒有吹出月亮，兩人在火辣辣的撫摸中瞧見了半個月亮爬上了夜空。這時候，不但是老謝在撫摸阿媚，老謝感到阿媚的手也在自己同樣的部位上撫摸，雖然是在老謝的褲子外面撫摸，老謝已經感到自己的那個部位硬梆梆地像一根鐵棍一樣，越硬就越吃不消。而老謝感覺到自己伸在阿媚褲衩裡面的手指黏到濕液，阿媚的叫聲越來越響，老謝有點吃驚，這是在後院裡，麵包房樓上還住著人家，雖然樓上燈沒亮，也不知道裡面有沒有人。老謝火燒火燎地一把抱起阿媚進入麵包房，這麵包房是工作場所，幾條長木凳一張不銹鋼桌子，冰涼的不銹鋼桌子不太合適，老謝想起庫房裡的那張床，但庫房門被鎖著，老謝抱著阿媚四處打量，就在這個關鍵時刻，前面「叮鈴鈴」的電話叫響了，就像打來一發子彈。摟著老謝脖子的阿媚一下子跳下身來，跑去前面接電話。

老謝想，壞了，肯定是林老闆打來的。不一會，阿媚打完電話走回來，說林老闆問她為什麼還不回家？她告訴她老公，今天活太多，她和老謝一直忙到現在，林老闆說馬上來店裡接她。老謝知道今天好事做不成了。

7

老謝發現自己那根竹笛不見了，事後他找遍麵包房前前後後，特別是後院的檸檬樹下，一點蹤跡也沒有，到底丟在那裡，他想不起來了，失魂落魄，眼前出現的那個歡樂時光全是阿媚的影子，就像那香煙的牌子「魂飛爾」。幾天來，老謝不敢輕舉妄動，他不知道林老闆是否起了疑心。

林老闆對他說：「以後五點鐘必須幹完活離開麵包店，超過五點，我不能付你錢。」

老謝想了想也說：「林老闆你說過，我在麵包店幹兩個月，學會了技術，你就給我長工資。」

「我是說過。現在讓你每天多幹三個小時，不就是給你加工資了。下班時，你每天還能拿店裡的麵包。這也等於給你加工資啊。」

老謝聽不明白：「這明明是我多幹活拿的錢，而且每小時只有三元錢，怎麼能說是給我長工資呢？麵包是當天賣不掉餘下的，也能頂工錢？」

「你想幹就幹，不想幹我另外請人，我給的就是這個工錢。想幹的人多著呢，後面排著隊。」林老闆理直氣壯。

對於林老闆的這個回答，老謝越想越氣，自己的合法權益被剝奪，又拿不出一點辦法。他把和阿媚的偷情的事先放一放。第二天，他沒有去上班，去了悉尼城裡唐人街立德大廈三樓，找張傑克給他出主意。

老謝把林老闆苛刻的行為告訴了張傑克。張傑克抽著老謝敬上來的煙說：「你可以去告他。」老謝說：「我怎麼告他？我是黑民啊。」張傑克吐著煙說：「這和黑民白民沒有關係。稅務局和移民局是兩碼事，你有稅號，可以合法打工，老闆不給你交稅是他的責任。再說澳洲政府規定的最低工資是八元八角，就是扣了稅，你也可以拿到七元錢，無論從那方面來說，都是你有理，你的那個林老闆心太黑。」

老謝不是不明白這個道理，但他沒有膽量去抗爭，他怕砸了自己的飯碗。張傑克又給他出謀獻策道：「先禮後兵，你先對老闆說清楚這個道理，如果他不給你交稅，至少把工資提高到每小時七元錢；如果他既不給你交稅又不給你加工資，你再來找我。」張傑克胸脯一拍，「不是我吹的，我一定給他點顏色瞧瞧，讓他乖乖地把剝削你的錢吐出來。」

第二天，當老謝踏進麵包店的時候，首先瞧見牆上掛著那支竹笛，一楞，不知道林老闆發現了什麼？就有點膽怯。這時候林老闆胖胖的身材走過來，厲聲問道：「昨天，你死到什麼地方去了，我的一大團發酵麵粉都成了臭粉。」老謝囁嚅道：「我昨天去城裡辦事，忘了打一個電話給你。你扣我一天工資就行了，請你不要罵人。」

林老闆聽了老謝的話就像火上澆了一桶油，劈頭蓋腦一頓臭罵：「他媽的，你不要一天工資，你以為你是什麼人？我姓林的當初離開越南從海上漂過來的時候身無分文，如今十五年搞起了這家麵包店，起早摸黑從沒有出去玩過一次。你倒好啊，從我這兒掙了幾個錢，出去吃喝嫖賭了是不是？想讓麵包店關門是不是，想讓我十幾年的心血都毀在你手裡是不是？你以為這份工好找是不是？看你是一個中國人，我死掉的老爸也是中國人，我才照顧你，給你一碗飯吃，你應該盡心盡力才對得起我。你們這些共產國家出來的人真是沒有出息，都是好吃懶做的懶鬼。你不是不要錢嗎，你不要錢馬上可以滾蛋。」

老謝不敢滾蛋，像他這樣的情況，如今找一份工太難了。他忍氣吞聲地幹著活，他扔動著一團團麵粉，手裡越來越沉重，心裡更加沉重。老謝臉如死灰，心如枯井，這年頭這樣混下去還有什麼意思？兩行淚水從老謝眼眶裡爬出來，在這張瘦削的臉上像小蟲子似地爬下去。老謝的自尊心被刺傷了，臉皮就像被林老闆剝掉一撇，他清清楚楚地知道，自己每周幹七八十小時的沉重的體力勞動，勞動果實被人剝奪了，今天他的尊嚴也被人剝奪了。他不知道自己身上還能剩下什麼？「不，不，我不能這樣忍受下去，我要抗爭，我要發根他媽。」老謝嘴裡罵出了聲音，聲音雖然很輕，但是有明確所指。

老謝血管裡的一千多年前的貴族血液甦醒了，他又走到了林老闆前面。林老闆抬起頭看著他：「你要幹什麼？」

「你一定要給我加工資……」老謝把張傑克說的先禮後兵加工錢的事兒，義正詞嚴地說了一遍。林老闆沒有發火，翻了翻白眼說：「我給你加工資，我給你加稅，我給你買養老金，我全給你，你等著拿錢吧。」

八、維拉沃特拘留營

1

那天，黑人索羅門從水果店下班回家，背著一袋爛水果走到家門口，平時他什麼也不看就朝屋裡闖，這會他的腳步暫停了一下，暫停的原因是下意識的，他的眼角沒有瞟見窗上的那張美女畫片。老謝曾經就這張畫片的重要性對索羅門講了四五遍，索羅門在非洲從來沒有接受過這方面的教育，聽了五遍以後才搞懂老謝關於搞地下黨的意思。於是索羅門的腳步就朝後退，一直退到一棵大樹後，發現也不對，大樹邊上停著兩輛車，其中一輛車的後車廂窗上還裝著鐵絲網。索羅門一看嚇一跳，屋裡肯定有人出事了，自己站在這輛車邊，不是等著一起給送進這鐵籠子裡嗎？

索羅門立即轉移到馬路斜對面的大樹下，瞧著那邊的屋子。可是那邊的屋子毫無動靜。一個多小時過去了，路上走過幾個行人，他們也不明白一個黑人手裡提著一個塑膠袋躲在一棵大樹邊轉悠什麼。天開始黑了，屋子裡也沒有亮出燈光。索羅門想過，也許是自己大驚小怪，屋裡什麼事情也沒有發生。那張美女畫片沒黏住，從窗戶上掉下來也不是不可能。但平時老謝應該回來了。

索羅門以前在非洲的時候，經常跟著酋長父親出去打獵，他知道等待獵物時需要足夠的耐心，不過，現在他自己好像不是獵人而是獵物。他肚子餓了，吃掉了三個爛香蕉。就在他把第四個香蕉塞進嘴裡的時候，他瞧見屋子旁邊的走道上吐出人來，一共是五個，其中一個是老謝的身影。

大概是移民局的那幾個傢夥在屋裡等得不耐煩了，沒有兔子再送上門來，他們也要下班了。幾個人押著老謝朝那邊的車輛走去，其中一個人突然又走到馬路這邊，賊頭賊腦地朝四處張望。索羅門躲在樹後面大氣也不敢出，喉嚨裡咽著香蕉。天黑了，索羅門也是黑不溜秋的，那傢夥自然什麼也沒有瞧見，走回那邊車裡，車燈一亮，馬達聲響，他們走人了。

索羅門還不願意走出來，兩眼一動不動地瞧著，好像自己是躲在非洲的叢林裡，就在這時候，他感覺到自己的臂膀被一個人一把抓住，「完了」，他腳一軟差一點坐下地去，轉頭一看是阿廣，長歎了一口氣，回過魂來。阿廣說：「老黑，What are you doing？」索羅門總算把香蕉咽下喉嚨，神色嚴峻地說：「老謝Big problem（出大事了）。」

阿廣和索羅門走過馬路，在院子外面瞧了一會兒，阿廣走在前面，索羅門後面跟著走進院子，兩個人，一個在窗戶下一個在房門外面聽了足足五分鐘，確信屋裡沒人了，才轉動鑰匙開門走進屋去。

屋裡已是一片漆黑，阿廣打開燈，首先進入眼簾的是地上一張美女畫片。阿廣感歎道：「在最危急的時刻，想到了兄弟們，老謝英雄啊。」索羅門也聽不懂阿廣嘀咕什麼，從地下撿起那張美女圖片，美女的大眼睛也盯著索羅門，索羅門才真正懂得了老謝的先見之明。

阿廣慶倖自己在外面鬼混了一天，如果待在家裡，說不定碰上移民局的狗子就是他了。不過，狗子光臨過了，這屋子還安全嗎？於是阿廣馬上想到了一個人，他撥通了張傑克的電話。張傑克在電話那面聽到消息，也大吃一驚，「什麼，老謝被移民局給抓了，他昨天還來我這兒討教有關加工資和稅務問題呢，我還給他支了一招。不對，我知道了，肯定是麵包店老闆告發的，沒有人告發，移民局一般是不會找上門來的。」

阿廣著急地問：「那我和老黑怎麼辦，你說移民局還會不會再上門來？」張傑克以一個經驗人士的口吻說：「放心吧，他們不會來了。既然麵包店老闆告發的是老謝，他們已經把老謝抓走了，還來幹什麼？」阿廣又問：「我的事，你辦得怎麼樣？待在澳大利亞這個鬼地方，整天提心吊膽的。」張傑克說：「快了快了，我去催過，下星期你去以色列的簽證就下來，你可以去訂飛機票了。」這話讓阿廣吃了一顆定心丸。

索羅門正在挑選他那袋爛香蕉，他說，把香蕉和米飯煮在一起很好吃，是他們非洲的特產，今晚他請阿廣吃香蕉煮米飯。，可惜老謝今晚吃不上了，老謝只吃過他煮的咖哩飯。不知道老謝在局子裡能吃上什麼東西？這話差點把阿廣的眼淚也說得掉下來，他沒想到，老黑索羅門還挺重感情。

2

話說老謝被幾位大漢送進窗戶上帶鐵絲網的車廂裡，小車在街上逛了幾圈，也不知道去哪兒？半個小時後，小車又停在一條黑暗街上，他們把老謝扔在悶葫蘆似的車廂裡就走開了。老謝從帶鐵絲網的窗戶裡瞧出去，只見那四條漢子鬼鬼祟祟地朝街道那邊走去。他們在抓老謝的時候，摸出口袋裡派司在老謝眼前晃了晃，說是移民局的。老謝壓根兒沒有看清楚，老謝當時只想到兄弟們的安全，他利用拉開窗簾的機會把美女畫片圖片弄到地下。現在老謝感到有點不對勁，他們要幹什麼？他們是不是什麼黑社會團夥的，要綁架自己？但自己又不是什麼百萬富翁，銀行裡也就是一萬多塊錢的存款。要不就是林老闆買通了黑社會，想要自己的小命，這也太誇張了。

老謝在鐵籠子似的小車廂裡費盡心思想了一個多小時，也想不明白。這時候外面又有了聲音，四條漢子押著一個腦袋上都是小辮子的黑人從車窗前一閃，老謝沒看清楚，以為是索羅門從什麼地方被逮住了，車門一開，黑人被送進來，老謝才看清楚是個女的。

車又開動了。那黑女人問老謝是從什麼地方來的？老謝說是從中國來的。女人說她叫索非婭，是從索馬利亞逃過來的，那裡在打仗，她是難民，移民局不該抓她。兩輛車又駛到了一條黑暗的街上，四條漢子又出動了。老謝和黑女人在車裡待了不知道多少時間，老謝說他又餓又渴，索非婭說她剛吃了幾口香蕉飯，移民局的人就踏進門了，她也沒有吃飽。過了不少時間，四條漢子回來的時候，沒有逮住人，顯然是撲了一個空。他們又駛車往下一個點。老謝對索非亞說，看來今晚非得把這個車廂填滿，這些傢夥辦事還真講效率。索非婭說，剛才聽那些傢夥講今晚有四個抓人指標。這輛車的後面兩排座位上正好能坐四個人。在第四個點，四條漢子很快又抓來一個人，送進後車廂，老謝瞧見是個白人，就用洋人的腔調說：「見到你真高興，我是老謝，我來自中國。」他和那洋人握一下手。」那位說：「見到你真高興。我來自美國，我是布希。」老謝說：「怎麼把美國總統也抓來了？」那傢夥也開罵了：「他媽的，我在這裡多待了幾個月，根本沒有想到我們阿美利堅護照還要在澳大利亞延長簽證，狗屎澳大利亞移民局，竟敢抓我們偉大的美國人。他們怎麼把我抓進來，還得怎麼把我放出去。」

老謝索非婭和美國人被送到維拉沃特拘留營，那四條漢子說說笑笑地走人了，今晚他們加班，領雙薪，還有點心費等好處。老謝等人在拘留營裡的官員指導下，按手印填表格拍照檢查身體一直忙到下半夜，醫務人員告訴老謝，他應該去早點休息，他現在的血壓是一百八十。老謝聽了嚇了一跳，他以前沒有血壓高，只有拉肚子的毛病。這時候已經是淩晨三點，是他起床去麵包房上班的時間，可惜啊他現在不用上班了。

牢房是四人一間屋子。當老謝躺在床上的時候，饑腸轆轆，腦袋發暈手冰涼，他只才想到問題的嚴重性，這可不是鬧著玩的，自己是真的被抓進來了，在這個鳥語花香的地方坐大牢了，說不定幾天後，就會被押上飛機送回中國。回國後，他老謝還有什麼臉面見人，人前人後，他總不能吹自己坐大牢的經歷吧？老謝無法入眠，回想起他從中國來到澳大利亞，從一個光榮的人民教師變成宰牛廠裡一個推牛皮的，又變成了一個麵包房的被人欺壓的夥計，陷入黑民的泥坑，越想越傷感，自己怎麼會混到這個地步？還有自己的血壓怎麼像跳高一樣，會不會死在牢房裡，死在這兒不明不白，既不可能享受到烈士的待遇，也不會埋在八寶山公墓。他傷心，他絕望，他情不自禁地嗚嗚地哭出聲來。對面床上是那個美國人布希，他發怒道：「中國人，他媽的，別哭了，我要睡覺。」老謝把毛毯拉到腦袋上面，躲在裡面嗚咽。

第二天早晨，老謝剛進入夢裡，夢裡面老謝拔出手槍和來抓他的移民局官員對射著，子彈在空中飛舞，就像警匪片裡場面，那四條漢子有四把手槍，老謝手上的一把破槍子彈很快打完了，正在摸口袋裡還有沒有子彈時，一顆子彈打在老謝的肩膀上……。老謝被布希推醒，老謝摸了摸手臂上並沒有掛彩。小布希說開早飯了，過了時間沒飯吃。

老謝睡眼朦朧地來到餐廳裡，瞧見一排排整齊的餐桌椅，早飯有烤麵包，果醬，奶酪，牛奶和玉米片。老謝想，我在外面也沒有吃得這麼好，反正進來了，吃它娘的。不過，他也有所不滿，這裡吃不到稀飯包子和燒餅，一想到北京胡同口的火燒，想到父母做的炸醬麵，想到小飯店裡的爆肚絲，老謝就感到要流口水，他喝兩口牛奶，把口水擋了回去，又把玉米片攪拌在牛奶裡，一勺一勺送進嘴裡，這牛奶也是從冰箱裡拿出來的，喝在嘴裡涼在心口，老謝擔心會喝壞肚子。老謝對吃麵包也沒有什麼好感，在麵包店天天啃麵包讓他起膩，而且他隱隱約約感到，自己被移民局抓進來和巴黎麵包房有關係。

老謝走了一圈，發現這地方條件還不錯，和以前電影裡的牢房不一樣，沒有人穿囚衣，也不戴手銬腳鐐。廳裡有電視機，有棋牌室，桌球室等，後門還有草坪花園，中間有一個籃球場，布希已經吆三喝四地在和老黑民們玩籃球了。不知道這兒是移民局的牢房，還以為進了療養院呢，不過四周都有高牆和鐵絲網攔著。

老謝還看到一樣東西，那兒的桌子上有兩架黑色的電話機。黑女人索非婭正在一個電話機上撥電話。老謝走上前去問道：「索非婭，這電話能打出牢外嗎？」索非婭說：「能，不過要投硬幣，隨便你打去什麼地方。」老謝又問：「有沒有人監聽？」索非婭說：「我想不會，這電話公司又不是移民局開的。以前我的幾個朋友被關在這裡，就經常給我打電話，現在輪到我給他們打了。」老謝一想也是，從口袋裡摸出五毛錢硬幣，投進電話機，然後撥通了張傑克的電話。

讓老謝寬慰的是，張傑克已經知道了老謝的倒楣事情，還給他鼓勁：「老謝啊，要堅強，要挺住，要堅持到底，要寧死不屈，要抱著在澳大利亞做烈士的決心，組織上一定會替你想辦法，過幾天我會來看你的。」特別是聽了最後一句，老謝很感動，真是危難時刻見真情啊，他鼻子一酸，又差一點掉下眼淚，來到這個地方，老謝變得多愁善感起來。

3

幾天後，阿廣去唐人街立德大廈張傑克的辦公室取護照，張傑克說一起去拘留營看望老謝。阿廣問：「這不是老鼠給貓送上門嗎？」張傑克說：「這是兩碼事，移民局裡是有分工的，抓人的管抓人，關人的管關人。我是吃這碗飯的，還不知道內情？」阿廣說：「萬一栽在裡面，逃也沒處逃。」張傑克說：「維拉沃特我一個月去兩次，看門的都認識我了，我還有幾個客戶在裡面呢。探望者只是在門口簽名登個記，不要把炸彈和毒品帶進去就行了。放心吧兄弟，去開開眼界，再說你現在去以色列的簽證也拿到了，馬上拍拍屁股走人了，還怕誰啊？」阿廣想這道理講得中肯，又問要不要把索羅門也帶去看看，老黑對老謝也挺有感情的，說老謝進去後再也吃不到免費麵包了。張傑克說：「那你打個電話給索羅門，讓他來我這兒會合。」

索羅門來到張傑克的辦公室，張傑克又費了一番口舌和他解釋了去看望老謝的事。三個人坐上張傑克剛買的二手貨寶馬車，精神抖擻地去維拉沃特拘留營。

一個小時後，他們來到目的地。那地方有一排高大的建築，外面有高牆。牆上有電網。阿廣說：「沒有見到碉堡和機關槍，不會有生命危險。」外面的停車場地上停滿了探監者的車輛。

現在正好是拘留營的探望時間，三個人在門口做了登記，門衛對他們進行了電子檢查，就放他們進去了。一路上阿廣和索羅門還有點提心吊膽，張傑克說「沒事」，熟門熟路地領著他倆走進會客者大廳。

大廳裡已來了許多人，探望者和被探望者在這裡相聚，老謝在裡面接到門衛說來客的電話，馬上來到這裡。索羅門眼睛尖，一眼瞧見了老謝，叫道：「老謝，老謝！」老謝迎上來，兩隻手被六隻巴掌緊緊握住，才幾天不見，就像見了親人似的。大廳裡有一二百人，東一群西一堆，不少人很激動，哭的笑的擦鼻涕抹眼淚的全有，好像在召開憶苦思甜大會。

張傑克常來常往，已經司空見慣了，他和老謝談起正事，說老謝有出去和不出去兩種選擇。老謝說，當然要出去。張傑克說：「出去要交給移民局一萬元錢押金，出去後二十一天必須離境，除非你能在二十一天內娶一個澳大利亞的女人做老婆，申請婚姻移民。還有，你在這裡已經住了一個星期，按每天一百元錢生活費計算，住一天算一天，到時候從押金裡扣除。」

老謝急了：「我在麵包店打工，一天才掙五十元錢。最後一周工資還沒有拿呢。」

張傑克說：「移民局不管你一天掙五十元還是五百元，也不管你的錢是掙來的還是搶來的，只有四個字，交錢走人。不交錢就別想走出這道鬼門關。」

老謝想了幾分鐘：「我辛辛苦苦掙來的錢，憑什麼交給移民局，再說出去二十一天後，我還得被趕走，我可沒有本事在三個星期內討個鬼妹做老婆，再說我老婆妮娜還在中國等我呢，我怎麼能亂來。我不出去了，就待在這裡。」

阿廣搖搖說：「你的想法我不贊成，出去後你可以馬上滑腳溜掉，再找一個地方打工掙錢，你本來就是黑民怕什麼。」

張傑克笑笑說：「移民局最希望你出去後趕快溜掉，他們就能名正言順地把你的押金吞了。等你掙夠了錢再來抓你，再放你，讓你再交押金，而且還可以提高押金的金額，說你有逃跑的前科。」

老謝在一邊計算道：「一個人一萬元，一百人一百萬，要是有一萬個黑民在外面溜掉，移民局就能掙一個億。看來，澳大利亞移民局是希望在押的黑民們，全交了押金後跑掉？抓黑民就等於從銀行裡取錢了。」

阿廣說：「拘留營成了旅館了，移民局還能收旅館費。」

張傑克說：「國家每年還要給撥給移民局一大筆經費。移民局肥得像一頭豬，發起加班工資和各種津貼如流水一樣。」

「抓人放人收押金，再抓人再放人再掙押金，我有一比，就像是澳洲的美努利羊每年剪一次羊毛，剪完毛把羊放出去，明年再從羊身上剪毛，一年一度，直到這只羊老死。我們就是羊，移民局的官員就是手抓刀子的剪羊毛的傢夥，一不留神，剪刀還要在我們身上捅出血來，抓黑民都成了澳大利亞的畜牧業了。」老謝又進入了侃大山的境界，可惜這裡規定不能抽煙。

「道理是這個道理，澳大利亞就是出羊毛的地方。」張傑克的話語又深了一層，「但話不能明說。其實黑民對這個國家貢獻比羊還大，他們打工給政府交稅，但不能享受澳洲的任何福利，幹的是最苦最累最髒的活，許多澳洲人不願幹的活都是黑民在幹，拿的是比最低工資還要低的錢，這個你老謝有體會。澳大利亞這個地方是沒有黑民不行，不抓不放也不行，澳洲政府玩的就是這個貓抓老鼠的遊戲。」

老謝伸出大拇指道：「高見高見，傑克老弟你分析的就是比我們透徹。我還有一比，中國有句古話：留得青山在，不愁沒柴燒。澳洲政府是：留得黑民在，不愁沒錢收。」

「移民局大發了。怎麼就不讓我在移民局長的位置上坐坐，撈一筆錢再去以色列混。」阿廣一心想著他的以色列。

「我不出去了，我身上的羊毛不能隨便讓人剪。」老謝態度很堅決。

「好，我們再來討論不出去的辦法。」張傑克進一步道，「你剛才那句留得青山在，不愁沒柴燒的話講得太好了，也可以為用在你自己身上。我已經給你設計了一個人道主義818移民申請。」

「818，發一發好啊，傑克你怎麼沒有替我辦理這個申請？」阿廣不知道張傑克有多少新花樣。

老謝急忙問：「辦理這個818，得花多少錢？」張傑克繼續說：「老實告訴你們，根據你們的條件，是不可能辦成。」老謝問：「不成功為什麼要辦？」張傑克說：「這叫走過程，你把申請遞上去，移民局得一件一件辦，輪到辦你的案子，可能等一二個月，等半年一年，等五年十年的都有，你有沒有瞧見拘留營裡的小孩子？懷孕的女人被抓進來，在裡面生下孩子，孩子都五六歲了，案子還沒有搞完。這兒有幾個客戶，我都在替他們辦走過程，走過程的人越多，排隊的時間就越長，老謝，我說的這個道理，你懂嗎？」

「我懂我懂。」老謝連連點頭，深刻領會了張傑克這番話的意義，又問：「搞這個818要花多少錢，你說個數。」

「別的客戶，我都收費二千五百元。誰讓你老謝是我的朋友，我先給你辦著，哪天你出來了，給我五百元錢算是工本費。你不出來，我不收你一分錢。」

老謝聽了太激動了：「夠朋友，夠朋友，傑克兄弟。」

阿廣插上話來：「如果老謝的案子一二個月就走完過程，是不是要把老謝趕出澳洲？」張傑克說：「這你不懂，走完了移民局的過程，我們可以再弄一個919申請，把這個案子遞給法院，走法院的過程，法院是個案個辦，一個案子開庭好幾次，又不知道拖到什麼時候。這是第二步走過程，還有第三步第四步……」

老謝說：「革命道路走不完，繼續走，就像走二萬五千里長征。」張傑克說：「老謝，你這個人就是有靈性，一點就透。走過程時間拖得越長越好，不用你爬雪山過草地，你住在這裡喝牛奶吃麵包由移民局養著，說不定哪天，政府開恩，對黑民實行大赦，廣大人民群眾就被解放出來。上次大赦的時間是十年前，我估計這次大赦的時間也快到了。」

「早知道我也來這兒走過程了，還花七千塊錢買那張以色列的門票幹什麼？」阿廣有點後悔了。

張傑克對阿廣說：「這可不一樣的，他是坐大牢的，你是自由人。聽說過那首詩嗎？生命誠可貴，愛情價更高，若為自由故，兩者皆可拋。這說明了自由的珍貴。而且以色列那地方也不錯，是中東沙漠裡的一塊綠洲，那裡是猶太教耶穌教和伊斯蘭教的發源地，阿廣，我認為你這個人太現實，接受一點宗教思想是有好處的。」

「我要在這兒把這牢底來坐穿。」老謝舉起拳頭大聲宣誓。「輕聲點輕聲點。」阿廣把老謝的手拉下來，「這裡有沒有監聽器？說移民局的壞話，等會兒不讓我們出門。」老謝說：「那你又和我住一個房間了，咱倆一起走過程。」張傑克說：「放心吧，瞧這裡一二百人在說話，說的什麼國家語言都有，比聯合國開會還熱鬧，誰聽誰啊？」

「怎麼不見老黑了。」阿廣轉頭髮現索羅門不見了。

原來索羅門在一旁，聽他們幾個說的都是中國話，就走到一邊去溜達了。老謝的眼睛轉了幾圈，發現索羅門在一個角落和黑女人索非婭說笑。老謝就說：「瞧，他在那兒。一眨眼時間，就把索非婭給搞上了，這個黑傢夥泡妞真有本事。」

張傑克問這裡有沒有買咖啡，最近他養成了喝咖啡的習慣，喜歡去樓下咖啡店喝一杯巴西黑咖啡。老謝說：「移民局從我們黑民身上撈了不少錢，應該在會客大廳裡放幾張沙發和茶几，以為我們站著說話不腰痛，如果能在這裡泡杯茉莉花茶，點一支魂飛爾煙。唉，這不是浪費大好時光嘛？」

阿廣瞧見角落裡有一個買飲料的機器，就走過去投硬幣買了幾罐可樂，走過來時說：「丟它老媽，這裡的可樂要比外面貴一倍。」

「移民局掙錢就是黑，發根他媽。」老謝打開可樂。他們幾個說說笑笑，把這裡當成茶館了。

「會客時間結束了，十分鐘內必須離開。」那邊一個又高又胖的白女人高喊道。

「快走吧，不走被一起拉進去當替死鬼。」阿廣瞧見那邊索羅門正在戀戀不捨地在和索非婭告別。

4

兩個星期不到，那天上午，張傑克阿廣和索羅門又來維拉沃特看老謝。這會他們三個都熟門熟路了，就像走娘家一般。索羅門在門口填寫的是看望索非婭，說他是索非婭的表哥。阿廣說：「你是坦桑尼亞人，她從索馬利亞來，你怎麼就成了她表哥了？」索羅門嘻嘻一笑，露出兩排白牙。張傑克夾著皮包，裡面是需要老謝簽名的818材料，皮包通過門衛的檢查被容許帶進去。阿廣給老謝帶來一根竹笛，門衛拿著竹笛掂分量，前後端視了好一會，肯定不是機關槍，還給阿廣，揮揮手放行。

老謝在裡面的日子過得還算滋潤，就是每頓飯都是用盤子吃西餐不大習慣。那個美國佬布希沒有吃幾頓西餐就走人了。臨走時，老謝問他出去是不是要交一萬元押金？他兩眼一瞪說：「他媽的，還讓我交錢，澳洲政府應該給予我賠償金，澳大利亞這個鳥地方是地球的屁股眼，我一天也不想待了。」

老謝來到大廳時，一眼瞧見阿廣手裡的一根竹笛，立刻就激動起來，抓過竹笛問：「你是從哪裡找到的？」

「我去哪裡找？是有人送上門來的。」阿廣有聲有色地描繪出一幅情景，「那天，來了一個騎自行車的小美人。我一看就動了心，哪裡來的美女送上門來？她說是從麵包店來的，問：謝在不在？我說老謝出遠門了。她又問我：謝什麼時候回來？我說我也不知道。她走的時候把這根笛子交給我，還囑咐我：告訴謝，是阿媚把笛子送來的。說話時那個含情脈脈的樣子，我一看就知道老謝有戲了。這出戲你是什麼時候唱的，我和老黑怎麼一點也沒有察覺，老謝你城府太深了。」

「別瞎說，別瞎說。」老謝有點臉紅，撫摸著笛子說，「阿媚是我們麵包店林老闆的新太太，從越南娶來的。」

阿廣說：「我知道了，你搞了林老闆的阿媚，林老闆就把你捅到移民局去了。」

老謝說：「我是為了加工資和林老闆鬧翻的，這事傑克知道。」張傑克點點頭：「我分析過了，百分之一百是你們老闆搗鬼。」

「唐人街上的黑社會大佬我認識，我找幾個人去麵包店會一會林老闆。」阿廣要替老謝出一口氣。

「請黑道的人出面有後遺症，聽說越南人的黑幫也很厲害。我看還是通過白道解決比較好。但現在老謝關在這裡，林老闆對偷稅漏稅的事肯定不認賬，這就是林老闆的陰險高明之處。」還是張傑克比較有頭腦。

阿廣問：「這事就這麼算了，老謝你能咽下這口氣？」

老謝握著阿廣的手說：「阿廣，你要走了，別為我鬧出點事來。不過，我倆兄弟一場，你的情分我記下了。那林老闆的事，我是階級仇民族恨記心頭，待我出去後，再找他算賬，他還欠我一個星期工資沒有給我呢。」

再過二天阿廣要去以色列了，今天來維拉沃特拘留營也是和老謝做最後告別，他說：「老謝，我的那輛破車現在讓索羅門開著，我和老黑說好了，只要你一出來，他就把車轉交給你。」

老謝說：「這怎麼行呢。你三千多元澳幣買來的，換成人民幣價值二萬多元，我怎麼能收你這麼重的禮？」

阿廣說：「開了兩年多了，那值三千元。」

老謝說：「那我就再掏一千元錢給你。」

阿廣說：「別提錢的事，只要你不嫌棄。我吃你的麵包抽你的煙，是不是也要算錢給你？」

他們走後，老謝有點失落。中午吃的是胡蘿蔔拌芹菜色拉和奶油土豆泥加鹹肉片，吃完後他沒有像往常那樣睡午覺，手裡握著笛子，來到拘留營的大院裡。他站在一棵老脖子樹下，阿媚和他的甜蜜時光湧上心頭，他就把笛子放在嘴唇上吹起來，笛聲嫋嫋，引來了不少聽眾，連那個管理員胖女人也走過來說「Nice music（好聽的音樂）」。這時候，老謝眼睛一亮，他瞧見在在聽眾中間出現了一張漂亮的亞裔女人的臉蛋，頓時，老謝精神倍增，氣息悠長，笛聲昂揚。

九、張傑克的檔次

1

張傑克的強尼移民公司也算掙了點錢，不然他也買不起二手寶馬車。有了錢，他又故態復萌，關心起主流社會次流社會等等，他又拿起筆桿子舞文弄墨，這可以說明兩個問題：一，做什麼都要有個經濟基礎，有了錢才能做自己喜歡做的事；二，狗改不了吃屎的本性，人也難改自己的嗜好。不過，張傑克現在不是華語報記者，而是給各家報紙投稿，用他話來說是自由撰稿人。他不想讓人太清楚自己的真面目，起了一個筆名三昆，拼在一起是個混字。這個靈感是從老謝那裡得到的，老謝有句口頭禪：「這年頭能混就混吧。」

我們已經說過老謝的檔次，對於張傑克的檔次，我們只知道他畢業於上海華東師大，在悉尼大學的文學院裡混過幾年。如果按照張傑克自己寫的家史，辦個919申請之類，不能說完全沒有希望。當然這事是壞在那個狗屁資深移民代理的「三套車」上。

張傑克的檔次應該從他爺爺說起，他爺爺和當年雄霸東北的張作霖大帥有點沾親帶故的關係，張傑克的父親年輕有為，不到二十歲就在英國留學，三十歲時已是民國政府在英國使館裡混飯吃的官員。張傑克是他老爸的第四個老婆的最小的一個兒子（關於這點，張傑克從來不對外人說）。他老爸在中國的文化大革命開始時，一命嗚呼吃盡苦頭。那年頭，張傑克還小。好在張家有不少親戚朋友在海外，當張傑克出國時，年邁的母親叮囑他道：「在外面好好混出個人樣來，不要為了賺錢，淨去幹那些下三濫的苦活。」現在各位明白張傑克的檔次了。

張傑克的家庭雖然今不如昔，但那檔次還在，那檔次究竟歸在三六九哪一檔，也不是一二句話能說清楚的。有人說他的檔次應該屬於民國初期八旗子弟那一檔。八旗子弟可以劃入貴族後裔一類，雖然也有幾個窮得要命，但不少人還能唱唱戲文玩玩鳥雀之類。張傑克當然不可能去玩這些無聊的玩意，張傑克有點雄心大志，在大學的時候，他將來的目標是超過他的爺爺和父親，成為世界級的著名教授。出國深造以後，他反而感到這個目標太高太遠了太虛無縹緲了。有過偉大的理想的張傑克也不會一下子掉到碌碌無為的庸人之列。他在海外玩政治，玩文化，舞文弄墨，都是一些比較高檔的玩法，何況他已玩到文學碩士的文憑，英語聽說讀寫都過關，現在又搞起一個強尼移民公司，每天穿西裝戴領帶腳蹬油光閃亮的黑皮鞋，辦公桌上還要放一瓶鮮花，檔次不一般吧？而且，這些年，張傑克在留澳學生和華人社區裡也混出一點名堂，各路的名人都認識張傑克。

如果說，老謝要尋找自己祖宗的輝煌，一直要追溯到一千七百年前東晉南北朝時期的貴族謝家，時代太長久了，檔次早就一檔一檔跌下來，現在已經跌落到前不見古人的境地，只有老謝一個人在自吹自擂，也拿不出什麼家譜可以考查。而密斯脫張傑克則不同，其祖父其父親的餘蔭猶在，這都是響噹噹的事實，不是那些狗屁資深移民代理瞎搞什麼「三套車」，也許澳大利亞政府早就把他當作特殊人才收留了。

現在張傑克認為自己也已經步入資深移民代理的行列，是不是狗屁，那得由別人說。根據吳道等幾位的說法肯定不是，肯定是傑出的天才的移民代理。雖然張傑克隱姓埋名了一段時期，重新出山後，不想讓太多的人知道他的底細，有些事故意搞得神神祕祕，但張傑克那張臉，走到哪裡都是張傑克，無法戴上假面具。有個別多事者也打聽過張傑克的身份，張傑克就說自己研究生畢業後，通過了特殊人才的移民類別，拿到澳洲綠卡。後來他發現也沒有什麼人懷疑他的創意，漸漸地自己也相信自己是特殊人才了，也不把移民局放在眼裡，工作更加大膽，更有成效。於是他又無所畏懼地也投入到留學生居留運動和華人社區的社會工作中去。

那時候是指上個世紀九十年代前後，有幾萬名從中國大陸登陸澳洲的留學生，如同一個大軍團陸續開拔到這裡。那時候，正是這些留學生熱情燃燒的年代，轟轟烈烈，昨天在悉尼街頭搞遊行今天到坎培拉國會大廈前鬧絕食明天和移民局打官司，過幾天又開展中外男人能不能讓女人得到性滿足的大討論。留學生中間的組織多如牛毛，搞政治的搞民運的搞居留的，還有聯誼會同鄉會之類，五花八門，煞是熱鬧。有組織就會有領導有頭頭有會長有主席有司令等等，就會創造出各種各樣的領袖。比如楊司令韓上校大牌記者阿忠等都是那個時代的產物。張傑克既搞民主運動，又搞居留運動，還搞文化運動，三位一體，在民運組織居留組織和華文作家協會裡都有兼職，其官階不如司令上校，大概也該在上尉與少校之間。那時候，留學生們，人人關心國家大事，個個興風作浪，就像老謝躲在幾十公里之外的黑鎮上，也會來熱心參加「八二」論的大討論。

「如今，人人只知道掙錢供房子，鼠目寸光，就像老鼠打地洞，老鼠打地洞不就是為了一個穴嗎？沒勁！」此話絕對一針見血，不過是張傑克十幾年後的後話，十幾年後他已經有了五套房子。

其實，按照張傑克的智商絕不會在那些司令上校之下，如果他的能量全部發揮出來，說不定可以做元帥做總理做澳大利亞總督。不過，他不想太招搖，樹大招風，讓別人去打頭陣吧，畢竟自己收到過二十八天離境的通知書。

2

「大凡名人都像一棵大樹，名氣越大，那樹也越高大。偉人則是頂天立地的巨樹，而蕓蕓眾生是樹底下的小草。以前國內有一首歌，有情有調地唱著：『我是一棵無人知道的小草……』瞎唱什麼，誰願做小草，做小草是沒有辦法，是無可奈何。誰不願做做大樹，做不成大樹，又不願做小草，於是爬在樹皮上做蚍蜉，對著大樹吱吱叫著……」怎麼樣，密斯脫張傑克還是有兩手，神來之筆，立意不凡，高屋建瓴。這篇文章是張傑克坐在Ashfield（艾斯菲地區）的一間大屋裡的一張黑色辦公桌邊，在深更半夜一口氣趕寫出來的。

張傑克早搬家了，在強尼公司掙了第一筆錢，他就搬出了那對廣東夫婦的小屋，他原來以為廣東人個個都像阿廣一樣，錢看得不大，沒有想到這對夫婦特別小器，多開幾個小時電燈還要和他算錢。如今，張傑克搬到一對福建夫婦那兒，福建夫婦自己住小屋，把大屋騰出來租給張傑克，包水電，每星期八十元。這點錢對於現在坐寫字間的張傑克來說，是毛毛雨。張傑克不願意和留學生一起住的原因是怕有風險，張傑克也不願意和上海人一起住，是怕暴露自己的底細。現在住的屋子，那對福建夫婦長年累月地在廳裡點著一柱香，供著觀世音菩薩。張傑克認為這很好，這是一種中國人的自我保護意識。張傑克也在西人後院出售私人物品時，花幾元錢買來一張耶蘇的畫像，掛在自己的屋子裡，念幾聲上帝保佑。張傑克既不信佛也不是基督徒，不過現在對什麼事都有點迷信，他認為這屋裡已經設了中西兩道防線，移民局的那些傢夥肯定被擋在門外。

Ashfield也是一個好地方，離城裡不遠，坐火車十幾分鐘就到了，交通方便。張傑克為什麼要搬到這個地區來，還有幾個原因，第一，Ashfield文字意義上解釋為塵埃揚起的地方。塵埃揚起都好，一片亂哄哄的，就像施了障眼法，移民局的探子到了這裡什麼也看不清楚。第二個原因是，這兒住著大批中國來的留學生，那條利物浦街上華人飯館雜貨店禮品店等一家接著一家開張，還有玩文化的人辦起華人報紙雜誌，甚至有人說這裡是小上海，這就讓張傑克有了家鄉的感覺。不少留學生中間的名人都住在附近，各種組織也經常在這兒的飯館裡開會和舉行派對，張傑克當然不能缺席。

不過，有一天張傑克的夢裡出現過這樣一幕景象，那天從軌道上開來一輛火車，車廂裡全是移民局的探子，他們在艾斯菲一靠站，就像下餃子一樣，一批一批穿黑西服的洋人嘩嘩地跳下火車。這時候天空中響起軍樂聲，他們像日本鬼子一樣包圍了艾斯菲地區。挨家挨戶搜查，搜出來的留學生黑民成群結隊，個個都是灰頭土臉，狼狽不堪，七八個車廂也裝不下，移民局局長忙得焦頭爛額。如果老謝聽了這種說法，肯定還會更添油加醋地說艾斯菲地區不僅僅是塵埃揚起，而且是火光沖天，移民局官員個個握著刺刀槍，八格牙路，正在實行「三光」政策。當然，這是不可能的事，澳大利亞是民主國家，又不是法西斯國家。移民局怎麼可以挨家挨戶的搜查呢？最多是瞄準一戶搜查一戶，但能不能在艾斯菲地區抓出成千上百個留學生黑民，張傑克還真說不准。

話說張傑克那篇文章是在半夜裡一口氣寫出來的。為什麼是一口氣呢？因為張傑克肚子裡有氣，為什麼深更半夜才寫稿？是因為昨晚他去參加了一個酒會，或者說是居留組織舉辦的一個派對。這派對是新概念，內容也就是大家聚在一起吃飯喝酒。

在派對上，和密斯脫張傑克同桌有一位小老闆，那小老闆名叫史蒂歐，和別人合股買下一家名叫「歐斯底」的雞肉加工廠，賺了點錢，在留學生中間以成功人士自居，在居留組織內也弄了個一官半職。因為他給組織捐了點錢，就想篡黨奪權做老大，說話口氣狂得好像他就是澳洲首富。他說，現在牛都發瘋了，沒人吃牛肉，改吃雞肉，因此澳大利亞富得最快的就是做雞的。我在華人中間，是做雞的NO. 1（第一名），每天數錢也數不過來，那些醫生律師怎麼能和做雞的相比，你們這些移民代理就更等而下之了，你瞧我的新寶馬車是十萬元錢，你的二手貨寶馬車一萬元也不到，此話明顯是想壓過張傑克一頭，張傑克已經被他擠兌了好幾回。

那傢夥又紅光滿面地站起來，整個桌面上都是他一個人在胡言亂語地發揮，旁若無人，洋洋得意地舉著酒杯對大家嚷道：「朋友，我有錢，我他媽的有錢，還怕澳洲政府不給我居留權。不是吹的，你們玩818，919，我玩616特殊貢獻的移民申請。只要綠卡一到手，我花它娘的幾十萬澳幣，買北悉尼高尚住宅區的豪宅，到時候開派對，請各位光臨我的豪宅，門一開就是海邊，啊，一片藍色的大海，風光無限，就像以前老毛說的風景這邊獨好。當年毛老頭住過的那個中南海舊院子我也去觀光過，房屋裡一張大床堆滿舊書，一點兒破家具，有什麼了不起。毛老頭出門也只不過坐一輛破紅旗車。我把寶馬換一輛卡迪拉克車還不蓋過他。中國出了個毛澤東，澳大利亞出了個華人史底歐。」

張傑克一聽這話感覺那話語味道不正，如果史底歐說老毛搞獨裁專制，惡搞文化大革命，也算是一番不同政見。可眼前這個傢夥好像死活要和老毛來一場欲與天公試比高，問蒼茫大地，誰主沉浮？儘管張傑克的父親是慘死在老毛發動的文化大革命中，儘管張傑克在海外搞民主運動，一口一個反獨裁反專制，但在張傑克的潛意識中，他還是挺佩服毛澤東的，就想今天中國的許多人，對毛澤東的認識也是很矛盾的，不少吃過毛澤東政治運動苦頭的人，也認為他聰明絕頂，不是凡人，是神仙。張傑克放下酒杯說：「老弟，你這種人怎麼能和老毛相提並論？」

那位臉紅脖子粗地說：「怎麼不能比？老毛只會搞政治搞軍事，搞錢不行。現在是搞錢的時代。數風流人物，還看今朝。這是老毛說的吧？我就是當代的風流人物。」他一口把酒喝下去。

張傑克也端起杯子，脖子一仰，把酒灌進喉嚨，大有青梅煮酒論英雄的氣勢：「那就和你討論一下老毛的一首詞。」

那位也不買賬，又給自己倒上一杯，「什麼詩詞？不就是土豆加牛肉吧？」

張傑克振振有詞地說：「老毛在年輕的時候，寫了一首詞，沁園春，長沙。其中有一句：糞土當年萬戶侯。你知道萬戶侯是什麼意思？」

「聽不懂。是不是古代打仗的將軍？」小老闆搖搖頭，顯然他的文化根底不如張傑克。

「張開耳朵聽著，這萬戶侯就是古代管理一萬戶人家的侯爵。如果放在今天就是一個大老闆，不說一萬戶人家，就是管理一萬個人的企業，老闆該是億萬富翁了吧？億萬富翁在老毛眼裡，不，那時候他還是小毛，在二十幾歲的小毛眼裡只是糞土一堆，糞土知道吧，就是拉出來的屎。就算你現在有幾個錢，就算你能買一輛幾十萬元的卡迪拉克車，就算你能在北悉尼供一幢海邊的豪宅，就算你現在是百萬富翁，過幾年能混上千萬富翁，在老毛的眼裡，連糞土的地位還沒有混到呢。我看你該混到億萬富翁，混到該拉屎的份上，再去和老毛論高低也不算太晚。」張傑克也給自己倒了一杯酒。

這一席話說得那位成功人士啞口無言，無地自容，紅臉唰地慘白，恨不得鑽到桌子底下，摸幾張澳幣出來擦屁股，看一看自己是否已經混到了拉屎的地步。

張傑克還不放過他，接著說：「密斯脫史，再教你一句老毛的詞：有幾個蒼蠅，嗡嗡叫……你就是那個蒼蠅而已。」

3

因為昨天搞到深更半夜，今天是周末，張傑克睡到中午，懶洋洋地從被窩裡鑽出來。那個被窩一年都沒有倒騰過一次，君子不拘小節。床頭櫃上的煙灰缸裡全是煙屁股，可見他昨夜的工作精神。張傑克又從煙盒裡摸出一支煙點上，他現在不抽「魂飛爾」了，改抽金盒子的「本色海軍斯」，那檔次自然又比老謝高了一檔。

張傑克走到盥洗室門口，門緊閉著，和張傑克合租房子的那對夫婦正在裡面打情罵俏。張傑克聽見那聲音不由慾火上升，他又不是什麼六根清淨之徒，整年整月整夜，一個人在被窩裡泡著，自摸單調，找不到一個女人做伴。

張傑克和老謝兩樣，為了讀書幹大事，至今沒有結婚。以前他在國內也談過幾任女朋友，吃過禁果嚐過愛情的甜蜜。可他一出國，那些愛情鳥都飛了。國內的幾個有文化的女朋友都知道張傑克有遠大志向，哀歎道：「青春歲月有限，總不能等到你在國外做了總統再回來娶我。」

張傑克也想在國外找一個女朋友，那些澳洲女郎，他認為她們性子太騷，男人騷沒關係，女人騷早晚要給男人戴綠帽子，這方面張傑克還是比較保守。無可奈何的是在留學生圈子中，女少男多不成比例，張傑克是做移民的，他就做過幾個案例，那些女子都會三級跳，先找有臨時居留權的，然後蹬掉臨居找永久居留權的，然後再蹬掉永居找一個有家產的正牌澳洲公民。比如，他的鄰居，是個福建來的偷渡客，在澳洲若干年總算混到了永久居留的身份，那女的原來是和一個有臨時居留權的老留學生同居的，現在轉臉就找上了這位福建郎。張傑克至今是留學生身份，當然不受女同胞青睞。說什麼特殊人才移民，那是張傑克的誑語，他的底細自己清楚。

「這個社會太現實太私利太沒有人情味了，男女之間，愛情還要不要？」每當張傑克和老謝談起男女之事，他就會怨聲載道，他樹立雄心大志說，「將來總有一天，我要讓那些中外小娘們統統拜倒我張傑克的褲腿管下面。」將來是將來，現在張傑克瞧瞧手錶，時間不早了，他敲敲門說：「請裡面兩位快些，我馬上要出去辦事。」

幸好兩位沒有在裡面玩鴛鴦戲水之類的遊戲，一會兒，門戶開放，讓位於張傑克。張傑克將牙膏擠上牙刷，伸進嘴裡詖詖抖動起來，那個用一元錢從地攤上買來的茶杯已經用了三年多，杯裡面積了一層污垢。當他刷完牙，杯子上又多了一條牙膏的痕迹，水池邊也畫上幾條，他也懶得用水沖一下，反正屋子裡的小事無所謂，出門做大事就另當別論了。

密斯脫張傑克站在鏡子前，將身上那套義大利西裝擺弄整齊，領帶抽緊抽鬆三次，上面佩上一個小銀夾，自我感覺良好。回到自己屋裡，將那份昨夜趕寫出來的「大樹和小草」的稿件塞進黑皮包，昂首挺胸走出門去。

那位男鄰居道：「哥們這麼忙，周末還要出去辦事。」張傑克道：「本來我想去辦公室做點事。方中圓飯店老朋友的一個酒會，不去參加還不行，昨天一個派對，今天一個酒會，明天一個飯局，忙得夠嗆。」女鄰居腦袋上捲著許多發捲，兩片嘴唇塗得鮮紅，她說：「你看人家張哥，每天都有人請吃的，怎麼沒人請我們？」張傑克跨出門後，肚子裡冷笑一聲：「嘿，我是什麼檔次，你們是什麼檔次？」

4

穿過兩條小馬路，張傑克腳下的黑皮鞋踏上熱鬧的利物浦路，利物浦路穿過艾斯菲區鬧市中心。張傑克的住處在西面，靠近第一間雜貨店的那端，而他要去的方中圓飯店是在利物浦的那端。他走進第一間雜貨店買了一份華聯時報。這第一間雜貨店之所以出名，據說是在這條馬路上開張的第一家華人商店，雜貨店老闆還辦起了大陸留學生的第一份周報《華聯時報》，所以出了名。張傑克當然認識那位老闆，買報紙時順便和他聊幾句澳洲華人的動態。凡是留學生中間的名人，張傑克全認識。他走出門，前面走過來一位名人，那位名人度著方步目不轉睛地走過張傑克身邊，張傑克也假裝翻報紙視而不見。

在一般情況下，名人碰見名人是不能主動打招呼的，誰先打招呼誰掉價。如果有事求人則另當別論，這位名人瞧見那位名人五步之外一聲招呼，並快步走上前去，那位名人停在原地一步不挪，待這位走上前來，急忙伸出手來握住對方的手，握手以半分鐘為宜，就是昨天剛見過面也要像三年沒有碰見過的老朋友。這是做名人的小訣竅，諸位看官如果今後出了名，無妨學一學，如果已經出了名，想必知道這是道上的規矩。

張傑克沒有走幾步，從伊麗莎白街的拐彎處又走出一位名人，張傑克眼睛一亮，招呼道：「密斯黃」，原來那位名人是女士，又是一位專寫性愛作品的女作家。張傑克從那個獨身主義的被窩到打情罵俏的盥洗室門口，又瞧見這位花枝招展的的女名人，女名人已三十五六歲，容貌一般，皮膚保養得不錯，一口一個崇尚獨身主義，但圍繞在她身邊的男人和緋聞就像浪花一般。女名人瞧見張傑克，伸出玉臂，張傑克拿起女名人的手，優雅地在她的手背上一吻，恭維道：「唷，密斯黃今天真變成美女了，這條裙子是從那家精品商店裡買的，我好像在哪裡看到過，讓我想想，看上去怎麼和戴安娜皇妃穿的那條差不多。」兩眼卻瞅著黃女士裙子下面的腿肚子。

「小意思拉，三百多塊錢，格拉斯潑辣斯公司的減價商品，沒減價前是七百多塊。」黃女士得意地將裙沿拉了拉，「現在想買一件看的上眼的衣服真難，也沒有人陪我去參考參考。」張傑克就說：「你打個電話給我，我隨叫隨到。」黃女士說：「怎麼敢麻煩你張大記者，你是一個大忙人，今天去那兒採訪。」

「採訪什麼呀？我早就不是什麼酸記者了，現在玩點小生意。」張傑克掏出名片遞過去。

「強尼移民公司」，黃女士連聲道，「可惜可惜啦，澳洲這麼多移民公司，少了一家多了一家誰也不知道，可是澳華文壇少了你一支筆，是無法彌補的損失，是澳洲華人的損失，是全世界海外華人的損失。」

這話張傑克聽了很受用，他說：「我還是自由撰稿人嘛。你瞧，南洋周報創刊，杜名人邀請我去捧捧場。你今天有什麼活動，還去參加性愛大討論？」

黃女士莞爾一笑：「你把我忘了，人家杜名人可記著我呢。走吧。」

說著笑著，兩位名人一起沿著利物浦路朝方中圓飯店走去。諸位看官不禁要問，這條路上怎麼會碰到這麼多名人？此話倒是一點不假，如果說悉尼城裡的唐人街的食府是老僑領的相聚之處，那麼如今艾斯菲區的利物浦路上，華人商店林立，這兒就有點留學生政治文化中心的味道，不然張傑克怎麼會搬到這個塵埃揚起來的地方呢？就說那家方中圓飯店，張傑克經常光臨，照他嘴巴上的品味，說裡面有一道菜「醃篤鮮」湯濃味正，有正宗上海菜的風格。不過，昨天晚上的派對上，張傑克在刺激了那個做雞的小老闆後，又說那碗「醃篤鮮」湯裡面摻水太多，淡而無味，順便損了飯店老闆幾句。

今天下午的派對又在方中圓飯店舉行，各路名人大聚會。那年頭，留學生中間什麼組織成立、報紙雜誌創刊、商會選舉拉票等都要在方中圓飯店擺上幾桌，方中圓飯店也隨著名人們大家光臨而名氣大振。名人們醉翁之意不在酒，不在於湯濃湯淡，而在於每次派對你是否在被邀請之列。方中圓老闆不在這個時候在「醃篤鮮」裡多摻點水，什麼時候摻水？

兩位踏入方中圓飯店，不早不遲，恰好是在貴賓駕到之時。張傑克和黃女士都被邀請到主桌入位。張傑克表示不是來吃白食的，從皮包裡摸出那份稿子遞給南洋周報董事長兼主編杜名人。杜名人一目十行掃了一眼，拍一下張傑克的肩膀說：「老弟真不愧是大手筆，立論深刻，入木三分。」說著就將此文遞給席上另幾位，熱情地邀請各位男女寫手賜稿。張傑克目光掃視了一下幾個桌面，來了許多名人，沒有瞧見那個雞廠小老闆，心想那個無名之輩不配出現在這個場面上，本來還打算和那個傢夥過幾遭。張傑克啪地拉開一罐啤酒，先潤濕一下喉嚨。

南洋周報創刊酒會的順序這兒就不多說了，和別的什麼玩藝開張也沒多大區別，大家鼓吹捧場，然後喝酒吃菜，再喝醃篤鮮湯什麼的。

正當方中圓飯店高朋滿座，名人們酒興酣暢之時。移民局的鐵籠子小車又光臨艾斯菲地區，抓了幾個留學生黑民。這個消息是在幾個小時後被張傑克打聽到的，因為被抓的留學生黑民就住在張傑克住所的馬路對面那幢房子裡。當然這消息也成了南洋周報創刊號的頭條新聞，在留學生中間掀起了一陣波瀾，這是後話。不過，張傑克給南洋周報立下頭功是不容置疑的事實，加上他的那篇大樹小草，他在創刊號上投下了兩篇擲地有聲的文章。後來張傑克也想過，移民局的小車要是找錯門，找到馬路這邊來了怎麼辦？還有，那天移民局的小車開到方中圓飯店門口，進來查一下，也保不准要帶走幾位，說不定自己也在其中。想想這太恐怖了，所以張傑克義憤填膺，鐵肩擔道義，寫下了那篇的報導。

不過方中圓飯店門口確實也發生了一些事，莫名其妙地刮起了大風。那風大概是從南太平洋的某一個漩渦裡冒出來的，在悉尼一登陸，就沿著利物浦路橫掃而來，呼呼有聲。是為南洋周報創刊助興還是搗亂，只有老天爺知道。一連幾個小時，飯店內名人高談闊論，飯店外勁風狂舞。

酒足飯飽之後，大家見時間差不多了，如果還想開晚宴，得自己掏腰包。於是，名人和名人紛紛握手告別，等待下一次酒會再見。「哇，這麼大的風！」名人們走出飯館時，酒醒了一半。

張傑克和密斯黃等另幾位名人出門時談興正濃，在說一個帶點腥味的笑話，「兩個光屁股的男人坐在一塊石頭上，打一成語。」幾位都猜不出，張傑克送出一個謎底：「一石兩鳥。」幾位哈哈大笑。說也正巧，路旁有一棵大樹被那狂風折騰了幾個小時，吃不住勁，恰好這時倒將下來。幾位名人已經躲閃不及，密斯黃驚叫一聲，張傑克想用手臂去抵擋一下，他又不是倒拔楊柳樹的魯智深，怎麼能擋住那千鈞之力，於是乎，幾位被那棵樹木一古腦兒橫掃在樹杈下面。其他人見此情狀慌了神，有的嚷著快去報警，有的說去叫救命車，更有人高喊：「大家一起來搬樹。」

壓在樹底下的張傑克頗有幾分英雄本色，他沒有慌亂，不慌不忙地在尋找感覺，身上沒有什麼劇痛之處，那兩條腿好端端的也能活動，一隻手護在自己腦袋上，另一隻手呢？摸在什麼光滑柔軟溫熱的地方，很舒服，又摸到了邊上的布料，不會是他剛才吹捧過的戴安娜的裙子吧？張傑克雖然眼睛看不清楚，但腦海裡頓時出現密斯黃那條大腿的形象。在這樹葉掩蓋下，誰能瞧見誰呀？就當它是亞當夏娃時代，此時不摸還待何時。張傑克的那只手朝那條大腿的根部摸去。那邊密斯黃大叫起來：「誰的手，瞎摸什麼呀？」

那棵樹終於在大夥的搬動下移開了，樹底下爬出五個名人，在樹枝交叉中間擦破點皮，沒有傷筋動骨。張傑克眨眨眼一看，是三位作家和三位民運領導，怎麼變成六位了？因為張傑克既是民運幹部又是作家。密斯黃臉上擦破了一點皮，她很傷心，說為什麼要來吃這頓倒楣的飯，嗚嗚哭出聲，又說這棵樹怎麼可以種在方中圓飯店門口？她要狀告艾斯菲地區政府，賠償她青春損失費。張傑克在邊上安慰她，送她回家。

十、拘留營風波

1

張傑克把密斯黃送回伊麗莎白街的住處，瞧見密斯黃屋裡有一個五大三粗的男人正在練啞鈴，那個男人是做石料生意的，還製作各種墓碑。張傑克聽了就有點害怕，知道自己和密斯黃不會有戲，趕忙告辭回家。

他回到住處，就從福建夫婦那裡聽到了那個恐怖的消息，馬路斜對面的那幢房被移民局的探子一鍋端，一共抓了六個留學生。福建女人說：早就看出了那幢灰濛濛的舊木頭房子不吉利，聽說這幢房子以前死過三個瘋子，房東一直租不出去，才賤價出租給幾個中國留學生，那幾個留學生還經常吵架，窩裡鬥。

張傑克為了同胞的利益，奮筆疾書寫下那篇報道，讓南洋周報一炮打響，後來張傑克又寫了幾篇跟蹤報道，報道這件事，在華人社區和留學生中間引起了巨大反響。這時候，幾萬名留學生的居留運動搞得風起雲湧，楊司令從廣大留學生群眾手裡集資百萬，號稱楊百萬，請了大律師和移民局打集體官司，要和移民局一見高低；韓上校組織一大批人去首都坎培拉，在國會大廈前面絕食抗議。有留學生在去坎培拉的路上遇到車禍，二死一傷。於是絕食抗議的人們在手臂上套上一個中國特色的黑布塊，頭上再紮一塊白毛巾，更增添了一層悲壯的氣氛，大有和當局同存亡的英雄氣概。據說有一位熱情支援移民的國會議員在留學生的居留活動大會上奮臂高喊：「中國留學生萬歲！」大家聽了熱淚盈眶，各留學生組織紛紛邀請他赴宴，讓他天天趕場子喝酒，一個晚上要奔赴好幾家華人飯館，喝酒前總要講幾句豪言壯語，他的喉嚨比歌星的嗓子還要忙，還要累。

張傑克最近也很忙，他不但鐵肩擔道義，妙手寫文章，還為老謝的事奔忙了一番。黑人索羅門不知道那根神經搭錯，打電話來說又要去看老謝，問張傑克去不去？張傑克想這個老黑比中國人還會來事，就說去。阿廣已經去了以色列，自然少了一個湊熱鬧的。

老謝在拘留營裡待了小兩個月，瞭解到一些內情，認為自己輕信了張傑克的言論，對移民局有點小小的誤解。移民局好像賺不了大錢，據說拘留營的標準是關押每一位黑民，政府每一天支出一百澳幣，一年要花費掉納稅人成百上千萬元的澳幣。老謝在這兒已經住了兩月，每天喝牛奶吃麵包，花掉了納稅人六七千塊錢，他一點也不心疼，不感到內疚，心安理得。活該，誰讓你們把我老謝請進來，請佛容易送佛難，誰讓你們把我關在這兒曬太陽，又不是我心甘情願地要在這個鬼地方曬太陽。

這時候老謝正坐在拘留營中間的草坪上曬太陽。他還在異想天開，納稅人為我花這個冤枉錢，還不如直接在我的銀行賬戶上每天打上一百元，在澳洲大牢裡坐幾年就能發財了。媽的，這太不公平了，我在麵包店做苦力一天才掙五十元錢。說句老實話，直到今天，老謝也想在麵包店裡老老實實地打工掙錢，他也想給澳洲政府交點稅，這點覺悟他是有的，儘管他現在不是人民教師。但林老闆不給他交稅他也沒有辦法，為了那份稅錢惹惱了林老闆，林老闆檢舉揭發把老謝送進這個花費納稅人金錢的地方。這似乎成了一個因果關係的鏈條，不納稅就得花納稅人的錢，這就是在澳大利亞做人的道理，天經地義。

後來，老謝又聽說，舉報黑民者，還能從移民局那兒得到一千澳幣的獎金。這就更增加了老謝對林老闆的懷疑，由懷疑變成肯定：他媽的，林老闆做人也太黑了，比索羅門的皮膚還黑，比我們黑民不知道要黑多少倍，簡直就是黃世仁。有了黃世仁，誰是喜兒呢？阿媚是不是喜兒？還有，老謝對自己是不是大春也表示懷疑，這並不是說老謝比不上年輕英俊的大春，而是老謝能否把阿媚解放出來的信心不足，畢竟阿媚是林老闆明媒正娶的老婆，不是老謝的老婆。但有一點是肯定的，老謝對林老闆的階級仇恨越來越深，他想早知道會落到今天這個地步，還不如抓緊時間，把他和阿媚之間的好事做了，那麼罵林老闆就不是什麼「發根他媽」，而應該改成「發根他老婆」，一念到這個詞兒，老謝就要笑出來，聽起來太逗了。如果這件好事做成了，就是給林老闆戴了一頂綠帽子，也可以解心頭之恨，。現在好事沒有做成變成了壞事，中國古代哲人的道理太深刻了，就是不知道什麼時候壞事再變成好事。想到阿媚，老謝就感到眼前朦朦朧朧的，就感到有點春心蕩漾，身上像爬上了小蟲子。

正當澳大利亞的太陽暖烘烘照在老謝身上的時候，他被叫到辦公室，經理是個說話不陰不陽的傢夥，長條臉上戴一副黑眼鏡，拘留營裡的人民群眾沒有一個人對他有好感，稱呼他為戴眼鏡的驢子，驢子整了整眼鏡架子說：「聽著，謝，你在澳洲度假結束了。別想賴在這兒浪費納稅人的金錢，這兒的牛奶麵包不是給你白吃的，你應該把你在銀行裡的錢拿出來償還給我們，才公平。」說著他把一張信箋推到老謝的眼前，上面的英文字老謝也認不全，但大致的意思看懂了，正如那個廣東肥佬阿廣所言，才兩個月，老謝申請移民的過程就走完了。經理又說：「你是想償還這裡的欠款呢，還是想在兩個星期內，讓我們把你遣送回國，如果你有錢，應該自己買飛機票。」

老謝知道在這個國家裡，私人財產神聖不可侵犯，銀行是大爺，只認存錢的顧客，移民局是管不了銀行的私人賬戶的。老謝還知道，福建老戴被遣送回國時，就是移民局買的票，老戴把存款都帶回國去辦養牛場了。老謝也將信箋朝前一推說：「又不是我要來這裡的，是你們把我抓到這兒來的，我一分錢也不能給你們。」

驢臉經理拿老謝沒有辦法，但嘴上也不能輸給老謝，就說：「沒有一個澳洲人會歡迎你們，本中心的經理的責職就是把你們一個不留的遣送回國。」

老謝也不買賬，都到了這個地步，誰怕誰啊？他聽張傑克說過一些外面留學生鬧居留的情況，就說：「這事還沒有完呢，誰說澳大利亞人民不歡迎我們，人家國會議員都在喊：中國留學生萬歲！」

「什麼狗屎議員，他是個瘋子，早晚得進監獄，當然不是關在我們這兒。」經理又惡狠狠地說，「我看你們都是瘋子，我要像踢皮球一樣把你們踢出澳大利亞，我要用高壓水龍頭把你們沖到太平洋裡去，你們這些傢夥想在澳洲獲得自由，我變成鬼也要在大門口掐死你們。」

「你才是瘋子。」老謝也上了火，走出門時大叫一聲，「發根他媽！」

老謝急了，給張傑克打了兩個電話都沒有人接，拘留營就這兩架電話機，也不能讓老謝一個人佔著。下午，老謝的第三個電話終於打通了，張傑克說這事情他已經知道了，他會想辦法的，他這裡忙著呢，就把電話掛了。老謝心裡不踏實，張傑克是怎麼回事，是不是碰到什麼麻煩了，不替自己走過程了？張傑克在外面，自己在裡面，真是喊天天不應，叫地地不靈。老謝一點辦法也沒有了。

2

老謝絕對不是心甘情願地浪費納稅人的錢財，就像老謝不是心甘情願躺在拘留中心的草地上曬太陽一樣。這幾天驢臉經理沒有來找他，老謝又來到草地上來曬太陽，曬一天是一天，管他呢。老謝躺在草地上，嘴裡含一根青草，他又想起了那個稱呼中國人的英文詞「掐你死」，如今驢臉經理真的要對老謝進行「掐你死」了。以前說中國人喜歡「窩裡鬥」，現在中國人到了國外，外國人也要和中國人鬥，都是「掐你死」的行為。不過，外國人好像也和外國人鬥，許多思想主義等鬥爭工具都是外國人發明創造出來的，第一次第二次世界大戰，打得最厲害的也是在國外的土地上。

澳大利亞的朗朗晴空，這塊世外桃源的土地上從來沒有發生過戰爭。想到這兒，老謝氣平順了一點，他有點想通了，這年頭能混就混，大不了打道回府回中國去。咱在國外也沒有和中國政府唱對臺戲，也沒有像張傑克那樣參加過什麼民運組織，張傑克是朋友，朋友管朋友，混混罷了。回中國後，咱也不要異想天開辦什麼「京都大妓院」，那只是在國外某一夜躺在床上的某一場春夢，誰不做夢啊？張傑克說他在夢裡還當過國家主席呢。現在改革開放，咱回國就做個小本生意。

老謝從國又想到了家，想到家當然想到老婆謝妮娜，想到小謝唱的那首歌〈恰似你的溫柔〉，這歌好像有點不對勁，動向不明。不少在國外的男人，其老婆在國內都有點動向不明。老謝不知道老婆在國內的動向到底如何，就像謝妮娜也不知道老謝在這裡的動向。老謝沒有告訴家人他被關進拘留中心的事，更不會對妮娜說自己麵包店的豔遇和遭難，國內的親友和那批侃兄侃弟只知道老謝在澳大利亞的宰牛廠發牛勁，將來回國吹起牛來更了不得。

老謝突然品出味來，〈恰似你的溫柔〉不就是「掐死你的溫柔」，「掐你死，掐死你」怎麼全連到一塊了。老謝的眼前不見了太陽，又出現了一道陰影。就在這個時候，那個胖女官員來找老謝。老謝想，大概是通知我遣送回國的事，我得向福建人老戴學習，決不低頭屈服。他從草地上站起來，昂起腦袋，大義凜然地朝前走去，如同走向刑場一般。

老謝被帶到營房裡，才知道有人來探望他，廣播喇叭裡叫不到他，胖女人到草地上來找他。當他走到會客大廳，見到張傑克和索羅門，一下子就激動起來，三步併作兩步走到他們面前，緊緊握住張傑克的手說：「我還以為你不會來了。」張傑克說：「你老謝的事，我怎麼會不來。上幾天我工作太忙了，抽不出空，今天一有空，我就把索羅門一起帶來了。」老謝又和索羅門握手，握完手，索羅門說：「我去看看索非婭。今天一半是來看你，一半是來看她。」張傑克說：「怪不得這個傢夥這麼熱心。」

「你忙是好事，越忙說明你的生意蒸蒸日上，錢掙海了吧。」老謝吹捧道。張傑克認為，這不是錢不錢的事，現在的居留工作是一件刻不容緩的頭等大事，他百分之九十五的精力都在這件大事上。另外百分之五的精力就在辦理老謝的大事上。

於是，張傑克和老謝談了三件事：

第一件事，是阿廣在以色列安頓下來，現在已經在一家診所裡找到工作，他的家庭裡本來就有中醫背景，打算好好地學手藝，在那裡替人割包皮掙大錢。還特意問老謝想不想去以色列，老謝做過赤腳醫生，有工作經驗，不愁找不到好工作，能學幾句希伯來語是有用處的。他向大家問好，說他已經去過著名的耶路撒冷，那裡有哭牆等古跡，經常有人在那兒痛哭流涕，像老謝張傑克這樣喜歡玩文化的人，不去那兒哭一場真是白活了等等。說得老謝的心也動起來，釋放後一定要去以色列走一遭。張傑克說現在實在太忙，以後總會有機會去那裡大哭一場。

第二件事，老謝走完移民局的過程，是張傑克意料中的事情，張傑克已經花了三百元錢，把老謝的名字送進了楊司令的集體官司中，這就是

919走過程。這個官司是成百上千名留學生和澳洲移民局打的，不知道打到猴年馬月。澳洲司法系統是獨立的，不受政府機關左右，根據澳洲法律，身處在案子中的人，是不能遣送出境的。張傑克講話的腔調就像他是國會議員，說他已經給移民局施加了很大壓力，移民局不敢對老謝怎麼樣，老謝不用害怕。老謝說，「我不害怕，我怕什麼，最多和移民局拚個魚死網破。那三百元打官司錢，我出去後給你五百元。」

第三件事，張傑克談起留學生鬧居留的如火如荼的形勢。最近，雖然移民局抓人抓得緊，但留學生的鬥爭更加激烈，更加勇敢，更加有成效，現在是一個抓進去，就會有千百名留學生參加我們的居留運動中來。白色恐怖不會太長久了，現在是黎明前的黑暗，黑暗即將過去，曙光就會來臨。根據組織打聽到的可靠情報，坎帕拉的政府議員們已經把大批留學生黑民的事放進議事日程中。張傑克又說，現在他才是真正的學以致用，悉尼文學院學的文學碩士學位沒有白拿，每天只睡幾個小時，不僅僅是給幾家中文報紙寫報道評論，更多的是寫英文信件，寄給政府議員，給他們施加壓力；他還把這些事寫成英文報道，投稿給主流社會的英文大報。張傑克的筆桿興風作浪，對於打破白色恐怖，掀起了革命高潮起到了不可估量的作用。

張傑克還讓老謝了打聽一些最近抓進來的留學生的情況，說他在寫跟蹤報導。他在外面的輿論鬧得越大，對裡面的黑民就越有利。如果能在拘留中心裡放一把火，鬧出點事來就更好了。老謝說，拘留中心裡最近是有點動靜，聽說那些從伊拉克來的難民要絕食，大家都對那個驢條臉經理不滿。張傑克就說：「星星之火，可以燎原。」

這時候，索羅門過來了，他說他除了去見索非婭，還看到另外一個女人。老謝說：「這裡的女人多著呢，你看中一個索非婭就行了，別看花了眼。」索羅門說，不是別的女人，那個女人是宰牛廠的女人，是以前和他在黃油車間一起工作的漂亮中國女人。老謝一聽，吃了一驚，明白過來，他看到過的拘留營的冷美人，原來是牛廠黃油車間的四川妹蘇海倫。張傑克說這個四川妹也是他的客戶之一，比老謝早進來，和老謝一樣，不肯交押金，也是張傑克在替她辦理「走過程」。

3

拘留營裡的幾百號人就像一個小聯合國，有黑皮膚，白皮膚，黃皮膚，棕紅皮膚等。男女老少來自五湖四海，為了一個共同的目標——到澳大利亞這塊世外桃源裡來混日子。

其實老謝早就注意蘇海倫了，第一次瞧見這張漂亮的臉蛋，是老謝在拘留中心吹笛子時，吹完笛子這張臉就不見了。以後老謝每次吹笛子時都瞧見這張臉，這張臉雖然美麗，但美得和阿媚不一樣，阿媚是熱情開放型的，一瞧見老謝就笑臉相迎。而這個女人有點像林黛玉，臉色憂鬱，瞧不見她的笑臉，那時候老謝還不知道她是誰？後來老謝四處打聽，瞭解到在拘留營裡也有不少男人在追求這個中國女人，各種國籍的追求者都有，但都遭到義正詞嚴的拒絕。他們說她是沒有一點溫度的冰美人，是冰山上的一朵雪蓮。老謝對自己的短處和長處分析了一下，要身份沒有身份，相貌外表一搬，口袋裡的錢財也沒有幾個，還不能讓移民局知道底細，有的就是自己這張能說會道的嘴。可是人家不和你說話，你有十張嘴也沒有用處。看來，想要摘拘留營裡的這朵花，估計也不會有戲，所以他笛子也不吹了，吹了也白吹。

現在老謝知道了她就是宰牛廠的蘇海倫，至少他們應該有關於「牛」的共同語言，於是老謝就有點蠢蠢欲動，再說老謝在宰牛廠裡也和什麼冷庫冰庫打慣了交道，他要試試這個冰美人。

幾天後，老謝又拿出笛子，在走道上他感到拘留營裡氣氛有點不正常，他也沒有多想。今天老謝的計劃是，先用笛聲把蘇海倫吹來，然後和她說點宰牛廠的事，把她套上，這叫套近乎，不能著急，想方設法地與冰美人建立起感情。老謝來到草地上吹了一曲〈蝶戀花〉，也不見蘇海倫的人影，草地上沒有幾個聽眾。這時候一片喧囂聲從前面傳來，拘留中心一處樓房的頂上燃起了火焰，黑煙熊熊，還有人在樓頂上大喊大叫。老謝朝那兒一看，那屋頂上好像是在表演金蛇狂舞，大家都奔那邊而去。

那批從伊拉克漂來的船民已經在這兒住了七八個月，還沒有被釋放出去，他們早就心存不滿，每天念古蘭經祈禱也壓不下胸中怒火。昨天，監獄內的一位中東孕婦在臨產時發生醫療事故，導致胎兒夭折。這件事成了一根導火線，燃起了拘留中心樓房頂上的火焰，那些中東人把毛毯床單都扔到屋頂上點燃了。並嚷叫：不放他們出去，不給他們自由，他們就要和這座樓房共存亡。「星星之火，可以燎原」，這事真的被張傑克那張嘴說中了。

大家都朝那兒跑去，老謝提著笛子跑到那兒，驢臉經理帶著一些工作人員也跑過來，叫嚷道，警察和救護隊馬上趕到，要圍觀者馬上離開，誰也不理他。拘留營裡的人民群眾在樓下歡呼著，黑民們當然支援黑民。這時候老謝感到有人推了推他的肩膀，他轉過臉，瞧見了蘇海倫的笑臉，這個從來不笑的冷美人，這會兒笑顏逐開，露出熱情洋溢的紅光，她對老謝說：「看見沒有，人家中東人就是團結，敢說敢幹，把事情鬧起來了，不像我們中國人，各管各。」老謝表示認同，說：「中國人怕出事，越怕出事越出事，瞧，我們兩個宰牛廠的難兄難妹都進來了。」

「你也是牛廠的？」蘇海倫一臉驚訝，又問：「你怎麼知道我是牛廠的，我在牛廠裡也沒有見到過你。」

老謝的這一招起了作用，他說：「我是牛皮車間的，和你們上班時間和吃飯時間都不一樣，自然碰不見。不過和我住在一起的索羅門也是黃油車間的，他知道你，還說黃油車間有一個漂亮的中國女人，把那些金頭髮的白女人都比下去了。」

蘇海倫笑得更歡：「你這個人挺有意思，你說的是那個老黑吧？他還想和我套近乎，真傻。」

「你才有意思，從來沒有看見過你的笑臉，今天怎麼會看見你的笑臉？你笑的時候比哭喪著臉好看。」

「誰不知道笑比哭好，被抓到這兒你笑得出來嗎？」蘇海倫的臉上很溫暖。

「這是實話，我被抓進來那個晚上還哭鼻子呢，想想自己一個大老爺們怎麼會落到這個地步。你今天的笑不會是幸災樂禍吧？」

蘇海倫一咬牙說：「我就是幸災樂禍，我眼淚都哭乾了，我希望一把火把拘留中心全燒完。瞧著那樓頂上的烈火，我想大聲歡呼，我想唱歌跳舞。你以為我天生就是板著臉的，不，我以前的工作是給人帶來歡笑的，我在國內是四川部隊歌舞團工作的，我會跳亞非拉美的舞蹈。我不知道伊拉克話怎麼說，不然我就唱一首阿拉伯戰鬥歌曲聲援樓頂上那些好漢。你的笛子帶來沒有，吹得挺專業，吹一曲聲援阿拉伯兄弟。」

老謝知道這裡也不是吹笛子的場合，為了迎合蘇海倫，就說：「吹一曲，吹一曲。」他吹的是〈騎馬挎槍保邊疆〉。那笛聲在一片亂哄哄的聲音中響起了，也聽不清楚是什麼，但有人喊：「中國兄弟，謝謝你！」

這時候警車和救火隊的車都趕來了，一路嘯叫著衝進拘留中心的大院。老謝說：「鬼子大掃蕩了。」拉起蘇海倫的手就走開了，一邊走一邊嘴裡也沒有閒著，不由自主地唱起來：「你像那冬天裡的一把火，熊熊燃燒照亮了我……」蘇海倫說：「我發現你這個人不但會吹還會唱，真來勁。」老謝感到心裡不是被樓頂上的那把火照亮的，而是被蘇海倫的臉照亮了，他繼續唱道：「你的大眼睛，明亮又閃爍……」

4

拘留營裡一場轟轟烈烈的騷亂被鎮壓下去了，幾個主要肇事者被關押起來，據說還要被告上法庭，追究刑事責任。那幾個中東傢夥說：「反正關哪兒都是關，一樣喝牛奶吃麵包，一樣沒有人身自由。」

拘留中心的群眾還發現，自從那場騷亂以後，蘇海倫和老謝走到了一起，成雙入對，兩個人有說有笑。許多男人都想不通，我們費了九牛二虎之勁也沒有讓冷美人的那張臉暖和起來，冷美人怎麼會被頭頂有點禿的老謝黏住的？這個從宰牛廠來的傢夥，大概有什麼不一樣的牛勁。

老謝和蘇海倫很同情那些中東男友，老謝說：「哪裡有壓迫哪裡就有反抗。馬克思主義的道路歸根結底就是一句話，造反有理。」蘇海倫說：「聽說他們已經被送到北澳的一個叫什麼愛麗絲的小島上去了，那裡管得更嚴，不像我們這兒可以在拘留營裡隨便走動。如果我被送去那兒，我就割腕自殺。」老謝說：「你不能死，你死了我怎麼辦？你死我也死。」蘇海倫說：「你要好好活下去，你也死了，我們的事情還有誰知道？你不是會寫文章嗎，你出獄以後，就把我們在拘留營裡的事情寫出來，把這裡的苦難生活寫出來。」老謝說：「這裡的生活也不算苦，每天喝牛奶吃麵包，在一塊小天地裡逛來逛去，看看電視下下棋，挺無聊的。」蘇海倫說：「那你就寫吹笛子向我求愛，監獄裡的愛情是最動人的，寫我們壓抑痛苦的心情，寫屋子頂上烈火熊熊，騷亂暴動，寫難友們為了自由而鬥爭！」老謝說：「對了，還可以寫在這裡學英語。你瞧，就我倆談情說愛講中文，和其他難民交談都是說英語，他們各種國籍的都有，講英文時夾雜著亂七八糟的口音，我全能聽懂。進了拘留營，我發現自己英語水準提高得很快，出去以後，我能去聯合國做翻譯了，拘留營真是一座大熔爐，你說是不是？」

「你知道我心中的偶像是誰嗎？」蘇海倫又問道，這時候她的黑眼睛炯炯發光，身上那件紅毛衣也像一團熱烈的火焰。

老謝問：「是誰？是哪位歌星，還是電影女明星，別考我，九十年代港臺大陸的明星，我就知道一個不中不洋的費翔，他的歌唱得好聽，長得也比我稍微帥一些。」

「那些女明星還沒有我長得漂亮呢，我怎麼會瞧得起她們。」蘇海倫很驕傲地說，「我的偶像是四十年代，我們四川紅岩山上的江姐。江姐長得美麗，有氣質，照你們北京人的話，是一代姐們。她在監獄裡寧死不屈，上刑場時面對槍口，她妝也沒有化，站在岩石上，美得像仙女下凡一樣。」蘇海倫轉過臉問老謝：「你說我現在是不是有點像江姐？江姐在監獄裡穿的也是一件紅毛衣。」

「生的偉大，長得美麗，大義凜然，視死如歸，一代巾幗英雄，真天下奇女子也。」老謝嘴裡吐出一連串讚美的詞語，接著在蘇海倫的臉上吻一下，又說：「幾千年前，古希臘的一代美女身陷特洛伊城，千軍萬馬為了這位美女戰死在城下。如今是一代東方美女蘇海倫身陷維拉沃特拘留營，這是澳洲移民局犯下的不可饒恕的錯誤，他們總有一天會認識到這是他們的奇恥大辱。可惜，我也關在裡面，如果我在外面統帥一支軍隊，肯定像古希臘的英雄一樣，為了美人殺進維拉沃特拘留營，哪怕屍橫遍地，也在所不惜。」

蘇海倫聽了老謝的話很受用，第一次在拘留營裡興高采烈地唱起來：「紅岩岩上紅梅開，千里冰霜腳下踩，三九嚴寒何所懼，一片丹心向陽開哎向陽開……」

老謝少年的時代，從來沒有接觸過什麼黃色的東西，受到的教育全都是紅色的英雄主義，英雄書籍讀了不少，從少年英雄劉文學，到全國人民的好榜樣雷鋒，老謝戴上紅領巾那天起就立志要做一名英雄人物，後來長大了，在那個紅色年代的氛圍裡，更助長了他為革命事業獻身的精神，可是那時候他父親是摘帽右派，他的出身不好，想要獻身也沒處獻。後來老謝長大了，在胡同裡和哥們侃大山，野心見長，表示將來要做一番出人頭地的大事業。此刻，他又開始對蘇海倫大肆發揮起紅色經典，炸碉堡的董存瑞，堵槍眼的黃繼光，側刀下掉頭顱的劉胡蘭，走上紅岩嶺面對敵人槍口的江姐，就在他倆討論紅色戰士死活問題的時候，胖女人跑來，說驢臉經理找老謝有事。

老謝以為要來追究他起哄吹笛子的事，或者要他檢舉揭發什麼樓頂大火的內情。老謝想好了，一定要在蘇海倫面前表現出自己的英雄本色，堅決不做叛徒，不做甫志高（紅岩書中的叛徒），要做許勇峰（紅岩書中和江姐一起上刑場的另一名男英雄）。其實，老謝既當不上英雄也做不了叛徒，他根本不知道什麼騷亂的內情，他又不是中東人那夥的。

驢臉經理讓老謝在辦公桌對面坐下來，問他要不要來一杯咖啡？老謝被搞糊塗了，為什麼今天經理這麼客氣，莫不是自己真成了英雄，心安理得地說道：那就來一杯。驢臉經理又問老謝要黑咖啡還是牛奶咖啡，咖啡裡要放幾勺糖？老謝不知道驢臉經理的葫蘆裡裝著什麼藥，「好像有點糖衣炮彈的意思，是不是想收買自己？我可不吃這一套。」老謝就說：「加牛奶，放二勺糖，不三勺。」

驢臉經理把咖啡端上來，問：「謝，你想不想在這兒掙點零花錢？」老謝想，這傢夥開始露出馬腳了，問道：「這是什麼意思？」驢臉經理說，飯廳裡，晚飯後需要一名清潔工，原來是中東人阿吉蒙做的，這傢夥參加鬧事，被送去愛麗絲島了，現在出現一個空缺，問老謝有沒有興趣？老謝沒有想到還有這等好事，在外面找工難於上青天，在裡面，工作送上門來，他說：「我幹。」想了想，又問道：「每小時工資是多少？」驢臉經理笑了笑說：「每小時一元澳幣。」

老謝問道：「每小時一元，你沒有搞錯吧？我在麵包店幹活，每小時還給五元錢。澳洲政府規定，最低工資稅前不能低於八元八毛錢。」

驢臉經理說：「政府的規定我當然知道，我們這兒是特殊情況。你瞧，你住在這裡，吃在這裡，喝在這裡，也沒人問你收一分錢。政府為你們每人每天支出一百多元錢……」

經理的話還沒有說完，老謝就搶上話來：「那你就把我放出去，讓政府每天給我五十元錢就行了，你們能節約許多開支。」

「你說的好像也有道理。」驢臉經理也被搞糊塗了，再想了想，想明白了，他說：「這不可能，這是兩碼事。現在的這份清潔工，只是讓人鍛煉鍛煉身體，每天只幹兩小時，和外面的正式工作不一樣。再說，你掙的是零花錢不用打稅，你也不用擔心，我們不會把這些小錢當作你在這兒的生活費給扣除，我們把現金直接交到你的手上。當然，願不願幹隨便你。」

老謝也想了想，自從來到這鬼地方，雖然吃喝不愁，可是很長時間沒有抽煙了，也不敢從銀行卡裡提錢，生怕被移民局知道自己在賬戶上還存有一萬塊錢的秘密。他又問：「這錢能不能買煙抽？」驢臉經理說：「只要不是毒品武器，你買什麼都可以。不過你這點小錢也買不了什麼毒品武器。」

這樣，驢臉經理和老謝就談妥了，驢臉說，還想找一個人和老謝一起幹，老謝馬上提出了蘇海倫的名字。驢臉經理說，蘇海倫是個女的。老謝說：「男人和女人一起幹活，幹活不累。」經理想了想，認為老謝這個人很聰明了，說出了一個世界級的真理。不過，這事還得經過蘇海倫本人同意。老謝喝了杯裡的牛奶咖啡，和驢臉經理相互道一聲「謝謝！」這時候，他們兩個已經很友好了。

老謝走出辦公室就去找蘇海倫。蘇海倫見老謝剛才被叫走，也有點緊張，以為老謝又出什麼事了。現在聽老謝一說，拍雙手同意他的提議，她關了將近一年，每天在這裡混著也無聊，掙點小錢是好事。接著，也主動地在老謝臉上吻了一下。

以後，有人說，經常看見老謝和蘇海倫在廚房裡接吻擁抱，還瞧見老謝的手在蘇海倫身上亂摸。

十一、張傑克的變身術

1

話說張傑克被方中圓飯店門口那棵大樹壓了一下，沒有壓出什麼大毛病，卻壓出一條驚天動地的思路。因為壓在樹下都是華人團體中小有名氣的人物。但小有名氣的人物和大有名氣的人物相比還是矮三分，所以仍需要向大名人借光。

其實，張傑克也感到最近華文報紙的輿論導向有問題，為什麼正在搞居留運動的風起雲湧的時刻，許多華文報刊上登出了一篇又一篇談名人的文章，肯定是出現了機會主義，轉移鬥爭大方向。不少人出了點小名氣，利用群眾運動的機會想出大名，出不了大名就說自己和大名人來往的事情。

大家知道，張傑克寫了不少有關居留問題的報道，他最後的一篇報道寫的是維拉沃特拘留中心的火災，本意是想把中外人士鬧居留的事情放在一起討論，他認為，澳大利亞到處都是黑民，亞非拉美等國的黑民要團結起來，爭取在澳洲的生存權。這個世界上，每個人都有權力選擇自己在什麼地方混日子，澳洲不是講人權的國家嗎？為什麼連這點基本人權也不能落實。張傑克搧風點火，企圖掀起一場轟轟烈烈國際化的難民高潮。可是，華人社區沒有幾個名人回應，張傑克心存不滿，認為那些傢夥都是鼠目寸光，感覺好的個個自以為是名人，鼠輩而已。

南洋周報老闆杜名人打電話來說：「居留的事可以放一放，幾萬個黑民要抓完還早著呢，有你寫的時候。談名人是最近華人報紙的熱點買點，你是先鋒派弄潮兒，再不寫上一篇，就要趕不上趟了。」張傑克和杜名人不是一般的關係，每次酒宴，杜名人從不忘記張傑克，因此張傑克拉不下臉，只能答應也弄一篇應景之作。再想想，這個世界上大部分是俗人，管他娘的什麼機會主義，只要有機會，誰不想出大名，就像有機會誰不想掙大錢一樣。

於是，張傑克就想起來他的那篇大樹小草的文章，想起那個雞廠小老闆史蒂歇自我感覺良好，也敢混入名人的隊伍；又進一步想起利物浦路上那棵倒下的大樹，想起大樹下面大家都是名人。有什麼辦法把自己的名氣再打響一些，要和別的名人有所不同，要鳳毛麟角，要光芒四射。可是最近那些小名人先行一步，把和大名人交往的話題都寫到盡頭了，張傑克怎麼和他們一見高低呢？

那些鼠輩也不知道是真的假的，有的說和前國家主席楊尚昆的胞弟楊白冰討論過軍備預算，有的和趙紫陽的智囊人物大學者嚴家其有來往，還有的和李瑞環一起幹過木匠，有人說自己的油畫受過劉海粟的指點，有人說自己差點和文化部長王蒙合作，準備寫一部文學巨著。其他情況就更多了，有人和莊則棟玩過兩次乒乓球，有人和聶衛平切磋過棋藝，更有人和馬季學過相聲，和趙本山唱過獨角戲，甚至有人揚言和香港明星葉玉卿談過戀愛。

張傑克扳著手指一數，該寫的大名人都給別人寫過了，如果自己寫和劉小卿上過床，說不定那個辣女人會橫渡太平洋來打官司，也太荒唐了。「他媽的，發根！」他準備開罵，一想罵人是缺少修養，自己堂堂碩士生，得拿出點真本事，壓住留澳學生和華人社區的各路名人。

於是，密斯脫張傑克的思路進入老莊逍遙遊的境界，窮盡四極遊刃八方，上下左右前後，時光流逝，在物理學中叫什麼四維空間。張傑克的腦子裡出現了一位人物，這位人物是否可以和歷史上的大名人聯繫到一起呢？現在還不知道。這個人物就是張傑克的父親。二十幾年前，那時候窗外是文化大革命天下大亂，紅色恐怖，他父親被貼了不少大字報，但還不知道過幾天就要去見上帝。在家裡，老父親給小兒子講起那個濃霧籠罩的英國倫敦，講起倫敦那個大名鼎鼎的英國首相邱吉爾，說邱吉爾不但是偉大的政治家，而且還是一個畫家，有空時喜歡塗幾筆……

張傑克的父親在民國時期在外交部擔任外交官，西元一九四九年，他審視度勢沒去臺灣，又在新政府的外事機構裡混飯吃，那時候他已經得不到重用，但他有工作經驗，被單位裡的同事認為是一根老黃瓜。由於他工作不多，又撿起了年輕時候的愛好，喜歡拿著油畫筆塗幾筆，以致使他的小兒子張守信（張傑克的本名）也喜歡拿著筆到處塗鴉。這是六十歲的老父親給十歲的小兒子講的最後一個故事，不久，張守信的父親就在揪鬥聲中上吊自殺了。

以後的歲月，沒有讓張守信成長為一個畫家，那時候他絕對沒有想到自己會在二十年後出國，會從張守信變成什麼張傑克，更不知道他父親的故事可以讓他大加發揮。人間滄桑，世道是會變的，變得使人意想不到，變得讓人眼花繚亂。

2

此時此刻，張傑克想到了自己和父親的關係，想到了父親和邱吉爾之間的關係。他父親和邱吉爾有什麼關係？文化大革命的時候就有人貼出大字報，質問張傑克的父親和英美帝國主義有什麼關係？那時候他父親只是大使館裡的小職員，當然和大人物什麼關係都沒有。不過，二次世界大戰的時候邱吉爾在倫敦，張傑克的父親也在倫敦，這不就是關係嗎？打個比方，哪天邱吉爾忙中偷閒，正好在海德公園畫畫，張傑克的父親也在海德公園畫畫，那天是倫敦難得瞧見陽光的一天，德國的空軍元帥戈林那天去情婦那兒，也忘記了轟炸倫敦。於是，兩個業餘畫家碰巧在此相遇。當邱吉爾知道張傑克的父親是中華民國的外交官，應該和這個年輕的東方外交官說些什麼呢？恰好張傑克手上有一本以七五折價格從唐人街龍鳳書店買來的邱吉爾傳。張傑克買書是為了未來擔任政治家做準備。這不，現在就派上用處了，這本書沒翻幾頁，張傑克靈感頓生，邱吉爾和他父親談畫沒有什麼大意思，邱吉爾又不是什麼大畫家，說不定邱吉爾的畫畫水平還不如業餘畫家希特勒呢。

首相和外交官應該談談政治。那麼邱吉爾和張傑克的父親談過政治沒有？廢話，當然沒有談過，邱吉爾根本不認識張傑克的父親。不過邱吉爾總得認識一個中國人吧，那個人叫什麼名字呢？談話地點在倫敦海德公園。這不是現成的嗎，就叫張海德。張海德不是張思德，張思德燒窯為人民服務，死在磚窯裡。張海德的地位高得多，是縱論天下的外交官，為中華民族做貢獻。現在不是說有什麼時光隧道，進入時光隧道，到達兩次世界大戰的時候，張傑克搖生變成了張海德。

以後張海德應邀，又去了唐寧街十號首相官邸拜訪邱吉爾。邱吉爾對他越發看重，交給他一封信件，讓他親手交給蔣委員長。張海德從濃霧籠罩的倫敦到達同樣是濃霧籠罩的重慶城，他恭恭敬敬地將信交到了委員長手裡。沒想到蔣委員長閱信後大發脾氣，說娘希匹邱吉爾這條老狐狸只知道為自己著想，那封信裡胡扯什麼東方戰場和西方戰場相比，是小狗和大象，應該讓美國人將援助東方戰場的物資統統撥往西方戰場。還預言什麼只有西方戰場獲得勝利，才能有東方戰場的勝利等等，請委員長三思。「三思個屁，娘希匹！」委員長又罵道，但也無可奈何。幾天後蔣委員長越想越不對，不恥下問，向年輕的外交官張海德請教，問他有什麼高招？張海德頓時獻了一條妙計，讓委員長也寫一封親筆信，有張海德帶回倫敦交給邱吉爾。信中云云：如果失去了東方戰場，不僅僅是失去了中國，大英帝國的海外殖民地也全部玩完，米字旗只能成為一根光桿，這是大英帝國的恥辱。所以從大英帝國本身的利益考慮，也應該加強東方戰場。同時按照這封信的意思，讓蔣委員長再給美國總統羅斯福修書一封。這兩封信對扭轉東方戰場的局勢起到了巨大作用。不久以後，美國佬的軍火彈藥源源不斷地運到東方戰場，送進委員長手裡。這是在兩次世界大戰中，中英美外交領域的一件奇聞秘事。在這件秘事中的關鍵人物是張海德，也就是今天的張傑克。

3

在南洋周報的第八期裡刊登出「二次世界大戰中的張海德和邱吉爾」之文，洋洋千言，佔了兩個版面，署名是張海德。事情搞大了，先在澳洲華人社區中間引起轟動，張海德的大名將各路名人統統壓下去，不服氣也沒用。沒過幾天，主流社會英文媒體也注意到張海德的名字，紛紛和南洋周報聯繫，電視臺要來做專題採訪，晨鋒報太陽報都說要出專欄介紹前中國外交官張海德。那南洋周報名聲鵲起，銷路好得不得了，出報當天，不到晚上報紙就全賣完了，連看不懂中文的洋人也來湊熱鬧，買一份回去找一個中國人說事兒。一共連載了三期，老闆兼主編杜名人去各報攤收錢都來不及。有消息說，澳洲傳媒大王想要出鉅資收購這家中國人辦的小報，還說要把南洋周報推銷上市。

那天，杜名人把腿伸在辦公桌上，抽著雪茄煙，他認為南洋周報現在應該是華文報紙中間的龍頭老大了，這時候電話鈴響起來，是澳大利亞退伍軍人協會打來的，說從大戰期間活到今天的澳洲軍人已經不多了，和英國首相邱吉爾打過照面的更屬於稀有動物，沒想到居澳的華人中間竟有一位在兩次世界大戰中周旋于各國元首之間的人物。中國外交官生命活得真長，簡直就是活著的寶貝，比中國的大熊貓還珍貴。所以一定要讓張海德加入澳洲退伍軍人協會，還說要給他一個名譽會長的頭銜。掛斷這個電話，杜名人馬上掛通張傑克辦公室的電話。

「不行，不行，我怎麼去擔任退伍軍人協會的會長呢？我一出面就露了餡，對了，有一條理由，你就說我是文職人員，不是什麼退伍軍人。你得給我嚴加保密。張海德是我張傑克設計包裝出來的人物，也許是將來的我，現在不行，二十一世紀還差五六年就要到來，讓張海德成為一個世紀之謎吧。不過哥們，你說我這一招玩得怎樣？」張傑克高聲大嚷。他想這事要是吹給老謝聽，老謝肯定笑歪了嘴。他有點得意忘形，大笑聲連走廊裡也聽得見。

那邊杜名人連聲道：「高招，妙極。這篇文章稿酬每千字兩百元，下星期酒會的請柬馬上給你送來。」

中國老古話說「人怕出名豬怕壯」。那個張海德名氣太大了，引起澳洲政府注意，連遠在萬里之外的英國倫敦方面也聞訊了此事。電臺電視臺都派人來杜名人的南洋周報報社瞭解情況。杜名人按照張傑克說的：張海德年齡已高，只想在家裡頤養天年，不願意與媒體多打交道，也不準備出來擔任什麼名譽會長之類。為了保護張海德的隱私，有關張老的情況只有南洋周報獨家報道，那些高鼻子金頭髮的記者也在杜名人那兒碰了一鼻子灰。

再說，那天張傑克和杜名人打電話時，門沒有關緊，隔牆有耳。其他移民公司的傢夥本來就對張傑克玩「絕招」有所耳聞，見他辦成了一件件移民案子，更是妒嫉，不知他葫蘆裡賣的是什麼藥？但搶了那些資深移民代理的生意是明擺在那兒的。他們就到處打聽，有的甚至像間諜那樣，到處打聽張傑克的底細，想知道他在玩什麼花樣。張傑克也很矛盾，一方面想捂住自己的真面目，一方面又想做名人。

有一位在走廊裡聽到張傑克的言語，就到各個寫字間裡串門子，大家對張名人的事自然有興趣，更有別有用心的傢夥想搞垮張傑克。「掐你死」鬥爭開始了，「窩裡鬥」又爆發了，他們挖地三尺也要把張海德從地下挖出來。

有一位同胞終於弄清了張傑克的假面目，揭發出張海德的真相，輿論為之譁然。但杜名人拚命闢謠，撰文說張海德是存在的，就像晚上存在著月亮一樣真實，你不能看不見月亮就說月亮不存在。月亮有時候在雲裡霧裡晃動，確實看不清楚。張海德是一位八十多歲的老前輩，深居簡出，就像深山裡的一位隱士，能隨隨便便讓你們這些凡夫俗子看見嗎？也有其他名人不買賬，說要辨真偽明是非，邀請張海德這位大名人出來和他們這些小名人品茗切磋，喝黑咖啡吃小點心也行。有一位華裔大老闆揚言願意出一萬元錢在悉尼最高檔的旋轉餐廳裡擺一桌，請老人家張海德出來打一個照面。順便看看悉尼上空的月亮。

本來此事大家在報紙上搗搗漿糊也就過去了，可是更為嚴重的情況出現了，一位奸細刺探到張傑克的底細，說某某人不但冒充張海德，還是一個在移民局掛了號的黑民，黑民還膽敢開移民公司賺黑錢，簡直是無法無天了，難道他不知道澳大利亞是一個法治國家嗎？幸好張傑克也有自己的耳目，這些話馬上傳到他的耳朵裡，他知道自己一手遮天是遮不下去了。

相當初，張傑克剛辦了一個月公司時，也準備倉惶出逃。可是天降大任於斯，沒走成，生意反而一下子蓬勃發展起來。現在公司已經混了一年，錢賺了不少，用一句時髦話說，就是挖了第一桶金。金子也挖到了，還能等著移民局來抓人嗎？這次張傑克真的走人了，因為走的匆忙，辦公室裡的家具等物也來不及處理，什麼東西都沒有帶走。幾年後，在張傑克遇到老謝的時候，把這次出逃稱為戰略轉移。

就在張傑克轉移的那天下午，移民局就找到了強尼移民公司，辦公室上了鎖，關門大吉。那位告密者從走廊裡鬼鬼祟祟走過來，對移民局的人說：「先生們，你們在這兒找不到張守信，可以去他家裡找。」這裡有必要說明一下，移民局官員手裡的名單上就是張守信的名字，一年前的讓他離境的信上也是張守信的名字。移民局接到的舉報信上也是張守信的名字。而張傑克平時從來不告訴別人自己的真名。這說明舉報他的傢夥的諜報工作做的非常出色，不知道從哪裡挖掘出來的情報，把張守信這個埋藏得很深的黑民從地下挖出來，而且把張守信的住址也搞到了手。

移民局晚上就找到了張守信家裡，問那對福建夫婦，這裡有沒有住著一個叫張守信的人？福建夫婦一口咬定，這裡只住著一個張傑克，沒有什麼張守信。移民局根據舉報材料，只知道真名，不知道這個張傑克是何人？就對福建夫婦說：明天他們再過來看看，讓這個張傑克待在家裡別出去。

幸好張傑克這天晚上被杜名人邀請去方中圓飯店出席一個派對，酒喝了不少，還慷慨激昂地發表了一通演說，批評現在的中文報紙的輿論導向都去了名人屁事那兒，這是有人在搞機會主義，應該把航向撥正過來，撥到搞居留運動的正確軌道上來，只有方向路線正確了，我們偉大壯麗的居留事業才能成功。杜名人在酒桌旁帶頭鼓掌，引來了一片熱烈的掌聲。杜名人接著也說，現在最大的名人張海德已經在我們南洋周報上誕生了，豔壓群芳，這是不能否定的事實，各路名人應該有自知之明，應該承認自己只能是星星，不是月亮，星星圍繞著月亮轉，月亮的位置非張海德莫屬。就像我杜名人在悉尼華人的政壇商壇文壇上名氣這麼大，我也在張海德面前敢拜下風。杜名人呼籲，報紙上關於名人的話題應該告一個段落，就像張傑克先生說的，輿論導向應該走上正確的軌道。最後他和張傑克碰杯，讓人拍下歷史性的鏡頭，準備放在下一期報紙的頭版。

張傑克很晚才回來，躺下就睡。福建夫婦「砰砰」敲門進來。張傑克剛打了幾個呼嚕，硬從床上挺起來，聽了福建夫婦有關移民局上門拜訪的事，一下子酒醒了不少。急忙打理了一下衣服行李，塞進旅行箱，把房門鑰匙拿出來，說這屋裡的家具都歸你們了，那些書籍等我帶不走的雜物，你們暫時替我保管一下。說著，張傑克又從口袋裡摸出唐人街立德大廈辦公室的鑰匙，他讓福建夫婦抽空去那兒收拾一下，把裡面的家具拉回來，家具也歸那對夫婦了。

福建夫婦憑空得了個洋撈，那女的說：「張大哥是好人，我們這輩子不會忘記你的。」男的緊緊握著張傑克的手，張傑克學著洋派兒和他擁抱，一副生離死別的樣子。張傑克說：「等形勢有了好轉，我會來看望你們的。我相信黑暗即將過去，曙光就會來臨。」

「澳洲的太陽也一定會照到你的頭上，做人要有信心。」這個福建男人也對張傑克打氣道。當年他也是坐船偷渡過來的，說是在中國養了六個孩子，違反了一胎化政策，村長每天來找他們麻煩，每個孩子罰一萬元，要罰他們五萬元錢，他拿不出錢，被揍了好幾次。於是就在澳洲申請人道居留，說回國交不出錢，還要挨揍，把身上挨揍的傷痕都拍了照，作為證據，提供給移民局，這個案子來來去去拖了不少時間，福建男人在維拉沃特拘留營也住了一年多，最後移民申請被批准了，澳洲太陽照到他的腦袋上。一出牢門，又有一個福建女人找上門來，他已經被澳洲的太陽照得眼花繚亂了，也管不到在中國大陸的一個老婆六個孩子了。

移民局的傢夥很守信用，第二天一清早又來了。福建夫婦說，張傑克昨夜沒有回來過，只打回一個電話，說是出差去了。移民官就問：「他去那兒出差了？」福建男的回答：「聽他說，是去了，去了月亮。」

「月亮，月亮在哪兒？」移民官還沒有反應過來，等他想到月亮是在天上的，就說：「不管張傑克先生是從月亮還是從別的什麼地方回來，你最好還是檢查一下他的護照，看看他的簽證是否過期。」福建男人說：「我又不是移民局，我有什麼權力檢查張先生的護照。」移民官說：「那就要看你的本事。據我所知，艾斯菲地區的黑民不少，上次我們就在這條街的對面，端了一個黑窩，一下子逮住了六個黑民，小車裡也放不下。告訴你吧，舉報一個黑民，並被我們抓住，我們就可以給你一千元獎金。如果上次街對面的六個黑民是你舉報的，你一下子就能得六千元獎金。」福建男人說：「那我不是成了甫志高了？」移民官馬上問：「誰是甫志高，他是不是逾期居留者？」福建女人說：「雞說成鴨，狗說成貓，和你講不清楚。」移民官搖搖頭，表示他也聽不懂什麼意思。

十二、澳洲太陽照到老謝腦袋上

1

張傑克拍拍屁股一走，走的時候，對這個世界充滿了懷疑，他左分析右分析，也分析不出是誰出賣了他，只是感到四周全是陷阱，走錯一步，就會踏上地雷，他決定走出佈滿地雷陣的悉尼，走出那些陰謀者和告密者的包圍圈，和所有熟識的人都切斷聯繫。張傑克走得無影無蹤，就如同從澳洲大地上蒸發了。那個年代，在留學生中間，經常有人一下子蒸發了，身邊的人也不感到奇怪，也不會沒事找事去報告警察局，飯照吃，覺照睡，工照打，錢照掙。

老謝天天朝張傑克的辦公室打電話，沒人接。一星期過後再打，電話公司的女士說這個號碼被取消了。老謝想不通了，張傑克生意做得好好的，錢掙得口袋裡裝不下，是不是錢給撐的？怎麼說消失就消失，一下子又變成地下黨了。讓老謝擔憂的是，他「走過程」的案子還在張傑克手裡，萬一哪天過程走完了，還得找張傑克出面。老謝沒有張傑克家裡的電話號碼，就打電話給索羅門。

索羅門說他也去過唐人街，張傑克的辦公室找不到了，強尼移民公司的牌子已經換成一個什麼中醫診所了。老謝就問索羅門：「裡面有沒有張傑克，說不定張傑克搖身一變變成醫生了，穿著白大褂你沒有認出來。」索羅門說：「是一個中國人的胖子，沒有穿醫生的白衣服，穿著以前中國人穿的長衣服，一進門就問我要不要按摩，還說我的臉色不好，太黑。我說我是非洲人，臉色本來就黑。他說，到他這裡來按摩的白人黑人都有……」老謝讓他別說下去了，問他什麼時候來維拉沃特居留營探視，現在阿廣走了，張傑克也找不見了，老謝就只能和老黑說說家常話了。索羅門說，他膽子小，以前他都是跟著張傑克一起來的，一個人不敢來這個鬼地方。老謝知道，還有一個重要原因是索非婭已經放出去了。

不過現在老謝並不寂寞，天天有美人蘇海倫陪他說話，而且兩人說得很投機很親切很熱情，於是在拘留營裡，兩顆寂寞孤獨的心就碰撞了。老謝說：「這是千里有緣來相會，在中國，我在北京，你在四川，隔著幾千里，在宰牛廠和你擦肩而過，可是卻在澳洲悉尼的維拉沃特拘留營裡，緊緊握住了你的手。」

蘇海倫靠在老謝的身上問：「要是我們以後出去了怎麼辦？」老謝說：「當然我們住在一起。」蘇海倫說：「你在中國有老婆，我在國內也有老公，不知道我們將來會怎麼樣？」老謝說：「我們現在都是坐大獄的人，誰也不知道將來，說不定哪天，把我們驅逐回國，你去四川，我去北京，又是一南一北，人海間兩茫茫。」蘇海倫又問：「如果你先放出去了，你會忘記我嗎？」老謝說：「那我就每星期來看你。」

老謝和蘇海倫的關係究竟發展到了什麼程度？據群眾反映，已經發展到男人和女人該到達的那種程度了，不過，由於拘留營裡條件的限制，也不可能發展到床上，最多也就是老謝和阿媚的那種十八摸的程度，走來走去大家都看在眼裡，眼紅在肚子裡。

蘇海倫聽說張傑克失蹤的消息，比老謝的心還急，她「走過程」的案子也是張傑克受理的，她已經付了兩千元錢。她一邊收拾碗碟一邊問老謝，張傑克會不會是騙子，捲了錢逃走了。老謝擦著桌子說：「張傑克不是那樣的人，是我的哥們，我瞭解他，也許是遇到什麼麻煩事了。」蘇海倫問：「他是開移民公司的，會遇到什麼麻煩事？」老謝說：「不知道，就像你我遇到麻煩事一樣，是人都會遇到麻煩事。不過，張傑克這個人神通廣大。以前他也失蹤過，一會兒又從地底下冒出來了，冒出來後就變成做老闆的，說不定過幾天再冒出來就變成了澳洲議員了，這事還真說不准。」

時間過了兩個月，也沒有見張傑克從什麼地方冒出來。蘇海倫滿腹愁緒，天天對老謝說，要出事了。老謝說，「我們已經坐在大牢裡，還能出什麼事？澳大利亞又沒有死刑。」但是，找不到張傑克，他也開始急了，雖然每天有蘇海倫陪著說話，兩個人說的都是著急的話。這天，蘇海倫摔壞了兩個盤子三個杯子。

現在沒有人來看望老謝。也沒有人來看望了蘇海倫，那些為蘇海倫爭風吃醋的男同胞，聽說蘇海倫進了拘留營，已經把她拋到了腦袋後面。蘇海倫現在是和老謝相依為命，同甘共苦。

2

一天，拘留營的驢臉經理來找蘇海倫，蘇海倫的心跳到嗓子眼，以為過程走完了，移民局要遣送她回國，那個收了他的錢的砍腦殼的張傑克影子也找不到。她流著眼淚對老謝說：「該來的終於來了，這是命。老謝，別忘記我倆監獄裡的愛情。」老謝聽到愛情兩字也流出了眼淚。自從老謝在麵包店和阿媚好上，好事變壞事，林老闆把他送進了拘留營；老謝在這裡和蘇海倫好上了，以為壞事又變成了好事，現在這好事還沒有幾天，老謝又要失去蘇海倫，他格外傷心。

蘇海倫被驢臉經理領到會客室，意外地見到了一個人，前石頭河宰牛廠的人事部門大經理約翰牛。就是這個約翰牛把移民局的官員領到蘇海倫的工作檯旁，把蘇海倫帶走的。蘇海倫見到約翰牛，雖然不能說仇人相見分外眼紅，但牙齒一咬，心想：這個傢夥來這裡幹什麼？這裡又不是宰牛廠，聽老謝說過，宰牛廠已經倒閉了。這個糟老頭為什麼要來這兒見我，他以為把我送進移民局還不夠，還想把我送去白公館渣滓洞，送上紅岩的石頭坡上吃子彈？

可是，當約翰牛一開口，把蘇海倫嚇了一跳，約翰牛說要出一大筆錢，把蘇海倫擔保出去。

這事可以從宰牛廠倒閉開始說起。宰牛廠關門大吉後，約翰牛雖然是個大經理，但也是雇員，不是老闆。儘管他有多年的宰牛廠管理經驗，五十多歲，再要找一個管理部門的大經理職位，也不容易。他倒不是為了錢，他已經是一個家有豪宅，出門駕駛名牌車的有錢人，宰牛廠倒閉時還給了他一大筆錢。約翰牛是閒下來不舒服。當然，他也不會隨隨便便地找一個不符合他檔次的工作。

可就在這個時候，他的老婆病倒了，在病床上躺了幾個月，約翰牛天天去醫院看望老婆，卻眼睜睜地看著老婆就去見了上帝，這對約翰牛是一個沉重打擊。約翰牛本來就和子女的關係不好，死了老伴後，兩個兒子幾乎不來看望他，對他偌大的家產也毫無興趣。約翰牛一個人住在豪宅裡，看著各種各樣的古董家具，更加寂寞，更加孤獨。

以前，約翰牛每到星期天，都要和老婆一起去教堂做禮拜，他倆都是虔誠的基督教徒。現在他只能開著豪華的賓士車一個人去教堂了。

約翰牛在上帝面前反思，懺悔，常常想這樣一個問題，「上帝為什麼要懲罰我？」約翰牛想來想去，自己這輩子，除了人人都有的原罪，他沒有犯過什麼額外的罪。一百年來，宰牛廠殺了千百萬頭牛，他不是老闆，如果死去的牛有牛魂，牛魂應該去追尋大老闆。他是宰牛廠的人事部門經理，是管人的，不是殺牛的，他的手上沒有沾過一滴牛血。不過，宰牛廠的血腥味太濃，殺氣四溢。約翰牛不由從宰牛聯想到殺人的事。

這幾年來，社會上有幾件殺人事件和宰牛廠有點關係。宰牛廠倒閉後，殺牛車間的一個愛爾蘭工人，失業後，幾個月找不到工作，天天在家喝悶酒，被老婆罵了幾句，一怒之下，小個子丈夫就把身材高大的老婆砍了。這事怪不到約翰牛身上，又不是他讓工廠倒閉的，他也是受害者，他失業後也找不到工作，他又沒有砍老婆，他老婆是病死的。約翰牛又想起，在宰牛廠倒閉以前，有一個從中國北方來的年輕女子在包裝車間工作，頗有幾分姿色，身邊的追求者也不少。後來這名女子被人弄死，扔在帕拉馬達河裡，幾天後浮起來。在當時也算是一件大新聞。這事肯定和爭風吃醋有關，和約翰牛一點關係也沒有。約翰牛還聽說，有一個在宰牛廠幹過幾天臨時工的中國女留學生，為了在澳洲居留，去坎培拉參加什麼絕食活動，那天上午下大雨，小車在去坎培拉的途中和大卡車相撞，結果沒能在澳洲首都絕食餓死，在半道上先被撞死了，太可惜了。這事情當然也不能賴在約翰牛身上，是交通事故，不過有些事情已經開始和約翰牛靠近。

約翰牛為什麼會知道這麼多中國人的事情，因為廠裡有一百多個中國工人，全是他招進來的。他對中國工人的印象不錯，中國人吃苦耐勞，有組織性紀律性，不請假，很少遲到早退，不鬧事，只知道埋頭幹活，勤勤懇懇地像老黃牛。約翰牛還有一個本事，他不像許多洋人那樣，瞧見亞裔人都是一張面孔。約翰牛能分辨出亞裔人的臉，還能說出好看難看，而且能把他招進來的人，每張臉和名字對上號。用中國人的話來說，約翰牛有著過目不忘的本領，記憶力特別好，不然董事會也不會出高薪聘用他幾十年。如今約翰牛雖然沒活幹了，在家天天看報，在報紙上瞧見中國人的事，他也要看個仔細，所以他對中國留學生鬧居留之類的事也知道不少。

現在，什麼中國留學生，什麼鬧居留等等問題和約翰牛腦袋裡的某種意識越來越接近了，他的思緒聯想到黃油車間的蘇海倫身上，想到這個地方，他感覺到自己的心顫抖了一下，是他把移民局的官員帶到蘇海倫的工作檯邊，讓人把這名中國女子帶走的。這事能怪約翰牛嗎？按理說，也不能怪他，約翰牛只是公事公辦。但是，約翰牛現在無事可幹，天天胡思亂想，天天反思懺悔。他就想到，蘇海倫在黃油車間幹活不錯，為澳洲牛廠做貢獻，又沒有做過什麼壞事，何罪之有？人家萬里迢迢來澳大利亞，想要在這裡多掙點錢也是合情合理的，想在這裡居留也沒有什麼大錯。西方的人權著作裡都說：人是生而自由的。還說：人都有信仰自由，選擇居住地的自由。當年，我們大不列顛的老祖宗來這裡，也沒有什麼移民局來管閒事，那些土著人在天上扔幾塊名叫飛去來器的木頭也就完事了。而聖經裡面說：鳥都可以找到吃的，人為什麼不能自己找吃的？約翰牛越想越不對勁，自己好像真犯了什麼事。

於是，約翰牛心中油然升起了一股兒悔罪意識：如果那天我不把移民局的那些傢夥領到蘇海倫身邊，她就不會被抓。這事和我沒有直接關係也有間接關係，是我把這名弱女子送進大牢裡。約翰牛就這樣無事找事，找到一件傷心事，找到一件能讓他悔過的事，此事越來越揪住他的心，他在教堂的懺悔室裡，和布幔後面的牧師交心，問牧師這是不是自己犯下的罪過？牧師沒有正面回答這個問題，一會兒約翰牛聽見黑布後面傳出一個沉重的聲音：「每一個人都要為自己所做的事負責，只有這樣，你有福了，才能在將來跟隨上帝進入天堂。」

約翰牛想來想去，自己如何為這件內疚的事負責呢？他想了好幾天，終於想出了一個補救的辦法。他先打電話和移民局聯繫，移民局從電腦裡查到蘇海倫這個人，說這位女士還在澳大利亞，沒有出境，讓他和維拉沃特拘留營聯繫。約翰牛聽了大喜過望，他又打電話去拘留營，電話轉到驢臉經理那兒。約翰牛問道，有什麼辦法可以把蘇海倫接出拘留營。驢臉經理講了一大套移民局政策，最後說保釋蘇海倫出獄的押金是一萬五千元，保釋者要帶上個人證件等等。約翰牛說，這都沒有問題，就馬上和驢臉經理約定時間。幾天後，約翰牛駕駛著漆光錚亮的黑色賓士車，大駕光臨這個他從來沒有光顧過的可憐地方。

驢臉經理對約翰牛笑臉相迎，為這位紳士泡上黑咖啡，就讓人把蘇海倫叫來了。

此刻，蘇海倫簡直不相信自己的耳朵，第一，約翰牛為什麼要出這麼一大筆錢把自己保釋出去？第二，她出去後，約翰牛也不能整天看住自己，自己溜之大吉，約翰牛的那筆錢不就是泡湯了嗎？第三，約翰牛究竟葫蘆裡賣的是什麼藥？有太多的問題讓蘇海倫想不通。約翰牛一對綠眼睛從玻璃片後面注視著蘇海倫，一動不動，他現在沒有辦法給這位年輕女士解釋，他無法在驢臉經理面前談什麼自己的懺悔的意識。蘇海倫又抬起頭來看約翰牛，約翰牛身板筆直地坐在面前，年齡肯定比老謝大了許多，但腦袋上的頭髮還比老謝多一些，梳得一絲不亂，臉上也刮得挺乾淨，戴著一副老式的金絲架眼鏡，綠眼珠裡透出一絲兒穩重莊嚴感。他身上的黑西裝筆挺，肯定是質地很好的名牌貨，白襯衫恰到好處地配著一條暗紅色的領帶，上面配著一個金色的領帶夾，身上還有一股兒談淡的男用香水味，舉手投足不緊不慢，連喝咖啡的姿勢也不一般，「這才叫氣質。」蘇海倫肚子裡說了一句。

「約翰牛先生是一位紳士，他出面出錢擔保，你馬上可以出去，這是你的一次機會。」驢臉經理給蘇海倫也端來一杯黑咖啡，他一心一意希望促成這件好事，把紳士口袋裡的錢掏出來。蘇海倫在這兒關押的時間不短了，驢臉經理給她定下的一萬五千元錢擔保金，比一般人多出五千元。

蘇海倫心想，我還不知道約翰牛是紳士，一股兒紳士派頭放在那兒，你那驢臉狗樣的和約翰牛一比，簡直就成了一個怪物。其實蘇海倫除了對約翰牛把移民局官員領到工作檯邊這件事有點看法，以前她對約翰牛的印象還是不錯的。她看著約翰牛玻璃鏡片後面的兩隻眼睛，也看不出約翰牛有什麼壞心眼，約翰牛的綠眼睛裡還給人一種誠實穩重的感覺。約翰牛也說話了：「我只是想擔保你出去，沒有其他任何意思。」

話都已經說到了這個地步，好像是人家來求蘇海倫出去的。蘇海倫又一想，難道自己還想在這個沒有自由的鬼地方住下去？那個替她「走過程」的張傑克也找不到了，找到那個傢夥又有什麼用。還不如先出去再說，又不用花自己一分錢。看來江姐把牢底來坐穿的大無畏的革命精神在這裡也用不上，有人擔保不出去那是傻瓜，是腦子進水了，管他是什麼人，出去再說，大不了再進來。在這種思想的支配下，蘇海倫點頭同意了。

驢臉經理馬上遞過來的一疊表格。蘇海倫低頭填寫表格，不少英文詞還看不全，約翰牛就在邊上幫助她，很有耐心地給她解釋表格裡的各種意思，這樣搞了兩個多小時，把表格填完。約翰牛就拿出支票本當場開出一萬五千元的支票，驢臉經理接受支票時心花怒放。其實這錢也不是放進他的口袋，但他就是喜歡做這種事。驢臉經理每次拿到擔保金心裡特別舒服，他認為自己為移民局掙了一筆大錢，他是一個盡忠盡職的人。

蘇海倫回來時，老謝立刻找到她，問發生了什麼事？蘇海倫說約翰牛要擔保她出去。老謝問她哪個約翰牛？她說是宰牛廠經理約翰牛你也不認識？老謝說，是他把你送進來的，現在怎麼又要擔保你出去，會不會有陰謀詭計？蘇海倫說她也搞不明白，她把自己的行李整理了一下，臨別時依依不捨地對老謝說：「老謝，希望你也能早日出獄，我們可以在外面歡聚。」

就這樣，蘇海倫當天就跟著約翰牛走出拘留營的大門，她把行李朝賓士車的後尾箱裡一扔，那邊約翰牛已經替她拉開了車門，蘇海倫像貴婦人一樣抬腿跨進車裡，她還是第一次坐這麼好的車，她瞧著外面的藍天白雲陽光，鳥兒在天空中自由飛翔。賓士車在公路上奔馳，蘇海倫的感覺是一頭歡快的鹿在大地上地奔跑，出來的感覺真好，不能再去住拘留營了，不要說是維拉沃特，就是渣滓洞白宮館，就是五星級牢房也不住了，就是讓她成為心中的偶像江姐，也不再去那些鬼地方了。

3

在蘇海倫放出去後，老謝接到了她的一個電話。一般的情況，外面的電話是打不進去的，因為裡面都是投幣電話機，沒有號碼。蘇海倫先打到驢臉經理那兒，再讓他去叫老謝。驢臉經理很不高興，說拘留營裡沒有這種服務。蘇海倫讓約翰牛給驢臉經理說了幾句，驢臉經理才算勉強答應，說下不為例。

蘇海倫在電話裡說：「自由的感覺真好。住過大牢的人，才知道自由的珍貴。今天，我只才真正體會到匈牙利詩人裴多菲的詩句：『生命誠可貴，愛情價更高，若為自由故，兩者皆可拋。』」老謝聽了心裡很沮喪，他也知道自由的寶貴，可他現在沒法自由。他就問蘇海倫的電話號碼，能經常和她通通話，聽聽她的聲音。蘇海倫支支吾吾地說住在朋友那兒，朋友不願意電話號碼外傳，還說自己會打過來的。老謝對這種說法倒也理解，許多黑民們都是這樣鬼鬼祟祟的。又問蘇海倫什麼時候來拘留營裡看望他。蘇海倫說，她沒有車也不會開車，坐火車到不了拘留營。以後有機會再說。

以後，老謝再也沒有收到蘇海倫的任何資訊。老謝記得張傑克說過，被擔保出去的人，沒有什麼特殊情況，一般都要在二十八天離境，除非他（她）不要那筆押金溜之大吉。問題是那筆押金不是蘇海倫出的，她會做出什麼樣的舉動呢？她溜走了，還是她回國了？還有，如果她準備回國，也沒有必要在拘留營裡硬挺到現在，還花了二千元錢讓張傑克替她搞「走過程」。那麼，她究竟去了那兒呢，為什麼不給我一點消息？這又成了一個謎，蘇海倫蒸發消失了。

老謝整天想著蘇海倫，比想老婆謝妮娜還想得多。這個階段是老謝最黑暗的日子，做清潔工時，碗碟也不知敲碎了多少個，有人去反映情況，說老謝是故意的。驢臉經理就剝奪了老謝做清潔工的權利，老謝一小時一元錢也掙不到了，剛抽了幾天煙又斷頓了。這時候，別人瞧見老謝每天坐在草地中間，兩眼發呆。有人就說老謝腦子出毛病了；有人說，老謝就快發瘋了（因為在拘留營裡，經常有人鬧發瘋）；也有人說，這是老謝在練瑜伽。其實只有老謝自己心裡最清楚，他很失落，很痛苦，很黑暗。

而就在老謝感到暗無天日的時候，他又受到了一次刻骨銘心的打擊，把他徹底打趴下了。那天晚上，他在看電視的時候，電視新聞的最後，播出了「抬死駱駝」彩票的號碼，這組號碼老謝記得很清楚，以前他一直買的就是這組號碼，號碼的數位是他老婆謝妮娜的生日。在老謝沒有工作的最艱苦的歲月裡，老謝還是從牙縫裡省出二三元小錢，堅持買這份彩票。可是，老天不長眼，偏偏在他坐進移民局的大牢裡，無法去買彩票了，那彩票機器裡，一個個滾球裡滾出了這組號碼。這個號碼的頭獎是九百九十萬元。第二天，老謝在電視新聞裡又看到，說這組號碼沒有一個人買中，只能把這筆鉅額獎金放到下一次開獎的時候，讓下一次的幸運者成為千萬富翁。

假如老謝在牢外，他肯定買的也是這組號碼，他肯定就是這次得獎的幸運者。那麼老謝就能獨中這個大獎，九百九十萬元，換成人民幣是六千多萬。當初老謝在長途電話裡聽謝妮娜說，在國內做股票掙了十幾萬，數錢也數不過來。那麼老謝這次非得顧幾個銀行職員來幫他數錢，說不定，要數十天半個月呢。對了，銀行不是有數鈔機嗎，不如買一臺機器，回家自己慢慢數，不過需要雇幾個身材魁梧的保安，警察也行，守在門口，以防歹徒打劫。想到這筆鉅款，老謝的思路越來越活躍，海闊天空地奔騰起來。假如老謝有了這筆錢，老謝立刻從地下升到天上，移民局在他屁股後面追趕也來不及，當然不是把他送進維拉沃特拘留營，而是請他進五星級賓館，求他趕快加入澳大利亞公民的行列，把澳洲護照硬塞進他的口袋；假如有了這筆錢，難道他還稀罕什麼澳大利亞身份，美國護照歐洲護照他也隨便扔一邊，全世界七大洲四大洋，到了哪兒，哪裡不把他老謝當大爺啊，說不定還能上月亮；假如有了這筆錢，他肯定能成為活神仙，想什麼有什麼。更能像百萬富翁那樣衣錦還鄉，榮歸故里，投資生意。當然不能辦什麼京都大妓院，這種非法的生意，錢馬上給中國政府充公。對了，他不是想為他插隊的家鄉捐點錢做點好事嗎？他考慮好了，要捐出一半獎金在家鄉造房子蓋學校給可憐的鄉村老師加工資，同時為老謝自己樹碑立傳……可惜這都是假如，天上掉下來的這筆鉅款就從老謝手裡溜走了。

老謝越想越氣憤，對那個告發他的麵包店林老闆恨得咬牙切齒，對移民局也同樣地恨，罵了無數個「發根他媽」。那個晚上，老謝眼前一片漆黑，鋪天蓋地的金錢都變成了一片黑雲，那是他人生中最黑暗的一天。他撲在床上嚎啕大哭。獄友看到這個男人突然大哭起來，以為他發瘋了。也有人猜測，老謝痛哭流涕是為了那個出去的女朋友蘇海倫。反正，不少人都認為老謝已經成了瘋子，也不敢來搭理他。還有人對驢臉經理提出，應該把老謝送去瘋人院，而不是關在移民局的大牢裡。驢臉經理在門外觀察了一會，他說：「根據我的經驗，謝不會在牢裡殺人放火，他想哭就讓他哭吧，不哭的人才是最可怕的。」老謝越發孤獨，他頭上的頭髮本來就不多，不多的黑頭髮裡又長出了幾根白絲。

老謝最痛苦的時候，甚至想到過自殺，但他一想到蘇海倫唱的紅岩岩上的革命歌聲，想到「革命者要把牢底來坐穿」這句烈士流傳下來的語言，倔起脖子，那怕刀架在脖子上，硬挺了過來。就在老謝身陷黑暗看不到盡頭的時候，驢臉經理又把老謝找去了。

驢臉經理站在辦公桌前對他宣佈：「今天是一次正式的談話，我們根據澳洲政府最近下發的919規定，要釋放你出去，你可以在外面讀英語，通過政府特設的英語考試，得到警察局的無犯罪記錄，你就有權利申請在澳大利亞的永久居留。再過兩年，如果你願意，也可以申請加入澳大利亞國籍。」

老謝以為自己的耳朵出了毛病，請經理在說一遍。驢臉經理就再讀了一遍文件。老謝又問：「出去要不要付一萬元押金？」經理說不要。老謝又問：「出去以後，要不要再償付這裡欠下的生活費？」經理也說不要。老謝再問：「那我被關在這裡，是不是算犯罪記錄？」經理說：「應該不算犯罪記錄。」老謝接著問：「不算犯罪，把我抓進來幹什麼？」驢臉經理皺了皺眉頭，攤開手說：「當時把你抓進來，是根據政府的規定，現在放你出去，也是根據政府的規定，這都是移民局根據實際情況這樣做的。都沒有錯。」

老謝感到這話聽上去有點熟，和當年中國大陸搞四清搞反右搞文化大革命時，先把你揪出來，然後再給你平反昭雪的道理差不多，都是根據實際情況決定的。那時候，老謝還小，弄不懂這種「實際情況」，那是他長大以後，聽他老爸根據切身體會講出的大道理。

老爸的原話是這樣說的：「把你評成右派是黨根據政治形勢的的需要，後來給你摘掉右派帽子也是落實黨的政策。」說起左派右派，那年頭，老謝的父親在一家街道小工廠裡也能算是一個小知識分子，因為他看過幾本七俠五義等古書，有點文化，還能寫個總結提綱什麼的。廠長是個老大粗，上面安排下來的什麼事都要依靠老謝的父親，廠長對老謝父親說，過幾年退休了，廠長的位置非你莫屬。每年廠裡評先進選積極分子等好事也都讓老謝父親攤上了，家裡的牆上，在毛主席像的下面，貼著好幾張老謝父親的紅白獎章。

這一年先是大鳴大放給黨提意見，後來又搞反右運動。別說大老粗廠長搞不清楚，老謝的父親也鬧不清楚，廠裡也攤派到一個右派名額。廠長說：「老謝，每年評先進都輪到你，這回右派也就是你了。」老謝的父親道聽途說這右派和先進有點兒區別，就謙讓道：「這回就給別的同志吧，好事也不能讓我一個人全佔了。」廠長說：「這好事你讓也讓不得啊，上級說了，一定要選一個有文化的，你說我們廠裡還能挑出第二個嗎？我明年就要退休了，這是組織上對你的培養，是讓你坐上廠長位置前先坐一會右派座位。」就這樣，老謝的父親也不好意思謙讓了，糊裡糊塗地被戴上了右派分子的帽子。

後來老謝的父親知道了真相，對此事很不滿。他對著牆上的毛主席像問道：「毛主席啊毛主席，我什麼地方得罪了你，你要給我戴一頂右派帽子？」那時候，老謝的父親當然無法去找毛主席，老廠長也退休回老家去了，老謝的父親找到街道黨委書記，他們的醬油廠屬於街道管轄。黨委書記是一位中年女同志，嚴肅認真，想來想去，老謝的父親確實沒有說過什麼出格的話，翻開材料，瞧見有一位同志反映老謝父親說過一句什麼「蘇聯老大哥衣服上的紐扣做的太差勁」的話，女書記就笑了，笑著對老謝父親說：「以前幹革命要灑鮮血掉頭顱，你不就是為了一個紐扣受點委屈嗎？這也是黨對你的考驗。」老謝父親就答辯道：「我又不是共產黨員，也沒有寫過入黨報告，為什麼黨要考驗我？」書記說：「沒有入黨，也不說明你將來不想入黨吧？你也不能鬧無組織無紀律啊。這幾年你拿了好幾張獎狀都是組織給的吧？評你右派是組織需要。過了右派這一關，將來我們還會培養你的。」以後老謝父親嘴上雖然不敢說，心裡面對老人家的話就不大相信了。五十年代末至六十年代初，他的河南老家有人來城裡要飯，說家鄉餓死人了。於是他對上面的政策就更有了看法。後來老人家搞的所謂文化大革命，特別是上山下鄉把他兒子謝常家趕到農村去，老謝的父親膽大妄為，已經在肚子裡產生了不同政見，照現在的話說，他已經是一名有獨立思考能力的自由知識分子了。

過了幾年，女書記根據組織需要，給老謝父親摘了右派帽子。不久後，作為補償，又讓老謝父親擔任了那個三十幾個人的醬油廠的副廠長，書記說：「摘帽右派擔任正廠長不合適。你業務好，就擔任副廠長吧。」

廠裡那些文盲也搞不懂什麼右派左派，老謝父親在廠裡面對著十幾個大醬缸，混在一群老弱病殘的工人中間，還有點領導幹部的派頭。可是出了廠門，他就感到抬不起頭來，經常要被街坊鄰舍指指點點。文化大革命的時候，熊熊烈火燃遍了每一個角落，廠裡缺胳膊少腿的都給老謝的父親貼了大字報，一個殘疾人用拐杖揍老謝的父親，把拐杖也打斷了，說他沒有認真執行毛主席的革命殘疾路線。老謝父親的屁股也被打腫了，不過那個殘疾人也吃了不少苦頭，回家時只能依靠那根斷拐杖，一路上摔了七八跤，比老謝的父親還慘。文革結束，又鬧了一次平反。老謝的父親把自己的這段人生沉浮的經歷，原原本本地告訴了老謝，希望老謝吸取歷史上的經驗教訓，時時刻刻提高警惕，在社會上混日子的時候，不要亂說亂動、胡說八道，碰上這種倒楣的事情。

老謝運氣不錯，在中國混得還可以，在胡同裡經常和那批哥們亂說亂動，也沒有栽跟斗，卻想不到跌在澳大利亞的土地上，啃了一嘴泥土，哦，真是世事難以預料。就像老謝沒有想到過自己會被移民局抓進來，也沒有想到被移民局放出去。老謝就像掉到河裡，一會沉到水底，一會又冒出腦袋。

走出維拉沃特拘留營的大門，老謝抬起頭，看到拘留營外面的天空和拘留營裡面見到的天空也沒有什麼區別，瞧著藍天白雲，老謝分不清東南西北，他沒有方向感覺了，一片空虛一片蒼茫。就在這時候，老謝聽到了一個叫喚的聲音，聲音有點彆扭：「老謝，老謝！」老謝沿著聲音瞧去，瞧見停車場上有一輛破車有點眼熟，車窗裡晃動著索羅門那張黑臉。索羅門是接到老謝的電話，來接老謝回家的。

這輛車就是阿廣留下的破福特車，確切地說，這輛車是留給老謝的，索羅門只是個二傳手。索羅門駕駛著這輛破車已經逛遍了悉尼四周。老謝走到這輛車邊，先對這輛破車打量了一下，又踢了踢輪胎，瞧見輪胎上的胎紋已經磨得差不多了，記得自己在被抓進局子裡前，是他陪著阿廣去換了一對新車輪。

索羅門從車窗裡伸出手，說道：「祝賀你，老謝。」老謝握著老黑的手說：「祝賀，祝賀！索羅門，你想不想也在那裡面住上幾天，到時候，我也來祝賀你。」索羅門說：「我還是住在黑鎮的那個破房子裡比較舒服，我不喜歡住這裡。我們回家吧。現在家裡又多了一口人，來，我給你介紹一下。」

這時候，後排車位上，一個黑女人也搖下車窗，晃晃手道：「謝。你好！」索羅門說：「這是我的女朋友，蘇菲婭，你們認識一下。」

「我們早就認識了，還用你介紹。不就是和我一起被抓進囚車裡的那個蘇菲婭？她早放出來幾天。來探監時，你還說她是你的表妹，怎麼就成了女朋友？索羅門，真有你的。」老謝和索非亞握手時想起了自己的獄中女友蘇海倫，鼻子有點酸，蘇海倫出獄後，來過一個電話後，就如同石沉大海，杳無音信。

一路上，老謝沒有蘇海倫那種飛出鳥籠在天地間自由翱翔的感覺，他有點兒失落感。索羅門把車開得溜溜轉，嘮嘮叨叨地說著悉尼周圍什麼地方好玩，這陣子他已經帶著蘇菲婭都去玩過了。還說他才駕駛這輛車幾個月，路程表怎麼就增添了兩萬公里，是不是有人使了魔法？老謝想，這個黑傢夥是不是想在把破車給我之前，把車輪磨平？

4

黑鎮的那個家到了。

老謝在門口下車，首先瞧見的是窗戶上貼著的那張美女相，看來老謝進了移民局的局子後，這幢房子還保持著高度的警惕性，保持著老謝留下的地下黨光榮傳統。

進屋後，索羅門就和老謝商量：以前，老謝和阿廣都是中國人，住一間大屋，索羅門一個人住隔壁的小屋。現在，索羅門和蘇菲婭是兩個非洲人，老謝是不是能把大屋讓出來。老謝說：「應該的，應該的。」又一想，不對：「你們倆只是男朋友女朋友，還沒有結婚，怎麼能住一個屋子？我不在的時候，你們倆是住一個屋子，還是住兩個屋子？」老謝的話有點興師問罪的味道。

索羅門就說：「老謝，你沒有發燒說胡話，現在是二十世紀末年，再過幾年就要跨入二十一世紀了，你好像生活在一百年以前。一百年以前，我們非洲的男人和女人沒有結婚也可以住一個屋子，沒有屋子，男人和女人也能在一起，這是上帝的意思。不過，在澳大利亞，男人和男人住一個屋子，別人會懷疑你們是同性戀。」

老謝反駁道：「胡說，我和阿廣一個屋子住了兩年多了，也沒有鬧過什麼同性戀，這都是放屁語言。」索羅門連忙說：「老謝，你別生氣，我從來沒有懷疑過你倆是同性戀。你倆是我的好朋友，我不會和同性戀交朋友對不對。只不過，我不願意和另外一個男人同住一個屋子。老謝，你說，蘇菲婭是不是我的女朋友，總不能讓她和你睡一個房間吧？」

老謝一想，這話在理。如果那一天，自己找到了蘇海倫，也不會分開在兩個屋住，這叫同居，現在流行的就是這個。老謝一通百通，就說：「好吧，我去大房間收拾一下我的東西，騰出來，給你倆做新房。阿廣走的時候，有沒有留下什麼好東西？」

「沒有，沒有，除了那輛車。這大屋子你也不用去收拾了，你不在的時候，我和蘇菲婭早就收拾好了，把你的東西已經搬進了小屋裡，蘇菲婭的東西和我的東西都已搬進了大屋裡。我們還在街上撿到一張大床墊，也已經搬了進去，那張床墊是國王床的尺寸，兩個人在上面打滾綽綽有餘，比獅子在非洲草原上打滾還舒服。」索羅門早把一切都搞定了。

老謝用中國話打斷他說：「好啊，你們這是先斬後奏。」

索羅門也聽不懂老謝說什麼，笑嘻嘻地從冰箱裡拿出兩瓶啤酒，遞給老謝一瓶說：「今晚，蘇菲婭做香蕉雞飯給你吃，你高興嗎？」

「高興，高興。」老謝打開啤酒，一邊喝一邊想，看來，這黑倆口子過得還挺滋潤。

今天把老謝接出來，黑人索羅門也挺高興，不僅僅是他把老謝當朋友，還有一層意思，阿廣去了以色列，老謝在拘留營吃免費餐，這屋子的租金就只能有索羅門一個人頂著，他在水果店裡幹活，工錢又不高，做六天，老闆給他三百元現金。瞧著每周一百二十元澳幣付出去，索羅門也心疼，他一個人又不需要住什麼兩房一廳，屋子還留著老謝的個人物品。眼看就要頂不住了，索羅門也想一走了之，不管什麼老謝不老謝了。

就在那時候，他接到了蘇菲婭從拘留營裡打來的電話，說她要出獄了，還說要找房子，不想再住原來的倒楣的地方。這不是送上門來的好事，索羅門就把蘇菲婭接到自己住處，後來又把蘇菲婭也介紹到那個水果店去幹活，兩人一起上班一起下班，夫妻雙雙把家還，負擔一下子減輕了許多。這會兒好了，老謝又回來了，也得負擔一份房租。索羅門揚眉吐氣。

半夜，索羅門和蘇菲婭在隔壁大屋裡鬧得很厲害，比當初索羅門和那個阿美利堅的小娘們鬧騰的還歡。老謝又沒有睡好覺，在床上翻來覆去，想了許多事情，總有點不對勁，左臥右躺，睡不舒坦，以前老謝是一躺上床就打呼嚕的人，接下來就是做夢。這也不能全怪隔壁屋子裡傳來的聲音，老謝爬起身來點上煙，他思索起這個問題，終於找到了原因，是他身子底下的床不對勁。自己以前喜歡睡木板床，特意找了幾塊木板，鋪在床上。拘留營裡，老謝也動過這個腦筋，去驢臉經理那兒要搞幾塊木板，驢臉經理回答他：「這不可能。你是不是想在監獄裡放火？」結果老謝不得不睡慣了監獄裡的彈簧床。現在回家硬板床又睡不慣了。

再回監獄裡去睡覺，這種可能性已經不存在了。人應該活在現實之中，還有出來以後，最現實的就是吃住都要花錢，不像在牢裡面能吃大鍋飯，睡宿舍，什麼都不用花錢。唉，老謝又遇上煩心事了，以後的路怎麼走呢？先不說去找蘇海倫這等美事，過日子首先要花錢，看來，第一件事，就是搞錢。

十三、老謝復仇記

1

第二天，老謝一早準備出門，先走到後院，院子裡荒草長得膝蓋一般高，將近一年了，肯定是索羅門不想花錢借割草機，還說什麼這院裡的草還不如非洲草原的草高。那輛破自行車站在草叢中間，一束狗尾巴草已經長的和自行車一樣高了。這輛日本蘭靈牌自行車是老謝花二十元錢從二手貨商店買來的，老謝進去後，就變成了索羅門去水果店上班的專用車，後來索羅門開上阿廣那輛破美國福特車，就又上了一個檔次。

老謝敲開索羅門的房門，問他那頂盔帽在哪兒？索羅門從那張國王尺寸的大床上跳下來，光溜著身子在廳裡東尋西找，最後在放破爛的壁櫃裡找出盔帽，嘴裡不斷地說：「冷死了，冷死了，才早晨七點，你就讓我和蘇菲婭受罪，你是不是妒嫉我們？我和蘇菲婭要上班的人還沒有起床，你一大清早去哪兒？不會是去麵包店吧？」

老謝的回答：「我就是去麵包店。」

老謝戴上盔帽，騎著自行車上路了。路還是那條路，上坡下坡也和原來一般，兩旁草地綠色依舊，樹木依舊，一切和老謝一年前被抓進去的時候沒有什麼兩樣。不過老謝的心情變了，老謝想起西方哲人說過的一句話：「一個人不能兩次走進同一條河裡。」這個意思老謝現在悟到了。比如，他現在騎車去麵包店和以前去麵包店就不是一回事，雖然走的是同一條路。老謝還記得，那時候他騎在車上，半夜裡吼著：「一桿桿紅旗喲一桿桿槍……」如果現在他有一桿槍，找林老闆算賬就容易多了。

來到黑鎮市中心，街道也沒有什麼變化。老謝推著自行車先來到那個街心花園，面前的青銅雕像，四周的古典式建築在初升的太陽照耀下熠熠生輝，花草樹木都像剛剛醒來。老謝好像還沒有醒，繼續沉迷在那場惡夢之中，他又瞧見了圍在鐵欄中間的那門古炮，古炮就像一頭沉睡的野獸躺在那兒。老謝站在鐵欄外，點上一支「魂飛爾」香煙，這是他出獄後買的第一包香煙，昨天半夜睡不著，已經抽掉了半包。輕煙在他眼前嫋嫋飄散，他就想，古代的火砲都是點著了後面的引線才發射出彈藥的，如果這門古砲也能點燃，一發炮彈射進街對面的「巴黎麵包店」。

大概一百多年前巴黎公社鬧革命的時候，街壘上用的就是這種火炮，一炮就把梯也爾的軍隊炸倒一片。但又一想，炮彈在店堂裡爆炸也是炸倒一片，麵包炸得亂七八糟四處都是且不說，很可能把阿媚也炸死炸傷，想起美麗漂亮的阿媚的臉上炸成千孔百洞，肚子炸開，腸子流淌的悲慘模樣，老謝實在受不了，感到太心疼了，萬萬不能。最好是一顆鐵球正打在階級敵人林老闆的肥腦袋上，打在胖肚子上也可以，也算是替老謝出了一口惡氣。想到這兒，老謝朝天吐出一口長煙，就算是發了一發炮彈。然後他推著自行車朝馬路對面走去。

剛走到麵包店門口，老謝先聞到一股兒暖烘烘的麵包香，這香味太熟悉了，很久沒有吃到剛出爐的新鮮麵包了，又好比聞到了阿媚身上的香味一般，太誘人了，老謝猛吸了兩口。老謝把自行車放在門口。踏進店門，櫃檯後面，在一頂白帽子下面的阿媚的臉蛋一下子閃現出來，阿媚瞧見老謝，先是一楞，緊急著臉上浮起笑容，「謝，是你？」可就在這個時候，林老闆的那個圓頭大臉也出現了，大聲吼道：「你來這裡幹什麼？」

老謝抬頭挺胸說：「我來找你算帳。」

「算什麼帳？」林老闆聲音輕了，把一筐麵包放上架子。

「我在進去前，你還有六天工資沒有給我。現在，你必須給我。」老謝在店堂裡點起一支煙。

「你去什麼地方，管我屁事。我根本不認識你這個人，為什麼要付給你工錢。」林老闆把一個麵包塞進嘴裡，狠狠地咬著。

老謝沒有想到，林老闆會一賴到底，連這六天工錢也不想給。老謝本來考慮的是先算小賬再算大帳，看來，這會兒非和林老闆算總帳了。

「哼，你不認識我，別說我進了大牢，就是我進了棺材也認識你林老闆。發根他媽，是誰把我老謝送進移民局的拘留營的？」

「他媽媽的？我沒找你算賬，你還找我算賬，你還想來勾引我老婆？」林老闆兩個眼珠子瞪得像電燈泡，伸手抓起邊上的鐵夾子。

說起這事，老謝如果在進拘留營前，肯定會感到心虛理虧，可這會兒，老謝認為自己已經坐了一年大牢，虧吃大了。而且在他坐牢期間，失去了「抬死駱駝」中大獎的機會，想到這兒，他滿腔憤慨。他認為現在林老闆欠他太多了。他理直氣壯，大聲吼道：「就憑你這德性，你的幾個臭錢，還娶老婆呢。想打架是不是？就在這店門口拉一個場子，我和你玩一玩怎麼樣？」

阿媚拉住林老闆拿鐵夾子的手，說：「別吵了，別吵了，你把工錢給他算了。」林老闆把鐵架子朝地下一摔，「我就是不給。他媽媽的，這些共產國家來的窮鬼，我給他吃給他活幹給他錢賺，他不感謝我，還要勾引我老婆！」

這時候有顧客走進店堂，阿媚去照應顧客。林老闆壓低聲音對老謝咬牙切齒地說：「你再不滾出去，我打電話叫警察了。」

這句話提醒了老謝，他從局子裡剛出來呢，可不想再被關進局子裡去。老謝沒有轍了，他看見阿媚臉上的那對大眼睛裡好像含著淚光，含著鍾情於他的眼淚。他這個大男人面對喜歡的女人，只能是一片無可奈何花落去的心態，他走出門去，把煙屁股狠狠扔在店堂裡，嘴裡再罵一聲「發根他媽」。

他推車走過街心廣場的那尊鐵炮邊上時傷心地想到：巴黎公社最後還是讓梯也爾反動政府給鎮壓了，革命者下場都很慘。誰讓他們反剝削反壓迫，如果他們老老實實地受剝削受壓迫，這個世界就會變得溫順了。老謝不願意受剝削受壓迫，不願意做一頭任人宰割的綿羊。可是在這個世界上，你想不受剝削壓迫，辦得到嗎？

2

老謝沒精打采地騎車回家，索羅門和蘇菲婭已經去水果店上班了，把那輛破車又開走了。

老謝感到那口氣憋在胸前壓不下去，心不甘氣不順，肚子也疼了起來，一小時去了三次廁所。會不會是昨晚老黑和蘇菲婭做的爛香蕉雞飯有問題？不過那雞飯做的還挺香。有問題應該早就鬧肚子了，老謝一夜沒事，再說老黑和蘇菲婭在隔壁鬧騰了半夜也沒有什麼事，好像是吃了這香蕉雞飯幹勁更大，這說明食品沒有問題。問題還是在自己心裡，在麵包店的那件窩囊事情上面，在他和林老闆的階級鬥爭中間，這個主要矛盾不解決，其他肚子痛腦袋熱血壓高的問題都會一一產生。

坐在馬桶上，老謝抽掉三支煙，這事難道就這樣完了？「沒完！」老謝在廁所裡大叫出聲，咽不下這口氣。可是，他又想不出什麼辦法。如果阿廣在，也許可以想出一個什麼歪招。林老闆說什麼要叫警察，咱現在不能和他玩這個，咱不走白道可以走黑道，阿廣不是說過唐人街的黑道大佬老鬼是他的哥們，讓老鬼帶幾個牛鬼蛇神把麵包店砸了，替他出這口惡氣。不過，聽說越南人的黑道也很厲害，在悉尼卡巴拉瑪打地區有一個什麼五T黨，殺人放火都敢做，還聽說做生意的人都有幾個黑道朋友，林老闆會不會也和越南黑幫有交往？走黑道要鬧出人命，也不是隨隨便便可以亂走的。

那讓老謝到底走哪條道呢？這事讓他犯愁，問君能有幾多愁，恰似一江春水向東流。在澳大利亞，連一條江也找不到。老謝絞盡腦汁，也沒有方向。還有那個張傑克，鬼主意挺多的，他媽的，現在也不知道躲什麼地方去打游擊戰了，連個鬼影子也找不到，讓老謝遇到難題沒人商量。對了，再去城裡找一下張傑克，他人走了，走到什麼地方去呢？雁過留聲，人過留名，去一下唐人街立德大廈他以前的辦公室，說不定能問出一二。

記得以前張傑克說過，林老闆給的工資太低，又沒有打稅，只要把林老闆告到稅務局，就能讓這傢夥吃不了兜著走。現在老謝也不是黑民了，還怕什麼。辦這種事張傑克是內行，只要找到張傑克，事情就好辦了。

說去就去，老謝立即出發，來到黑鎮火車站買了一張車票，他可不想逃票惹事生非，雖然他現在也不掙錢只花錢，使用每個小錢都要計算一下，但這是辦大事。一個小時後老謝坐火車到了悉尼城裡，十幾分鐘後，他就來到了唐人街立德大廈的樓上，他瞧見以前「強尼移民公司」的牌子被一塊「愛民按摩診所」的牌子代替了，老謝想起他在大牢裡的時候，讓索羅門來這兒打聽過。

老謝推門進去，果然看見一個穿著中式大褂的胖子，胖子問老謝是不是要進行按摩，是全身按摩還是腰部按摩，他說一眼就能看出老謝腰脊老損。老謝一聽胖子的口音也是北京人，就說：「先不說腰的事情，我向你打聽一件事？我姓謝。」

胖子一聽老謝也是北京口音，說：「鄙人姓王，三代祖傳中醫，按摩一流。你要打聽什麼事，這唐人街上就沒有我不知道的事，你算是找對人了。」

「這事兒，說來有點怪。你的這個辦公室以前是強尼移民公司，老闆張傑克是我的一個哥們，我的818類別也是他辦理的。可是這哥們說不見就不見了，也不知去哪兒混日子。我有重要事情要找他。你是不是知道他的下落？」老謝對眼前這個胖子滿懷希望。

「嗷，你說的是那位上海哥們，整個立德大廈裡，誰不知道他的事。那個張傑克膽子也忒大了，自己是個黑民，移民部讓他二十八天離境，那哥們不但不離境，還辦起了移民公司，聽說他辦的案子成功率還特高，怎麼他就不給自己辦一個？」

「他現在人呢？他走的時候，有沒有給你留下什麼話？有沒有提到我老謝的事？」老謝伸長了頭頸。

「我沒有見過那個哥們。聽對面辦公室的人說，他走的時候，連辦公室的家具也沒有拉走。」老謝說：「啊喲，那不是倉皇出逃嗎？和小林林彪差不多了。他有沒有留下蛛絲馬跡，能找到他嗎？」

「後來來了一對福建夫婦，有辦公室鑰匙，把家具全拉走了。再後來，就是我租下了這個辦公室。」胖子瞧老謝這個人也有點意思，說：「哥們，要不要我給你泡一杯茶？」老謝說：「不用，不用。你知不知道那個福建夫婦住哪兒？」胖子說：「出了唐人街的事，我就不知道了。」

老謝灰心失望地走出愛民按摩診所的門口。胖子說：「有空再來，你的腰病一定要早治。」老謝今天沒有摸到張傑克的情報，還花費了五元五毛車票錢。

傍晚時，索羅門和蘇菲婭下班回家，破車一溜兒進了院門，索羅門說自己開車的水準已經達到一級方程式賽車手水平。下車前，他還要和蘇菲婭親一下。蘇菲婭手上拎著一袋爛蘋果。

當索羅門用鑰匙打開門，屋裡先飄出了一陣白煙，蘇菲婭說：「小心，裡面有什麼東西被火點著了。」屋裡一片漆黑，索羅門打開燈，瞧見老謝像老僧入定一樣坐在破沙發上，兩眼發楞，前面的煙灰缸裡滿滿一缸煙蒂，窗都關著，還拉著窗簾。索羅門嗆了兩口問道：「老謝，你沒事吧？」老謝也不回答。蘇菲婭說：「謝，今天，我做蘋果雞飯給你吃，你喜歡嗎？」老謝還是沒有回答。

索羅門又說：「今天肯定發生了什麼事情，是不是麵包店老闆不要你上班了？沒關係，我們水果店剛走了一個人，老闆說要招一個人，明天我替你去說一下。說不定以後我們三個人可以駕駛一輛車去上班。」

老謝淡淡地一笑，又點上一支煙。今天他早飯中飯都沒有吃，可錢沒有少花，除了火車票錢，回到屋裡，「魂飛爾」牌香煙又抽掉大半包，比飯錢還貴，現在是滿嘴發苦，舌頭髮麻，可是他心裡的那個苦啊去向誰訴說呢？

他讓索羅門坐下，現在就是對牛彈琴也得把肚子裡的苦水吐出來，不然那股兒氣真能把人憋死。於是老謝把自己在麵包店如何受氣，為什麼會被移民局抓進去，出來後又拿不回工錢等等，告訴了老黑，當然他把自己和阿媚那段情史給隱去了。最後，他問索羅門，這口氣能不能咽下去？

索羅門堅定地說：「不能！」老謝又問：「那你說怎麼辦？能不能燒了麵包店殺了林老闆？」索羅門說，「當然不能，這是犯法的事。」老謝又說：「我也不想幹犯法的事，可是這口惡氣就像一把火在我胸口裡燒著。」

索羅門嘿嘿一笑，說道：「我想，你可以給麵包店老闆一個教訓。」於是老黑有聲有色地給老謝支了一招。

老謝聽了拍案叫絕，就說：「這種辦法只有你們非洲大草原裡出來的老黑才能想得出，就是上海的張傑克和廣東的阿廣也想不出這樣的高招。」頓時老謝感到豁然開朗，心情好了許多。

當晚，老謝吃了三大碗索非婭做的蘋果雞飯，把一天的飯量都補足了，然後穿上一件厚衣服跨上自行車就出發了，目的地是林老闆的家。他在麵包店幹活的時候，在一些賬單上看到過滑鐵盧街的那個地址，他也問過阿媚，阿媚說他們家就住在那條街的一幢最氣派的小樓裡，是林老闆新買的房子。老謝想，這個林老闆從麵包店裡還真弄了不少錢，買新房子娶新太太，其中的一部分錢肯定是從我身上剝削去的，所以我和他的新太太阿媚摸來摸去是合情合理的，是我應該得到補償。這樣一想，老謝就更顯得心安理得了。不過，今夜老謝可不是去和阿媚幽會的，他有偵察任務在身。

一連幾個夜裡，老謝都在滑鐵盧街的那幢樓房四周轉悠，他就像幽靈一樣纏上了林老闆。晚上，他瞧見樓上的窗戶裡燈關了，心裡又惡狠狠地罵道，發根他媽，林老闆又摟著阿媚睡覺了。想到此，他彷彿眼前出現了一年多前在麵包店的小倉庫裡林老闆壓在阿媚身上，嘴啃阿媚臉蛋的情景。老謝在第三天晚上，還瞧見阿媚走出門來，夜色裡她拎著一袋東西扔進院裡的垃圾桶。老謝瞧著她走上臺階，屁股一顛一顛，真想上前去摸一下她那豐滿的臀部。不過，他伸出手先捂住自己嘴巴，不讓自己出聲。不一會，林老闆又走出來，走進車庫把一輛四輪驅動的寶馬車倒退停在前院的走廊裡，大概是第二天上班太早，林老闆為了出門方便把車停在院落裡。老謝已經觀察過了，林老闆每天都是這樣做的。以前林老闆開的也是一輛破車，這輛寶馬吉普車是新換的，這種款式的新車老謝和阿廣去車行看到過，價值八萬塊錢。阿廣還說過，將來買駱駝彩票發了財，就買一輛這樣的車，去周遊全澳。

3

在一個天上瞧不見星星的夜裡，十二點正，老謝和索羅門出發了，車後尾箱裡放滿了撿來的磚塊。一路上，風在車窗外呼呼地叫囂著，老謝感覺有點不對勁，那條街名叫滑鐵盧，當年法國拿破侖不就是兵敗滑鐵盧嗎？今天我老謝不會重蹈拿破侖的舊轍吧？可是現在已經上路了，開弓沒有回頭箭，連非洲朋友索羅門今夜也為兄弟兩肋插刀。老謝朝索羅門看了一眼。

出門前老謝說今夜的行動名叫「車輪石頭計劃」。老黑一邊開車一邊說：「幹這種事一定要在黑暗的地方下手，越黑越好。」老謝嘴裡吐出一句中國話：「月黑風高殺人夜。」索羅門問他說什麼？老謝說你認真開車。

十幾分鐘後，索羅門駕車來到了黑燈瞎火的滑鐵盧街上，車燈一滅，街上就更黑了，沒有一家窗戶裡亮出燈光，只能瞧見到房屋和大樹的輪廓。他倆在車上待了幾分鐘，確信街上不會出現一個人了，是不是有鬼就不清楚了，只能聽大風刮動樹葉的嘯叫聲，有點像鬼哭狼嚎。老謝先走出車門在前面引導，索羅門車燈也沒有打開，車輛就像一道鬼影子輕輕地滑到那幢小樓邊上。

「車輪石頭計劃」開始啓動了。前院的圍牆剛過膝蓋，老謝一抬腿就跨過去。索羅門和老謝有分工，他打開車後車箱，把裡面的磚塊傳遞到院子那邊，老謝接過磚塊放到那輛四輪驅動的寶馬車的兩個輪子周圍，當然這一切都是在靜悄悄中進行的。半個多小時後，破車裡的幾十塊磚已經全部進了院子躺在寶馬車邊上。老謝在黑暗中直喘氣，肚子裡說，這算什麼事？深更半夜來搬磚頭。索羅門玩這種遊戲肯定有前科，越玩越來勁，心不跳氣不喘，雙手拿著兩把千斤頂一腳也跨進院落。

就在這時候，他倆好像聽到了什麼聲音，又瞧見一抹光線射過來。原來是街對面的房子，窗戶打開了，一個老頭在窗前探頭探腦地看著，大概是他們屋子頂上的一個烏鴉似的裝飾物被風吹落下來。老謝和老黑都躲在車子背後，老謝又轉過臉瞧著這邊屋子的窗戶，他怕那邊鬧出聲音，這邊的屋子裡也亮出燈光，要是林老闆的腦袋再伸出來，那今夜肯定是兵敗滑鐵盧了。對面那死老頭子總算把腦袋縮回去，關上窗戶，過了一會，燈也滅了。

老謝和索羅門又馬上從車後鑽出來，一人拿一把千斤頂，在前後兩個輪子邊上開始鼓搗起來。這項工作，他們兩個在家裡已經操練過好幾次，用那輛破車做試驗對象。兩個人在操練時還進行過比賽，用老謝的話說，只有平時多流汗，才能在戰時少流血。老黑說：「沒有流血這麼可怕。這種小事我以前在非洲草原上經常做，白人駕著吉普車來打獵，半夜，我們就去搞他們的車輪，弄到一個車輪能賣不少錢，比獵到一隻野羊還刺激。」

這會兒，老謝先用螺絲刀把車輪上的一塊蓋板撬下來，「砰」地一聲，老謝嚇了一跳，就像被一顆子彈打在身上，差點倒下去。靜靜地聽了一會兒，四周沒有發生什麼動靜，老謝又定下神來。戰鬥在黑燈瞎火中進行，但是天太黑了，連車輪上的螺絲螺母也瞧不清楚，不過這些老謝早有準備，把一支筆型小電筒咬在嘴裡，那燈光在車輪上一晃一晃，就像鬼影在閃動。

一會兒，老謝感到車身下面動了一下，他知道前面索羅門已經放下千斤頂，這個傢夥在黑夜裡的動作就是快，也沒有見他打手電，就把前面的一個車輪搞定了。緊接著，索羅門又鑽到老謝這邊來幫忙，卸下車輪後，把磚塊填在那根轉軸下面。把餘下幾塊磚都推到車肚子下面，他們兩個一人滾動一個車輪，打開院門，把車輪滾出去，兩人把兩個結結實實的車輪放進那輛破福特車的後尾箱裡。

這時候風聲小了一些，這破車發動起來聲音很響，轟地一聲，把他們兩個都嚇了一跳。索羅門急忙把車開到斜對面的小路拐彎口。那條小路的名字很吉利，叫凱旋街。老謝拍了一下索羅門的肩膀說：「老黑，瞧，街上一個窗戶裡也沒有亮起燈光，萬事大吉。」

現在，他倆就在等待看最後一場戲。他倆坐在車裡面，好像坐在戲園子的後排等著戲開場，戲臺就是斜對面那座小樓。索羅門說：「我想睡覺了，明天還要去水果店上班。」老謝又打開小手電照著手錶說：「什麼明天，就是今天，瞧已經兩點鍾了，據我所知，林老闆兩點半就要起床去麵包店。還有半個小時，再堅持一下，不能錯過這場好戲。」

果然，沒過多少時間，小樓裡亮出燈光，也就是五分鐘時間，林老闆推門走出來。老謝瞧著那道胖胖的黑影子朝院門走去，對索羅門說道：「發根他媽，壞壞了，我們推著車輪是拉開院門出去的，你有沒有關上院門？」索羅門在黑暗裡說：「上帝啊，我也沒有關。」老謝想，一個細節沒注意就要壞了這精心籌劃的大事，他肚子裡也直叫上帝。

肯定是上帝顯靈了，要不就是林老闆以為自己昨晚忘了關院門。再說這道低矮的院門也只是做做樣子，既不能防強盜也不能防小偷。林老闆把柵欄門徹底拉開，可以讓一輛車通過。就在這一片黑色中，他睡眼惺忪打開車門跨上車，好幾年了，他每天都是這樣深更半夜去上班的。他轉動車鑰匙發動了車輛，打開車燈，放到倒車擋，鬆開剎車，準備讓車先倒退出院子。可就在這個時候，他聽見車下面發出一些奇怪的聲音，一邊的車輪已經轉動，另一邊沒有車輪，車軸架在磚塊上也轉動起來，但不能動彈，車身一斜，轟然倒地，磚塊也一起散落在地。

那邊看戲的老謝和索羅門瞧見林老闆上了車，兩個人在車裡高興地對擊了一下手掌，接著他倆瞧見了大光燈，又瞧見了車後閃出火星，大概是車軸在磚塊上碰擊出的火花，緊接著瞧見車輪斜倒在地的景象。老謝和索羅門在車廂裡大笑出聲。

這時候一條街上的鄰居也聽到了這聲巨響，一家家窗戶裡亮起燈光。剛才打開過的那扇窗戶又打開了，窗前又出現了那個老頭，這個晚上他可沒有睡踏實，他對著外面的街道大聲喝道：「哪裡扔炸彈？」

破車裡，老謝對索羅門叫道：「走人。」老黑車一發動，車輪就轉上了凱旋街，和滑鐵盧街告別了，神不知鬼不覺地溜走了。

十四、老謝移居墨爾本

1

索羅門去找了一家義大利人開的小車行，兩個車輪，一百塊錢出手了。索羅門還說賣虧了，他認為這兩個九成新的寶馬吉普車的車輪起碼能賣兩百塊，說車行老闆真黑，怪不得義大利能出黑手黨。老謝就說，麵包店的林老闆也很黑，天下烏鴉一般黑。索羅門說，聽說澳大利亞有一種白烏鴉，在黑鎮後面的一個叫陽光山洞裡就有，你瞧見過沒有？老謝說，澳大利亞還有黑喜鵲呢，會啄人的腦袋，我就被啄過一次，差點從自行車上摔下來。索羅門又說，一百塊錢我倆一人一半，就算是那個夜裡的加班費。老謝手裡接過五十元錢。心裡想，那一星期的工資肯定是拿不回來了，不過，讓混蛋林老闆嚐嚐苦頭是十分應該的，是合情合理的。這件事兩清了，但願林老闆把我老謝忘了。不過老謝卻沒有把阿媚忘掉。

幹了這件驚天動地的大事後，老謝心裡七上八下，也沒有心思隨索羅門去水果店上班。他只是跟著索羅門學了幾次駕車，以前他也跟著阿廣學過駕車，考了二次車牌都沒有通過。這次老謝又去參加路考，沒有想到一下子就通過了。考官說：「祝賀你，年輕人。」老謝握著考官的手說：「人家都稱呼我老謝。」

回家後，索羅門把車鑰匙給老謝說：「你現在會駕車了，這輛車是阿廣送給你的，應該歸你了。」老謝說：「那你和蘇菲婭去上班怎麼辦？要不，車你現用著。」索羅門說：「路不遠，我再去弄一輛自行車，我和她一起騎車上班，還能鍛煉身體呢。以後掙了錢，再去買一輛新車，就像你們林老闆的那輛寶馬吉普車。後車位上大到可以做愛。」

這幾天，老謝就駕著破車在街上遊蕩，還去黑鎮的街上轉了幾圈，在「巴黎麵包店」前面停過兩次，遙望著裡面的阿媚的身影老謝又激動起來。一個警察走上來說，這裡不能停車，要給他開罰款單。老謝嘴裡罵一聲「發根他媽」，踩動油門就走。

那天，老謝回家後，信箱裡有他的一封信。他想，警察的罰款單寄來也不可能這麼快啊？拆開一看，又嚇了一跳，比罰款單還可怕。信裡面說：「親愛的謝，發生了這樣一件事，林老闆的車在半夜被人偷了兩個車輪，車輛發動時還翻了車，他當天就去報了警。已經一個月過去了，警察也沒有查出來是誰幹的。今天林老闆突然說，他知道是誰幹的了，我問他，他猜想是你幹的。他今天又去了警察局，讓警察來調查你。我不知道這件事是不是你做的，如果是你做的，快走吧。」下面的署名是：「一個喜歡你的女人。」老謝一猜就知道是誰寫的信了，可他沒有想到阿媚不但會說國語，還會寫一手中文字。他更喜歡阿媚了。

這是一份十分重要的情報。晚上，索羅門回來後，老謝就拿出信來給他看，老黑兩眼一抹黑，他又不認識中國方塊字。老謝講了信裡的內容。索羅門在胸口劃一道十字說：「上帝啊，別把災難帶給我。」

「上帝不會把災難給你，只會給我。」老謝分析道，「如果警察查到這裡，肯定先查這輛破福特車，這車會不會在滑鐵盧街上留下車軲轆影子呢，這叫物證；然後再查到我老謝頭上，認定我老謝有犯罪動機，這叫人證；接著再把你索羅門抓去拷問一下，你還沒有挨兩下就把我供出來了，這是旁證，人證物證旁證三證齊全，我又得二進宮，進局子裡去吃免費餐了。」

索羅門說：「上帝不許人講謊話，我不知道警察來的時候，我應該講真話還是講謊話？」

老謝說：「我也看過聖經，上帝還說欠債要還。林老闆欠了我的工錢不還是不對的，我們搞的兩個車輪子只是索回一些欠債，理所當然。不用在良心上過不去，你說是不是？」

索羅門聽了，在胸口又劃了一個十字說，「你老謝有時候比上帝還厲害。」

老謝出獄後又恢復了買華文報紙的習慣。從報上得知最近四五萬名大陸來的留學生都在歡欣鼓舞，上竄下跳，要把永久居民的身份徹底搞定，杜名人把這些消息在《南洋周報》上大炒特炒，把移民部有關條例都翻譯刊登出來了。除了澳洲政府最近給予中國留學生的一項新政策外，還規定他們必須通過一定程度的英語測試，有一定的學歷或澳洲需要的技術技能，還有，就是必須通過警察局，出具申請者無犯罪記錄的證明。

老謝現在可以名正言順地搞居留了，但在這個關節眼上，如果這件事被警察查出來，仇恨報復還是偷竊車輪也說不清楚，肯定是一個污點記錄。說不定居留申請的好事就泡湯了。老謝有點後悔。於是老謝又想到了以前從西面佩斯溜到悉尼來的事情，想到他和阿廣討論過的上中下三策，最後得出的結論是還是那句話，「此處不留爺自有留爺處。」他把想法告訴了索羅門，又把中國人「樹挪死，人挪活」的道理給他解釋了一番。索羅門不這樣想，他說：「你剛從牢房裡出來，沒住幾天又要走，你走後，又少了一個人分擔房租。」

老謝給索羅門洗腦子說：「這是小道理。共產黨講過，小道理要服從大道理。如果我老謝又被抓進局子裡去了，同樣是少一個人分擔房租，這才是大道理。再說，我走後，那間屋子你也可以招租。」索羅門認為老謝講得有道理，老謝最後說：「不讓警察來找麻煩，這才是真正的硬道理。」

索羅門也徹底想通了，讓蘇菲婭給老謝做了最後一頓香蕉雞飯，放了二公斤雞肉，還放了不少亂七八糟的香料。老謝看也看不懂，吃也吃不明白，這是老謝在悉尼最後的晚餐。吃晚餐的時候氣氛有點傷感，老謝坐在中間，一邊是索羅門，另一邊是蘇菲婭。索羅門給老謝倒上了葡萄酒，他說，耶穌在最後的晚餐時，喝的也是葡萄酒，葡萄酒是耶蘇的血。老謝喝著葡萄酒說，你肯定不會做猶大，警察來了，你不可能把我的事情供出來。索羅門笑笑，喝了一口葡萄酒念道：「阿門！」蘇菲婭說：「你放心吧，我們都是好人。」

第二天清早，索羅門和蘇菲婭站在門口送老謝上路了。老謝的心裡湧起了一股兒「風蕭蕭兮伊水寒」的情感，他告別了給他帶來幾多悲歡離愁的悉尼，他的方向是澳洲的第二大城市墨爾本。老謝一邊開著破車一邊對自己說：「咱不爭第一退居二線，退一步海闊天空。當年荊軻刺秦王是走向死路，我老謝走的是活路。」這位壯士走向一片新的天地。

2

老謝開著破福特車，瞧著外面陽光燦爛的澳大利亞大地。那片大地，有時候是一片連綿的丘陵，有時候是一片金黃色的草場，有時候什麼都不是，只是一片荒蕪的被太陽曬得乾巴巴的土地。老謝戴上一副墨鏡，那張瘦臉就變得端莊起來，他想起以前一個著名詩人的詩句：「黑夜給我一雙黑色的眼睛，在黑暗的大地上尋找光明……」這詩寫得太好了。後來又聽說那個詩人住在澳大利亞隔壁的新西蘭的一個什麼激流島上，在陽光下用一把斧子把他老婆的腦袋給劈了。真夠黑的，寫出這麼好詩句的詩人怎麼就會變成這樣的惡人呢？老謝想不通。

老謝又想起，墨爾本的「墨」字，上面是一個黑字，下面是一個土字，不會說那裡的地方是舊社會一片漆黑吧？不過墨爾本是譯音，是中國人的寫法，人家鬼佬的意思是黑還是白，也沒有鬧清楚，如今前程未測，老謝開著破車駛在澳洲的陽光下，心裡卻想著來澳洲後各種各樣灰暗的事情，他的未來究竟是光明還是黑暗？也許連上帝都不知道。

在半道上，老謝瞧見路標上有去坎培拉的指向，他放慢車速。他的腦袋裡閃過是否去澳大利亞首都混一段日子的念頭。當年悉尼和墨爾本兩個大城市都想爭搶首都，結果就在兩個城市的中間，弄出個小地方坎培拉建成了首都，真是荒唐。看來，世界上什麼東西都要爭，爭來爭去，最後的結果往往出乎人的意料。聽說坎培拉也是個地廣人稀的地方，我老謝去了也混不上什麼澳大利亞的總理部長，我連澳洲身份也還沒有混到，再說那個小地方算什麼首都，老謝我出身於中國北京，那才是堂堂大中華的六朝古都。於是老謝馬上否定了剛才的想法，加快車速，一路走向黑，朝墨爾本駛去。

還好，一千公里的路，老謝的這輛破車也沒有出什麼故障，不過一路上加了上百元錢的汽油，讓老謝感到有點肉痛。老謝的一家一當的全在車裡了，破箱舊包和鍋瓢碗筷，車頂上還載著一個舊床墊。

到了墨爾本已是夜晚，老謝沒有睡覺的地方，也捨不得花錢睡旅館，準備在車裡眯了一夜。一會兒老謝打起了呼嚕，為了睡覺時能吸點兒空氣，老謝沒有把車窗全關住。半夜裡一個提著酒瓶子的酒鬼路過這兒，醉眼朦朧地瞧見這輛車的車窗開著，就想上去玩玩方向盤，醉眼一看，裡面還有個人，他也不知道車裡的人是死是活，就伸手進車窗，用酒瓶子朝老謝的嘴上碰，那酒流進老謝嘴裡，老謝因為一天開車太累了，也沒有醒來，只是嘴巴咂巴咂巴地動了幾下，把酒添進嘴裡，閉著眼睛說：「墨爾本這個地方怎麼這麼黑？」酒鬼說：「活人。」就走開了。

第二天，老謝醒來時，先聞到一股酒味，他清楚地記得，昨天開了一天車，滴酒未沾，奇怪了，怎麼墨爾本連空氣裡都有酒味？車窗外，天空也很藍，使人陶醉，老謝伸著鼻子嗅了嗅，嘴裡說：「墨爾本不黑。」他的新生活開始了。

3

老謝在一個名叫藍區門的地方住下來後。他的第一件事，就是和千里之外的索羅門取得聯繫了，電話聲響了好長時間，那邊，索羅門提起電話「哈囉」一聲，還喘著大氣。老謝乾咳了一下說：「我是老謝，索羅門你在忙什麼，電話鈴都響了五分鐘了。」索羅門說：「我在和蘇菲婭做那件舒服的事情，就被你打斷了。你來電話也不挑個時間。」接著他壓低聲音說：「你剛走兩天，一男一女兩個警察就找上門來了，差點把我嚇死。幸運的是，警察只問你的事情，不問我犯過什麼事？我說你出了移民局的監獄，對悉尼很失望，就去墨爾本掙錢了。男警察還問汽車的事情，我就把以前你騎的那輛自行車推出來。女警察搖搖頭說，不用調查了，肯定和麵包店那件事沒關係。上帝保佑，看來是沒事了，你那輛破車的牌照還掛著密斯脫阿廣的名字上。」老謝長歎一口氣後，就問索羅門晚飯吃過沒有，是不是吃香蕉雞飯？索羅門說，沒有吃過，我現在又吃不到你的麵包。還說從以色列來了一封信，可能是阿廣寄來的，我也看不懂中文，要不要轉寄墨爾本？老謝告訴了他一個地址，讓索羅門轉寄過來。

幾天後，老謝收到來信。

老謝打開一看，阿廣寫了好幾張紙，字寫得密密麻麻，字裡行間有點悲觀情緒。阿廣說，在這個世界上，無論在什麼地方，掙錢都不是一件容易的事，他在以色列，雖然號稱自己是醫生，每天還裝模作樣地穿一件白大褂，但病人來得很少，割包皮的事半年能碰到一次就算不錯了，那兒的人好像不大相信中國醫生，他要另謀出路。還問老謝，現在澳大利亞是否好混……。老謝讀了信就想發笑，阿廣這小子還真以為自己是醫生了。幸好自己沒有去搞什麼第三國移民。現在澳洲政府對我們開恩大赦了，自己出了大牢就能混個永久居留的身份了，將來還能轉成澳大利亞公民。「禍兮福所倚，福兮禍所倚。」我們中國老祖宗的話說得太有道理了。老謝提筆給阿廣寫了一封回信，也寫了好幾張紙。

接下來，老謝一邊找工作一邊搞身份。

一天，他在唐人街的一家雜貨店門口拿到一大疊免費報紙，墨爾本華人免費報紙特別多，好像辦報紙的老闆不喜歡掙錢就喜歡為人民服務。不花錢也能看報紙，老謝心頭一喜，翻看報紙他才鬧明白，裡面鋪天蓋地全是廣告，幾乎沒有內容。他在一個小廣告裡看到，有一個華人的雞肉加工廠剛開張，要招有肉廠工作經驗的工人。老謝馬上把自己對上號，自己不就是一位肉廠經驗人士嗎？管它是牛還是雞，反正都是肉。這掙錢是最重要的，老謝已經一年多沒有掙錢了，在拘留營裡面做一元錢一小時的洗碗工當然排除在外。不掙錢是活不下去的，除非你一直住在移民局的拘留營裡，到了外面誰也不會養活你，再也過不上飯來張口吃喝不愁的好日子，這個道理老謝明白。

老謝一咬牙花了二十元錢買了一本墨爾本地圖，地圖的封面上是Greater Melbourne那意思是好像是巨大的偉大的墨爾本。老謝想，這墨爾本的人怎麼也不謙虛一點，太夜郎自大了。他在大墨爾本地圖上一找，那家雞廠就在藍區門商業中心國王街的後面，那條小街名叫皇后街，離老謝的住處也不遠。老謝腦袋裡打起算盤，如果去那兒上班，車也不用開了，可以節省不少交通費，最近汽油老漲價，老謝在考慮是否可以恢復以前騎自行車的良好習慣，既能鍛煉身體，又具有超前的環保意識，當然省錢是最主要的。

老謝一路溜達走到那兒，在找門牌號的時候，老謝先瞧見了同一條街上的「皇后按摩院」，在免費報紙的廣告欄上老謝也看到過這家按摩院的廣告，說是要找年輕貌美的亞裔女士，薪優，包吃住。這條件對於老謝來說是太吸引人了，可惜他不是什麼年輕亞裔女士。於是老謝就有點不滿，這年頭，怎麼連皇后也幹上了按摩這一行？走過門口時，他想進去瞧瞧，裡面到底有皇后還是公主，一想不對，一踏進門就是為那些年輕貌美的女士提供薪優包吃住，自己是來找工作掙錢的，不是來花錢的，這麼可以隨隨便便去這種高消費的地方？以後再說吧。

老謝走過了按摩院門口，又走過幾個門號，在一個店不像店廠不像廠的門口站住了，玻璃櫥窗裡全拉著布，門上也沒有一塊門牌，也瞧不見店名廠名，老謝左看右瞧也弄不清楚，正要推門，門被拉開了，從裡面走出來兩位年輕英俊的白人青年。老謝忙問這裡是不是新開張的史蒂歇雞肉加工廠。那兩位白人青年反問老謝是不是中國人，老謝說，我當然是中國人。那兩位熱情地和老謝握手，並自我介紹道，一個叫保羅一個叫彼得。老謝也說自己姓謝。

保羅用標準的漢語說道：「謝，你知不知道世界的末日就要來臨？」另一位彼得從背包裡拿出一本厚厚的黑皮面的書，說：「我們是為了在世界末日來臨之前來拯救你們的。」也是一口好聽的普通話。這讓老謝聽了大吃一驚，老謝並不是怕什麼世界末日，末日一到，地球上的人全玩完，老謝又不是什麼大富大貴之人，只是一個剛從拘留營裡釋放的在墨爾本街頭像無頭蒼蠅一樣到處找工的傢夥。老謝是聽了那兩個金頭髮藍眼睛的年輕人的普通話感到驚奇，簡直能去北京廣播電臺做播音員了，比我老謝的普通話說得還地道。老謝就用普通話感歎道：「沒有想到在澳大利亞能碰到漢語說得如此好的老外？」

保羅說：「澳大利亞的人不行，只知道袋鼠和樹熊。我們是從美利堅合眾國來的，美國有個聖地猶太州鹽湖城，產生了偉大的摩門教，就是耶蘇基督末世聖徒教會，也就是世界末日教。」彼得說：「這個世界存在的時間太長了，人類犯下了太多的罪惡，所以必須救贖。」

老謝一下子就來勁了，熱情洋溢地和他們兩個侃起文化宗教。一會兒說佛教的燒香拜佛，一會兒講伊斯蘭教吃牛羊肉不吃豬肉，一會兒又說起了基督教，老謝說道：「我也看過聖經，就是搞不清楚，都是相信上帝，為什麼還要分成天主教基督教等各種教派？各個教派之間還要相互爭鬥。」

保羅就說，摩門教是末日教，是今天最完美的教會。接著他又談到如何救贖這個重要問題：「我們摩門教有規定，一個教徒必須把自己收入的四分之一交給教會，這樣才能在末日來臨時得到主的挽救。」老謝聽到錢的問題很敏感，就說我現在一點收入也沒有，是個窮人。主是否考慮給我一點錢，幫助我渡過生活難關。彼得說：「主幫助人主要是在精神方面的，你現在沒有工作，只要相信主，肯定能很快地找到工作。」最後彼得要送一本摩門教的經典給老謝學習，周末讓老謝到他們的教堂裡去聽聽大主教的佈道。老謝說：「我英語的閱讀能力還比較差，看不懂。」彼得說，我們有中文版本。老謝翻開那本黑皮面的書，果然是中文版本。偉大的美國佬想得就是周到，老謝高興地收下了。還給他倆留了聯繫電話。

老謝瞧著那兩位金髮男遠去，就在想，世界末日即將來臨，找不找工作也無所謂，如果自己一萬元存款沒有花完，到時候洪水滔天去銀行取錢也來不及。再一想，假如末日沒有來臨，或者那個昏天黑地的日子晚來幾年，自己不就是受騙上當了嗎？不就是要餓死凍死嗎？想來想去還是先找一份工作比較靠得住。於是，他拿著這本黑皮面的書，走進門，又上了樓，見到一個像辦公室模樣的房間，老謝踏進屋去。

那邊坐在一張舊辦公桌後面的是老闆史蒂歇，嘴上叼著雪茄煙，也在翻著一本黑皮書，半個小時前，他送走了兩位洋人傳教士，這會瞧見一個中國人走進來，粗聲問道：「找工的？」

各位看官不禁要問，怎麼又出了個史蒂歇？以前，張傑克在悉尼艾斯菲方中圓酒家，舌戰雞廠老闆史蒂歇。其實，這兩個史蒂歇就是一個人。我們知道史蒂歇喜歡說大話，脾氣也比較大。一言不合，他就在悉尼雞廠的那位搭檔鬧了起來，其實他的股份少，一氣之下兩人散夥了。史蒂歇跑來墨爾本又找到一位合夥者王托尼，籌辦起這個「史蒂歇雞廠」。

大家知道，那時候澳洲移民部剛出了最新指示，廣大留學生都在忙著搞身份，不少人還辭掉工作，忙著惡補英語搞各種證書之類，這是頭等大事。找工的人並不多。史蒂歇的廣告登出去，也沒有幾個人找上門來。倒是那兩個年輕的金髮傳教士在他的辦公室裡吹噓了兩個多小時。

史蒂歐問老謝：「你說你有肉廠工作經驗，你到底是幹什麼的？」老謝說，自己在牛廠推牛皮的，每天要推上千張血淋淋的大牛皮。史蒂歐說：「我們是雞廠，雞皮太小了，一個巴掌就能抓起一把。我們招的工人，要會割雞，也就是用一把小刀把雞大卸八塊，雞腿雞胸雞翅膀都要分開。這個活你會不會幹？」

老謝有點心虛，這活他確實不會幹。不過，老謝想這拆雞又不是庖丁解牛，肚子裡說：「老子連牛皮也能推，還能玩不轉幾個小雞子，」嘴上說：「這不難，我一學就會。」

史蒂歐想了想，這幾天來應聘的人也沒有幾個，他就說：「好吧，我這兒就讓你免費學一學。不過，我告訴你，這裡幹活是計件制，拆多少雞給多少錢，幹多幹少都在你手上。還有，我們不提供工具，那些拆雞刀擦棍和鋼絲手套都要你自己準備。」老謝爽快地答道：「行！」史蒂歐讓老謝下個星期來上班。

老謝在走出門時，瞧著手上的黑皮書，心想這摩門教還真靈，主一下子就讓我找到工作了。

十五、史蒂歇雞廠

1

史蒂歇雞廠開張了。史蒂歇對他的合夥人王托尼拍胸脯道：「你去悉尼打聽一下我的大名，在做雞這一行，行內的各位老闆送給了我一個大號『史雞』，聽說過『悉尼第一刀』拆雞大獎賽嗎？就是本人出資舉辦的。」

開辦雞廠也不用多大的投資，租一塊有冷庫的地方做廠房，搞七八張不銹鋼桌子做工作檯，招十幾個工人，就算一個雞肉加工廠辦成了。史蒂歇談到經驗之道說，最主要的是能夠拉到客戶。於是，史蒂歇就把做生意的錢買了一輛嶄新的賓士車。王托尼問，錢還沒有掙，怎麼就買了一輛這麼貴的車？史蒂歇說：「這你不懂，跑生意就得有排場，人家瞧你這個老闆整天開著一輛破車，誰還肯給你業務做。我在悉尼駕駛的就是一輛黑色的賓士900。」這倒是實話，不過那輛賓士車屬於公司車，在他和悉尼的合夥人散夥時，已經被人家要回去了。但是史蒂歇駕駛賓士車的心理情結還在。他也給王托尼買了一輛帶冷氣的三菱麵包車，讓王托尼負責送貨。還說這兩輛車都算是公司用車，以後可以從交給政府的利潤稅裡面退回來，連汽油錢也能扣回，不用掏自己的腰包。

說到錢，老謝買刀具擦棍和鋼絲手套花了將近二百塊錢，他可不是老闆，這筆開銷讓他心疼了好幾天，他想一定要好好幹，早日把投資掙回來。可是這拆雞看看容易，幹起來真不容易，和推牛皮不一樣，還需要用巧勁。老謝一天只能拆百把來個雞，也就是掙四五十元錢。和他同桌幹活的大陳，沒幾天速度就超過了老謝，能掙六七十塊。老謝就問大陳有什麼巧勁，大陳說：「巧勁就是我想多掙錢。」

老謝又問大陳是中國什麼地方的人？大陳說福建晉江。老謝問，福建老戴你認不認識？大陳說不認識，福建地方大著呢。老謝歎了一口氣道：「是啊，也不知道老戴現在在幹什麼，不知道他有沒有本事把養牛場辦起來？」大陳說他們晉江的「帝王牌」西裝很出名，遠銷海內外。老謝說，他只聽說過美國名牌「皇帝牌」西裝。

吃飯的時候，老謝攪著熟泡麵，這幾天他已經把搞永久居留的第一份表格遞上去了，就問吃榨菜乾飯的大陳，申請的事辦得怎麼樣了？大陳悄聲說：「我是剛來的，不能像你們來了四五年的老留，能申請什麼818，919，我什麼都不能申請，只能拚命幹活掙錢。」不久後，老謝對大陳的情況就瞭如指掌了，原來大陳是以商務考察的名義來澳洲的，在考察過程中，發現這兒工人掙的錢，用澳幣和人民幣兌換，比他這個「帝王牌」西裝廠的廠長助理掙得還多，他就決定留下來不走了，等掙夠了澳幣再做打算。老謝就伸出拇指讚揚道：「大陳，你的打算對，思想路線正確了，以後的事情都好辦。」

老謝和大陳成了好朋友。大陳說他住的地方離雞廠太遠，每天坐火車換電車浪費錢又浪費時間。老謝說：「你就住我這兒來吧，一個屋子住一個人也是住，住兩個人也是住，還能省幾個房錢呢。周末，老謝開著破車幫大陳搬家，兩個人住到一起，晚上睡覺一起打呼嚕，清晨一起去上班，下班回來做菜吃飯也在一起。

大陳以前生活在福建海邊，喜歡吃海鮮。但這兒的海鮮太貴，大陳只能從唐人街的食品商店裡，買一些紫菜海帶之類做紫菜餛飩。老謝說這餛飩味太腥，不如我們北京的餃子。「好吃不如餃子，舒服不如躺倒。」老謝躺在破沙發上，點上「魂飛爾」香煙。那邊大陳拉開櫥櫃下的抽屜，裡面十幾個爬動的小黑點，他大喊大叫起來：「蟑螂，全是小蟑螂。」老謝走過來，朝抽屜裡吹一口煙，蟑螂爬走了。老謝說：「你這是少見多怪，這叫西班牙蟑螂，懂不懂？」

大陳說不懂，但也提出一個問題：「為什麼外國出的洋人個子這麼高大，外國出的蟑螂這麼小？」

老謝也說不上來，就一本正經地講起歷史：「這種蟑螂是在二百多年前，西方人從歐洲帶過來的。以前西班牙人航海事業很發達，在海上橫行了幾百年，一度是海上霸主，在造船出海的時候，把他們國家的蟑螂也帶到了船上，帶往世界各國，於是西班牙蟑螂就在各地蔓延開來，這種小蟑螂繁殖還特別快，又不搞計劃生育。我們中國人呢，一百多年前帶來的是小白菜，可是種小白菜比小蟑螂繁殖慢多了。以後，我退休了，就在後院開出幾塊地種小白菜，發揚光大祖國的小白菜事業。讓鬼佬少吃肉多吃菜，以利於健康。」

大陳說：「你的意思是中國人帶來的是小白菜，洋人帶來的是小蟑螂。還是我們中國人帶來的東西好？」

老謝說：「差不多就是這個意思吧。」

2

雞廠開辦不久，就來事了，兩個老闆之間又有了矛盾。王托尼問，為什麼老是你開賓士車，我開麵包車？史蒂歇說，我不開賓士車能拉來這麼多生意嗎？王托尼就說，你談什麼生意啊，一天到晚在外面鬼混。我一清早起來，又要送貨又要拉貨，忙得焦頭爛額，還要管廠裡大大小小的事情，連晚上的清潔工也是我一個人做的。史蒂歇說，我沒有業務拿回來，你想忙也是白忙呼。兩個人在辦公室裡爭論不休，爭吵聲越來越大，王托尼的喉嚨沒有史蒂歇的粗，就下樓來到工作場所請救兵，讓工人上樓去開會，說是讓廣大工人群眾評評理。工人們又不能得罪哪一個老闆，只能在兩個人中間和稀泥。

「我以前在廠裡也做過助理，我知道跑業務很重要，沒有業務就像有鍋沒米，是煮不出飯來的；但是內部管理也很重要，管理不好就像沒有鍋，有米也無法做飯。兩位老闆都是創辦史蒂歇雞廠的功臣，有話好好說嘛。」大陳想起自己以前做廠長助理的光榮歲月。

王托尼又來勁了：「什麼史蒂歇雞廠，為什麼不叫王托尼雞廠？什麼事都想踩我一頭，我投資的錢又不比他少？憑什麼他動嘴我跑腿？」

史蒂歇也橫了起來：「發根，你有本事跑業務嗎？我做雞這一行五六年了，史雞的大名是隨便吹出來的嗎？」

老謝也上來勸道：「死雞也好，活雞也罷，關鍵是你們領導班子要搞好團結，一心一意看準大目標，才能帶領我們工人群眾奔小康，你們掙大錢，我們掙小錢，這才是硬道理。如果鬧翻了，大家都掙不到錢，再有道理也變成了沒道理。你倆想是不是這個道理？」接著老謝就掏出煙捲，給兩位老闆一人遞一支，點上火。大陳又給老闆泡上茶水，他倆火氣才平息下來。

下樓時，老謝想想不對，老闆吵架，自己勸架費口水不算，還要貢獻出香煙兩支，現在澳大利亞香煙越來越貴，一支三毛錢還拿不下來。一個工人說，我們幹的都是計件制，他們吵架還要浪費我們的時間，我們少拆一隻雞就是少掙一份工分。大夥都把拆雞計件制叫「掙工分」。老謝說，這話說得有道理，今天虧吃大了，發根他媽。

可是兩位老闆還是三天一小吵，兩個星期一大吵。老謝年紀大，就成了勸架的老大哥。作為回報，老闆容許老謝帶點雞骨頭回家，於是老謝每天就熬雞骨頭湯喝，大陳說喝雞湯能防感冒，還能防癌症，還有美容保青春的作用。老謝說，「這雞骨頭能有這麼大作用嗎，上面一絲肉也沒有，被我們拆得太乾淨了。」大陳說，「史蒂歇老闆教導我們：雞骨頭上沒有一絲肉，雞肉上不帶一點骨頭。不把肉拆乾淨，老闆能同意嗎？」

3

最近，老謝忙得不亦熱乎，拆雞的速度也跟了上去，掙錢多了。老謝說這幾天渾身是勁，大陳說那是喝了雞骨頭湯的作用，喝多了還能滋陰壯陽。最近，大陳每天早中晚喝三大碗雞骨頭湯，每個星期要去一次史蒂歇雞廠隔壁的「皇后按摩院」，他說，不去不行，下面的火太旺，要不是為了攢錢，他每天都想去瀉火。

老謝搞身份也有了進展，他讓妮娜從國內寄來了夜大學的學位證明，老謝沒有想到這玩意在澳大利亞搞身份也能用上。這次申請，移民局有規定，如果沒有高等學歷，必須具有一種澳大利亞需要的工作特長，比如飯館的廚師，木工廠的木工，或者是肉店裡的屠夫。老謝聽說，這會兒沒有學歷的人都在搞這幾方面的證明書，於是華人中間一下子冒出了成千上百個廚師木工和屠夫。雞廠裡有一個從中國海南到來的農民，讓家裡寄一張木匠的證明，他父親摸出一個以前留下來的生產隊的大紅圖章一敲，在紙上寫上×××小木匠一個。這邊的三級翻譯一字不差地翻譯出來。移民局官員也弄不懂生產隊是那一級政府組織，更搞不清中國的木匠還分大小。另一位同事張戈利，以前在國內是菜場裡握著大砍刀賣肉的，這會兒拿著小尖刀拆雞，他說他去參加屠夫技能考試的時候，洋人考官拉出半頭豬，讓他用什麼電鋸和小刀把豬肉分解開來，他不用那些玩意兒，抓起一把大砍刀，乒乒乓乓十幾分鐘，肉是肉排骨是排骨，豬腿肉豬胸肉和豬屁股肉一塊塊整整齊齊地排放在桌上。考官都看傻了眼，翹起大拇指，當場就表態道：「你是我們澳大利亞最需要的人才。」

老謝拍拍張戈利的肩膀說：「哥們，好樣的。怪不得你拆雞的速度也是我們廠裡第一名，錢掙得最多，每天能掙一百多，聽說史蒂歐老闆瞧你拿錢的時候眼都紅了，也想自己來拆雞掙工分。」張戈利就說：「小意思，小意思。這裡拆雞錢是多掙了也點，但在國內砍肉比較自由比較瀟灑，在肉墩上，我就是大爺。」

老謝還有一件高興的事，他已經拿到了警察局的無犯罪記錄。他可以高枕無憂了，沒有人再來追究林老板車輪胎的那件事。只要再通過英語考試這一關，老謝就能拿澳洲永久居留的身份了。

外面一下子就出現了形形式式的英語補習班。就像當初老謝來澳洲的時候，到處是英語語言學校。老謝不願意再花這份錢，把以前從國內帶來的什麼新概念英語之類的書又翻出來死啃，這會兒沒有妮娜在他身邊，也沒有人給他炒豆子吃，他背英語單詞效率不高，經常走神，從老婆身上又想到了巴黎麵包店的阿媚和拘留營裡的蘇海倫，於是老謝的眼前三個女人的身影換來換去，英語字母越發看不清楚了。

就在這時候，電話鈴聲響起來，老謝猶豫著拿起聽筒，又是摩門教彼得打來的，昨天晚上來電話的是摩門教保羅。老謝自從和那兩位年輕教士接觸後，又跟著他們倆位去了一次教堂，也算不上是什麼教堂，也就是一間大屋子，裡面的燈光很暗，裝飾古怪，那位主教大聲大叫，老謝聽不懂他在說什麼。不過，老謝把自己第一周拿到的工資，捐出了四分之一。

於是，保羅和彼得天天來電話，就是男女朋友談戀愛，電話也沒有這麼頻繁。老謝一想到每周都要捐出工資的四分之一，額頭上冒出汗，產生了許多不愉快的想法。他上次捐錢是感謝主這麼快就送給他一份工作。如今，每拆四隻雞，有一隻雞就是為主拆的，而且一輩子都得為主打工。老謝想想太不合算了，就在電話裡推託，說最近很忙，每個周末要去辦理各種文件，搞身份是頭等大事。可是，保羅和彼得的電話還是三天二頭打來，保羅說，每個人的身份上帝都已經安排好了，根本不需要自己去忙碌……一談就是一個多小時。如今老謝一接到兩位教士來的電話手就發抖，就有一種末日到來的感覺，但他不敢把電話掛了，怕得罪摩門教的神靈，於是就把電話擱在一邊，讓那位傳教士一個人在電話裡自說自話。老謝自己，該幹啥就去幹啥。有一次，老謝出門去忘了掛上電話，一個下午後回來，瞧見大陳在電話裡和那個彼得聊上了。「發根他媽」，老謝算是服了摩門教，這些傢夥可以不吃飯不睡覺地對你進行教育。

4

在史蒂歇雞廠裡，老闆王托尼因為來澳洲的時間比較長，以前就混了一個四年臨時居留的身份，這次他又第一個轉成永久居留身份。沒多久，王托尼的老婆和女兒也來到澳洲。雞廠樓上的屋子，除了那間辦公室，還有幾間空屋子。王托尼就把家安在雞廠樓上，反正他睜開眼就在廠裡忙，一天到晚吃喝拉撒都在廠裡，這樣可以省下租房子的錢和交通費。

王托尼的老婆手腳勤快，沒過幾天也下樓來幹活，和工人們打成一片，一樣拆雞掙工分。老謝說：「王太太，何必呢，你是老闆娘，直接從老闆口袋裡掏錢就得了。」王太太說：「不行，我掙我自己的錢，不用男人的錢」小刀在擦棍上磨兩下，就下刀幹開了。

大家都反應王太太人不錯，待人和藹客氣，不但自己幹活，中午還煮了一大鍋雞骨頭湯，端下樓，讓工人們吃飯時有口熱湯喝。

那天上午，廠裡來了一個年輕的女人，手上還抱著一個孩子，踏進門口就朝樓上走。大陳瞧見女人就停住割雞刀，對老謝說，「有幾分姿色，我們廠裡就是缺少女工。」

老謝說：「我看不像，找工的手裡還抱著孩子，瞧她熟門熟路的。」

王太太放下手裡的刀具，解下圍裙，也急忙走上樓去。

一會兒，樓上吵起來。大陳說，「史老闆已經出門了，王老闆和誰吵啊？」老謝說，「好像是女的聲音。」大陳說，「是不是又讓我們上樓去開會？」老謝說，「我看會一定的開，不如我們主動上去看看。」兩人走上樓去。

樓上的場景是王太太站在一邊，身後是她的女兒，寫字檯那邊站著剛才上樓的那個女人，手裡的孩子被放在寫字檯上。老闆王托尼把一張轉椅拉到兩個女人中間，他坐在轉椅上，一會兒臉轉向這邊一會兒臉轉向那邊。

那個女人指著王太太罵道：「你以為一來到澳大利亞，這個男人就是你的了。別做夢了，我和他好了三四年，已經有了愛情的結晶，沒有愛情的婚姻是不道德的。我看你還是識相點離開他。」

王太太氣得直發抖，也罵道：「你這個不要臉的女人，騷貨，野女人。他是我老公不是你老公。」身後的女孩也出來幫腔道：「你不是我媽媽，我爸爸不要你。」

那邊桌上的孩子「哇」地大哭出聲。王托尼這會兒是焦頭爛額，走投無路了，低著頭，兩個拳頭敲自己的腦袋。

瞧見老謝等人上樓，王老闆托尼得到了救兵，馬上站起身拉住老謝說：「老謝你來幫忙勸勸這兩個女人，我是沒有辦法了。」他把老謝按在那張轉椅上，自己逃進一間屋裡。

老謝「哼」了一聲就開說了：「你們知道中國的抗日戰爭嗎？」兩個女人以為老謝要她倆要開戰打架，老謝繼續道：「八年抗戰造成了不少抗戰夫妻，這是抗戰遺留問題。現在出國潮水惡狠狠地湧來，夫妻倆天隔一方，五六年裡還不鬧出一些動靜，於是，也出現了和抗戰夫妻相同的情況。孤男寡女身在海外，就像烈火碰到乾柴燃燒起來，一不小心，從火裡面燒出個孩子來，如今又成了歷史遺留下來的問題。如何正確地對待這個問題呢？我認為各方面首先要端正態度，大家冷靜下來想一想，光靠罵人是解決不了問題的，這就像國共談判，和中美談判也差不多，談判要有技巧，還要考慮各方面的因素。」

那兩個女人也搞不清老謝有什麼技巧，就被邊上的工人們拉到兩個房間裡去了。

工人們下樓時，聽見王太太在屋裡嗚嗚的哭聲。大陳說：「如今的世道真奇怪，情人理直氣壯地上門來把老婆趕走。」老謝就說：「以前情人之間都是偷偷摸摸的，瞧見熟人躲還躲不開，現在情人就是比老婆凶。這世界變化真快。」

5

過了幾天，廠裡又來了一個人，廠長史蒂歇把他安排在另一邊的桌子上學拆雞，那傢夥不但動作慢，還有點傻裡傻氣。史蒂歇說：「奧列佛是我朋友，你們不要欺負他。」

一個星期後，大夥就把大傻奧列佛的情況摸清楚了，大傻是多年前從香港移民來的，現在已經有了澳洲公民身份，一個中國女留學生傑西卡為了搞身份獻出青春做了他的老婆，以後傑西卡又成了史蒂歇的情人。史蒂歇一到傑西卡家裡，就把大傻趕到隔壁小屋裡，傑西卡還笑嘻嘻地說：「奧列佛，你在屋裡，我和史老闆說話不方便。」奧列佛就知趣地去了隔壁小屋子看電視。有時候，史蒂歇要和傑西卡講一個晚上的話，奧列佛也不敢過問，只能在小屋的沙發上湊合一夜。作為回報，史蒂歇讓奧列佛來廠裡幹活，掙點錢。

大陳憤憤不平地罵道：「他媽的，這是什麼世道，給別人戴綠帽子的人，還能騎在綠帽子頭上拉屎。如果我是大傻，非鬧出白刀子進紅刀子出的狀況來。」

「這事情太荒唐了太荒唐了。」老謝也想起自己和麵包店阿媚的事情，想起死對頭林老闆。老謝認為這兩者之間還是有區別的，應該另當別論，再說那綠帽子還沒有給林老闆戴上呢。

老謝這幾天也遇到了障礙，他去參加英語考試，聽說讀寫四類，前三類他都通過了，最後一類英語寫作不合格。主要原因是老謝拼不出英文字母，或者說是老謝上了年紀，記不住那麼多亂七八糟的英語字母，其實還有一個原因，老謝背英語字母時思想不集中，老想其他不該想的事情。

不通過英語考試就拿不到居留身份，不少人抗議這是種族歧視，為什麼申請澳大利亞永久居留，一定要考英語？為什麼不考能中文日文越南文希臘文義大利文南斯拉夫文和非洲的斯瓦西語？通過考試的人就有了優越性，說什麼澳大利亞主流社會講英文，要想融入主流社會，自然是通過英語測試。

在人屋簷下，不得不低頭。還有一次補考的機會，老謝只能肉痛地花三百元錢去參加華人辦的英語測試速成補習班。老謝白天拆雞，晚上去讀速成班，來到學校裡一看，好傢夥，參加補考的人還真不少，幾個教室全坐滿了，全是黃皮膚黑頭髮，比幾年前中國人來澳洲讀英語語言班時還熱鬧。看來廣大人民群眾都和老謝差不多，光顧打黑工掙錢，把學英語的事拋在腦後，何況那時候不少人和老謝一樣，沒錢交學費。還有的，有錢也不願意交學費，說再交學費就是傻×，那時候，黑暗的天空裡瞧不見星星月亮。現在長夜即將過去，曙光已經來臨，生活又有了希望，誰還不想混蒙過了這道英語考試關。

離補考的時間也就是一個多月，補習班能讓你掌握多少英語單詞呢？老師的本事就是幫助大家猜考題。上次考試的題目是「澳大利亞的動物世界」，老師說，這次補考的題目肯定是「澳洲的賽馬節日」，以前在移民考試中，這兩個題目是配套的。老師還出了幾個附加題目讓大家準備一下。大家回去準備，就是找個英語好的人寫出幾篇作文，然後瞧著作文死記硬背。

補考那天，一人一張桌子，老謝瞧斜對面的那位哥們，翹著二郎腿一副胸有成竹的樣子。一會兒那哥們把腿上的襪子擼下去一些，讓老謝瞧見襪子下面的一張紙，寫著密密麻麻的英語。他對老謝說：「我的一位搞翻譯的哥們給我寫了澳洲賽馬節的作文，抄在紙上，到時候全能派用上。」老謝對他翹翹大拇指，認為襪子下面夾帶是新招，以前自己在酒仙橋中學做老師多年，也沒有發現過學生有這一招。要是早知道有這一招，也許今天自己也能派上用處。

考試的時候，那位哥們始終把一條腿翹在另一條腿上面，監考人員走過來，他就把襪子拉上，一走，他就把襪子拉下，抄寫得不亦樂乎。

考完後，在一棵大樹下，他問老謝考得怎麼樣？老謝灰頭土臉地說：「不怎麼樣，才寫了半張紙。我單詞掌握得太少，拼寫錯誤就更多了，看樣子還是通不過。」那位說：「我全抄上去了，寫滿兩張紙，這次肯定通過。」老謝問：「你看清題目沒有？」那位說：「不是跑馬節嗎？」老謝說：「我記得，題目應該是：我來澳洲的第一天。」那位哥們大叫一聲：「哎喲，全抄錯了。」院子裡的人全轉過頭來聽熱鬧。

6

老謝在焦慮不安的心情中，等待著英語補考的結果，幹活也提不起勁頭，一整天沒有和大陳說幾句話。如果補考通不過，自己拿不到永久居留的身份，也就是和新來的大陳差不多，又得加入黑民群眾的隊伍了。

下班時，大陳說要去隔壁樓上的「皇后按摩院」看看，問老謝去不去。老謝說，不去，我沒有這個心思。大陳把刀具等塞進老謝包裡，讓老謝先提回家去。老謝說：「你這麼手腳也不洗一下，一身雞騷味就去按摩，對小姐也太不禮貌了吧。」大陳說：「都是玩雞嘛，還怕什麼騷味，讓按摩院裡的小姐和我一起洗。」老謝只能對著大陳的背影搖搖頭，心想這個傢夥道德修養太欠缺，應該對他進行五講四美三熱愛的教育。

這時候另一個老闆史蒂歇夾著皮包走進來，和誰也不打招呼，一副心事重重的模樣。

老謝出門時，又瞧見兩個熟人，摩門教的保羅和彼得。保羅熱情地說：「哎，謝，看見你真高興。」彼得說：「這個周末……」老謝急忙說：「我今天有急事，改日再說，改日再說。」他像躲瘟神一樣，轉身就走。

保羅和彼得沒有抓住老謝，推進門去找史蒂歇。今天，是史蒂歇邀請兩位教士來，有重要事情商談。

話說史蒂歇也有一件重大心事。當初，他認為自己開辦了雞廠，每年給政府交了許多稅，為澳大利亞做出了巨大貢獻，澳大利亞每年的財政支出中有他的一份。他眼界高，當然瞧不起那些搞818，919之類人道申請類別的蕓蕓眾生，認為自己的檔次和他們不一樣，弄一個101特殊貢獻人士類別的申請，是絕對沒有問題的，澳洲政府必須用八人大轎來抬他。

沒有想到818，919類別被移民局認可，而史蒂歇這個有特殊貢獻的101卻被拒絕了，這使史蒂歇受到了重大打擊，當他拿到拒絕通知時，差點暈過去。他回過頭再想辦什麼818，919，可是來不及了，申請有時間規定。眼看著別人都在大張旗鼓地搞身份，而他現在的處境卻和剛來澳洲的大陳差不多，真是太丟面子了。他這個雞廠老闆是不是會被移民局禮送出境還真不知道。這幾天，他急得像熱鍋上的螞蟻，在外面到處摸情況聽消息想辦法，跑業務也沒有心思。當保羅和彼得打電話給他說摩門教時，史蒂歇突然計上心來，邀請兩位再次登門，說有重要的事情需要上帝幫忙。

史蒂歇給保羅和彼得沏上兩杯咖啡，擺出一副和兩位教士大談一番的架勢。那兩位說了一通摩門經以後，史蒂歇點上香煙，問兩位教士要不要也來一支。保羅說，「我們教士沒有許多嗜好。」彼得說，「我們的財富都是屬於主的。」

史蒂歇說：「我現在在人生的道路上遇到了不可逾越的障礙，希望得到主的幫助。」保羅說：「主是願意幫助人的，但人應該成為主的門徒。」史蒂歇說：「我當然願意加入你們的教會，只要你們幫助我把在澳大利亞永久居留身份解決了，不要說貢獻出收入的四分之一，就是把我的財富全捐給你們，我也答應。」彼得說：「主幫助人，主要是精神方面。人就像迷途的羔羊，主能把他領出歧途。」

史蒂歇說：「你們大主教不用領我去別的地方，能把我領到移民局長的辦公室去就行了。聽說在澳洲，基督教的力量很強大，只要你們大主教一出面，什麼難事都可以解決，讓他給移民局局長打個電話，說我史蒂歇在澳洲開雞廠辦企業五六年，是為澳大利亞做出過特殊貢獻的人，也可以說是為上帝做出過貢獻的人，應該考慮給我一個特殊貢獻類別的移民額。」保羅說：「大主教並不是移民局長，沒有這樣的權利。」彼得說：「你這樣做只是為了世上的榮耀，和獲取利益，不是神的榮耀。」

史蒂歇說：「那讓我怎麼辦？我不能得到身份，離開了澳大利亞，你們摩門教不就是少了一名捐錢的信徒嗎？」這一話題，史蒂歇滔滔不絕地給保羅和彼得談了兩個多小時，還從各個方面啓發他倆，說他自己留在澳大利亞的重要性和必要性，對澳洲的政治經濟和宗教等各方面都大有好處，特別是對於摩門教在澳洲的成長壯大，他史蒂歇不是吹牛，肯定能在中國留學生裡面拉到一大批教徒，不說成千上萬，一二千人肯定沒有問題，讓摩門教組織的勢力超過其他教派。

咖啡早就喝完了，史蒂歇說要留他們倆位吃晚飯，說雞翅膀是現成的，電爐裡烤一烤，再弄幾瓶啤酒就成了，吃完晚餐他們還可以接著談，談到明天早上也不怕。

保羅和彼得連忙說：「下次再見。」這是他倆傳教以來，碰到的第一個不怕談話的人。這種不怕和教士說上五六個小時的人，真是太可怕了。

從這次交談以後，史蒂歇三天兩頭給保羅和彼得打電話，要這兩位傳教士帶他去見摩門教在澳洲的大主教，讓主教幫助他搞永久居留的身份。搞得兩位傳教士不厭其煩，聽見史蒂歇的電話就像聽到了魔鬼的聲音，而且史蒂歇在電話裡一開講，嘮嘮叨叨幾個小時，保羅和彼得在聽史蒂歇的電話的時候已經弄不清到底誰是傳教士了。

這時候，老謝收到了通知，他的補考不及格。老謝的手心裡出一把冷汗，「完了」，澳大利亞終於待不下去了，又得做黑民了，像大陳一樣拚命幹活掙錢，混過一天是一天。老謝拆雞時，變成了一個沉默寡言的人，連「發根他媽」也罵不出了。

一個星期後，老謝又接到一封信，還是考試委員會寄來的，白紙黑字說，以這封信為準，老謝的筆試已經通過了，祝賀他通過了英語的聽說讀寫的全部考試。老謝看不懂了，打電話給那位襪子裡夾紙條的哥們，那哥們說，他的寫作補考也通過了。老謝就更弄不懂了，考題是「來澳洲的第一天」，他抄上去的是「澳洲跑馬節」，考官總不會認為那位中國哥們來澳洲第一天就去賭馬吧？老謝也管不了這些弄不懂的事情，他牛皮哄哄地對大陳說：「我在澳洲混了五年，終於混出頭了。」

如今老謝各項指標全通過了，他把所有文件和證明都遞進移民局。兩個月後，他的永久居留申請就得到了批准。而史蒂歇還在和保羅和彼得糾纏，和摩門教瞎攪合，主還沒有為他搞到身份。

十六、聖凱特海灘

1

老謝把「澳洲永久居留」的身份混到手，很興奮，他在國際長途電話裡對妮娜說：「赴澳五年，每一分每一秒都在想念你，現在終於盼來了夫妻團圓的日子，特想聽你唱，恰似你的溫柔。」

妮娜說：「也不用每分每秒，每一天想一二會兒也就行了。你在澳大利亞有別的女人嗎？」老謝說：「沒有沒有。」妮娜說：「很多出國的男人，都在國外找女人，你這麼花心，怎麼會沒有呢？我不相信。」老謝說：「我是誰啊？堅定的無產階級革命者，拒腐蝕，永不沾。瞧，我剛拿到身份，立刻辦理你來澳的事情，等待移民局一批下來，你馬上坐飛機越過太平洋來澳大利亞，我在飛機場和你接吻擁抱，你不就是把你老公打量得一清二楚了。」

「誰和你接物擁抱，在飛機場裡，不羞人啊？」謝妮娜聽了很高興，就在話筒裡唱起「恰似你的溫柔。」還沒有唱兩句，老謝說，長途電話費太貴，以後見面再唱吧。

老謝又接到了阿廣的來信。阿廣說，他在以色列實在混不下去了，猶太人太聰明，很難掙到他們的錢。阿廣又去那座有名的「哭牆」哭了一次，眼淚流了半個小時，但也無法哭出錢來。他現在已經去了南非，那裡有許多黑人，黑人沒有猶太人聰明，掙他們的錢比較容易。還有南非出鑽石，如果一不小心，搞到幾顆大鑽石就發財了，下半輩子就可以過無憂無慮的生活了，問老謝有沒有興趣去南非和他一起玩鑽石？

老謝在回信裡說，他在澳大利亞經過了血與火的考驗，如同唐僧去西天取經也經過各種考驗，唐僧雖然碰到妖怪，但沒有坐過移民局的大牢。

如今老謝是坐過澳洲的大牢，也已經拿到了澳洲當局給的永久居留簽證，所以，他哪兒也不去，準備多掙澳幣，為澳大利亞做貢獻。老謝把信扔進郵筒裡後，心裡偷著樂，真是世事無常，阿廣這小子腦袋太活絡，走東闖西，如今還沒有自己混得好。以色列、南非這些三流國家怎麼能夠和澳大利亞相比呀？那兒的鈔票肯定沒有澳幣值錢。不過阿廣說的南非鑽石還是讓老謝心動了一下，也就是動了一下而已，鑽石又不是在南非大街上可以撿到的，古往今來，為鑽石流血出人命的事兒太多了，老謝認為沒有去那兒冒險的必要。

大陳在和老謝喝酒的時候說：「你拿到了身份，應該慶祝一下。」

老謝說：「怎麼慶祝，請你喝酒吃烤雞翅膀還不算慶祝？非得請你吃海鮮大餐。」

大陳問：「你聽說墨爾本有個聖凱特嗎？」

「我老謝什麼不知道，聖凱特靠近海邊，墨爾本的紅燈區就在那兒，那兒是一片浪漫主義的味道，海浪滾滾而來，淫風飄逸四散。」

「那還等什麼啊，這不就是最好的慶祝活動嗎？」大陳一聽紅燈區就來勁了。

「讓我考慮考慮。」老謝說著找出那本偉大的墨爾本地圖尋找起來。大陳問他到底去過沒有？他說以前常去，那兒的酒店裡有一種Table Dance（桌面舞蹈），金髮鬼妹在桌子上跳舞，一件件脫衣服，直到胸罩和褲衩全脫乾淨。喝酒的人就站在邊上，鬼妹子跳到你身邊，你在她大腿上抓一把也沒關係。不過，那酒店裡的酒賊貴。說得大陳心裡癢癢的，酒再貴也馬上要去喝一杯，總不會比以前他在國內經常喝的法國人頭馬XO還貴。

老謝被逼無奈，只能開著破車帶著大陳去了聖凱特海灘。到了那兒，街上全是人，晚上泊車也要收費三元錢，老謝說：「吃大虧了。」

他們來到一條名叫克米特的街上，街上熱鬧非凡，遊客摩肩擦踵，小吃店一家挨著一家，很多是開放式的，桌椅從店堂裡一溜排到街上，紅男綠女喝酒品咖啡吃點心高談闊論。也走過好幾家大酒店。大陳就貼在玻璃櫥窗上瞧裡面，可是什麼色情的玩意也沒有瞧見。問老謝：「你沒有搞錯，是不是這兒？」

老謝搖搖頭說：「以前我去悉尼的國王十字街，沒走兩步路就碰上妓女，問我是日本你死還是掐你死。五步一家脫衣舞廳，十步一家按摩院，那拉皮條的鬼佬連中國的下流話都會講，還有什麼性商店，裡面掛著假雞巴。這兒怎麼什麼都沒有看到？」

大陳說：「我看有點像唐人街，全是吃吃喝喝的店家。你還說有什麼在桌子上跳三點全露的脫衣舞，我連脫襪子的人也沒有瞧見一個，你到底知道不知道這兒的紅燈區？」

老謝說：「記不清楚了，再看看，再看看。」他們一家挨著一家看過去，從這一頭走到那一頭，也沒有看到一點「色」彩。最後，老謝看到一個沒有穿鞋的黑人牽著兩條大狗，就上前問他知不知道Table Dance。黑人說Table Dance在城裡的國王街，這裡只有喝咖啡，沒有人跳舞。

天全黑了，兩個人很失望，拐了一個彎，是一個三角花園，花園前面大海露出了面目。老謝說去看看大海。大陳說，海有什麼好看的，我們家鄉出門就看見海，早就看膩了。老謝說浪漫主義不但是看女人，該看的東西多著呢，大海能開闊我們的胸懷，懂不懂？大陳只能跟在他的屁股後面去看大海。

星光下，海邊是棕櫚樹和各種花木的剪影，遠處高樓大廈燈光閃爍。海潮水嘩嘩地湧向海灘，在黑夜裡泛出白色的浪花，一條長長的廊橋伸進黑色的大海。廊橋上一朵火光一亮，是老謝和大陳點燃了香煙。海風吹來，老謝臨風吟道：「大海啊大海，當年曹孟德東臨碣石，以觀滄海，老驥伏櫪，志在千里。你看我老謝年近四十歲，那些功成名就的偉人們在這個年紀，已經做成了許多大事，可我老謝土插隊混了幾年，做老師吃開口飯混幾年，洋插隊混了幾年，在移民局的大牢裡混了一年，什麼大事都沒有幹成，唉……」

大陳問：「你說的曹孟德是誰啊？」

老謝說：「和你講話真是吃力，曹孟德就是三國演義裡的曹操，曹操知道不？以後我還得給你多灌輸一點文化知識，說點五講四美，不能給你多講男女之間的事情。」

大陳回答：「曹操誰不知道。這裡是地球南面，我看你東南西北也搞不清楚，還文化人呢。」

老謝說：「那就南臨碣石，夜遊聖凱特，來到大海邊，紅燈區找不到北。」

2

老謝還有一個想法，以後謝妮娜來了，應該自己租一套房子。大陳說：「太好了，這兒的樓房裡的蟑螂太多，晚上一開燈，地毯上都爬滿了蟑螂，早晚把人也吃掉。你租房子，我跟著你走，你到哪裡我到哪裡。」

於是，老謝和大陳就去看房子，對房子的要求是不能太貴，也不能離工作的地方太遠。他和大陳看了不少地方的房子，終於在一個叫「卡你急」的地方租了一套有前後花園的舊房子。這房子有點像他在悉尼黑鎮住的那套破房子，不過多了一間屋，三房一廳才一百八十元，便宜，離墨爾本市區不遠，離那個聖凱特海灘也很近，開車去才十幾分鐘。大陳問，「舊房子裡面有沒有蟑螂？」老謝說，「我們住進去後，發揚中國大陸滅四害的精神，還怕滅不了幾百幾千個蟑螂。最主要的是這個房子價格合理，適合我們這些在澳洲底層的新移民居住。」老謝已經把自己歸入新移民的行列。其實還有一個原因，老謝看中了這裡的路名和地址：皇冠街八十八號。大陳也認同這個地址。

這套房子是以老謝的名字租下來的，他做出安排，那間主人大房，由他和妮娜入住，前面的小間讓大陳住，還有後面那間沒有人住，是不是再招租一個人，可以節約一份錢。老謝又去買了一個雙人大床，妮娜來了，再睡破床墊也不合適。他還去買了一臺電視機，以前那臺撿來的有四條腿的老式電視機，抬進屋時死重死重，打開後不到半小時，就會飄雪花，需要老謝用拳頭捶幾下，才能看一會兒，然後再飄雪花再用拳頭捶，那木頭框架上已經被老謝捶出了拳頭印子。

新電視機是中國產的「康佳」牌。老謝說：「康佳好，康佳就是『扛家』，現在我把家扛起來了，老婆一來，咱就是過日子的模樣了。」

新電視機一打開，色彩亮麗，畫面清晰。老謝撥到新聞節目，大陳說聽不懂，說洋人為什麼不學中國話，還問，澳大利亞能不能收到中國電視臺的節目？老謝說：「不聽英語，你將來辦移民，能通過英語考試嗎？瞧我，英語考試小菜一碟。別人考試的時候，襪子裡藏紙條，我大筆一揮，就是三張紙。」老謝還要發揮，電視新聞裡出現了南非暴亂的鏡頭，黑人和白人發生了衝突，大街上，黑人白人都在奔跑。老謝說，「不得了啦，阿廣在南非挖寶石也不太平了。」大陳又問：「哪個是阿廣？」

那天，大陳撿了個洋撈，五元錢買了魚店裡的一大堆過期海蟹，回來也沒有洗乾淨。端上桌的時候大吹海鮮好吃，還拉著老謝喝福士特啤酒，說你請我吃雞翅膀我請你吃海鮮。老謝喝酒時說，這蟹有點臭，沒敢多吃。大陳說，「沒事，死魚爛蟹我們福建人吃得多了。」

晚上，兩個人都叫肚子疼。老謝放了幾個屁，第二天就沒有事了。大陳從半夜起來拉肚子，第二天繼續拉，拉了十幾次，有時候褲子還沒有拉上，又坐下馬桶拉起來，吃啥拉啥，害得他不敢吃東西，只能喝幾口水，水也不從尿道裡流出來，而是從肛門裡噴出來。他沒有國民醫療保險卡，看病太貴了，吃幾粒從國內帶來的牛黃解毒片，已經好幾天沒有上班了，少掙了幾天工資。他還悲傷地問老謝：「我會不會病死在異國他鄉？如果我死了，就把我埋在海邊上，讓我的墳墓對著祖國。那個日本電影《望鄉》裡面，那些妓女死了以後都是這樣的。我好歹也是個廠長助理，不能連妓女也不如。」

「你就省點力氣，別胡說八道，肚子裡的爛蟹拉乾淨了就好了。」老謝要趕去上班。

老謝上班的時候，老闆王托尼走下樓來叫老謝上樓，老謝問：「是不是又要開會？也沒有聽見你和史老闆吵架聲音啊。」王托尼說：「大陳電話打到雞廠來了，聲音就像要斷氣了，說有急事找你，是不是要你送他去醫院？我的一個大生意的電話也進不來，你快點。」

老謝上樓時想，有什麼急事，難道大陳挺不住，要留下什麼遺囑，這傢夥好像也沒有什麼錢財，墳墓朝什麼方向的事情已經交代了好幾遍。電話裡，大陳有氣無力地說，「家裡來人了，正等著你。」老謝問，「來人是誰？」大陳說：「他說是你的朋友。你一下班就回來，不要在外面瞎轉悠。」

老謝也不知道大陳說的是真是假。這幾天，他下班開著破車在外面轉悠，想買一些二手貨家具，妮娜要來了，家徒四壁可不像話。會不會是妮娜來了？上幾天長途電話裡，她還說最近來澳洲家庭團聚的人一波一波，飛機票難買。再說妮娜也不是老謝的朋友，她是老謝的老婆。也不知道大陳說的來客是男還是女，沒有在電話裡問清楚。

老謝一下班就趕回家，打開門，瞧見大陳坐在破沙發上喝稀粥，沙發邊上有手拉車和幾個箱包。老謝一看，真是遠方來客，就問：「來人呢？」大陳拉了幾天肚子，那張胖臉像被削去了兩刀肉，瘦得凹進去。他指了指廁所，「在裡面呢。」老謝問：「是個女的吧？啊喲，會不會和你搶廁所，你那勁兒是說來就來的。」大陳說：「沒事，我好多了。說來也怪，那漂亮女人一來，我的肚子就不拉了，你瞧，我已經煮了一鍋鹹菜粥，還放了幾顆大蒜，喝了兩碗挺舒服，一次也沒有拉，你要不要來一碗。」老謝說：「這就好，這就好。」眼睛瞅著廁所那兒想，不是老婆會是何許女人也，我老謝也太有豔福了。

那衛生間的門一打開，聲音也一起傳過來：「老謝，你這重色輕友傢夥，只知道等女人，不知道迎接老朋友。」老謝一看，大喊道：「哎喲，是阿廣啊。」兩個男人緊緊擁抱在一起。擁抱了一會，老謝警惕地說：「你上了廁所，手還沒有洗過吧？」「沒洗沒洗。」阿廣又回去洗手，洗完後，和老謝第二次握手。

「女人和男人你也看不清楚？」老謝把大陳趕到一邊，和阿廣一起坐在破沙發上，一人點上一支魂飛爾牌香煙。老謝吐出一口煙問：「你怎麼會找到我這兒？」

阿廣說：「老謝啊，你讓我找得好苦。我找到藍區門的那個樓房，那裡的房東說你搬家了。你搬了家也不來信早告訴我一聲。多花了我二十幾元計程車費，你報銷。」

「你不是在南非挖鑽石嗎，怎麼一下子就闖到我這兒來了？」老謝還沒有鬧明白。

「一別有兩年了吧，這兩年我在以色列混得不好，去了南非，剛掙了點小錢，還沒有弄到大鑽石，那兒就開始鬧事殺人了，不說白人黑人死了多少，做生意的中國人被殺了好幾個，我們隔壁的珠寶店老闆也被綁架了。我看大勢不妙，拔腿就來澳大利亞了。聽說你在這兒搞到身份了，早知道，我也和你一樣在這兒混著，就是坐在移民局的監獄裡走過程也沒關係。現在，我在外面走了一圈又回到了原地，你說這算什麼事情？」阿廣一臉後悔。

老謝洋洋得意道：「人算不如天算，這是天意，不是人願。所以你我的遭遇誰也猜不著。如今，我已混進澳洲社會。你呢，革命尚未成功，同志仍需努力，從頭再來，不要灰心。謀事在人，成事在天嘛。」

大陳在邊上插話說：「現在國外稱呼同志的，都是同性戀。」

「以前我不迷信，現在我太相信天意了。」阿廣接著說：「你們現在這個地址太吉利了，皇冠街八十八號，又是外國皇帝的帽子，又是中國人的發一發，以後我在這裡住下，屋裡放一尊菩薩，你們說是供中國菩薩還是供洋菩薩？」

老謝想，這肯定是天意，他剛租下這套破房子，還想招租一個人，誰能想到老天有眼就把阿廣給送回來了。

3

阿廣要把這幾年損失的時間補回來，第二天就出門找工作。他很快就在聖凱特區的一家叫「岩石搖滾」的藍房子飯店裡找到了洗碗的工作。

「洗碗端盤子有什麼出息，還不如到我們雞廠拆雞呢，喝雞骨頭湯也是免費的，你們廣東人不是喜歡煲湯嗎？哪，這輛福特還掛在你的名下，物歸原主。」老謝把那輛破車的鑰匙還給了阿廣。

「洋人飯店給的工資高，每小時十三元。」阿廣對做那一行無所謂，他在以色列還幹過穿白大掛的醫生呢，可掙不了錢有什麼用。其實，阿廣心裡也有自己的打算，他一直喜歡做廚師這一行，能幹上大廚是他的理想。但他沒有進過廚藝學校，現到洋人飯店裡洗碗時，可以偷著學點，都說學做西餐比做中餐容易，說不定，一不留神就在洋人飯店裡混成個大廚。

阿廣以前在廣州街頭上擺過大排檔，整條街上十幾個排檔就數阿廣的大排檔出色。他年紀輕，腦子靈，有一個大飯店的退休師傅給他指點幾下，一點就透，阿廣還真學到了幾手。據他自己說，前廣州軍區副司令員的女兒，就是因為吃了他的大排檔，成了他的女朋友，又成了他老婆。也是同樣的原因，改革開放後，前副司令員的女兒，嫌他做大排檔沒有出息，又和一個五星級賓館的老闆好上了，和阿廣離了婚。阿廣想離了就離了，這個世界上還怕找不到老婆。老謝問他那個前副司令員叫什麼名字，阿廣的回答是，你相信就相信，不相信就不相信。老謝對他的話也沒法考證。

阿廣在國內的時候，聽說國外有不少唐人飯店，有些飯店的大師傅是濫竽充數的。阿廣就動了出國念頭，為什麼我不能去國外發展發展呢，說不定將來我也能在國外混個大廚什麼的。那時候阿廣開大排檔已經掙了不少錢，他就用這些錢辦了出國留學的手續。

阿廣剛來澳洲時，那時候工作很難找，他得天獨厚能講一口廣州話，很快在唐人飯店裡找到洗碗的活計，每天幹十幾個小時，碗碟洗了成千上萬，為澳大利亞飲食業做出了巨大貢獻。可是掙的錢並不多，華人老闆給的工資太低了，一小時才五元錢。大師傅聽說他會一些廚藝，時時刻刻提防著他，不讓他有學手藝的機會。阿廣沒有在唐人飯店裡混上廚師的職務，很失望很生氣，有時候躲在廁所裡拉屎，裡面能坐三刻鍾。禿頭老闆生氣了，說我們請不起這個一心想做大廚的洗碗工，你到別處去高就吧。阿廣說，他媽的，我還不想在這裡幹呢。阿廣記得他前老丈人說過那句名言：「不想做將軍的士兵，就不是一個好兵。」同樣的道理，不想做大廚的洗碗工也不是一個好洗碗工，最後一天，阿廣扔破了幾個碗就離開這家飯店。

他在唐人街的幾家餐館混了一陣，也沒有人請他去做廚師。都是讓他「甩大碟（洗盤子）」，後來他又在一家小飯店裡和老闆吵架，摔了盆子。聽說他摔過碗，其他幾家飯店也不敢讓他做洗碗工。他只能走出唐人街，到處找工作，他聽說離悉尼幾十裡地的石頭河有一家牛廠，那裡每天早晨有不少中國人在門口等工作，他也到那裡去等了幾天，結果等到了殺牛車間裡的一份血淋淋的工作。以後他又搬到了靠近石頭河的黑鎮，和老謝混到了一起，臭味相投。

阿廣在外面混了一圈回到澳大利亞，做大廚的心還沒有死，不過他提高了認識開闊了眼界，認為在國外生存就得打入主流社會，如果能在洋人的餐館裡混到大廚的位置，就更有面子了。

如今，阿廣和老謝又住到了一起，老謝侃大山又有了對象，少了一個聽不懂國語的黑人索羅門，但是多了一個也會吹牛的福建大陳。晚上，三個人三支煙三杯茶，阿廣和大陳擠在那張破沙發上，老謝坐在一個搖搖晃晃的椅子上，山南海北地說道起來。

阿廣說：「老謝，你老婆馬上來了，應該去買兩個新沙發，一個三人的，一個單人的，在廳裡一放，配上那個新電視機，如果牆再用油漆刷一下，肯定滿屋生輝。」大陳說：「阿廣兄弟的講法有道理，單人沙發讓你老婆坐，我們三人坐一張長沙發。」

老謝說：「我已經買了新床新電視機。錢花了不少，還要購置幾件二手貨家具，那點存款就快被吸乾了。」阿廣說：「不會吧，你也工作好幾年了，我又不問你借錢。」老謝說，「在大牢裡坐了一年，就沒有掙到錢。對了，那個驢臉監獄長，讓我幹清潔工，一個小時才給我一元錢，那時候我還挺高興，心想能掙幾個煙錢了，現在想想，那是在浪費生命。」

「你說的太對了。我在外面混亂幾年，錢沒有掙到，也是在浪費青春。」阿廣感到屁股底下有聲音，抬起屁股一瞧，下面沙發上的皮又破了一塊，他說：「老謝，你真的應該考慮買兩張新沙發。」

「買沙發嗎，我提一個建議，你和大陳合資買一套沙發，挑選皮沙發還是布沙發都由你們。我見你倆一回家就窩在破沙發上，我都沒有坐沙發的份了。」老謝吐了一口煙接著說，「阿廣剛才你浪費青春的提法，我認為也欠考慮。我都已經小四十了，你也三十六七了吧？我們都是成年人了，說浪費青春有點矯情。如果大陳說這句話，還算湊合。不過，你那意思我是清楚的，就像革命前輩保爾說的：當一個人回首往事的時候，不應該碌碌無為虛度年華而悔恨」

大陳又問：「保爾是誰？聽著像個洋人的名字。」老謝說：「保爾・柯察金也不知道。他是《鋼鐵是怎樣煉成的》一書的作者，我們年輕時代的偶像。大陳，你只知道舞臺上扭屁股的港臺歌星影星，你和我們代溝太深了，都快成兩代人了。我和阿廣應該和你父親是一代人。」

大陳不買賬：「老謝，你就吹吧。我也二十八歲了，你兒子幾歲？」

「我還沒有兒子。那時候，我老婆婆謝妮娜年紀還輕，想多玩幾年，我呢，以事業為重，也想等幾年再說。後來，我一出國，這養孩子的事就耽擱了。現代人不都是這樣嗎？你瞧，阿廣結婚離婚都玩過了，也沒有孩子。誰像你們福建人，就知道一窩一窩地養孩子。不過，等妮娜來澳，我們養孩子的幸福時刻即將來臨了。」老謝態度很認真，眼睛裡射出期望未來的光輝。

於是他們從養孩子又吹到了自己的童年時代。

「那會兒正在搞文化大革命，不用讀書，讀書也是瞎混，上學校時也不用背書包，屁股口袋裡插上一本書，嘴裡吹著阿爾巴尼亞電影地下游擊隊插曲的口哨，一路上瞧見不順眼的，還要上去吆喝幾句，擼袖子揮拳頭，那日子過得輕鬆瀟灑，那像今天有這麼多功課，一個書包就能把孩子壓扁了。」老謝回憶起難忘的童年，又分析道：「不過事物都是一分為二的，正因為輕鬆瀟灑，我在學校裡什麼文化知識都沒有學到，文革奪去了我們一代的青春年華，如果那會兒能喝上半瓶子墨水，以我的高智商，北京大學不是哲學系就是法律系，中文系是最起碼的，說不定現在已經混上個教授了。」

老謝進一步發揮道：「我肚裡的那點兒貨，都是刻苦自學得來的，混了個教師。校長對我的評價是：文憑不高，水平高，有真才實學，要培養我做教務長，將來給我弄個高級職稱。但是，我還是想出門看看世界，以前有一句豪言壯語：『胸懷祖國，放眼世界。』一不留神，我就踏上大洋彼岸了。」

不過，這裡是英語國家，老謝的英語水準半瓶子醋，許多吹牛侃大山的知識用不上。老謝只能把希望寄託在自己的下一代身上。老謝說：「將來一定要把兒子培養成律師，律師在這兒是掙大錢的，大律師一個小時能掙幾百元錢。我現在一個小時掙十塊八塊，和律師比，簡直連要飯的還不如。你們說是不是？」

「這話說得太早，你老婆將來是養兒子還是養女兒，你怎麼控制？這事難辦著呢。」大陳說這話，好像他是過來之人。

阿廣說文革那些破事他也知道，那時候他還在上海念小學。老謝說：你不是廣東人嗎？怎麼又換成阿拉上海人了？」阿廣說，「我念中學的時候才去了廣東。小時候我跟著奶奶住在上海弄堂裡，人家都叫我小廣東，經常受人欺負。我記得最清楚的一件事，一個大熱天穿著一條短褲，一個小子在我背後，一把就把的短褲拉下來了，還要玩我的小雞雞。其他人都在邊上看笑話。我是真生氣了，小雞巴先硬起來。那個小子比我高出一個腦袋，我打不過他，一口咬住他的耳朵，血都淌下來了，最後他怕耳朵被撕掉，給我求饒了。我雖然身上也是青一塊紫一塊，但我征服了弄堂裡的小霸王。」

於是，「小廣東」就成了這幾條弄堂裡的大王，哪裡有麻煩，都要小廣東出面擺平。他到了廣東，街面上也玩得轉，擺大排檔時，哪個小混混也不敢來搗亂。阿廣說：「我最佩服的人是誰？你們猜猜。以前上海灘上有個杜月笙聽到過沒有？剛開始時，他只是個水果店裡削水果皮的小夥計，因為削梨削得好，號稱水果月笙，水果月笙年紀輕輕腦筋活絡，終於混到出人頭地的地步，成了上海灘上的大亨。」

阿廣出國混了七八年，在澳洲洗盤子殺牛，去以色列割包皮做醫生，赴南非販賣鑽石，和社會上的白道黑道都有過接觸，至今也沒有發跡，更別說做大佬了。所以，阿廣的希望，也是在將來討老婆養兒子的構想之中。如果兒子長大了，在國外做杜月笙那樣的黑社會老大，如今肯定行不通。不做流氓，可以幹警察，老謝你說是不是？

老謝說：「現在的海外華人，都希望自己的子女做醫生當律師，做銀行經理或者大老闆也行。你怎麼能讓你的兒子做個小警察呢？」

「我兒子做警察也不是一般的警察，二年後做警長，五年幹上警察局長，再將來坐上警察總督的位置。如果我兒子不行，還有我的孫子，子子孫孫總有一天會出人頭地的。」阿廣對他的子孫後代滿懷希望，充滿憧憬。

＊　＊　＊

大陳又來吹冷風：「我看你們那一代人也很會做美夢。這些子子孫孫的事，等你們先有了兒子再說。兒子將來想幹什麼，能聽你們的嗎？你們和我說話都有代溝，和他們說話時就得掉到山溝裡去了。」

「這倒也是，現在的小年輕，早生一年晚生一年，就能弄出二三條溝，差一輩人，這溝是多了去了。」老謝感歎道，「這世界變化太快，越變越怪，到了子孫後代，真不知道他們會變成什麼妖怪？」

最後，老謝和阿廣又談到了彩票問題。阿廣問老謝這幾年是否還在買「抬死駱駝」的彩票。老謝說，一直堅持買到了關進了移民局的大牢裡，牢裡沒有彩票店。說起這件事情，老謝悲從心底起，又差一點流出眼淚，他說：「那天是我人生中最黑暗的一天，比洋人的黑色星期五還要黑一百倍。」阿廣問他是怎麼回事？老謝痛心疾首地說了在牢裡從電視上看到彩票號碼那件事。

阿廣和大陳都為老謝感到萬分可惜。為了亡羊補牢，為了讓人生中這種遺憾的事不在發生，老謝和阿廣決定，恢復每周買「抬死駱駝」彩票的良好傳統。大陳也決定加入「抬死駱駝」的行列。老謝說：「發根他媽，死駱駝再沉，也要把它抬起來。」

十七、「岩石搖滾」飯店

1

破福特汽車駛進街後的停車場，在停車場上像沒有頭的蒼蠅亂轉，終於找到了一個泊位。車門打開，裡面走出個子不高肥頭大耳的阿廣，他那張胖臉上眉目清秀，一臉福相，儘管他出國到現在一直碰到倒楣的事情。今天上午，他去理髮店剃了一個光頭，看上去英姿勃勃，照鬼佬的說法是handsome（英俊）。其實阿廣內心還有一個深沉的想法沒有說出來，他還想找一個洋人女朋友，這其中有兩層意思：第一，在中國時，他老婆瞧不起他和他離了婚，他去了國外，將來能帶一個洋老婆回去，就會挽回面子；第二，他現在搞什麼818，919類移民都已經晚了，過了期限。如果他能找到一個鬼妹子做老婆，搞個結婚類移民，身份問題也一下子解決了。

這星期阿廣換了下午班，他看了看手錶，離上班時間還早。聖凱特海灘是一個繁忙地段，找個泊車位不容易，阿廣上了兩個星期班，已經吃了兩張罰款單，一共一百元錢。阿廣這輛破車現在大概也賣不到一千元錢。所以早點來找車位。阿廣想，如果轉幾圈，能找到一個女朋友就更好了。

阿廣腳下那雙油污汙的牛頭牌工作靴子，從碧綠色的草地上一路踩將過去，走下堤岸，踩進沙灘，一直走到海水邊上，讓那海水繞著大頭皮鞋打圈圈。於是，阿廣點上一支「浪比區」牌香煙，「浪比區」也是海灘的意思，價格較便宜，比老謝抽的「魂飛爾」牌低一個檔次，阿廣現在口袋裡錢少，沒有辦法，只能抽便宜的煙捲。這種煙捲太細，沒抽幾口就抽完了。阿廣瞧著香煙嫋嫋朝天空飄去。

這時候，晚霞已經在天邊抹上了一絲一絲的豔紅色，像女人的臉。阿廣遙望著大海，不免勾起絲絲縷縷的思鄉情緒，他似乎看穿天色，瞧見海那邊的廣州街上，大排檔一溜兒排開，又似乎瞧見了他童年的時候上海弄堂裡的小夥伴。其實阿廣面朝的方向，隔海相望，根本不可能瞧見中國，那是大方向錯了。但是只要人在海邊一站，那股兒濕漉漉的情懷就會油然而生，管它東南西北。何況阿廣出國多年，還沒有混出個人模狗樣，他似乎又瞧見了耶路撒冷的那道哭牆，想起索倫托街頭黑人白人亂哄哄的人群，想到自己至今還沒有混到大廚的位置，還在水池邊洗碗碟，這難道不使人感到傷心嗎？

正當阿廣的思緒伴隨著海天一色的境界，進入雲裡霧裡的狀態，那半空中的海鳥咯吱咯吱的叫起來，叫聲和阿廣那輛破車的開門的聲音差不多，阿廣瞧了一眼手錶，喲，時間過了。趕忙轉身就走。

阿廣還沒有走到藍房子門口，已經聽到了「打洞，打洞」的聲音，「岩石搖滾」飯店天天如此，從早晨開門一直到深夜關門，永遠都播放著「打洞，打洞」的音樂。這個飯店裡的人，是不是有一天都會變成老鼠打地洞。還有男人和女人做那件事好像也有這個意思。阿廣走進飯店時眼前一亮，瞧見了光頭老闆喬治，說一聲：「我來遲了，對不起。」

喬治一點也不在乎，笑呵呵地說：「You are skin head，beautiful。」（你也理了一個光頭？太好了）

自從飯店老闆喬治剃了一個油光閃亮的光頭，飯店裡的夥計也一個個學樣。廚師勒利頭上的捲髮也沒有了，變成光頭，吧臺上的馬克也把一頭長髮割掉了，理了一個光頭。今天中國人阿廣也刮了一個光頭，就差店裡的幾個女招待還沒有加入光頭黨的隊伍。以前在中國，和尚尼姑剃度，光頭是五根清淨，抑制情慾的表現。如今skin head則是追求時髦標新立異的表露，有的人還說光頭看上去性感。看來，同一事物在不同的場合，就會成為不一樣的標準。

光頭喬治和光頭阿廣當然沒有研究過什麼「道不同，不相謀」之類的古訓。喬治是瞧見了現在不少大明星的腦袋光芒四射的出現在舞臺上，阿廣是瞧見喬治老闆的光頭，他還想起以前唐人飯店的那個上了年紀的老闆也理了一個光頭，還有，以前中華民國的總統蔣介石，那可是第一號大老闆，也是一個神采奕奕的光頭。是不是做老闆都該搞個光頭，所以阿廣也給自己弄了一個光頭。

阿廣來澳洲的歲月，已經和不少老闆打過交道，除了宰牛廠的大老闆，他連照面也沒有打過，其他個個都是餐館小老闆。阿廣拿過最低工資每小時三元錢，如今在「岩石搖滾」飯店，每小時十三元錢。記得在那家每小時三元錢的小餐館裡，那位馬來西亞華人老闆經常和阿廣嘮叨什麼澳大利亞的尿布價錢太貴，他剛養了一個兒子，說一包尿布要三元錢，每個月花在尿布上的費用一百錢還不夠。阿廣的工資每周也只能拿到一百多元，有一次，老闆又少算了阿廣的兩個小時的工資。阿廣和老闆爭執起來，想起老闆兒子的尿布等問題，他又來火了，把手上那一疊盤子高高舉起，從頭頂上朝地下一扔，「啪」地一聲，那白色的盤子就像在地下開了一朵花。一塊塊碎片如同刺在老闆心上，小老闆賭咒發誓不再用大陸來的中國人。這次摔盤子的聲音，成了阿廣告別唐人街飯館的最後的回聲。

對於光頭老闆喬治，阿廣另有一套看法，這傢夥雖說也是一個不大不小的老闆，但不像那些唐人街飯店裡那些拚命幹活的小老闆，可以說喬治從來不幹活，混在店裡吃好的喝好的抽好的，瞧見漂亮的小娘們從門前走過，「哇，漂亮。」他大聲歡呼，和夥計說長道短。如果漂亮女人踏進店裡，他表現得更加殷勤，嘴巴甜得像蜂蜜，還有就是和店裡的女招待調情，一口一個親愛的，蜜人兒。不過喬治最怕的也是女人，那就是他的老婆。據說開辦這家「岩石搖滾」的資金來源於他老婆，他老婆是聖凱特地區的一個黑幫頭子的女兒。對付光頭老闆最靈的一招，就是在他和其他女人套近乎的時候，在他耳邊說一聲：「喬治，你老婆來了。」他馬上慌了手腳，六神無主。看來，喬治在別人眼裡是老闆，在他老婆那兒是夥計。不過，在聖凱特的幾條街上，喬治有一批哥們，經常來飯店裡捧場，增添了不少生意。

2

謝妮娜明天來澳洲。

老謝明天還要上班，也不願意請一天假，再說他現在也沒有汽車，把汽車還給了阿廣。老謝算計了一下，以後是兩張嘴吃飯，多掙點錢是硬道理。

他把以前說過的，在飛機場和謝妮娜接吻擁抱的事情早就忘到了腦後。

阿廣上中班，白天沒事，而且阿廣還有那輛破車，不讓他去飛機場玩一圈，還能讓誰去？阿廣以前經常聽老謝吹噓妮娜如何如何美麗漂亮，很願意去機場先睹為快。「不過，」阿廣提出一個問題，「我又不認識你老婆，你老婆也不認識我，我總不能在機場門口等著，每看見一個漂亮女人出來，就上去問，你是不是老謝的老婆？」

「這個容易，第一我老婆雖然叫妮娜，是中國女人，不是外國女人，這你不會看走眼吧？第二，謝妮娜三十幾歲，你只要觀測這個年齡段的女人，老太太小女孩你不用看了，男人也不用看，這你一定明白。第三，你瞧瞧這個，小心看花了眼。」這是老謝第一次拿出他老婆的照片，年輕的謝妮娜留著波浪捲長髮，一對水靈靈的大眼睛。

「讓我仔細看看，不看清楚，飛機場接不到你老婆，無法向你交代。」阿廣從老謝手上拿過照片。

「看清楚了吧，口水別流在照片上。我老婆到了你們廣東，肯定可以參加選美大賽。就是在我們北京城裡，也能算上一朵花。記得，我對你說起過，我和妮娜在積水潭公園裡談戀愛的事，那個聯防隊員的老小子說我們亂搞男女關係。後來我仔細琢磨過了，那老小子純粹是妒嫉，是心理變態，看見妮娜長得太漂亮，就和我過不去。」

「是啊，我也要問一下，這麼漂亮的姑娘，怎麼就被你老謝糟蹋了？」阿廣還拿著照片又問：「對了，這是她現在的照片嗎？」

「不是，是十年前的，她和我戀愛的時候，為了讓我每時每刻都能看見她的形象，特意去照相館照了這張藝術照。」

「十年，人會有變化。一不留神，讓她從我眼前溜過去了怎麼辦？老謝，我看你還是請一天假，和我一起去機場吧。」

「請一天假，得少掙七八十元錢，七八十元錢買吃的，能買一大堆呢。最近，我買電視機買家具，大把地花錢，存款快見底了。我老婆來了，我不多掙一點錢行嗎？哎呀，還要我這麼和你解釋，你就代勞一次吧，要不明天去機場的汽油費我來出。」

「老謝，你這是看不起我，你是我的兄弟，兄弟為大哥做點事是應該的，還算什麼汽油錢。」阿廣終於把照片還給老謝，「你知道我的意思，我是怕接不到嫂子，誤了大事。」

老謝把照片小心翼翼地放進皮夾，想想阿廣說得也對。他就去找了一塊木板，後面敲上一根木棍，在木板上糊上一張白紙，在白紙上寫上幾個中文大字：「歡迎美麗的謝妮娜。」他把這塊招牌交到阿廣手上，「這行了吧。你在機場出口處一舉，還怕我老婆瞧不見嗎？我老婆眼神好著呢，不然，也不會一眼就看中我。」

第二天上午，阿廣駕駛著破車去接老謝的老婆。

就像老謝預料的，謝妮娜在機場出口處，一眼就看到了那塊「歡迎美麗的謝妮娜」的招牌，不過招牌下不是老謝。謝妮娜上前和阿廣交談幾句後，知道老謝還在上班沒來接她，就有點不高興。說好了老謝要在機場和她接吻擁抱，眼下，她又不能和老謝的這位朋友接吻擁抱。謝妮娜看了阿廣一眼，看出阿廣雖然剃了一個光頭，但比老謝年輕，也比老謝時髦。因為現在國內也流行剃光頭。

阿廣推著行李車，又瞧了謝妮娜又一眼，認為謝妮娜並沒有老謝吹噓的那樣美麗，那張照片上的臉蛋和真人間有一定的距離，也許那是藝術照片的效果。

一路上，謝妮娜看見澳洲的藍天白雲，說：「澳洲的天氣真好，空氣透明，好舒服。怪不得老謝想在這裡待下去，不願意回國。」

「是啊，空氣是不錯，不過幹活也挺辛苦。比如你們家老謝，在國內是動嘴皮子的，白領階層。在這裡就不得不幹體力活了，每天穿著破T恤衫去上班，連領子也沒有。」這也是阿廣對國外的生活的體會，「瞧，你來了他還在雞廠割雞大腿，捨不得請一天假。」

謝妮娜問「為什麼呀？」阿光感到她說話的聲音特別好聽，回答道：「當然是為了錢，為了一塊澳幣能兌換六元人民幣。」

3

阿廣把謝妮娜接回家後，馬上趕去飯店上班。

「岩石飯店」除了打洞打洞的音樂節奏外，第二個特色，就是在飯店裡那道沒有粉刷過的磚牆上貼滿聖凱特地區各式各樣的廣告：交響樂、芭蕾舞、搖滾樂、夜總會、青年之友俱樂部、同性戀俱樂部、換妻俱樂部……什麼樣的娛樂資訊都能在這道磚牆上找到。不過，阿廣走近這道磚牆時，洗碗碟的感覺就浮上心頭。今天在這些廣告中間，還醒目地貼著一幅本店的廣告：「岩石搖滾在本周末的晚上要舉行燭光之夜的派對。」阿廣知道，這是光頭老闆吸引顧客的招數，每個月都要點一次蠟燭。如果光頭老闆站在店堂中間，腦袋上點上火，肯定是一支特別耀眼的蠟燭。阿廣想到這兒，摸了摸自己的光頭。

尖嘴猴腮的廚師勒利也理了一個光頭，他瞧見阿廣一踏進廚房，特意看了看手錶，好像自己升級變成了老闆，擺出一副盛氣淩人的樣子，指著堆滿水池的碗碟說：「喂，你先把這些幹了。幹完後，再來向我請示。」

在這家飯館裡，和阿廣最過不去的就是這個廚師勒利，一上班，就將阿廣指使得團團轉，不讓阿廣有一分鐘停歇。為此，阿廣也和他頂撞過幾次，他就告發到老闆那兒。光頭老闆喬治雖然流裡流氣，但誰賣力誰偷懶他還是看在眼裡的，以前那些洋人廚房幫工手腳慢不說，三天兩頭請假，有的幹了幾個小時，嫌這活太累，一甩手就走人了，搞得喬治經常找不到人洗碗碟。自從阿廣來了以後，這份工作就穩定下來。阿廣不但洗碗洗碟手腳勤快，削菜切肉都是一把好手，他幹這一行不是一年兩年了，說句實話，要不是語言障礙，阿廣做出幾個菜，手藝肯定比勒利強多了。喬治曾經當著阿廣的面，伸出大拇指，誇他是廚房幫工中的第一名。

但勒利一瞧見阿廣，就要擺出一副大廚的樣子，自己坐在後院裡休息抽煙，讓阿廣幹活，還一會兒叫嚷著阿廣給他端咖啡，他一天要在飯店裡喝八杯不花錢的咖啡。雖然阿廣在咖啡裡面吐一口濃痰再端上去，瞧那傢夥照樣喝得香噴噴的，阿廣一點辦法也沒有了，總不能把咖啡端進廁所裡灑幾滴尿再端出來，再說阿廣手裡也沒有什麼蒙汗藥之類，也不能告訴那傢夥咖啡裡有名堂。

阿廣把一堆小山似的碗碟盤洗完了，中間還替勒利端了二次咖啡，又洗了幾十個鐵鍋，把水池邊搞乾淨了，也去外邊點上一支煙。阿廣還沒有吸上兩口，勒利跑了出來，剛才他喝了咖啡抽了煙，精神十足，對阿廣大吼道：「你他媽的在這裡幹什麼？我記得我對你說過，洗完碗碟就來找我，他媽的懶鬼，你快進去幹活，裡面有一大堆活要幹。」

「我把煙抽完了再進去。」阿廣晃了晃手上的香煙。

「我說是馬上進去，你聽清楚了沒有？馬上！」勒利用手指著門口。

「我操你的馬上。你能抽煙喝咖啡，我就不能吸上幾口？」阿廣繼續抽煙。

勒利蹬蹬跑去找喬治。

不一會，兩個人一起走來，喬治手上拿著勒利寫給他的單子，單子上寫著洗菜切肉剝洋蔥做餡餅等一大堆雜活。喬治把單子給阿廣，說：「這些活，你今天必須幹完。」說完轉身就走了。

在人屋簷下，不得不低頭。阿廣只能走進屋去幹活。勒利還在一邊指手畫腳。阿廣氣得發抖，真想他媽的再摔一次盤子，不過，勒利又不是老闆，他才不管你摔破多少盤子呢。阿廣又聽見外面老闆喬治的歡叫聲，那傢夥肯定是看見了街上走過了漂亮女人。

阿廣的心越發悲傷，他一邊在水池邊洗東西，一邊唱起了起來：「娘啊——，兒死後，你要把兒埋葬在山崗上，將兒的墳墓向著東方……」反正這裡也沒有人能聽懂阿廣在唱什麼洪湖赤衛隊。阿廣想起了在中國的老娘，父親在他很小的時候就得病去世了，是母親把他和兄妹幾個拉拔大的，他苦悶的時候就想到老娘。阿廣現在的心情就好像自己被關在敵人大牢裡，他繼續唱道：「娘啊——，兒死後，你要把兒埋葬在大路旁，將兒的墳墓向著東方……」這首「娘啊，兒死後——」是阿廣的保留歌曲，而且只是在飯店的廚房裡唱，只要心情不好，他嘴巴一張，歌詞曲調就從喉嚨裡滾出來。

「你們中國人唱歌怎麼像鬼叫一樣。」勒利把一袋土豆扔在阿廣面前：「別唱了，先把這袋土豆皮削了，我等著急用，快點幹。」

阿廣白了他一眼，看來這傢夥真以為我好欺負，一直想在我面前充大爺，不給他點顏色瞧瞧，不知道麻黃爺三隻眼，以前，阿廣在唐人街和老鬼等幾個黑道人物打過交道，這次阿廣回到澳洲，沒有和那些人來往過，再說請那些傢夥出場，花幾百塊喝酒錢是最起碼的。於是，阿廣又想到了住在一起的老謝和大陳，阿廣最後放開喉嚨唱了一句：「我要看天下的勞苦群眾得解放。」

阿廣回家已經很晚，大陳還在廳裡看電視。老謝剛和老婆團聚，還在興奮勁上，也沒有睡覺。阿廣把老謝從屋子裡叫出來，把自己的事情對老謝和大陳一說。老謝說：「沒問題，兄弟的事就是我的事。辦這種事我有經驗，不瞞你說，我和老黑就做過一次，讓那個麵包店林老闆吃了一點小苦頭。」大陳摩拳擦掌，說是不是要把那個勒利做了，卸胳膊卸腿也沒問題。

阿廣說：「這個勒利，給他點顏色瞧瞧就行了，別把事情搞大，我還要在岩石飯店裡混飯吃呢。」

「這我知道，明天，我和大陳合計合計。」老謝又回屋子裡去和妮娜親熱了。

兩天後的一個夜晚。老謝和大陳站在「岩石搖滾」飯店斜對面的電線杆子的後面。老謝是細高個，大陳是大胖身材，兩人臉上一人一副墨鏡。這大黑天，要不是街上的燈光明亮，戴著墨鏡，肯定是兩眼一抹黑，別人走過他倆身旁，以為他倆在玩酷。

上次，老謝和索羅門一起，在半夜三更和林老闆玩了一場遊戲。這回不同，是在熱鬧的聖凱特大街上，說句實話，老謝還是有一點害怕，老謝又不是黑社會的老吃老做這一行。好在老謝戴著墨鏡，別人也看不出他的臉色。他為了使自己鎮定下來，點上「魂飛爾」牌香煙，吐出煙的時候他感覺到自己的腿有點抖，他索性將那條細腿抖動起來，嘴裡哼著小調。

大陳的胖身材靠在電線杆上，也點上了煙，他也是第一次玩這種遊戲，他問老謝：「這事能行嗎？」老謝說：「你是不是害怕了？」大陳說：「我怕什麼，殺人放火我也敢？我是站累了，瞧，快十一點了，這個岩石搖滾搖到什麼時候才關門？」

十二點的時候，老謝和大陳才瞧見對面的「岩石搖滾」飯店熄滅了燈，也關閉了「打洞打洞」的聲音。天上飄下了小雨，街上已經沒有什麼行人了。

阿廣跟在勒利的屁股後面出了門，他倆是最後離店的人。

阿廣尾隨著勒利走向街對面，那個勒利剛走到電線杆旁，兩個戴墨鏡的人走出來攔在他前面。老謝粗聲粗氣地用英語問道：「喂，你就是那個勒利？」

雖然聖凱特街上還是燈火通明，但瞧不見行人，冷不防遇見這兩個戴墨鏡的傢夥，勒利還是嚇了一大跳，他慌忙回答：「哦，我不是，我是，我是勒利，你們找我有什麼事？」

「哼，什麼事？我知道你是在對面岩石搖滾飯店裡混的，以後，你小心一點。」老謝將香煙蒂在手中狠勁一捏，「發根他媽，小心點，懂嗎？」

「小心你的腿。」大陳用怪腔怪調補充了一句，把香煙屁股朝地上一扔，狠狠踩了一腳。

瘦猴勒利不知道自己得罪了誰，慌忙走開。就在這時候，阿廣跟了上去，對驚恐不安的勒利說：「剛才那兩個人你認識嗎？」勒利搖搖頭：「我他媽的也不知得罪了誰，你說他們會不會來追殺我，你和我一起走，不要離開我。」

阿廣暗笑，又問道：「你知道中國的三口組嗎？」

「三口組，我不知道。我只聽說過日本有個黑社會組織叫山口組。很厲害，你說會不會是他們找上了我？我可沒有欠他們的錢啊。」勒利驚魂未定。

阿廣給自己點上煙，說：「中國的三口組比日本的山口組厲害多了，日本山口組一般的手段，都是割下仇人的一根手指。如果你少了一根手指，還能幹活。中國的三口組的手法不同，一般的手段是，敲斷仇人的一條腿。如果以後你給我找麻煩，也許那個三口組也會給你的那條腿找麻煩。」說罷，阿廣大搖大擺地走開了，肚子裡還得意地說：「這老謝大陳和我，不就是三口組嗎？」

勒利站著那兒發愣，他想去報警，但警察要問證據，他去哪兒拿證據呢？他的腿還沒有被敲斷，以後是不是會敲斷就難說了。兩個戴墨鏡的亞洲人早就不見了，很可能過幾天還會來找他。阿廣這個混蛋，只要說什麼也不知道，誰也找不到他把柄。那我怎麼辦？勒利感到頭皮一陣一陣地發麻，臉上虛汗也冒出來了。

4

第二天，阿廣踏進飯店。勒利瞧見了阿廣走進廚房，就上前來打招呼：「哈羅，廣，你好嗎？」阿廣愛理不理地回答：「不壞。」他瞧見水池邊的碗碟比平時少了許多。

阿廣一會兒就把東西洗完了，他走到後院裡點上一支香煙。剛吸了兩口，又見勒利走了出來，手上端著兩杯咖啡，說：「廣，今天活不多，先喝一杯咖啡吧，我在你這杯裡面放了一勺糖，夠不夠？」阿廣在肚子裡說：「不要在裡面吐一口痰就行了。他媽的，昨夜的這一招還真管用，今天好像我和這小子換了位置。」

阿廣品著咖啡，感覺不出咖啡裡有其他內容，就放心地喝下去了。喝完咖啡，他走進店堂，瞧見女招待瑪利亞肩挎著小昆包走進來，就招呼道：「你好，瑪麗亞，今天你看上去很漂亮。」

瑪利亞滿臉笑容，「是嗎？廣，今天你的光頭也非常英俊。」她又開玩笑地說：「I love you。」

「I love you more。」阿廣也馬上來一句我更愛你。

瑪利亞身材小巧，是阿廣最喜歡的小鬼妹，棕色的頭髮，一對會說話的眼睛在鵝蛋臉上活溜溜地轉，石磨藍牛仔褲緊包著豐滿的小屁股，讓阿廣產生了太多的遐想。這小鬼妹能不能算是阿廣心目中的未來對象，阿廣自己也說不清楚。阿廣喜歡瑪利亞的天真活潑，不過按中國男人的標準，這小鬼妹也太活潑了，何況瑪利亞喜歡吃甜食，阿廣聽上一代人說，女人喜歡吃鹹食才能養兒子，那麼將來瑪利亞是否能養兒子就成了問題，阿廣的想法是要一個將來能做警察局長的兒子。

瑪利亞經常問阿廣討香煙抽，她的工資也不知道花到哪兒去了。兩個人說話時，雖然有說有笑，但阿廣的英語水準有限，也就是那幾句日常用語，無法和瑪利亞進行心靈溝通，這使阿廣頗感遺憾，所以阿廣經常向瑪利亞討教幾句英語。有時候，阿廣瞧見光頭老闆喬治和瑪利亞調情，就產生一股兒酸溜溜的感覺，就想大叫一聲：「喬治，你老婆來了。」

今晚的生意特別好，成千上百個碗碟在阿廣的手上流動，在洗碗機裡面吐進吐出，阿廣的手腳快了，玩得轉。

在廚房進入店堂的門口，邊上有一個放碗碟的架子，招待們將碗碟收來，阿廣拿進去洗。在這個架子的另一邊，放著一張雙人沙發，一對戀人兒坐在那兒，一會兒喝酒，一會兒接吻。每當阿廣來這邊取碗碟時，就能聽到那男的說：「甜心，我愛你。」那女的說：「我更愛你。」這是阿廣已經第十次聽到這兩句話了。於是，阿廣的眼睛就在店堂裡掃來掃去，搜索瑪麗亞的身影。瑪利亞穿著坦肩露背又露肚臍眼的緊身衣，小屁股一蹶一蹶地走過來，對阿廣嫣然一笑，阿廣真比吃了霜淇淋還舒服。

就在這個時候，那個打洞打洞的音樂嘎然而止，不知誰換上了一張流行歌曲的唱片，一位女歌手使勁地唱著：「愛我，使用我……」這歌詞正合阿廣的心意，阿廣想，如果小鬼妹瑪利亞能讓他愛一下，再使用一下，那就太舒服了，太成功了。

不一會，光頭老闆喬治進來宣佈，廚房九點鐘關閉，不做飯菜了，九點以後，店裡進行舞會，只賣酒水飲料，廚房裡的人們大聲歡呼。

九點一到，店堂裡的燈光被調成一片昏黃色，周圍都點上一支支蠟燭，桌椅都被移到四周，中間空出一塊場地。這時候。店堂裡湧進了大批人，喬治的那幫哥們全來了，光腦袋的，頭髮理成雞冠型的，眼圈塗成一片漆黑的，穿著奇裝異服的紅男綠女，紛紛踏進店門。給阿廣的感覺是，聖凱特街頭的小流氓全到齊了，今晚，一定是牛鬼蛇神，群魔亂舞的場面。

隨著「打洞打洞——」的音樂節奏轟然而起，紅男綠女全手舞足蹈地扭動起來。喬治手上提著葡萄酒杯一扭一扭踏入舞場中間，他那個光頭在燈光下一閃一閃，也像一個在晃動的電燈泡。勒利像猴子似地跟在喬治背後，一邊走路一邊揮動雙手，那雙手就像是在抓桃子，可惜他的光頭太小，照上去的亮度不夠。那昏暗的光亮中，牆上各式各樣的怪影子一跳一跳。

阿廣瞧見沙發上的那對情人也坐不住了，結束了甜心和接吻的節目，雙雙從沙發那邊扭向中間。在阿廣的眼裡，瑪麗亞扭動的姿態最動人，她雖然不像其他鬼妹那樣身材高大，但她身材勻稱，該凸的地方凸，該凹的地方凹，兩個小波扣在緊身衣中像要跳出來，前面露著肚臍眼，後面蹶著豐滿的小屁股，一扭一扭，煞是好看。阿廣看得兩眼發直，情不自禁地也扭動起來，現在廚房裡的人都去扭屁股快活了，唯有阿廣還有工作要做，他還要洗不斷送過來的酒杯。阿廣扭動著屁股洗著酒杯，但他感覺到自己扭得不像那些鬼佬鬼妹鬼婆扭得自然，好像那些洋人的身材和屁股天生就是為了扭動，扭得夠勁，扭得夠帥，我輩自歎不如。

燭光之夜派對在淩晨三點結束，那些喝得醉醺醺的人搖搖晃晃踏出門去，有的勾肩搭背，有的被人架著，有的朝著天空直吼。阿廣的想法是：牛鬼蛇神散場了。今夜他比平時多幹了三個小時，能多拿三個小時的錢。

阿廣把一切收拾停當，最後一個離開「岩石搖滾」飯店。今天，在這個飯店裡，他是沒有喝過酒的人，臨走前，阿廣伸手從酒吧裡拿了兩小瓶啤酒塞進口袋。店裡有規定，每位工作人員每天能喝一小瓶啤酒或飲料。阿廣之所以拿兩瓶，有兩個原因，一是因為阿廣也喜歡喝啤酒，二是阿廣認為這樣做比較對得起老闆，將來阿廣不在這兒幹活了，回想起「岩石搖滾」，回想起喬治老闆，就能想到老闆每天請他喝兩瓶啤酒。這和他想起的那位經常講尿布的小老闆就會有所不同。

「岩石搖滾」消失了，霓虹燈閃爍的街道也消失了，阿廣漫步在聖凱特海灘邊的道路上。海潮在靜寂的夜色裡發出喧囂，海上的月亮躲到了黑雲背後，只留下一片黯淡模糊的星光，路上既無行人也無車輛。

阿廣走入停車場，昏暗的停車場上只有最後一輛車——就是阿廣那輛破車。阿廣剛走近自己的車，車後走出一個上了年紀的洋女人，臉上的化妝像戲臺上似的，身上一股兒濃重的粉香味，她對阿廣嘰哩咕嚕地說了一大通，阿廣沒有全聽懂，但明白了她的意思。一到晚上八九點，這個停車場裡就會出現拉客的妓女，這是一個沒有拉到客人的老妓女，她想咬住阿廣這個最後一位顧客，阿廣連忙搖頭鑽進自己的破車。

當阿廣的車駛出停車場時，只聽見後面那個老妓女沙啞地叫了一聲：「Who fucking me？」（誰來操我）

這時候，阿廣的心頭感到一抽，頓時一股兒涼意襲上心來，剛才酒會上轟轟烈烈的歡鬧景象眨眼間全消失了。他踩住剎車，跳下車，快步走到那個老妓女面前，從口袋裡摸出那兩瓶啤酒，朝她前面的地下一放，轉手返回了車裡。他的那輛破車鑽進了聖凱特海灘的黯淡的夜色之中。

十八、謝妮娜的煩惱

1

謝妮娜在這破房子裡住了沒幾天，就和老謝鬧彆扭了。起因是，老謝每天都要上班，大陳和阿廣也要去上班。謝妮娜從這間屋子走到那間屋子，從前廳走到後面的廚房，包括衛生間洗衣間儲藏東西的小屋子，她都不止觀看了十幾次了，再從屋子走到後花園，花園裡的每一棵樹木和花卉也都仔細觀摩過了，又從後花園走到前花園，走來走去，沒有人和她講話。前面的街上有樹木有草坪，就是見不到人。謝妮娜在門口待了兩個多小時，就差對著那棵大樹說話了，這時候門前走來一個牽著小狗的老太太，對謝妮娜哈囉一聲，然後嘰哩呱啦地說了許多話，顯然洋老太太也是閒著沒話找話，可惜謝妮娜一句也聽不懂，洋老太太只能笑笑走開了。這幾天，謝妮娜沒人說話，實在是憋死了，要知道她從小就是一個愛說話愛唱歌的女人，總不能對著空屋子說話，對著沒人的大街唱歌，謝妮娜的情緒一落千丈。

下午，老謝下班回家，累得朝破沙發上一躺，謝妮娜就和老謝鬧了起來，她說老謝已經把她在中國涼了五年多，現在她剛來澳洲，又把她涼在一邊，是不是老謝外面有女人？老謝說天地良心，我現在只有你一個，他還讓阿廣和大陳出場做證明。

「你心裡根本沒有我，哪有老婆第一天來澳大利亞，老公也不來飛機場迎接的。」謝妮娜這輩子都記著老謝沒有來機場和她接吻擁抱的事，她繼續說道：「還有，你天天上班，也不知道請幾天假陪我出去玩玩。第三，你在床上是怎麼了，老使不上勁。」

「我想過了，以後我要買一輛十萬元的四輪驅動的寶馬吉普車，帶著你環澳旅遊，你想周遊世界也行。但前提是，必須掙夠錢，你說是不是？

現在掙錢是最重要的，請一天假就是少掙八十元錢，請幾天假就是少掙幾百元，幾百元澳幣能換幾千人民幣，這個帳你算過沒有？不掙錢我們怎麼走上發財致富的陽光大道？」老謝想通過算經濟賬，給謝妮娜講清楚大道理。

謝妮娜說：「就憑你那把拆雞小刀，還能發財致富？你就吹吧。」

「這也說不準，這叫勞動致富。我就聽說過一對夫婦，都是拆雞高手，每天掙工分比別人多一倍還不止，錢掙海了，在澳洲買了八幢房子。」老謝一想，自己肯定達不到這種高指標，就說：「另外還有一條發財的途徑，『抬死駱駝』的彩票，我每星期都買。在移民局大牢裡，我錯過了一次機會，這事還沒有給你細說過。估計我還會中大獎？如果中了獎，以後不用幹活了，我天天陪著你。想吃什麼喝什麼，你儘管開口。我陪你上月亮也行，對了，你不是說過，你的這輩子的夢想是去歐洲旅遊，咱倆就去歐洲，中午在倫敦吃大餐，晚上飛巴黎，去聽歌劇茶花女，記得你年輕時候，我借給你那本小說茶花女，你看了就流眼淚。這會讓你流個痛快。」老謝對妮娜連哄帶騙。

「我現在也不老啊，就是你不行了，你怎麼會不行了呢？是不是洋婆子玩得太多了。」謝妮娜還是不相信老謝。

對於這一點，老謝有口難辯。那是謝妮娜來的第一個晚上，老謝高高興興地爬在妮娜的身上，上面雄心勃勃，可是下面不爭氣，那玩意兒還沒有使勁就早泄了，後來幾個晚上，老謝不是早泄就是不舉，總不能把這件快樂的事情做圓滿。不快樂就變成了煩惱，妮娜埋怨道：「你才四十歲，我才三十三，我們還沒有孩子呢，你可不能成了縮頭烏龜。」

「我分析總結過了，主要原因是長時間沒有性生活，人的這方面器官功能就會衰退，如果我老不說話，嘴巴的功能也會退化。再打個比方，雞有翅膀，長期不用，就不會飛了。現在你來了就好了，我能在你的幫助下，在床上慢慢地恢復這方面的功能，在沙發上也行。這裡的住房條件好，屋子大，不用偷偷摸摸，有點聲音也不用害怕，只要玩得歡暢。我們還可以去借幾盤色情錄影帶，這兒看黃帶不犯法，我倆一邊看一邊學，一邊做，學以致用。過不了多少時間，我肯定能夠很快恢復功能，交給你一份滿意的答卷。」老謝總結出了這個頗有說服力的理由。

「誰和你一邊看一邊學，你那兩下子，還沒使上勁就垮下來。你身體垮了，我怎麼辦？」謝妮娜說這話時臉也紅起來。

「以後，我們可以天天喝雞骨頭湯，慢慢調理，相信我一定能給夠恢復當年的雄風，到時候，你別吃不消。」老謝握起拳頭保證。

「你哪來雄風，當年也就是馬馬虎虎的那幾下子。」謝妮娜在老謝的那個地方抓了一把。

當晚，老謝在想，早知道這樣，還不如像大陳那樣，經常去按摩院玩玩，也許自己的功能不會退化得這麼快，如今自己好像從人倒退到周口店猿人了。不過，經常去按摩院享受小姐服務，得花老鼻子錢。老謝偶爾去一次，回家還要在肚子裡盤算半天，每次高消費所花的錢能買幾條煙，能買幾條魚，買多少公斤雞翅膀，付幾周房租？在這種問題上一思考，此刻老謝的腦子裡又浮起阿媚和蘇海倫的臉蛋，老謝又轉眼瞧一下老婆的臉蛋，這時候，他有點心虛，害怕謝妮娜看出他腦子裡的另外兩個女人的臉蛋。謝妮娜沒有透視眼，當然看不出老謝腦子裡的東西，不過老謝的表情有點奇怪。老謝連忙轉過臉打起呼嚕，明天一清早，他還要去上班呢。

床上，謝妮娜沒有再對老謝提出要求，她也轉過臉想自己的事情，想起離開祖國首都北京時，開著小車送她去飛機場的小馬。

小馬當年和謝妮娜在一個服裝廠裡工作，小馬是廠裡的團支部書記。謝妮娜因為嗓音好，從製衣車間裡抽調到廠廣播室做臨時播音員。小馬有事沒事的都要朝廣播室裡鑽，說是給妮娜做思想工作，要發展她為共青團員。廠裡人都說，他是想發展謝妮娜成為他老婆。可是，小馬的膽子沒有老謝大，老謝和謝妮娜在一起的時候，瞧見周圍沒人，伸出手來就在她身上亂摸，經常把妮娜摸得軟綿綿的。小馬只會說話沒有行動，團支部書記考慮到影響，還經常要說幾句大道理，又不敢伸出手來摸她。因此，謝妮娜沒有被小馬討便宜的感覺，也沒有吃虧的感覺，所以也不想從小馬那兒得到點什麼，總之一句話就是沒有感覺。

感覺這東西太奇怪了，她對小馬就是無法產生出對老謝那種感覺。此刻謝妮娜想，那時候自己怎麼會鬼迷心竅的看上了老謝，怎麼就沒有和小馬摩擦出火花？老謝有哪一方面比小馬好呢？

不過謝妮娜當時並沒有這麼想過。這是以後，她和小馬之間也發生了一些事情。

老謝去了澳大利亞。謝妮娜工作的服裝廠，因為效益不好，工人們都下崗回家，最後連廠房也拆了，地盤被香港來的大老闆造高樓蓋大廈了。團支部書記小馬也不知去向了，聽說是去深圳倒賣洋酒了。

謝妮娜在家沒事可幹，她年紀輕輕總要找點事情做。老謝赴澳後，寄回家兩筆錢，第一筆錢，還了老謝去澳洲時的借款。寄來的第二筆錢時，老謝父親把這筆錢交給謝妮娜，說她現在沒有工作，各個國營工廠慘不忍睹，到處都在虧停並轉，如今想正正經經地找一份工作太難了。連老謝父親的那家街道小廠也被私人老闆承包了，幸好老謝的父母早已退休，退休金由國家統一支付。老謝的父親感歎道：「這年頭，共產黨還想不想領導工人階級？」儘管老謝父親脫了右派帽子，坐上副廠長的位置時也不是黨員，而且這輩子他都是黨外群眾。老謝父親還認為，如果毛主席他老人家還活著，如今人人都該戴右派帽子，只有他戴不上。老謝父親對妮娜說：「你丈夫一時半會也不會回國，你可以拿著這筆錢做個小生意什麼的。就像對門的那兩口子，賣牛仔褲賣冰糖葫蘆都行，先渡過困難時期。等以後謝常家在國外掙了大錢，你們小兩口日子就好過了。」

謝妮娜住在老謝家裡，老謝的妹妹謝飛燕在師範大學畢業後，也和老謝同行，在中學做老師，不過她是正牌的大學畢業生，以後嫁了一個北京大學的講師，養了一個女兒。她和老公工作都很忙，聽說她老公正在撰寫升副教授的論文。謝妮娜想，當初自己嫁進謝家門，也認為老謝是一個頗有情趣的文化人。如今，老謝從澳洲來信說，他在一個什麼宰牛廠，幹推牛皮的活計，這個廠每天要殺上千頭牛。謝妮娜搞不明白牛皮為什麼要推，這事到底是真是假，她也不明白老謝把牛皮朝什麼方向吹。老謝在國內能說會道的，為什麼就不能在國外也混成個文化人呢？

老謝的父母現在在家帶著謝飛燕的女兒。謝妮娜知道老謝父母的退休金也沒有幾個錢，自己靠在兩個老人身上也不是個事兒。不過，老謝父親出的餿主意也不怎麼樣，大概是嫌她在家裡吃閒飯。現在她一個三十歲剛出頭的女人家能做什麼生意？那些擺小食攤，販小商品的活計都是外地來的鄉巴佬幹的，又苦又髒，讓她這個北京姐們擺攤也太掉價了。她得合計合計，找一個能掙錢也不太辛苦的事情。她就這樣高不攀地不就的在家裡等掙錢的好事兒來臨，沒有想到這樣的好事真的飛來了。

那年頭，股票的風潮從南方傳到了北京城裡，謝妮娜就拿出老謝寄來的那筆錢做股票，開始的時候謝妮娜也弄不懂買什麼類的股票，瞎貓抓死耗子，買了不少股票認購券，沒想到一下子就抓住了，掙了十幾萬元錢，比老謝從國外寄來的錢還多。謝妮娜更看不懂了，認為這股票掙錢太容易了。謝妮娜去股票交易所取錢時，營業員對她說，你的挎包太小了。謝妮娜回家換了一個大背包。營業員把錢塞進她的包裡，她左瞧右看，大廳裡人多眼雜，好像背後人人都在盯著她，她也不敢自己再數一遍，急匆匆跑出大廳叫了一輛計程車就把自己和那包錢一起拉回家裡。

進門後，她也沒有和老謝父母說起這件事，走進自己屋子，鎖上門拉上窗簾，她怕桌子不夠大，在床上放一塊床單，背包一抖，錢倒在床單上。哇，謝妮娜這輩子也沒有見到過這麼多錢，能買多少吃的喝的？以前，她和老謝工作多年，工資加起來也沒有這麼多。她一疊一疊地數錢，數也數不過來，手也數酸了，手指沾口水不衛生，她又倒一杯水放在邊上，數幾張票子沾一下水，數了好幾遍，總算數清楚了。

就在這時候，老謝的國際長途打來了，婆婆敲門叫她去接電話。謝妮娜打開門時，婆婆瞧見床上一大堆錢，差點昏過去。媳婦是不是去搶銀行了，不會吧，好像她沒有這個膽量。是不是老謝不在，她用女人的身體去賺那些不乾淨的錢，可是也不會一下子掙這麼多錢啊？婆婆擔驚受怕地去找老謝的父親說事兒。

在長途電話裡，老謝說，十分想念愛妻謝妮娜。妮娜得意地說：「你也不用想念了，直接回來吧。你在國外推牛皮太累，吹牛皮也累。我做股票掙的錢比你在國外街上撿洋錢還容易。」這話讓老謝感到有點失面子，我這個大男人錢沒有女人掙得多，我在國外沒有她在國內掙得多，妮娜說在國內做股票掙錢比在國外街上撿錢還容易。老謝不但想不通，對此抱有極大的懷疑。電話費太貴，老謝讓妮娜在信裡具體說明。

老謝接到家裡來信，知道謝妮娜真的做股票賺到了大錢。於是，老謝又產生了一個想法，早知道這樣，我也不出國了，留在國內做股票，憑我的智商，肯定是在謝妮娜之上，還不是大把大把地摟錢。鬼使神差，我怎麼會來到了南半球澳大利亞，現在是進退兩難，在國外還沒有混出名堂，回國對家人無法交代，和胡同裡的那幫哥們也侃不出什麼名堂，吹噓自己在這兒推牛皮而不是吹牛皮，肯定會讓那幫小子笑掉大牙。他們又沒有來過澳大利亞，不瞭解中國人在外國的生存狀況。現在還是看看情況再說。從此以後，老謝把推牛皮掙來的錢攢起來，不再寄錢回家去。

2

謝妮娜的股票越買越多，錢越掙越多，再也不會把整包的錢背回家去，做在床上數錢的傻事。如今只需要在小卡上轉來轉去，看看數目字就行了。她眼界也越來越高，買了新款時裝，用上高級化妝品，進出叫計程車。每天挎著名牌小皮包坐進股票交易所的大戶室，點上長長的綠摩爾香煙，吐一口涼絲絲的白煙，感覺自己像個商界女強人了。她還想，怪不得老謝和那些臭男人們都喜歡抽煙，原來抽煙能產生一種感覺。

為了尋找感覺，謝妮娜和另幾個做股票的姐們，經常去交易所對面的夢島咖啡屋坐坐，談論股票，說巴黎時裝義大利皮鞋法國化妝品等，有了錢不就是為了享受生活嗎？當然也免不了說女人和男人之間的話題，說這種話題最來勁了。其中的一位姐們已經買了一輛小汽車，她說是情人作為生日禮物送給她的，她對謝妮娜說，你男人在國外，你怎麼不找一個男朋友填空檔，要不要我給你介紹一個大腕？謝妮娜說，這不大好吧。那姐們說，有什麼不好的，都什麼年頭了，你還為老公守節。你能知道你老公在外國就怎麼老實？謝妮娜想，是啊，老謝可不是一個老實人。如果他不老實，我是否需要老實呢？

老謝的父母瞧見謝妮娜走進走出時，踩著咯咯響的高跟鞋，身上飄出一股兒香水味，就越發不安，認為掙這個錢不靠譜。老謝的父親旁敲側擊地對她說：「隔壁大院裡老張家的兒子去了美國，他媳婦又和別人好上了，還不止一個男朋友呢，做了許多對不起老張家的事情。唉，這年頭……」

謝妮娜說：「我可太對得起謝常家了。瞧，我現在掙的錢比他還多，吃穿花費全是自己掙的，還能補貼家用。爸，你不會認為，我每天站在胡同口賣冰糖葫蘆才是對得起你們吧？」最後一句話把老謝父親說得噎住了。

這時候，謝妮娜認為自己在老謝家裡地位是至高無上的，連那個嫁給副教授的謝飛燕也應該比她低一個檔次。謝妮娜打算再做上一筆大的，就買一輛紅色的Nissan小汽車，車型她也看好了。這年頭北京城裡買車的主越來越多了，買了車，謝妮娜就能感覺到自己進入款姐的行列。

就在謝妮娜發起衝鋒時，股市由牛轉熊，車買不成了，反而虧了一輛車的錢。一年之中，她從大戶室被請到中戶室，再從中戶室被請出來，回到那個亂哄哄的大廳，也就是她當初做股票起步時的地方。她卡上的金額，數目後面的一個一個0字也在消失。在這過程中，她也想過，跳出這個玩錢的魔圈，可是太難了，股市就像是一個漩渦，把她越捲越深。最後，她把老謝寄來的那筆錢也投入進去，血本無歸。

謝妮娜很傷心，很後悔，時裝放進衣櫃裡，那雙細高跟皮鞋踢進床底下，高級化妝品也不買了，最後幾支綠摩爾煙抽完了，再也不用去夢島咖啡屋尋找感覺了，整天躲在家裡，吃飯的時候還要看著兩個老人的臉。而且這種失敗的事兒還不能和老謝說。也就在這個時候，遠在澳大利亞的老謝也一下子失去了音訊，既不來長途電話，也沒有來信。當然，那時候，謝妮娜不會想到老謝被逮進移民局大牢裡去了。她甚至懷疑，是不是老謝的父母把她做股票虧了血本的消息告訴了老謝，老謝一生氣，故意製造出這種失蹤情況的來報復她。

那天，謝妮娜在大街上巧遇小馬。小馬精神抖擻，剛從一輛黑色的Nissan小汽車裡鑽出來。謝妮娜本來看中的也是這種Nissan車型，不過她喜歡那種玫瑰紅色的，現在紅色綠色的夢想全都從眼前飄散了。小馬這幾年搞得不錯，做洋酒發了點小財，已經把老婆從深圳帶過來了，現在準備在北京開一家專門經銷洋酒的公司，也不用天南海北地瞎跑了。他還說，幸好工廠倒閉，讓他脫出身來下海經商，才有了今天的成就，要不，他還在廠裡做團支部書記，給女青年做思想工作呢。說到這兒。他頗有意味地朝謝妮娜笑了笑，又說：「也說不定，我現在已經做了黨委書記了，就讓你做黨委秘書」

「我是下崗女工一個，還能做黨委秘書？」謝妮娜可笑不出來，她也差點發了財，可能那時候掙錢的速度比小馬還快呢，如果按當時牛氣沖天的速度發下去，她現在應該是百萬富翁了，可惜啊，她在股海裡游了一圈，如同做了一場夢，醒來後又回到原地踏步，還是一個徹頭徹尾的下崗女工。而站在她面前的小馬，黑西裝紅領帶，腳下皮鞋錚亮，已經是什麼洋酒公司的總經理了。

小馬說要請客，就把謝妮娜請到了夢島咖啡館裡。咖啡館對面就是那家股票交易所，謝妮娜的小調羹在咖啡杯裡轉，兩眼從落地大窗裡望出去，瞧見對面交易所的石頭臺階上，仍然是人來人往，她甚至看見了那個讓她找情人的姐們，她情不自禁地感歎道：「真是人生如夢。」於是就把自已做股票失敗的事情告訴了小馬。

「失敗是成功之母。一個人在人生的道路上，都會遇到幾次挫折，關鍵是如何面對挫折，面對失敗。有的人摔了一跤再也站不起來，於是，他的人生就完了。有的人摔了一跤，爬起來，不怕腳疼，穿上皮鞋繼續朝前走，最後總會走出一條像樣的路，甚至走出一條輝煌的路……」小馬侃侃而談，給謝妮娜講了不少人生的道理，好像又恢復了以前團支部書記的本色。謝妮娜聽了有些感動，已經很長時間沒有人給她講這些大道理了。她鼻子一酸，一顆眼淚掉進了咖啡杯裡，小馬連忙把潔白的手絹遞過來，說：「你不是有一個在國外的丈夫嗎，他現在的情況怎麼樣？」

「好久沒有他的音訊了。」謝妮娜擦著眼淚越發傷心，一副楚楚動人的模樣。

小馬就轉到謝妮娜這邊的沙發上說：「是啊，他人在國外，也無法時時刻刻關心你。不過，他不在，還有我呢，我會關心你的。要不這樣，你現在在家也沒有什麼事，到我這兒來幫幫忙。」

「我能幫你什麼忙？」謝妮娜停止了流淚，白手帕抓在手心裡。

「我的波爾多紅酒進出口公司剛開張，正缺少人手，這樣吧，你來我這兒，做我的辦公室秘書。」小馬說著抓住了謝妮娜握手帕的手，謝妮娜沒有把手縮回來，她感覺到手上有一份溫暖傳進了心裡。

謝妮娜回家後，把高跟鞋從床底下的撿出來，蹬上高跟鞋，準備不怕摔跤，繼續走上坎坷不平的人生道路。衣櫃裡的時裝雖然是去年的流行式樣，今年穿上也不算太過時，她在大衣櫃的玻璃鏡前面一站，瞧見鏡子裡面的女人亭亭玉立，那張臉上又有了希望；以前留下的化妝品和香水還有一些，她花了兩個小時整裝打扮，又恢復了昔日的光彩。謝妮娜走出院子時，咯咯的皮鞋聲驚動了老謝的父親，身上又飄出了一股香水味，老謝父親有點奇怪，問她是不是還要去股票交易所上班？她說，去波爾多上班。

老謝的父親聽不懂波爾多是什麼意思，他聽說過，那些怪裡怪氣的洋名字都是什麼酒吧夜總會，女人到那兒去工作，沒有一個是乾淨的。老謝父親氣急敗壞，他對老太婆說：「毛主席的時候，女人怎麼可以去做這種事情。女人都是正正派派的，不愛紅裝愛武裝，你年輕的時候還擔任過基幹民兵，玩過刺刀槍。現在的女人幹的都是啥玩藝兒？」

但是如今媳婦股票上輸了一大筆錢，有氣沒處出，和家裡人也有了隔閡，很少和他們兩個老人說話。他也不敢多問謝妮娜一句，就一個人去外面打聽。隔壁院裡的老張頭說，夜總會裡的女人都是白天睡覺，夜裡上班，女人和男人的那些勾當都是在夜裡做的。

可是，謝妮娜每天都是白天去上班的，雖然有時候回來的晚一些，也就是九、十點鍾，不過很少回家吃飯。老謝父親更摸不著頭腦了。他就打電話給女兒，讓謝飛燕一定要去打聽明白，這波爾多到底是什麼單位。

幾天後，謝飛燕把情況摸清楚了，說「波爾多」是一家新開張的洋酒進出口公司，那個總經理姓馬，好像以前和謝妮娜是單位同事，還做過服裝廠的團支部書記。

「這不就是革命同志相互幫忙吧？」老謝父親放下心來。過幾天，他又故意問謝妮娜：「聽人說，喝紅葡萄酒對老人的心臟有好處。你在公司裡幹什麼差事，能不能買幾瓶便宜的葡萄酒。」謝妮娜回答：「我在公司裡做秘書。我們公司的酒都是很貴的進口貨。你想喝幾元錢一瓶的酒，還是去胡同口劉麻子的小酒店。」

以後，謝妮娜身上又多出了些洋裡洋氣的裝飾品，頭頸裡掛的，頭髮上插的，耳朵上戴的，讓謝妮娜更增添了幾分洋氣。這些貴重的裝飾品都是國外公司把酒賣給波爾多時贈送給總經理小馬的禮品，小馬挑幾件好看的給謝妮娜，差一點的拿回家哄老婆。波爾多洋酒公司總共只有十幾個職員，上班的時候，大家就在幾間辦公室裡進進出出，總經理小馬和女秘書謝妮娜整天黏在一起，如今名正言順。有一次，一位職員走進經理辦公室，謝妮娜抬腿走出去，小馬臉上還留著口紅印。

公司裡的人對這種事早就見怪不怪，還說，如今經理和女秘書沒有事兒，還能成為經理和秘書嗎？大家都下班了，他倆還在辦公室裡工作，謝妮娜晚回家的時候，小馬也肯定回家很遲。有時候，他倆晚上加班到十一、二點鍾，小馬開車把謝妮娜送回家。單位裡有想像力的人偷偷地說，只要馬總和謝秘一加班，第二天肯定能看到經理辦公室那張雙人沙發陷下去幾公分。

不久以後，這些緋聞傳開了，也傳到了老謝的妹妹謝飛燕的耳朵裡，她聽說，他們經常一起喝咖啡，一起陪客戶吃飯喝酒，這也好像是經理和秘書的份內工作。後來，他倆還一起去深圳出差，一起住高級酒店。當然，誰也說不清楚他倆是否住一個房間，睡一張床上。

謝飛燕不敢把這些事去告訴了兩位老人。兩位老人因為一直沒有老謝的消息，正在發愁，謝常家難道把中國的家全忘記了。老謝父親對老太婆說：「以前有句話，叫一年土，二年洋，三年不認爹和娘。謝常家這小子，出去三四年，肯定是人變了，說不定外面有了女人。不寄錢來，也不給家裡一點音訊，這小子太絕了。我們兩個老的，也活了大半輩子了，就當白養了這個兒子，可憐人家謝妮娜，也不能這樣不明不白地守下去等著他。」於是，兩位老人對媳婦越發關心。

而謝妮娜就怕他們太關心自己，她已經把老謝拋到了腦後，丈夫沒有音訊也好，她既不關心也不打聽，她對老謝父母說：「老謝在澳大利亞，誰能管得住他做什麼？」其實她心裡說的是，你們也不要來管我做什麼。這時候，謝妮娜的心裡裝滿了小馬，裝滿了偷情的快樂。

不久，那些風言風語同樣也傳到了小馬的老婆耳裡，小馬當初能在深圳經商立腳，全靠這個深圳老婆和她家裡人的關係，如今小馬的生意在北京，仍然是少不了深圳那邊的關係。有一次，小馬的老婆拉著三歲的孩子吵到單位裡來，把謝妮娜辦公桌上的東西全掀到了地下，要謝妮娜滾蛋，弄得小馬很沒有面子。小馬給老婆做了許多思想工作，並且保證晚上八點前回家，上班時候每隔兩個小時給家裡打一個電話。這樣總算保住了謝妮娜的工作位置，但兩人的交往收斂了許多，隱秘了許多。

那天，在上班的時候，小馬就把謝妮娜帶到了一家卡拉OK的包房裡，一邊喝洋酒一邊對謝妮娜說：「我知道，你對我的感情是真的，我對你的感情也是真的，我倆在播種愛情的種子，但是風霜雨雪扼殺了種子的開花結果。在這個世界上，大部分愛情的種子只能在土地下面發芽，鑽出土地以後是沒有什麼結果的。愛情只有過程，在過程中感受到愛情感受到幸福感受到快樂。這就叫只求耕耘，不問收穫……」謝妮娜對於她和小馬的這種關係，從開始到現在還有將來，都沒有冷靜下來想過，只是朦朧地企盼著什麼，也許她本來是想有點什麼收穫。這會兒她聽出了小馬話裡面的意思，其實就是一句話，他不會離開他老婆，和謝妮娜結婚成家。再說謝妮娜也是有夫之婦。謝妮娜在小馬的懷抱裡，又流出了眼淚，她給小馬唱了那首歌〈恰似你的溫柔〉，小馬也舉著話筒一起唱起來……那次兩人都喝了不少杯被稱為「巴黎之夜」的法國洋酒。

就在謝妮娜和小馬喝洋酒唱憂傷歌曲的時候。老謝從澳大利亞的土地裡一下子冒出來，給家裡打來了國際長途，當然關於他坐移民局大牢裡的事，一句也沒有透露。老謝的父親在長途電話裡第一句話就是：「我們以為你小子死在澳大利亞了。」老謝說：「我怎麼會死呢？我活得好好的，現在我已經混到了澳洲永久居留的身份，你和媽想不想來澳洲逛逛，我馬上可以替你們辦理。」老謝父親說：「有什麼好逛的，不就是一點資本主義的西洋鏡。你這個沒有良心的，快點把謝妮娜接到澳大利亞去，你媳婦在家守了五六年了。」老謝說：「我已經把材料都整好了，馬上寄來。」

謝妮娜知道小馬那兒不會有結果，也死了心。正好老謝那兒來了消息，她轉憂為喜。老謝在信裡說，澳大利亞是英語國家，讓謝妮娜學點英語。謝妮娜在外面的英語速成班裡報了名，每天早晨起來，也像以前的老謝一樣，在大院裡背英語單詞。鄰居說她要出國去做洋夫人了，她聽了心頭一喜，對澳大利亞充滿了憧憬，以前，老謝的來信裡也吹噓過不少澳大利亞的事情，謝妮娜在和小馬打得火熱時，把這些事情都忘了。現在她又把這些信翻出來，重溫舊夢。她的英語速成班還沒有結束，配偶團圓的簽證已經批下來。

小馬駕駛著剛換的賓士新車來送謝妮娜去飛機場。

老謝的父母也要去機場送，謝飛燕說你們年紀大了，送到到胡同口就行了。她瞧著謝妮娜和小馬，這兩個人的事她一直瞞著兩位老人，老謝那邊她也沒有透露半點風聲，她想只要謝妮娜一上飛機這事就算結束了，說了也沒有什麼意思，說白了對大家都沒有好處。

最後，把謝妮娜送上飛機的只有小馬一個人。小馬握著謝妮娜的手，含情脈脈地說：「不知道咱倆什麼時候還能相見？」謝妮娜說：「不知道。」

在飛機場外，小馬瞧著爬上天空的飛機，感歎道：「黃鶴一去不復返。」

3

謝妮娜來澳洲後，因為沒有人說話，閒得發慌，天天和老謝鬧事。這讓老謝思考到一個問題，老婆也是一個人，不是一件東西，不能隨隨便便地扔在一旁。他還想過，在分開的五六年裡，謝妮娜在北京的生活到底是一個什麼模樣，他也不十分清楚。老爸老媽在長途電話裡說不清楚，妹妹謝飛燕也支支吾吾地不說清楚，說不定謝妮娜真有點說不清楚的事情。這些疑問，老謝也無法從謝妮娜那裡問清楚，就是問清楚了又能怎麼樣啊？再說老謝自己也有不少對謝妮娜說不清楚的事情，想想算了，現在又不搞階級鬥爭，非要把每個人的歷史查得一清二楚，就是老婆和老公之間也不能太認真。只有共產黨才最講認真兩字，老謝在中國的時候差一點混進黨內，缺的那一點就是老謝往往辦事不認真，得過且過，能混就混。

不久老謝打聽到一個消息，新移民都可以在政府安排的語言學校裡，學習五百一十個小時英語。他就替謝妮娜報了名，把她送進了移民學校。他對謝妮娜說：「當初我們來澳洲的時候，讀語言學校要交幾千元學費，害得我逃出西面佩斯的語言學校，躲進悉尼的牛廠推牛皮。徹底改變了我在澳洲的人生的道路。如果我讀書繼續讀下去，憑我的高智商，很可能現在已經拿到了博士學位了，找一個年薪五六萬的工作。也不用在這個小雞廠裡，整天和雞胸脯肉雞大腿肉打交道。瞧我現在下班回來都是一股雞腥味。」

「你的意思是不是讓我在這裡考大學讀博士然後掙大錢。」謝妮娜心想自己也不是一塊讀書的料。

「希望是希望，現實是現實，再說你的腦袋瓜肯定不如我的大腦。我說話的意思是給你憶苦思甜，澳洲政府對你們這些新移民都好，讀書不花錢，這些權益都是我們老一代留學生經過長期的鬥爭為你們爭取來的。」老謝至今還沒有把自己坐大牢的事情說出來，怕謝妮娜被嚇著。

「你們還好意思說自己是留學生？連個英語學校也沒有讀完。以前人家留洋回國，不是工程師就是專家。人家周總理鄧小平從法國留學回來，都成為國家領導人了。你什麼時候能混出個模樣？」謝妮娜的一句話就把老謝噎住了，把老謝這幾年在海外混日子的成果否定了。

老謝只能說：「時代不一樣了，時代不一樣了。」

十九、老謝買車買房子

1

謝妮娜在移民學校學了一些東西，對澳洲社會有了瞭解。澳洲地廣人稀，在街上瞧不見人。可家家戶戶都有汽車，汽車滿大街的跑。那天她就對老謝提出了一個問題：「人家全是小車進進出出，你來了這麼多年，怎麼破車也沒有一輛？」

老謝說：「我也有過車的時候，這不，阿廣從南非回來，我就把車給他。」

妮娜問：「這車到底是你的還是阿廣的？」

「這輛車最早是阿廣開的，不對，他買來的時候也是二手貨，這車都有十七八年的車齡了，說不定已經換了好幾個車主。後來老黑索羅門開了一年，以後我又用了一年……」老謝支支吾吾不說清楚，但他心裡明白，這車是一定要買的，老婆這邊糊弄不過去。

老謝在街上，走過車輛商店，從落地玻璃窗裡看進去，那些新車都要幾萬元一輛，甚至十幾萬元一輛，老謝當然買不起，連店門也不敢踏進去。老謝就請阿廣當參謀出主意。阿廣開著破車，載著老謝跑了幾個二手車大賣場，看了成千上百輛舊車，都看花了眼。阿廣說：「你就別挑了，挑來挑去都比我這輛破車好。買車你自己得有個主意，你打算花多少錢，買什麼車型的車？」

最後，老謝花五千元買了一輛有十年車齡的Nissan車，因為謝妮娜說過，她喜歡Nissan車。

Nissan車買回來後，他就帶著謝妮娜出去兜風，他得意地對老婆說：「我們現在是有車階層了，瞧這輛車多帶勁。讓國內的那些哥們知道，我老謝已經有了自己的車，還不讓他們羨慕死。」

謝妮娜說：「現在北京城裡有車的主越來越多，人家買的都是新車，Nissan都已經換成賓士了。」

老謝問她是哪位哥們這麼牛氣。謝妮娜差點說出了小馬的名字，就閉上嘴巴不說話了。老謝以為謝妮娜還不滿意，還想鬧什麼彆扭，就說：「我們這是比上不足，比下有餘。你看這輛 Nissan 車比阿廣的那輛破福特如何，他那輛破車的車齡都快二十年了，晚上一個車燈亮，一個車燈不亮，排氣管裡發出的聲音能把整條街都震動了，就差沒有被警察盯上了。」

以後，每到周末，老謝就駕車帶著謝妮娜出去在墨爾本附近轉悠，伯萊特海灘聖凱特海灘，丹寧農山脈全都逛遍了，雖然花了不少汽油錢，但是為了討老婆喜歡，也是沒有辦法的辦法。不過，老謝在遊山玩水中也頗有感觸，他說來到澳大利亞這麼多年只知道掙錢，也不知道出門走走，瞧瞧澳洲的山水風景。情緒一上來，老謝還會來幾句中國古詩，「前不見故人，後不見來者，念天地之悠悠，獨蒼然而涕下。」

「這裡是在澳洲的土地上，你別瞎流眼淚鼻涕。」謝妮娜心情好的時候，就問老謝還想不想吃以前喜歡吃的炒豆子？他們跑了好幾家商店，也找不到那種豆子。

老謝在電視廣告裡看到，澳大利亞的玉米棒一咬就能咬出一口水，水從樓上一直掉到樓下。他們買了幾個，回家煮熟了，一咬還真是這麼一回事，謝妮娜也說咬在嘴裡甜津津的真好吃，比炒豆子好吃好幾倍。於是，老謝和謝妮娜都愛上了吃玉米棒，開車出去轉悠的時候就帶幾個煮好的玉米棒。謝妮娜在吃玉米棒的時候就想，在北京的時候，跟著情人去酒店飯館咖啡屋跳舞廳；在澳大利亞裡，跟著老公在山水間瞎轉悠啃玉米棒，都快成熊瞎子了。這是出國呢還是到鄉下來了？

沒過多久，老謝從朋友那兒得到一個消息，有一個製衣廠的老闆有一批衣服要外發加工。老謝就問老婆想不想掙點錢？謝妮娜當然想掙錢，她太想掙錢了，來澳洲半年了，每天吃穿都在老公身上，她也知道老謝的脾氣，每花一個錢都要算計一下，因此也不好意思問老謝多拿零花錢。而且她已經把做股票賠本的事也告訴了老謝。雖然老謝嘴裡說沒事，心裡肯定肉疼，所以她感到欠老謝一些東西。

在周末的露天市場上，老謝和謝妮娜挑到了一架二十元錢的「姐妹牌」縫紉機。老謝高興地說：「太便宜了。」謝妮娜說：「姐妹牌縫紉機還是世界名牌，這我知道，以前我在服裝廠裡用過。」

謝妮娜語言學校也不去了，出勤率再高也拿不到錢，這和當年老謝一心想掙錢的態度差不多。區別是當年老謝讀英語還要交學費。現在謝妮娜雖然不用交學費，但她不是一塊讀書的料，三天打魚兩天曬網。聽說五百一十個小時移民英語沒有讀完，今年不讀，可以放在明年讀。謝妮娜說：「掙錢要緊。」

謝妮娜雖然在國內服裝廠做過幾年，但一會兒被調去廣播室，一會兒去辦公室幫忙，在車間裡沒有好好地幹過活。因此在這裡一上手，幹活的動作很慢，這裡的加工活也是計件制，和老謝在雞廠裡掙工分的意思差不多，謝妮娜掙不了幾個錢。

老謝下班回來，就在邊上幫忙。他倆的屋子裡和外面的廳室裡，到處都堆放著布料。老謝把布料遞上去時就說：「聽說有幾個從國內來的三八紅旗手，在這兒踩縫紉機掙工分，一周能掙八百元，比我掙的還多，我拆雞一周才掙到五百元錢。」

「你這是什麼意思，嫌我幹得慢，我又不是三八紅旗手。」謝妮娜從白天掙開眼睛，一直幹到晚上天黑，幹得眼睛也睜不開了，一星期掙的錢還不到二百元。有時候，她幹得暗暗掉淚，心想我在這兒做死做活幹什麼啊？想當初我做股票生意，一筆就能掙成千上萬。曾經滄海難為水，謝妮娜心裡產生了許多不平衡，接著感歎道。「在澳大利亞掙點錢真是不容易啊。」

周末，老謝再也不帶謝妮娜出去兜風了，他開車給她接貨送貨，還要採購一周的生活用品，燒飯煮菜全幹上了。老謝最拿手的是煮白菜，買回家十幾顆白菜，外面的白菜皮和胡蘿蔔餡和肉餡拌在一起做餃子餡，中間的白菜葉熬著吃，放幾片五花肉，一包油豆腐，一把粉絲，做成白菜粉絲湯，裡面最嫩的菜心炒肉絲。阿廣說：「老謝，你還挺會過日子的。」老謝說：「裡裡外外一把手，我都成了娘們，我……」

謝妮娜什麼也聽不見，只知道埋頭幹活。這座房子裡，電動縫紉機一天到晚響著。大陳坐在沙發裡看電視，「啰啰啰」的縫紉機聲音壓過了電視機裡的聲音。

2

老謝等人在這座舊房子裡住了將近一年，租用期即將到期。周末房東老太太牽著狗跑來說，下一年不和老謝訂合同了，她要把這套房子賣出去，讓老謝去外面找房子。

晚上，老謝在廳裡召開了會議，參加者有他老婆謝妮娜，阿廣和大陳。會議的議題是：討論皇冠街八十八號住戶今後的去向。老謝讓大家暢所欲言，務必討論出一個結果。

大陳第一個發言：「他媽的又要搬家了，我看到搬家有點害怕，來澳大利亞不到兩年，已經搬了兩次家了。老謝，反正我跟著你搬。不過，最好搬去的房子裡，不要有蟑螂，澳大利亞的小蟑螂太噁心了，連飯盒裡也爬進去。瞧我們這兒，搬來的時候，準備發動一場殲滅蟑螂的大戰。結果搬進來一看，一個蟑螂也沒有找到，這讓我太高興了。」

老謝點上香煙說：「你說的都是小兒科，我來到澳洲後，從西澳佩斯搬到悉尼邊上的黑鎮，又從那兒搬來墨爾本，每次搬家都是上千公里路。來到國外就得學會搬家，阿廣你說是不是？」

阿廣也點上香煙道：「你們都是唰唰水啦。我這六七年，從中國搬到澳大利亞，又從澳洲搬到以色列，從以色列搬到南非，從南非又搬回澳大利亞來了。每搬一次都是上萬公里，飛過太平洋，跨過印度洋。」

「是的，你是Number one，你搬家有經驗，你說說我們現在搬哪兒去，這回不用飛過太平洋，就在附近找找就行了。」老謝又給自己泡上茶。老婆謝妮娜說，不喜歡喝茶，喜歡喝可樂。

阿廣從冰箱裡拿出一罐可樂一瓶啤酒，可樂給謝妮娜，自己打開啤酒喝了一口說：「根據我這些年在世界上搬來搬去的經驗，總結出一條經驗，最好是什麼地方也不要搬。」

「為什麼？老謝不是經常教導我們，樹挪死，人挪活。」大陳也去冰箱裡拿了一瓶啤酒。

阿廣問：「你今天喝第幾瓶了？我每天從店裡拿回家兩瓶啤酒，一星期有十幾瓶了，怎麼冰箱裡老是只有兩瓶？」

老謝品了一口茶，說道：「我看過一本書，書名叫《生活在路上》，說我們這些奔走海外的中國人，一輩子都是生活在路上，海外遊子不遊來遊去還算什麼遊子？這本書充滿了生活的哲理，說到了我們這些遊子的心坎上，讓我的心感到顫抖。」

「你也別玩顫抖了，我那經驗也是在路上總結出來的。老是東奔西走，掙不到錢，就是掙到一點兒錢也攢不起來，都在路上花了。」阿廣深有體會地說：「老謝，你可以想想，我們掙錢最多是哪段時間？不就是有一份穩定的工作，安定地住在一個地方，不折騰不瞎搞，錢就攢起來了。」

老謝點點頭，「有道理太有道理了。什麼叫窮折騰，人一折騰就變窮。一個人是這樣，一個國家也是這樣，想當年老毛發動文化大革命，把國民經濟折騰到差點崩潰的地步。」

阿廣又說：「你等會兒再吹噓國民經濟，說說我們現在怎麼辦？難道你願意搬出皇冠街八十八號。」

老謝說：「那你的意思是什麼，不想搬家了，我們住大街上去？還是你去求那洋老太婆，別把房子賣掉，繼續租給我們？」

「第一，這兒的街名門牌號都很吉利，我們廣東人就喜歡大吉大利發大財，說不定這房子真會給我們帶來好運。第二，我們幾個人也住熟了，大家關係不錯。我住過不少地方，大家合住在一起，關係好的也不多。第三，這兒離我們上班的地方都不遠，交通方便，每天上下班能省下不少時間，省下的時間在單位里加點班，不就是多掙錢了。第四點，也是很重要的一點，雖然這房子舊了一點，但是房子舊，價格就便宜，你們說是不是？」阿廣說得頭頭是道。

「不得了了，阿廣你不得了了。」老謝對阿廣伸出大拇指道：「古人曰，士別三日，該當刮目相看。你那一二三四的發言水平都快趕上我老謝了。不過，最後一點我還是沒有搞清你的意思。」

「我的意思是能不搬最好不要搬。那個女房東不是要賣房子嗎？老謝你就把房子買下來。」

「買一套房子，哪要多少錢？」老謝嚇了一跳，「至少十幾二十萬，讓我去搶銀行啊？老黑說過，什麼事都能幹，搶銀行和販賣毒品的事不能幹。」

「誰讓你去搶銀行了？你現在有一個很優越的條件，我和大陳都沒有。你有了永久居留的身份，什麼叫永久居留，就是可以在澳大利亞永遠住下去，只要你不犯法，誰也不可以侵犯你的權益。你有什麼權益呢？太多了，你得好好地去學習學習，我這裡只講一條，你有買房子向銀行貸款的權益。」阿廣這才說到要點上。

「啊，你現在的水平肯定超過了我，絕對的，百分之百的。以前，你只知道什麼黑道白道的，也玩不出什麼花樣。如今你的套路太多了，一套又一套，我的腦子都快跟不上了，我要叫你老師了。」老謝聽了阿廣一席話，頓開茅塞，對阿廣連連作揖道，「你在世界上周遊了一圈，進步太快了，長見識了。早知道我也該去世界各地走一走。古人說得太對了，讀萬卷書，行萬里路。」

「老謝，你到底想不想買房子？」大陳打斷了老謝。

「我當然想，在澳大利亞有了自己的房子，人又上了一個檔次。不過，這是個大事情，得打聽打聽，合計合計。」老謝又問謝妮娜：「你是如何看待買房子的問題？」謝妮娜說：「有自己的房子當然好。」

事後，老謝和阿廣就去打聽買賣房子的詳情。最後的情況是這樣的，這套房子賣十八萬五千，老謝和洋老太太討價還價，跌了五千元，整數十八萬。老謝自己必須付首期一萬八千元，其他的錢由銀行貸款，三十年付清。

可是老謝和妮娜的帳戶上加起來只有一萬二千元錢。前一段時間買車，買家具等，老謝花掉了不少錢。老謝說，這掙錢再快也跟不上花錢快。買房還差六千元錢，阿廣和大陳一人掏三千元給老謝，算是預支一年的租金，解了老謝的燃眉之急。老謝又說：「現在已經不是掙錢快慢的問題，現在是每掙一筆錢都要朝那個大窟窿裡填，這可是一個無底洞啊。我已經把以後幾十年掙的錢都已經花了，除非我中了『抬死駱駝』彩票。」

房產證上，這套房子雖然已經寫在老謝和謝妮娜的名頭上，但他倆只是在簽字儀式上摸了一摸，老謝摸的時候，感覺到這房產證肯定比女人的身體還金貴。然後，這房產證就被銀行收去了，抵押在銀行的保險箱裡。

老謝再想摸也摸不到了。老謝就想起，以前在電影裡看到，共產黨給農民分土地時，貧苦農民捧著地契熱淚盈眶的樣子，老謝也明白了地主為什麼要咬牙切齒的道理。房產公司告訴老謝的這套房子已經有五十幾年的年齡，是第二次世界大戰後建造的，比老謝的年齡還要大十幾歲。這套房子雖然破舊了一些，但是破房子連著前後花園，有上千平方米的土地，花園裡的各種樹木有十幾棵。老謝不明白自己現在到底是地主還是農民？

我們知道，老謝以前下過鄉插過隊做過幾年農民，雖然插隊期間，他一會兒調去做小學教師，一會兒又不明不白地成了赤腳醫生，在田裡幹活的時間也不多，不過他總算是和土地打過交道。老謝想，後園草坪這麼大，是否把草地翻了可以種點瓜果蔬菜。謝妮娜說：「種玉米，這裡的玉門棒子好吃，一咬一口水。」

阿廣發言道：「聽說這裡種菜比買菜還貴，種子肥料都要花錢買，還要買許多種田的工具。」

「這我有辦法，菜籽可以托人從國內一些來，肥料嗎，你我拉屎拉尿都澆在土地裡，這是最好的有機肥料。」老謝倚老賣老地說，「我以前在農村幹過，這我比你們懂得多，有機肥料比化學肥料好，臭是臭了點，但是種出來的蔬菜營養好，沒有化學作用。你們瞧見沒有，在這兒的菜市場裡，這種蔬菜叫自然菜，這種自然菜要比普通的蔬菜貴好幾倍。」

大陳說：「我們家以前也是種地的，我老爸就是專門種蔬菜的，種菜很累的，菜秧子白天黑夜都要人伺候，天熱了要澆水，天冷了，要架起個塑膠薄膜盆。」

老謝說：「這也太麻煩了，我考慮的不夠周到。」

阿廣說：「是啊，你要是把院子裡搞得臭烘烘的，不就是當初我們想在院子裡掛牛雞巴一樣，隔壁鄰居肯定要去政府部門投訴。」

老謝說：「那我們不種菜了，我們養點活物總行吧？洋人家裡養狗養貓，我們養一群雞，養幾頭豬，這麼大的地方我看沒問題？」阿廣說：「你怎麼不養幾頭小牛，牛長大了，我宰牛，你推牛皮，我們都幹上老本行了。」老謝聽了哈哈大笑。

最後大家商量下來，什麼東西也不種。如果老謝和老婆有能力有精力有活力，還是多打工掙錢，盡快還清貸款，才能過上幸福的生活。

接下來的日子，老謝和謝妮娜兩個人就像開展勞動競賽，老謝在雞廠裡拚命幹活，一瞅見比較容易做的雞胸脯，搶上去一箱一箱地朝桌子上倒，他的不銹鋼桌上堆得像小山一樣。老闆王托尼在他背後說：「老謝，你不要搶這麼多，人家也要做啊，有飯大家吃。」老謝也不理他，只管自己「霍霍」地下刀。以前他幹活時，嘴上從不閒著，和一邊的大陳說三道四，再不然就是和另一邊王托尼的老婆說話。

王托尼的老婆已經下定決心自己掙錢養活自己，她對老謝說，「做老闆的老公都是靠不住的，說不定哪天就被哪個狐狸精拖去了。」老謝點頭稱是，說：「像我這樣的不做老闆的老公肯定是靠得住的，所以我老婆謝妮娜對我一百個放心。」這幾天老謝幹活時為了加快速度，一聲不吭。王托尼的老婆就問：「老謝，你怎麼成啞巴了？」老謝回答：「為了錢，為了House」。

如此賣力，老謝一周就能多掙七八十元錢。謝妮娜畢竟年輕，幹熟了，速度也跟上來了，每周沒日沒夜地幹，也能掙到三四百元了。老謝鼓勵她說，「照此速度發展下去，你的收入很快就會超過我。我們也能早幾年還清銀行貸款。」

於是，老謝又想到了「House」這個詞，這個詞真是太貼切了，用中文的讀音就是「耗死」，付了首期訂金以後，就得分期付銀行的貸款利息，為期三十年，那不就是耗到你死為止嗎？

謝妮娜說：「這樣幹下去，人會早死。」

老謝說：「對對，買了房子，不是耗死，就是早死，或者說是找死。人總是要死的，但死有輕重之分，有的重於泰山，有的輕於鴻毛。張思德白球恩為了人民利益而死，死得重於泰山，殺人放火搶銀行的人死了，死得輕於鴻毛。我們為了在國外買一幢房子而死，死得不輕不重。」謝妮娜說：「你這話我在哪裡聽說過？」老謝說：「這是老毛說的，有道理。」

3

就在老謝和謝妮娜為「耗死」努力奮鬥的時候，發生了一起意外事件。那天老謝在上班的時候，聽見樓上兩個老闆又吵起來，工人們都習以為常了，等待吵得厲害的時候，王托尼下樓來叫大夥開會評理，反正史蒂歇和王托尼之間的道理根本就無法評說清楚。樓上越吵越厲害，一反常態，王托尼沒有下樓來叫大家開會。老謝本來是會上樓去管閒事的，但他現在一心一意地掙錢，兩耳不聞任何聲音。大陳已經叫了他兩聲了，老謝一聲不啃，只管自己下刀，還是那邊王托尼的老婆說了一聲：「讓他們去吵吧，三天不吵，他們就難過。」

不對了，樓上已經不是罵人吵架的聲音，乒乒乓乓好像是摔東西打架的聲音。老謝叫一聲「不好，要出人命了。」扔下割雞刀就朝樓梯跑去，大陳和王托尼的老婆也跟在後面，其他工人也扔下手上的活，紛紛跑上樓梯。

上樓後，老謝第一個闖進辦公室，瞧見史蒂歇已經把王托尼壓在身下，拳頭一個勁地朝下面錘。王托尼的老婆見狀，嚷道：「你這個天殺的，敢打我老公。」衝上前一把揪住史蒂歇的衣服領子朝後拖，想把他從王托尼的身上拖下來，史蒂歇反手一拳，正打在王托尼老婆的臉上，她聲嘶力竭地叫了一聲，跑進後面的屋裡。老謝和其他人一起上去，費了好大勁才把把史蒂歇和王托尼拉開來。王托尼的老婆又從後面的屋裡衝出來，眼角上一塊青紫色，手裡拿著一把明晃晃的割雞刀，要來和史蒂歇拚命。大陳上前攔住她，奪下她手上的刀子。

史蒂歇和王托尼被工人各按在兩張辦公室的轉椅上，喘著大氣，王托尼手還按在腰上，顯然這個部位挨了好幾拳。這次兩位老闆為什麼升級到動武的地步，是有原因的。

史蒂歇老闆因為自己一直沒有拿到身份，窩著一肚子火。這個小雞廠裡，除了大陳因為來澳洲才一年多，不合乎申請條件，其他人都拿到了身份，連那個海南島來的沒有文化的小木匠，永久居留申請也批下來了。現在只有老闆史蒂歇因為打錯算盤沒有拿到身份，他已經給摩門教捐了好幾次錢，摩門教也沒有幫助他把移民身份搞定，所以史蒂歇在和那兩個傳教徒保羅和彼得糾纏不清時，就說了一些不尊敬主的話，他說：「我已經捐了一年多錢了，難道主是吃乾飯的，光拿我的錢，一點小小的恩惠也不給我。你去告訴你們主教，我史蒂歇對主很生氣。」現在兩位傳教徒瞧見史蒂歇就像遇到魔鬼，躲也來不及。

史蒂歇還在外面到處奔跑，搞身份，不但影響了工作，還因為花費大，經常要從帳上拿錢。王托尼因為要負擔老婆和情人兩個家庭，也需要多拿錢。因此，兩個人在分錢時，就很不高興了。

還有一件事無形之中成了導火線。史蒂歇把他的情人傑西卡的老公大傻介紹到雞廠裡來上班。大傻上班是三天打魚兩天曬網，想來就來，想走就走，口袋裡有了錢就不來上班，沒有錢再來廠裡混。且不說勞動紀律，他幹的活實在太差勁，雞肉拆不乾淨，雞骨頭上沾著肉，雞肉上夾著骨頭。王托尼對他說了好幾次也不頂用，客戶也來了投訴。這次大傻兩個星期沒有來上班，大家都以為他不幹了，那天，他突然又來了。王托尼生氣地對他說，你不用來上班了。

每次，史蒂歇去找傑西卡的時候，大傻都識相地躲到隔壁小屋裡。傑西卡當然對大傻這樣的老公沒有一點感情，嫁給他完全是為了身份。傑西卡很想把大傻一腳踹了，和史蒂歇結婚，但現在還做不到。根據移民條例規定，婚姻關係移民，必須滿兩年，傑西卡才能正式拿到身份。除非在這期間，女方受到男方的暴力虐待。傑西卡當然沒有受到過大傻的任何虐待，說她虐待大傻還差不多。史蒂歇因為沒有搞定身份心情很不好，在傑西卡的床上表現差勁，三下兩下就完事了。傑西卡摟著他說：「你也不用太著急。如果身份搞不定還有我呢。再過半年，我的兩年移民監已經坐滿了，到時候，我馬上和那個死鬼離婚，和你結婚，這樣你也可以走婚姻移民這條路。」

剛說到這裡，門砰地一下被踢開了，連門鎖也被踢掉了，可見這一腳用力之猛。大傻衝進來，手上舉著割雞刀。剛才大傻被趕到隔壁小屋裡去看電視，不知是電視節目裡什麼東西刺激了他，還是因為被雞廠趕走沒有地方掙錢了，使他很憤怒，他突然間犯傻了，衝進這間屋子裡。大聲嚷道：「發根，以後你再來找我的老婆，我把你拆成雞胸脯肉和雞大腿肉。」

史蒂歇和傑西卡還光著身子。傑西卡哧溜滑進被子，史蒂歇傻了眼，他從來沒有想到這個傻瓜膽敢和他較勁，嚇得一句話也說不出來。還好，大傻喊完了，好像也做完了，沒有馬上過來動刀子。史蒂歇穿上衣服溜之大吉。

史蒂歇認為自己和傑西卡的事也不是一天兩天了，大傻從不敢犯渾，是因為王托尼炒了大傻的魷魚，所以大傻鬧出這樣的事情。今天，史蒂歇在辦公室裡問王托尼拿錢，王托尼不給，史蒂歇又想起昨天被大傻趕出去的事，火從心底起，對王托尼破口大罵。王托尼也因為在這個廠裡，他幹的多，史蒂歇做的少，錢卻拿得不少，這回又被史蒂歇罵得狗血噴頭，也是惡從膽邊生，把辦公桌上的紙夾子朝史蒂歇扔去，扔在史蒂歇的臉上。史蒂歇滿臉通紅衝過來，一路上踢掉兩把椅子，把王托尼摔在地下。

老謝給兩位老闆又是敬煙又是倒茶又是勸說。可是，這次不起作用了，雙方都不肯妥協，都說這個廠再也辦不下去了。

兩個星期後，史蒂歇雞廠徹底倒閉了，老謝又失去了工作，大陳也沒有工作了。老謝在收拾刀具的時候對大陳說：「看見了沒有，這就叫城門失火，殃及池魚。真是發根他媽。」

4

失業了，老謝慌了神，每天要過日子，每周還要付房屋貸款，錢，錢，錢就像一條狗一樣緊盯在他屁股後面。謝妮娜車衣的加工活也不穩定，有訂單來就做，沒有訂單就停。再說，也不能指望謝妮娜一個人來承擔重任。老謝如同沒有頭蒼蠅，在外面到處亂碰亂撞找工作。有一家建築裝潢公司招人，老謝駕車帶著大陳一起去招聘，一路上還說：「這家公司要招十幾個人，我看這事准成，包在我身上。」結果是，雖然老謝能說會道，英語也比大陳好許多，那個經理瞧著老謝的腦袋搖搖頭，然後說：「你回家去等電話，如果有消息的話。」瞧見大陳年輕力壯，讓他明天就來上班。

老謝知道自己沒戲了，回到家裡悶悶不樂，抽了好幾根煙。謝妮娜揮手驅散著煙霧說：「你把我做的衣服都熏了。你再抽，我也抽，把家裡的錢都抽完。」老謝說：「又不是抽大麻海洛因。我才停工幾天啊？」

阿廣下班回家，對老謝說：「我聽說我們隔壁的法國飯店『紅玫瑰』在招洗碗工，你有沒有興趣？不會認為洗碗工檔次太低吧。」

「法國飯店檔次不低，我可以去試試。不知道怎麼去應聘，你認識那兒的老闆嗎？」老謝現在求之不得。

阿廣說：「就在我們岩石搖滾隔壁第三家，我們是藍房子，他們是紅房子，樓上樓下，比我們店有氣派。這條街上就數這兩家飯店最有名，『岩石搖滾』是現代派，『紅玫瑰』是古典色彩，聽說他們店的法國大師傅，做的菜很地道，價錢也貴，走高檔路線。比我們店瘦猴強勒利等幾個廚師做菜強多了，我們店走得是大眾化路線。」

老謝說：「我就喜歡高檔。你還沒有說去找誰呢？」

阿廣說：「你走進去找那個大堂經理胖子法朗士，就說是隔壁「岩石搖滾」的阿廣介紹來的。」

「聽你那口氣好像你已經是聖凱特街上的大佬了，我這份工作是不是肯定能夠拿下？」老謝還是不放心。

「哪裡，哪裡，不過隔壁幾家飯館都知道岩石搖滾有一個中國人阿廣，我說的話還是有點分量的。如果你有廚房經驗，我推薦一下，就是十拿九穩了。」

老謝在移民局大牢裡幹過幾個月的廚房清潔工作，雖然那時候只有一元錢一小時工資。不過，這會兒他算是用上了。他去聖凱特的紅玫瑰一碰，就碰上了這份工作。試工的時候，那個胖法郎士瞧著老謝幹活時一副經驗人士的模樣，就讓他明天來上班。老謝肚子裡就說：「發根他媽，監獄是一所大學校。」

這個紅玫瑰飯店還真忙，一對一對的情人絡繹不絕，每張桌上都有一個花瓶，裡面插著一枝紅玫瑰。輕音樂飄逸在大廳裡，一股兒浪漫主義的色彩。廚房裡一點也不浪漫，幹活沒有停下來的時候，除了盤碟，各種大鍋小鍋湯鍋煎鍋炒鍋，讓老謝洗得不亦樂乎，上了一個星期班，周末還要加班。工資拿到手的時候，老謝把錢從黃色的紙袋裡倒出來一數，比他拆雞掙的錢還多，老謝頓時高興起來，在踩縫紉機的謝妮娜臉上吻了一下，謝妮娜幹得正歡還沒有回過神來，以為蒼蠅飛在臉上，抬手就拍。

二十、大陳搞假結婚

1

我們知道，老謝不但誠實可靠，而且為人熱情挺有俠義心腸。如今他已經是有車有房有身份。但他很關心他的兩位房客，認為自己有責任有義務為兩位兄弟的身份大事出謀劃策。

阿廣有自己的打算，他正在動店裡的小鬼妹瑪麗亞的腦筋，雖然他的英語比老謝差一些，但他以前就有過鬼妹女朋友，這方面他有經驗。最近，他和瑪麗亞打得火熱，不但供應給瑪麗亞魂飛爾香煙，還把他從以色列和南非等地帶來的風景明信片給瑪麗亞看，說將來要帶瑪麗亞去周遊世界。樂得瑪麗亞在他臉上熱吻。那個瘦猴廚師勒利瞧見，非常妒忌，心想這個中國小子英語也講不好，怎麼就能把瑪麗亞黏住了？但他現在對阿廣也沒有辦法，甚至對阿廣有點害怕，那個「三口組」的陰影還在他腦子裡搖晃。

大陳來澳大利亞商務考察的任務，轉換成掙錢的使命，掙不夠錢是不打算走人的。他掙了一年半載以後，認為像老謝那樣搞個身份也挺不錯的主意。老謝認為大陳產生這樣的想法很合理，是自然而然的。就像當年大批留學生鬧居留有著同樣深刻的意義。

如今澳洲的政客儘管還在大談人道主義，好像沒有什麼大赦的迹象。老謝說：「我剛來的時候是小霍，霍克，後來換成小基，基廷，如今又換上霍華德，不過還是小霍。」

阿廣插話說：「那時候的美國總統是老布希，現在總統剛換成他的兒子小布希。不過在你老謝的嘴裡，都是小布一塊。」

老謝說：「那是那是。這些背景材料應該讓大陳知道。輪輩分，我老謝是老字輩的，大陳是大字輩的，那些總統總理都是小字輩的。」阿廣問：「我阿廣應該放在哪一個輩分上？」

大陳問老謝什麼時候再來一次大赦？老謝說，「這我不知道，你應該去問小霍總理。」大陳認為等不到那個年頭了，又問老謝，還有什麼辦法可以居留在澳洲？老謝知道大陳不是擠在什麼金色冒險號船來澳洲的偷渡客，大陳是以中國福建晉江地區某個鄉村企業家的名義來澳洲商務考察的。不過，大陳也沒有什麼大學文憑博士頭銜工程師職稱之類，走技術移民這條路肯定行不通。辦投資移民需要五十萬澳幣，也就是三百多萬人民幣。大陳當然拿不出這筆錢，如果大陳能拿出這麼一大筆錢，他還在這兒每天累死累活的掙那些小錢幹什麼？老謝想了想說：「只有假結婚這一招了。」

此言一出，語驚四方，大陳心裡一動。雖然大陳才二十八歲，但他一點也沒有吐露過，他在農村結婚已經五年，女兒也有兩個。他聽老謝說過，根據澳大利亞的法律，夫妻分居一年，就可以視為離婚。那麼，大陳認為可以在這方面動動腦筋。

別誤以為老謝是一個專門搞違法亂紀營生的人。剛才說了老謝是一個老實人，只是老謝的觀念和別人有所不同，特別是和某些既得利益者有所不同。老謝認為有那麼一部分人，當年和他老謝一樣什麼都不是，或者說是黑民一個，如今永久居留或者是澳洲公民權混到手，於是像真的一樣，認為自己融入澳洲主流社會了，鸚鵡學舌，學著澳洲政客的模樣，今天指責船民，明天譴責黑民，後天攻擊難民。老謝和他們不一樣，老謝認為不管什麼船民黑民難民來的越多越好，管他媽什麼身份不身份。不管是黑種人黃種人紅種人還是白種人，大家都是人，是人就都想過好日子。中國不是有那麼一句話：「水往低處流，人往高處走。」哪裡能掙錢，哪裡能過好日子，人就往那裡走，這是歷史發展的規律，自然的法則。現在不是時興叫什麼地球村，村子裡的人串串門有什麼不可以。想當年，歐羅巴洲的人踏上美洲和澳洲的土地，也沒有聽說過什麼身份合法不合法，今天和以前為什麼就要採用雙重標準呢？

如果按照老謝的主張，地球上的國境線應該通通取消，全世界的護照應該全部燒掉。「那還得了，那不是製造天下大亂嗎？」有人斷言道：如果真是這樣，全世界的恐怖分子都到美國去趕廟會了，一個月不到，美利堅合眾國的大樓全給炸平了，星條旗也沒處掛了。照這種思路推理下去，老謝是不是恐怖分子就很難說清楚了，小布希總統是不是會把老謝的名字排在賓拉登前面也說不準。想當年老布希總統來中國訪問的時候，老謝就稱自己為老謝，老謝認為自己和小布希之間有老小之分，中間還隔著大字輩，即大陳那一輩。不過老謝還沒有像阿Q一樣，非要認為自己是老子，小布希是兒子。兒子怎麼可以說老子是恐怖分子。

當然老謝的這種想法是幼稚的不現實的和荒唐的。這種超前觀念是老謝關在維拉沃特拘留營的日日夜夜之中，苦思冥想出來的。就像悉達多在一棵菩提樹下悟出人生之真諦，然後成了釋迦牟尼，佛教始祖。老謝將來能不能成為一代宗主，這是後話。面對阿廣大陳和謝妮娜三位聽眾，老謝抬頭挺胸，兩眼炯炯發光，他莊嚴地宣告道：「今天，二十世紀的暮年，新世紀即將來到，船民難民一波一波的來臨，驚濤洶湧，氣勢磅礡，比上個世紀末如何？二十一世紀將是人口大流動的世紀，山不轉水轉，人不就是跟著轉嗎？今天的船民難民偷渡者只不過是山雨欲來風滿樓的那陣風而已。」老謝那姿態有點他當年在一個什麼文化班裡朗誦俄國作家高爾基的「海燕」，他振臂揮舞，「讓暴風雨來得更猛烈一些吧。全世界追求好日子的同胞們，等著瞧吧，傾盆大雨即將來臨。」

大陳拍手叫好。阿廣說：「老謝這話說得有水平，我愛聽。」

老謝的這番頗有氣度的演講中包含著政治經濟學，人口社會學，天文氣象學以至玄學等大道理，高屋建瓴，具有劃時代的意義。他認為自己面前的幾位聽眾的水準還比較有限，有些深刻的道理他們還不一定能琢磨出來，如果知音人士張傑克在場就好了，一定能夠體會其中之三味，一定會誇獎他老謝具有大家風範。這時候謝妮娜上來摸了摸老謝的額頭說：「你沒有發燒吧？」說著就去開動縫紉機，「哢哢哢」地響起來。

這話題扯到什麼地方去了？剛才是在討論「假結婚」這一命題。如果按照老謝的意思，把全世界的護照全都燒了，也就不用假結婚了，浪費男人們和女人們的多少感情多少眼淚和多少金錢。「當然，根據現實情況，假結婚還得搞。」老謝分析道：「你們瞧，澳洲街頭這麼多人，其中一半是女人，現在單身的娘們比街上穿來穿去的汽車還多，只要逮住一個，這事就成了。」

大陳說：「我現在也可以算是單身漢吧。真的假的我都無所謂。」

阿廣也認同這條道。他還去打聽了一番行情，說現在在亞裔人中間，假結婚的市場價是四至五萬澳幣。大陳打工攢起來的錢才一萬五六千元。老謝心腸雖好，錢都用在「耗死」上面了，也沒有餘錢借給大陳。阿廣說，自己也拿不出什麼大錢。這個世界常言說沒有錢是萬萬不行的，連他媽的雞模狗樣的假結婚也辦不成。

「有了！發根他媽。」老謝拍一下自己的大腿，他的眼前出現了一幕幕景象，於是提出一個既省錢又能搞假結婚的提議……

2

那天傍晚，華燈初上，阿廣的那輛破車載著老謝和大陳來到聖凱特街上。阿廣和老謝因為都在附近打工，所以對聖凱特的街區和各條馬路都很熟悉了。

大陳下車伊始，東瞧西望，他走了沒有幾步說：「上次我和老謝來這裡是沒有經驗，走東走西都找不到紅燈區，這條街也沒有走過。原來這裡沒有妓院，妓女都在這條街上拉客。你們瞧，那街口站著的那個就是妓女，還有街中間站著的那個，看她那打扮肯定是妓女，那邊還有一個，瞧她老是左顧右盼，不是妓女還能是誰？」阿廣說：「你沒有搞錯吧，以為大街上站著的全是妓女，上去瞎說，小心被洋妞搧耳光。」大陳說：「我英語不行，得讓老謝上去問問。」

老謝點上一支煙：「不著急，不著急，要慢慢觀察，不但人要看得準，還得有個青春模樣。人家大陳是個鑽石王老五，在家鄉晉江地區也能算上青春偶像，服裝廠裡追求他的女工妹子一大批，找新娘子總得找一個有幾分姿色的。」大陳連連點頭：「這話我愛聽，我又不是老光棍，我可不打算找一個老太婆。」阿廣說：「怎麼搞得像真的一樣。」

在老克勒街和小克勒街的拐角，終於有一位背著小坤包的女郎被老謝相中了：「瞧，這位怎麼樣？」

「我怎麼一點也看不出她是一個賣肉的，我看她像一位青春模特兒，老謝你別看走眼，那真要給人家搧耳光。」大陳瞧著那洋妹子亭亭玉立，心裡就有了幾分喜歡。

阿廣說：「大陳，你這就不懂了，做這種事的女人也各有各的打扮，有的就以這種打扮來勾引男人，主要看她們在街上所佔的位置，還要看她們轉來轉去的眼神，你還是讓老謝做媒吧。」

大陳說：「要是真能得到這位青春玉女，我是豔福不淺。」

「再看看，再看看。」老謝又發表了宏論：「沒有那個女人生下來就是做妓女的，有的是為生活所迫，有的是為金錢利益所趨使，這和平常人的生活動力也差不多。舉一個例子吧，我剛來時在語言學校讀書，老師是一個年輕的洋妹子，洋妹子上課很隨便，有啥說啥，也沒有什麼忌諱。大家談到紅燈區和妓女，那時候妓女的公開價格是六十元半個小時。一個學生和她開玩笑說，我給你一百元，你願不願意和我上床？女老師很認真地說：不行，如果你給我一千元錢，我可以考慮考慮。我的身價是一千元。這說明洋妹子對於做妓女的觀念和我們是不同的，她們認為女人的高低貴賤在於金錢的多少，而不在於妓女還是良家婦女的名詞區別。還有，她們把愛情和金錢分開，為金錢上床和為愛情上床也是不同的。這一點，我特別要和大陳說清楚，你現在找鬼妹子是為了身份而不是為了其他什麼，這你懂嗎？」

「我明白，你別說了。瞧那洋妹子會不會跟人走掉。」大陳看到那邊有一男人上來和那個洋妹子搭訕，著急了。

那個男人說了幾句又走開了。「大概價錢談不攏。」老謝說道，他和阿廣大陳走上前去，走近一看，這位女郎真是有幾分姿色，一頭批肩金髮，要臉蛋有臉蛋，要身材有身材，要青春有青春。瞧見三個亞洲男人走上來，她嫵媚地一笑。

老謝上前搭訕道：「你好，小姐。」女郎道：「你好，先生。」老謝說：「今天天氣不錯。」女郎說：「天氣不錯，你們不想玩玩嗎？」

老謝一本正經地說：「我們想和你談一件生意。」女郎說：「是的，我最喜歡做生意掙錢，你們是其中一個人和我做呢，還是三個人輪流和我做？」老謝知道她誤解了，連忙說：「小姐，我不是這個意思，我說的是另外一個意思，是一件大生意。」女郎問：「什麼大生意，不會讓我去金三角販賣海洛因吧？那裡太危險了。」老謝說：「你想錯了，這件生意沒有什麼風險，還能讓你掙一筆錢。」女郎問：「多少錢？」老謝說：「一萬五千塊錢左右吧。」

「哇」女郎興奮地叫起來，「親愛的，是什麼生意？」老謝問：「你還沒有結婚吧？」女郎說：「我為什麼要結婚？我這樣不是挺好的。」老謝把大陳推到前面說：「那就好，我們這兒的陳想和你結婚。」女郎說：「我不能結婚。」

老謝說：「不是真的結婚，不是愛情，這只是一件生意。他給你一筆錢，你倆辦一個結婚登記，不用住在一起。過一段時期，你們可以離婚，密斯脫陳只是想搞一個澳洲身份，你明白嗎？」女郎說：「我明白了，這我願意。不過，我從來沒有幹過這種生意，你們是否去移民局諮詢一下？」老謝說：「怎麼能夠去移民局，那不是自投羅網嗎？不過，去找一個移民代理來辦妥這件事還是可以的。」女郎笑嘻嘻地說：「找誰是你們的事，只要我能掙到錢就行了。」

老謝轉過頭對大陳說：「怎麼樣，這事已成了一半。」

大陳對老謝和這位女郎的對話，似懂非懂地聽懂了一些，他對老謝說：「趁熱打鐵，今晚，我們請她吃一頓飯，要下她的電話號碼和聯繫地址，接下來就可以去辦事。」

老謝又轉過頭去問女郎道：「小姐，請問你叫什麼名字？」女郎說：「我叫克莉絲汀。」老謝說：「我叫謝，他們都叫我L'ao謝。這位陳先生，就是你的未婚夫，他說今晚請你吃一頓飯。」

「晚餐。」克莉絲汀非常興奮，「你們是日本人還是越南人？」老謝說：「我們是中國人。」克莉絲汀說：「中國人太好了。」她好像真的準備嫁給一個中國男人，一邊嚷著，一邊就在未婚夫大陳的臉上親了一口。這個大陳就更熱火了。

3

「我們紅玫瑰餐廳好，走進門就彌漫著一股浪漫主義的味道，還沒有開吃，情人們已經醉了。我們那裡還有龍蝦湯，法國蝸牛，牡蠣拌色拉，都是法國名菜，檔次高。」老謝搶著對大陳介紹道。

「算了吧，你們店那個檔次我知道，又是紅酒又是玫瑰花，還要喝龍蝦湯，我們四個人進門，沒有八百一千元的下不來。」阿廣也會算計，

「我看還是我們岩石搖滾吧，最貴的菜也不超過三十元，酒和飲料也便宜。」

老謝想想阿廣說得在理，這次請客照理說應該是大陳摸口袋裡的皮夾子，但是現在還沒有說清楚，萬一每個人各自買單呢。太貴了對大家都不好。大陳更想找一家便宜一點的飯店。於是，大家就跟著阿廣去「岩石搖滾」飯店，走近門口就聽到了「打洞，打洞，」的音樂。克莉絲汀很高興，走進門時屁股扭動起來。

阿廣將各位帶到「岩石搖滾」來，也有阿廣的用意。阿廣的用意是讓老闆和同事們瞧一瞧，我阿廣不僅僅是在這兒幹活，我阿廣還來這兒消費，而且還帶著一幫人來消費，瞧這派頭，是不。

光頭老闆瞧見阿廣帶著幾個人一起進來，其中還有一個漂亮的金頭髮的娘們，很高興，把他們安排在一張靠窗的好桌子，拍拍阿廣的肩膀，就和克莉絲汀招呼道：「蜜人兒，你看上去非常漂亮，你是廣的女朋友吧？」

克莉絲汀指著大陳說：「我剛成為中國人陳的未婚妻，你瞧，我的未婚夫是不是非常英俊？」

「是的，是的。」光頭老闆走開了。

女招待瑪麗亞手上拿著小本子，嘴裡咬著口香糖走上前來，她朝阿廣身上一靠，親熱地問道：「親愛的，你們要來點什麼？」

老謝擺出一副紳士模樣說：「讓他們先點。」大陳說了一句剛學來的英語：「女士為先。」克莉絲汀也不客氣，現點了一瓶一百多元的紅酒，大概是「岩石搖滾」裡最貴的酒了，然後點了一份三十幾元的海鮮食品，老謝點了油炸雞翅膀加薯條，大陳看不懂菜單說來一份和老謝一模一樣的，他倆又各要了一杯啤酒。阿廣這時候想到了一個問題，自己把他們帶進店來，也沒有說清楚吃完了誰付帳，阿廣就有點猶豫，他只點了一份最便宜的義大利空心麵條加番茄醬，連啤酒和飲料也沒有點，他說：「這裡的飲料和啤酒我天天喝，喝得太多沒有味道。」

克莉絲汀也真能吃，喝了紅酒，吃完了海鮮大餐，還瞧著老謝碗裡的薯條，問老謝這裡的薯條好吃不好吃？說著就從老謝碗裡抓了一根薯條。老謝問她是不是還沒有吃飽？克拉斯蒂說，她中午就沒有吃飯，能不能給她再來一份薯條。老謝嘴上說：「那就再來一份。」心裡卻想，早知道吃不飽你也不用叫海鮮大餐了，叫兩份薯條就得了。

在克莉絲汀朝嘴裡塞薯條的時候，老謝放下刀叉，用紙巾抹一下嘴唇，然後正式提出有關克莉絲汀的電話和地址等問題。克莉絲汀說她經常搬家，現在住一個朋友那兒，那朋友的房子的租期也馬上就要到期了，她給了老謝一個手機號碼。

大陳讓老謝問克莉絲汀什麼時候可以舉辦婚禮？老謝鄭重其事地提出了這一問題。克莉絲汀說任何時候都可以，最好先付給她一些錢，她可以去買一套婚禮禮服，又問這個婚禮怎麼辦，是不是要去教堂？老謝說那也不用這麼正式，反正拍個結婚照，找個公證人登記一下還是需要的。最主要的是，找一個好一點的移民代理做好有關文件。

克莉絲汀又問，登記以後，她就是陳的老婆了，是不是可以住大陳那兒？因為她不能再住在朋友那兒，朋友老催她付房租。老謝感到這個事情有點為難：他說：「陳一個人一間屋，你們又不是正式結婚。」他把克莉絲汀提出的問題告訴大陳。

「有道理有道理。結婚應該住在一起，不然移民局知道你們夫妻有兩個地址，這假結婚就吹了。讓她來住吧，多一個人多一副碗筷，吃喝也花不了多少錢，我供得起，再說這個洋妞自己也會掙錢。我那間屋子不小，有十五六個平方，可以做新房。老謝，你看要不要再粉刷一下。」大陳真的來勁了。

「住你個大頭個鬼，她是個妓女，要是晚上再領一個嫖客來，你是不是想玩一僕二主的遊戲？」阿廣瞪了大陳一眼，對他發出警告。

大陳想了想說：「我又不是沒有玩過女人，斯蒂歐雞廠隔壁樓上的皇后按摩院，我每周都要去一次，不去我憋不住，這個老謝知道。我可不是想討便宜，我只不過想把假結婚搞得真一點嘛。」

老謝聽了大陳的話點點頭，說：「大陳講得也有他的道理，花這麼一大筆錢，辦事應該辦得像真的一樣，以後才能拿到身份，不然這個假結婚還不如不搞。」

「老謝就是有水平，分析透徹，講話全面，一句話頂我們說的一百句。」大陳聽了老謝的話，喜從心底起。

老謝又說：「不過，這屋子搞裝修，你的新房你還得花一筆錢，你想不想買幾件新家具，我有一個朋友剛開了一家家具廠。」

阿廣問：「大陳，老謝這句話頂幾句？」

「算了算了，這些都算了。這個房子又不是我的房子，這個娘們也不是我真的新娘。」大陳說出自己的打算，「現在我們那裡活很多，每天都要加班加點，幹完活我就住廠裡，替老闆看廠房。這間屋子就讓給克莉絲汀住，房租還是我來付。周末，我可以來住一兩個晚上，和哥們吹吹牛。」

阿廣說：「一兩個晚上，是和我們吹牛還是和克莉絲汀吹啊，你那幾句英語和她也吹不通啊。」

大陳說：「你小瞧人，你怎麼知道我不能和她交流。」

「夫妻之間交流感情也是應該的。」老謝又轉臉把大陳的意思告訴了克莉絲汀，對她說：「有一點你必須明白，這屋子只是讓你住，你不能在這屋裡做生意，這是家庭住宅，不是商業樓房。」

克莉絲汀很乾脆地回答：「行，我的生意都是去客人那兒做的。」

此事討論完畢，大家吃喝都差不多了，「買單」大陳甩出以前在國內做廠長助理的派頭。賬單上來，一共是二百五十元錢。老謝說：「便宜便宜，在我們紅玫瑰餐廳，二百五十元只夠一個人消費。」阿廣說：「都是二百五啊。」

4

這幾天，大家都在為大陳的婚事忙碌。大陳從箱子底下翻出幾套從國內帶來的西服，這西服是以前晉江服裝廠生產的假名牌「帝皇牌」，做工樣式都不錯。大陳整個兒把自己包裝起來，西服一穿，領帶在頭頸裡一套，皮鞋抹點鞋油，頭上塗點香噴噴的髮蠟，對著鏡子左弄右擺。

老謝在邊上發功，最近他看了一本中華氣功大全，每天都要練一陣童子功，主要目的是要恢復那方面的功能，當然這不能對阿廣和大陳講清楚，他公開的理由是為了多掙錢而強身健體，這會兒他放下兩臂，端正馬步，吐出一口長氣，然後眼睛轉到了大陳身上說：「這人還真需要打扮，一打扮，人模狗樣的就變成了廠長助理，就變成新郎官了。」

大陳為了酬謝老謝的獻計出力，也送給老謝一套假名牌西裝。老謝把這套西裝和自己從國內帶來的北京謝老裁縫做的西裝放在一起，比較了一下，做工也差不了多少，而且式樣新穎時髦。就發表言論道：「什麼是假的真的，如果假的和真的做的一樣，甚至比真的做得更好，那就真的。我看這帝皇牌西裝和阿美利加的皇帝牌西服也沒有什麼兩樣。」

「對，該做的像真的一樣。」老謝拿來一張中文報紙說：「我給你推薦一家移民公司——長弓移民公司。」

「我知道，知道，長弓移民公司在好幾張免費報紙上做正版的大廣告，說什麼專門辦理移民居留，結婚定居，法律諮詢等等，還說什麼不成功不收費。」大陳也拿不準主意，說：「這種移民公司太多了，也不知道哪家是真哪家是假，會不會是騙錢的，聽說十家移民公司有九家騙錢。」

老謝又揮了揮手上的報紙說：「這裡有一篇專題報導，『第一桶金』介紹長弓移民公司的老闆傑克，說他是一位成功人士，剛獲得政府頒發的太平紳士的稱號，還說他準備競選澳洲議員。我看這個傢夥有來頭，報紙上就缺少一張他的標準照，不知道他是哪一個傑克，是中國人還是洋人？澳洲名叫傑克的也太多了，大街上喊一聲，就有好幾位傑克轉過腦袋。」

「你說報紙上會不會在吹牛。」大陳有點不相信。

「吹不吹牛咱不知道，但這個傢夥在報紙上說得很有道理，他說他辦理移民的宗旨是：不怕辦不到，只怕想不到。還說他辦理的移民案子，有百分子九十的成功率。只要他願意接下你的案子，兩年後，你一定可以去市政廳大廈，參加澳洲公民的宣誓儀式。」

大陳還是有點猶豫：「他就這麼有把握，我知道做生意的人，越是吹得天花亂墜就越是黑。」

「你管他黑不黑，不就是多整你兩個錢嗎。我從這篇報導裡看出，那傢夥做事很聰明，有腦子有膽識。」老謝給大陳分析道，「最主要的是成功率。聰明人辦事當然成功率高，如果你找了一個傻瓜移民代理替你辦事，辦不成等於把錢扔進水裡打水漂。」大陳點點頭說：「那就先去看看。」

老謝按著報紙上的電話號碼，打了過去，接電話的是一個女的，她讓老謝在電話裡聽音樂。老謝快聽得不耐煩了，要扔下話筒，電話裡的那個女秘書又說話了：「先生不好意思，讓你久等了，我們這兒太忙了。你有什麼事？」老謝說了找傑克辦理移民的事。女秘書說：「老闆很忙，見客都要預約，先生請你說個時間。」老謝和她約定了一個時間。

5

周末，又是阿廣那輛破車，把老謝和大陳，還多出一個克莉絲汀，一起載進城裡小博克街的長弓移民公司。小博克街街道狹窄，行車是單行道，其中的一段就是墨爾本的唐人街。老謝對大陳說：「墨爾本的唐人街和悉尼的唐人街不同，一段接著一段，每一段都有一個牌樓，很有特色。」他又用英文對克莉絲汀說了一遍。克莉絲汀說她沒有去過悉尼，還問悉尼的生意好做不好做？老謝說：「悉尼是一個商業城市，人口多，生意當然好做。那裡的紅燈區國王十字街比墨爾本的聖凱特區相比，色情味道濃多了，有點像美國電影裡的紅燈區。」克莉絲汀說，以後有機會去悉尼看看。老謝聽了有點後悔自己多嘴，現在是讓克莉絲汀做大陳的老婆，她什麼地方也不能去，她走了，讓大陳怎麼搞身份？

阿廣說：「現在我都成了你們的車夫了。老謝，下次出去開你的車，你的車比我的好。」

老謝說：「我的車確實是比你的好，但我老婆謝妮娜管得緊，說現在汽油價格漲得太快。你瞧，現在周末，我也不帶她去兜風了。如今，我們是省下每一個澳幣，都扔進『耗死』裡面。」

阿廣說：「開你的車汽油漲價，開我的車汽油就不漲價了？」

「汽油錢我出，都是為了我的事。」大陳表態道，他和克莉絲汀坐在後排車位上，兩個人態度曖昧，有點談情說愛的味道，雖然大陳英語也說不清楚，他把克莉絲汀的手拉過來，在她的手指上套上一個不知是什麼材料做的戒指，還說戒指上鑲的是一塊藍寶石。克莉絲汀既聽不懂大陳在說些什麼，也看不懂什麼藍寶石紅寶石，喜得在大陳的臉上又親了一口，不過這回是直接親在大陳的嘴上，連口紅印也親了上去。

老謝瞧見了長弓移民公司的牌子，是在一家禮品店的樓上。阿廣找了一個泊車的地方，收費八元錢。這個費用由大陳出。阿廣問大陳：「你給她的真是紅寶石戒指。讓我看看，我在南非做過幾次寶石生意，雖然沒有掙到錢，但我能鑒別寶石。」大陳說：「那你就更不能看了。」

說話間，他們已經來到了地方，走上樓去，瞧見了長弓移民公司的門邊上鑲著頗有氣派的銅牌子，推開門，裡面的辦公室排場也不小，幾個長短不一的皮沙發，電腦、傳真、飲水器一應俱全，牆上還掛著幾幅油畫。辦公室小姐說，老闆還在裡面忙，等那位客人走了，才輪到你們。老謝說：「聽聲音，上次接電話的好像不是你。」小姐說：「大概是老闆娘蘇珊吧。」老謝又問：「你們老闆傑克是中國人還是洋人？」小姐說：「當然是中國人，我們做的都是華人移民的案子。」老謝又問：「那你們老闆娘呢？」小姐說：「是馬來西亞華人，在裡面和老闆一起做事吧。先生，你問這麼多幹什麼？」

老謝不問了，他摸出煙盒打算抽煙，小姐指了指牆上屋裡不能抽煙的告示。他們幾個只能坐在沙發上乾等著，眼睛一起瞧著裡面辦公室的門。已經等了半個多小時，克莉絲汀等得不耐煩了，她說在這裡等著還不如在聖凱特街上等著，說不定生意也已經等到了。阿廣也說，預約好時間，為什麼還要等這麼久。老謝讓大家耐心一點，說：「這說明那個傑克辦事認真，不是馬馬虎虎地唬弄人。」

就在這個時候裡面的門打開了，人沒有走出來，先聽到了聲音。老謝感到聲音有點熟。那人把顧客送出來，老謝瞧見他西裝革履，腳下皮鞋閃亮，臉上戴著一副金絲邊眼鏡，再仔細一瞧，這分明就是當年的那個張傑克嘛。老謝情不自禁地叫了一聲：「小張。」

張傑克轉過頭來也認出了老謝，又認出了阿廣，迎上前來，和他兩又是握手又是擁抱，親密得像失散已久的兄弟。他老婆蘇珊也走出來，站在這幾個男人的後面看著，也沒有看出什麼名堂。

現在要交待一下，當年張傑克遇難逃出悉尼的時候，既沒有老婆又沒有身份。滑腳溜到墨爾本的時候，他辦起了一家婚姻介紹所，這次他吸取了教訓，先給自己討了一個有身份的馬來西亞華裔女子做老婆，又花幾年時間讀了一個法律學的學位。現在他既有老婆又有身份，是女皇陛下的好公民，還混了一個太平紳士的名號。沒有後顧之憂，他又操起了老本行，還擴大了業務，留學移民，結婚離婚，房屋買賣，汽車貸款，酒牌申請，妓院執照辦理等等，只要能掙錢，他全都幹。張傑克說，在賭場上，這叫大小通吃。張傑克現在還是墨爾本皇冠賭場的VIP高級會員。

張傑克一點沒有大老闆的架子，緊握著老謝的手說：「哎喲，老謝，三四年不見了，你還像當年一樣年輕。」

老謝感歎萬千地說：「是啊，年頭不少了，別提它了，都可以打一場解放戰爭了。現在我們都解放了。你張傑克做大老闆了，終算還沒有把我老謝忘記，這讓我深受感動。」

「老朋友了怎麼能忘記。我到了墨爾本還經常想起你，有時候在夢裡，你老謝還在和我侃大山，吹牛吹到雲裡霧裡的天上去了。不過那時候，我有點麻煩，和你聯繫不方便。老謝你怎麼也混到墨爾本來了？」

老謝習慣性地從口袋裡摸出香煙，朝那面牆上的告示一看，又把煙盒塞進去。張傑克說：「沒關係，你抽吧抽吧，這裡我說了算。我好久不抽煙了，今天也陪你抽上一支。」於是，不但老謝和張傑克點上煙，阿廣大陳和克莉絲汀全點上了香煙。張傑克老婆咳嗽了兩下，走進裡屋，接待小姐去把窗戶打開了。老謝吸了一口煙說：「我來墨爾本的事情，說來話長，你來墨爾本也一定有不少故事吧，我們一定要找個時間，好好聊一聊。」

「一定一定。」張傑克讓老謝和阿廣坐在他邊上的長沙發上，又說道：「當年，你被移民局那幫兔崽子抓進去，弄到大牢裡住了一陣，真是讓你受委屈了。」說著張傑克將金絲邊眼鏡抬了抬，在眼皮上捏了兩下，好像很傷心的樣子，說，「記得那時候，我和阿廣一起來牢裡探過監，對了，還有那個和你們住一起的黑人，叫什麼名字我記不起來了。」

老謝說：「過去了，都過去了，像噩夢一樣的過去了。」

張傑克說：「過去是過去了，但受苦的是你老謝，你這個人太老實，早知道該聽我的，去黎巴嫩混兩年，去阿富汗更好，我現在再把你弄過來，現在阿富汗難民辦身份容易著呢。」

老謝說：「我去了阿富汗，再去哪兒找你？說不定美國飛機扔炸彈，炸死的屍體中就有我一個，也說不定被賓拉登砍了人頭。」

「說不定，還真說不定。世事無常，不談了，不談了，談起來都是傷心事，我也是黑民堆裡爬過來的人。」張傑克好像就差點掉眼淚了。

「幸好我什麼地方也沒去。你貴人多忘事，我真是聽了你的話，搞了919走過程，在移民局大牢裡死挺著，準備把牢底來坐穿，結果屁股底下還沒有坐出印子，就迎來了小基總理的大赦令。這事我還要感謝你呢，我的818，919兩個申請都是委託你辦的，對了，那時候，我身陷大牢，打電話到處找你，你又變成地下黨了。出了大牢也找不到你了，我還去立德大廈找過你，你以前的辦公室裡，被一個華人胖子開了一家中醫診所，那胖子說我腰肌勞損。」

「有那麼一回事，我有點想起來了，我那時候確實替不少人辦了818、919，辦的案子太多想不起來了，那時候白色恐怖，我走得匆忙了一些，什麼材料也沒帶。對了，我走後打電話和悉尼艾斯菲的那對福建夫婦單線聯繫過，他們去把我辦公室裡的東西都拖走了，還說那些材料放著不安全，怕被移民局的探子收到，全都處理了。」張傑克又讓接待小姐給每個人泡上茶水。克莉絲汀說她不習慣喝茶，能不能給她一杯咖啡。張傑克又看了看這個金髮女郎，眼睛一亮，就讓接待小姐去裡屋問她老婆拿咖啡罐，說自己也要一杯咖啡。

「傑克老弟，你那時候替我辦理的案子，申請費辦理費都沒有給你，當時說好多少錢，我也忘了，你現在說個數，我下次給你拿來。」

「遠了遠了。第一，朋友的事一提錢就遠了，替你老謝辦事也就等於替我自己辦事；第二，這事情時間也隔遠了，材料都弄丟了，我也弄不清楚了。錢的事一筆勾銷。」張傑克喝了一口咖啡，說自己進入時光隧道，以前的事完全想起來了，「那時候，我沒有給老謝辦去黎巴嫩，是替阿廣辦了去以色列。阿廣你在以色列混得怎麼樣，猶太人聰明，很會做生意，記得我小時候，我們上海弄堂裡，還有猶太人來做生意，他們包裡裝著電子管，誰家收音機的電子管壞了，他就給你換上，三個月後，那個換上去的電子管准壞，那天他又來了，再給你換電子管，三個月一次，他掙錢旱澇保收。阿廣，這一手你從猶太人那兒學到沒有？」

「我在外面混得不怎麼樣，這事也別提了，早知道這樣，還不如跟著老謝去移民局的大牢裡住著，白吃白住，如今身份也能搞到手了。在外面轉了一圈，瞧，現在又回到老謝身邊。」阿廣至今後悔莫及。

「話也不能這麼說，大牢裡面住著，精神上不好受，我差點得了精神病，變成瘋子。你們想想，如果我現在是一個瘋子，坐在你們面前是多麼可怕。」老謝又續上一支煙，「俱往矣，數風流人物，還看今朝。如今還是傑克老弟混得最好，你就是當今時代的風流人物，成功人士，聽說你正準備競選地方議員？」

張傑克謙虛地說：「這還有點距離，還有點距離。不過，將來也要看情況再說，能競選聯邦議員就競選聯邦議員，該競選總理就直接競選總理。」

「好好，真是大丈夫也。」老謝誇道，又說，「不過，將來你做了總理，對什麼黑民難民船民之類可要照顧著點，咱們都是一路落難過來的。」

「那還用說，以前我也是深受其害。你老謝不是說過，天上的雲飄來飄去，也沒有什麼國境線，就照你老哥的意思，我們把澳洲護照全燒了，誰想來就來，想走就走，來去自由，這才是真正的自由世界。」張傑克又問老謝要了一支煙。

老謝用火柴給他點上道：「那可是大同世界了。不過到那時候，移民代理就沒有生意了，統統倒閉，你去哪兒摟錢？」

張傑克笑哈哈地說：「那時候我已經做了總理，還會在乎千把來塊萬把來塊的小錢。不過，我現在還得掙錢，不但是為了生活，過日子那點錢我早就不在乎了。你知道，主要是競選得花大錢，有了錢才能有勢，中國話叫有財有勢，對嗎？」

老謝說：「光顧得說話，也忘記了今天來的使命，就是給你送錢來的。」

「送錢？哦，老謝，忘記問你一句，你現在在哪兒發財，做投資商還是房地產？如果是掙大錢的，出點小錢贊助我搞競選，我被選上，也不會忘記你老兄。」張傑克從口袋裡摸出名片，給老謝和阿廣一人一張。

「這話以後再說吧，今天我給你拉來了一件生意。」老謝瞧著名片上的大律師移民代理三級翻譯太平紳士維省議員候選人等一連串頭銜。張傑克問：「什麼生意？」老謝說：「咱明人不說暗話，我的朋友大陳想搞假結婚。」

「老謝，這你知道，搞真結婚，還是玩假結婚之類的把戲，我最拿手了。實話告訴你們，我剛來墨爾本的時候沒有老婆，辦得就是長弓婚姻介紹所，那是我的強項，材料保證做得天衣無縫，移民局的龜孫子們只能從材料裡聞出新婚燕爾的味道。」張傑克拍胸脯保證。

那邊的沙發上，大陳捏著克莉絲汀的手在玩遊戲，老謝把這對假夫妻叫過來，給雙方介紹道，「這位是新郎官大陳，這位是新娘克莉絲汀。」又用英語對克莉絲汀說，「這位是移民代理，大律師傑克張。」

「How are you，nice to meet you。」克莉絲汀和張傑克打招呼，見他穿得山青水綠是個有錢人，拋去一個媚笑。

張傑克和大陳握了一下手，馬上轉向克莉絲汀：「Nice to meet you too。」他握著克莉絲汀的手不肯放下，還用拇指在克莉絲汀的手掌上輕輕劃動。張傑克的老婆蘇珊不知道什麼時候走出來，在後面瞧得一清二楚，「哼，哼」了兩聲，張傑克連忙鬆手。

最後的交易是這樣的，張傑克看在老謝的面子上，收費減半，只收了大陳一千元。大陳在唐人街的北京烤鴨店擺了一桌，宴請各位，也算是婚禮酒席，張傑克還是老規矩，用相機拍了好幾張，留著做移民材料用。

最後分手的時候，老謝問張傑克：「在悉尼的時候，你的公司叫強尼移民公司，為什麼現在叫長弓移民公司？」

張傑克說：「我來墨爾本的時候，隱姓埋名，當然不能再叫什麼強尼移民公司了。我就開了一家婚姻介紹所。你知道，強尼的中國讀音就是張。那個長弓倒過來也是一個張字，千變不離其宗，還是我張傑克的公司嘛。」

老謝說：「高明，高明。」

6

「在這個世界上，移民代理是最有本事的人，以前我認為他們這一行和販賣人口也差不了多少，現在我最佩服他們。」在回家的路上，老謝如此說。

「老謝你沒有做過生意，這你不懂。生意場上，誰都認為自己最有本事，爾虞我詐，就看誰吹得凶。」這會兒大陳和老謝坐在後排坐位上，克莉絲汀坐前面。

「這不是吹不吹的問題。我老謝能說不會吹嗎？可是我老謝幹不了張傑克的活。這是辦不辦得到的事。你瞧人家傑克老弟，自己是黑民，還敢開移民公司，自己沒有老婆，照樣辦婚姻介紹所。這叫做敢做敢幹。以前中國大躍進的時有一句話，叫做人有多大膽，地有多大產，這道理在澳大利亞照樣行得通。」老謝越吹越來勁。

「有道理，有道理。」大陳連連點頭，「我對這個人也越來越有興趣了，佩服，佩服。」

老謝又說道，「那時候，我們也不知道張傑克是和我們一夥的，也是黑民一個，聽他吹噓是什麼特殊類別的技術移民。他雖然沒有身份，可是替我和阿廣辦的幾件事，他都說到做到，這是真本事啊。他在悉尼唐人街立德大廈租一間辦公室，錢掙得海了，而且辦理各類移民成功率特別高，連洋人也來找他辦移民。別的移民代理妒忌了眼紅了，中國人都有紅眼病，在海外也一樣。眼睛一紅就能偷看到別人的底細，就發現張傑克也是一個黑民，把他告到移民局。他不像我那樣傻等著移民局的探子來抓人，腳底抹油溜到墨爾本來了。又在墨市玩了一家婚姻介紹所，又開始掙大錢發大財。」

大陳說：「這傢夥膽子也太大了，人也太黑了。」

老謝說：「那是。想當初我來墨爾本的時候也想到過，墨字上面是一個黑，下面是一個土，這個地方要想玩得轉就要玩得黑，張傑克就是這樣玩得轉的高人。我這樣的性格就不會玩那一套。阿廣你記得嗎，張傑克對我們說過，只要你出夠錢，你就是想上月球，我也能替你辦到。」前面開車的阿廣說：「我證明，張傑克講過。」

大陳說：「這也太誇張了吧。我們晉江服裝廠的皇帝牌西服的廣告是：越過太平洋，橫跨大西洋，飛繞印度洋，直搗北冰洋，流行全世界，那也是地球上的事。」

老謝說：「本來我對張傑克的說法也表示懷疑。上幾天報紙上說，有個美國的億萬富翁花錢坐太空梭，美國佬怎麼會坐上俄羅斯的火箭，這個事情肯定也是那個移民代理給辦的，這不，馬上就要上月球了。」

大陳說：「老謝，不是我當面吹捧你，你的腦袋其實也不比張傑克差，吹牛也不輸給張傑克，你要是幹上那一行，也一定是一塊料。」

「此言差矣，老謝搖搖搖頭，我怎麼能和張傑克相比，你瞧報紙上的那篇報導『第一桶金』，這個比喻太確切了，咱們朝死裡幹，每周幹七天，也就是五六百塊錢。這掙工資和掘金子是兩碼事。你瞧，他替你辦個假結婚，收費減半，還能掙一千塊大洋，一天來十個八個，那就是萬兒八千，這就等於掘了好幾兩金子。想當年，張傑克給留學生搞身份，就像手上握著一把大鏟子，一鏟子下去，非把客戶口袋裡的鈔票全給掘出來，說不定把人家銀行戶口上的數位也給鏟平了，這就叫掘金子懂不懂？每天掘上一兩二兩，一年下來不就是一桶兩桶嗎。所以說，張傑克和我們不是在一個檔次上。」

「檔次。」大陳思索著這兩個字。

「對了，檔次。」老謝又解釋道：「就像你我現在的檔次也不一樣。我混到了澳洲永久居留權，生病有醫療保險，失業能領救濟金，死了也能在這兒佔一塊地，永久居留下去。你呢？比我當年關在維拉沃特拘留營也強不了多少，只要簽證過期，那個告密者去一揭發，你就會被逮進去。所以你現在要搞假結婚，弄個身份，提高檔次。」

「我懂了，就像當年我做廠長助理，廠裡的不少女工都跟在我屁股後面，一口一個陳助理長陳助理短。」大陳深有體會道：「這就是我和女工的不同檔次，對嗎？」

「是啊，陳助理屁股上插大蔥。因為陳助理是領導階層，女工是被領導階層，分屬兩個檔次，你對檔次的理解非常正確。」老謝對大陳的認知能力的迅速提高感到滿意，進一步發揮道：「這也就是為什麼，老闆或者領導瞧見漂亮的女工，能隨便把她們叫到辦公室裡談話，甚至有進一步的舉動。如果倒過來，如果女工想把領導或者老闆叫來喚去，那是不可能的。女工想加工資想調換工作，說不定還要付出一些代價。大陳，你做助理的時候，有沒有利用職權，動過廠裡女工的腦筋？」

大陳說：「我雖然檔次高，但我是個正派人。不像我們廠長，看見女工在眼前走過，眼睛就色迷迷的。」

這時候，阿廣已經把車開到了家門口。大家下車後，讓克莉絲汀參觀了大陳的屋子，克莉絲汀還比較滿意，她說是不是今天就能住在這裡？

老謝對克莉絲汀突然提出這個問題，顯然欠缺考慮，他徵求大陳的意見。大陳認為今天也算是他和克莉絲汀的新婚日子，再說他出這麼一大筆錢，也不能一點甜頭也不嚐，他說：「就算是一夜情也沒關係，你們說是不是？」

老謝想了想，認為大陳出了一萬五千元鉅款，提出這樣的想法是比較公平的，他問克莉絲汀，做一夜新娘有沒有關係？克莉絲汀摸著手上的戒指說：「一次二次三次都沒有關係。」

大陳嘴裡又吐出一個新名詞：「這叫初夜權。」

阿廣說：「初夜個大頭鬼，她是個妓女啊，有錢每天都是初夜。」

這個大陳和克莉絲汀進入洞房，在洞房裡幹了些什麼，這裡都省略了。能讓讀者的不良意識充分發揮……

第二天是星期天，太陽照到大陳和克莉絲汀的屁股上的時候，他倆才穿衣起床。大陳從洞房裡走出來，臉色紅潤，容光煥發，大聲說道：「Nice，Nice。」一夜之間，他好像英語長進了不少。

「幾次？」阿廣問的是中文。

克莉絲汀這時候也走出了，嬌聲嬌氣地說：「Five times。」

在邊上做氣功的老謝一下子走了神，不得了了，一個晚上，克莉絲汀連阿廣說的國語也聽懂了。

根據協定，大陳首期先付給克莉絲汀一千元，以後每周付二百五十元，一年之內，把錢付清。在這期間，克莉絲汀也要把和大陳的所有的材料文件都落實，讓大陳徹底取得身份。這個分期付款的想法是老謝的主意，其中也包含著保護大陳的利益，制約克莉絲汀的因素。如果，克莉絲汀隨心所欲，哪一天開溜了，就拿不到以後的錢。

克莉絲汀也認為很公平，她說，不過，她不能交房錢和水電費，如果交了那些錢，她賺的錢太少了。大陳同意每周的房錢還是他來付，因為他們名義上是夫妻，反正他去廠裡住也不用多付房錢。克莉絲汀說，她明天就去把她在朋友那兒的東西搬過來。大陳問要不要幫忙，克莉絲汀說，不用了，彼得會幫忙。大陳也不知道彼得是個什麼人。

根據協定，克莉絲汀搬進來後，大陳不能貪戀克莉絲汀的閨房，也必須馬上搬走，去替老闆看廠房。如果他想回來度周末，必須經過克莉絲汀的同意。克莉絲汀會不會同意，當然要看那時候她的心情和需要。

二十一、妓女克莉絲汀

1

克莉絲汀搬來的時候，是坐著錚亮的賓士車來的，那個開車的男人下車走到這邊，替她打開車門，她一條長腿先伸出來，然後是黑色的高跟鞋點地，上身是合身的女式西裝，下面是套裙，頭上還戴一頂像航空小姐一樣的帽子，氣質非凡。她瞧見院子裡的謝妮娜，「嗨」一聲算是打招呼。替她拎包進屋的男人說：「你就住這個破房子啊？」克莉絲汀驕傲地說：「這是我的皇宮。」

這些情景只有謝妮娜一個人看見，老謝和阿廣都去上班了，大陳也已經搬去廠裡。謝妮娜對於這幢房子裡突然搬進來一個洋女人是不歡迎的，聽老謝說，還是一個妓女。誰知道這個洋妓女會在三個男人之間鬧出點什麼事情。不過，謝妮娜對洋女人又有幾分新鮮和好奇，以前從來沒有想到過和金髮女郎住一個屋簷下。這個洋妞好像還說這幢破房子是她的皇宮，她沒有搞錯吧？

謝妮娜在英語學習混了半年多，能聽懂一些英語，平時，有衣料來的時候，她一天到晚悶頭幹活掙錢，沒有衣料來的時候，她只能躲在屋裡學英語，或者跟著磁帶唱英語歌曲，唱來唱去也沒有人聽到。澳洲這個地方太大，出門也不知道走到哪裡去。謝妮娜就讓老謝教她開車，學了幾次，剛考出車牌。不過，老謝要開車去上班，家裡也不可能再養一輛車。謝妮娜沒事的時候，還是只能待在家裡。

今天她看到克莉絲汀下車進門的姿態，心裡不由產生起幾分羨慕，洋妞的身材架子就是好，好衣服一穿，錦上添花，馬上穿出檔次和氣質，瞧她下車的時候好像是戴安娜王妃一樣，誰能看出她是街頭拉客的妓女。

謝妮娜就想到自己在北京波爾多公司做白領的時候，每天也是打扮得山青水綠，踏進公司的時候，男人女人都要看她一眼，有的男人還要偷看好幾眼，說不定轉過臉還會流口水。這是她一天之內感覺最好的時候。如今每天都是一個樣，衣服掛在壁櫃裡也沒有心思穿著打扮，穿出來給誰看呢，老謝一天到晚忙著打工掙錢，回家也不多看她一眼。好像只有那個阿廣，有時候，還多看她幾眼。

謝妮娜走出門去，街上瞧不見人，誰來看她。澳大利亞這個鬼地方，我來幹嘛呢？

克莉絲汀的東西已經由那個男人搬好了。其實也沒有什麼東西，幾個放衣服的手提箱，睡覺的毛毯等床上用品。房間裡的一個單人床和桌椅都是大陳留下來的，克莉絲汀沒有帶來一件家具，只有一輛小孩童車。不過，洗手間裡化妝品放了一大堆，把鏡子後面的櫃子全佔滿了。她還提著一個玫瑰香味的噴罐，在房間裡噴了一通。然後又坐著那個男人賓士車走了。

晚上，老謝和阿廣先後踏進門，只聞到屋子裡的玫瑰香味，沒有見到克莉絲汀的倩影。謝妮那娜把克莉絲汀白天坐賓士車來的情況告訴他倆。老謝分析道：晚上是她的黃金時間，她肯定要去聖凱特街頭做生意，也不知道什麼時候能回來。阿廣做了一個下流的比喻，說克莉絲汀的性器官就像是一座金礦，每到夜裡就是開礦掘金子的時候。一年也能挖出一桶金二桶金，和老謝說的差不多。

「我可沒有這樣說過。我說的是張傑克挖金子，你說的有點低級趣味。」老謝想了想又說：「那個開著賓士送她來的，是不是她上次說起過的彼得，不知道這個彼得和她是什麼關係？我也認識一個彼得，是摩門教的傳教士，不會是他吧，他太年輕了？但是克莉絲汀也不老啊。」老謝就問那個男人的情況。謝妮娜說，是一個上了年紀的男人。

第二天老謝上的是白天班，去上班時只見那間屋子的門緊閉著，也不知道克莉絲汀在不在裡面。他上去敲了兩下門，裡面也沒有反應。謝妮娜叫道：「你敲她的門幹什麼？」老謝說：「我想知道她是否回家，是不是失蹤了？」謝妮娜說：「她回不回來和你有什麼關係？」

「報紙上說，妓女失蹤是經常的事。」老謝搖搖頭，出門去上班了。

下班回來的時候，老謝剛下車，迎面傳來一聲清脆動聽的英語話：「哈囉，謝，你回來了？」老謝的面前出現一個十三四歲的金髮女孩，藍眼睛，高鼻子，小嘴巴，皮膚又白又嫩，一頭彎曲的金色長髮，天真爛漫的臉蛋。老謝感到眼前就像被陽光晃了一下，不過，以前他從來沒有見過這個洋女孩，就問道：「你是誰，你怎麼知道我的名字？」

洋女孩的身材已經開始發育，緊身衣勾勒出她豐滿的輪廓，但她的聲音仍然是一個孩子：「我叫戴安娜，我是克莉絲汀的妹妹。我姐說，在這裡有什麼事可以找你。」

「是啊。」老謝沒有想到克莉絲汀又多出了一個妹妹，就問道，「你姐姐人呢？」

戴安娜說：「她不在，每天晚上她都要去上班，她非常忙。」

老謝給自己點上一支煙，他瞧著戴安娜一副天真無邪的樣子，就說：「戴安娜是英國皇妃，你的名字和她一樣。」

「是嗎，你喜歡這個名字嗎？也許將來我也能做皇妃。」戴安娜笑著說道，又問老謝：「謝，你能不能給我一支煙？」

老謝皺了一下眉頭，他又看了眼前這個天使般的女孩一眼，毫無辦法地從煙盒裡拿出一支煙給她。老謝想起以前在石頭河鎮火車站經常問他討香煙的女孩，那個女孩有十六七歲，還有男朋友，眼前這個戴安娜也太年輕了。

老謝走進屋裡的時候，聽到有什麼聲音跑來，他轉過臉，什麼也沒有看見，只覺得自己的腿被什麼東西抱住了，低頭一瞧，是一個金頭髮的小男孩，這個孩子看上去不到兩歲，光著身子，只是雙腿間裹著一塊尿布。小孩抬頭對著老謝傻笑，「喔，喔」又對老謝發出幾聲傻叫，像一條不懂事的小狗。老謝更奇怪了，怎麼又多出了一個洋男孩。老謝還沒有想清楚，想問謝妮娜是怎麼一會事。這時候，只見戴安娜笑呵呵地跑來了，一把抱起男孩，告訴老謝，這個男孩叫史蒂文，史蒂文是她姐姐的孩子。

謝妮娜也走過來，神態很嚴肅地問老謝：「老謝，你要老實告訴我，這個男孩子是不是你和那個洋婊子養的孩子，瞧他對你那個親熱勁。」

老謝火了：「瞎扯什麼，我和她認識才幾天？你又不是不知道，克莉絲汀是我們從聖凱特街上找來的，是給大陳搞假結婚的假老婆。」

謝妮娜說：「誰搞得清楚你們那些亂七八糟的事情。本來說好就住克莉絲汀一個婊子，現在又來了她的妹妹，來了這個傻瓜兒子。是不是過幾天，她的真老公也來這兒住，還有那個開車送她來的男人，是不是她的真老公。」

「她還沒有結婚，哪來老公？」老謝想了想，這個問題有點嚴重，就說：「我要去調查一下。」

老謝走到克莉絲汀的房間，瞧見戴安娜把那個傻男孩按在童車上，那小子哇哇直叫，看見老謝走過來，就朝老謝身上撲，好像和老謝有什麼緣分似的。老謝問戴安娜：「你去學校讀書嗎？」

戴安娜說：「當然讀書。現在放假了，我給姐姐看孩子，這個傻小子，經常是我帶著。」

老謝又問：「你以前住在什麼地方？」

戴安娜說：「我住我媽媽那兒，但我媽媽那兒不自由。」

老謝說：「你姐姐也住你媽媽那兒？」

「不，克莉絲汀和媽媽吵架後，就搬出去了。」

「她以前住什麼地方，是不是和一個開賓士車的人住一起？」

「你說的是彼得，彼得是克莉絲汀的男朋友，但他們也不住在一起。克莉絲汀一年要搬好幾次家，誰也搞不清楚她住那兒，瞧，她現在又搬來這裡和你們中國人住一起了。」

老謝又問：「你打算在這裡和克莉絲汀住一起嗎？」

戴安娜說：「我不是告訴你了嗎，我放假在這兒住幾天，開學後我就住回我媽媽那兒，學校也在那兒。」老謝問：「你媽媽住哪兒？」戴安娜說：「我媽媽的家在奧克蘭區，離這兒不遠，坐火車三站地。你怎麼像美國聯邦調查局的，什麼都要問。你能不能再給我一支煙？」「噢，你也知道聯邦調查局。你的煙癮比我還大。」老謝搖搖頭走開了。

不一會，戴安娜帶著史蒂文去浴室洗澡，一會兒，她替史蒂文洗完了，一把把史蒂文推出浴室，傻孩子在走道裡哇哇亂叫。謝妮娜瞧見這小子身上什麼東西也不穿，急忙把他抱進克莉絲汀的屋裡，扔在床上，蓋上一條毛毯。瞧見床頭有餅乾，就把餅乾塞在他手裡。

謝妮娜走出屋來，走過浴室門口，又聽見戴安娜在亂叫，她打開門縫，對謝妮娜嘰哩咕嚕地說了一通，好像說要什麼東西，但她聽不懂。剛才老謝已經對謝妮娜說了，這個女孩子和那個傻小子在這裡住幾天就走。煩死人了，謝妮娜希望他們早點滾蛋。她走到後院，把老謝叫進屋：「你快去聽聽，這個小鬼妹在亂叫什麼？」

老謝走過去，那門縫還開著，戴安娜還在裡面叫嚷。老謝聽清了，說：「她洗到一半，沒有拿替換的內衣，叫我們幫她去拿內衣。」

謝妮娜火了，「她算什麼東西，剛才我幫她把那個傻小子送進屋裡，這會又要替她拿衣服，不拿。她以為她是姑奶奶啊？」

「算了，算了，她還是個孩子呢，我幫她去拿一次。老謝走進屋裡，瞧見史蒂文坐在床上大啃餅乾，到處是碎餅乾，老謝也管不了這些，從壁櫃裡拿了好幾件也不知是誰的內衣內褲，又走出來。走到浴室門口，浴室的門已經關住了，老謝敲敲門說，「戴安娜，衣服拿來了。」

浴室門開了一半，戴安娜一絲不掛地站在門前，伸出手來拿衣服，還對老謝笑著。老謝的眼前晃動著少女的豐滿的裸體，戴安娜的乳房已經發育成熟，像一對充滿氣的小皮球，肉感而具有誘惑力，老謝的腦袋暈了，眼光又情不自禁地落到她大腿間的金三角地區。「你在看什麼啊？」後面傳來謝妮娜的叫聲。老謝就像被人發現的小偷，快步走開。

2

老謝總算和克莉絲汀打了照面，還瞧見了那個叫彼得的男人。那是他半夜尿憋不住的時候，起床去廁所。外面廳裡的電視還開著，克莉絲汀和彼得兩個人坐在沙發上動手動腳，浪聲笑語。老謝從廁所裡走出來，對他倆說：「你們能不能輕聲一點，別人都在睡覺。」

這時候，阿廣也穿著睡衣走出來，很忿怒地說：「喂，你們兩位，為什麼不能去你們的房間？我被你們吵得無法入睡，我明天還要上班呢。」

「戴安娜和史蒂文睡在裡面的一張床上，我們沒有地方睡。」克莉絲汀的理由很充分。

「發根他媽，什麼意思，還要我們給你搞一張床？」老謝瞧見那個男人，看上去，那個男人比老謝的年紀還要大，西裝革履好像是一個有錢的主。那個男人冷眼瞧瞧老謝和阿廣，很不情願地走上去，把電視機的音量調小了一些。

第二天早上，克莉絲汀一個人躺在一邊的沙發上，衣服和鞋襪都不脫，睡得像死豬一樣，謝妮娜也已經起床了，在廳裡車衣，縫紉機嘎嘎響也沒有把她吵醒。老謝走過沙發邊，認為無論如何要警告她一下，就大叫了一聲：「克莉絲汀。」克莉絲汀聽見了，睜開眼睛道，「幹什麼啊，沒看見我在睡覺。」老謝說：「我告訴過你，這裡是民用住宅，不是商業住所。不能帶男人來睡覺。」克莉絲汀睡眼朦朧地說，「這不是生意，他是我男朋友彼得，再說我也沒有讓他過夜。」說著話，眼睛一閉又睡著了。老謝對這個女人一點辦法也沒有，出門上班去了。

老謝下班回來，洋女孩戴安娜又要問他討香煙。老謝笑著問她：「你幾歲了。」戴安娜說：「我十四歲了。」老謝說：「十四歲抽煙，年齡太小了一些，你瞧商店裡都貼著政府的規定，香煙不能出售給十八歲以下的未成年人。所以，我不能給你香煙。」

「我已經是成年人了，以前我有個男朋友叫鮑勃，我現在不理他了，他太嫩了一點。你想不想成為我的男朋友？」戴安娜一對藍眼睛清澈的像一潭清水，她瞧著老謝的眼睛，好像真的要把老謝拉進她男朋友的行列中。

「我不能，你知道我有老婆，就住在這個房子裡。」老謝覺得這個小鬼妹還挺可愛。

「可是，你昨天給過我香煙，為什麼今天不給。」戴安娜振振有詞。

老謝說：「昨天是昨天，今天是今天。」

戴安娜眼珠兒一轉就說，「我給你看一樣東西，你想不想看？」

老謝有點好奇：「你有什麼好東西，我可以看看。」

那個戴安娜把自己的襯衣朝上一掀，露出裡面一對滾圓的乳房，胸罩也沒有穿，嘴裡還問道：「看見了沒有？」老謝慌了手腳，一股兒熱流朝臉上湧來，好像鼻血要流出來。洋女孩又問，「你還要看其他東西嗎？」說著要把褲子朝下拉。

「別，別！」老謝六神無主，手忙腳亂，左右一瞧，還好謝妮娜沒有在場，不然，更說不清楚了，他急得用中國話說，「我的小姑奶奶，我給你香煙，給你香煙。」

老謝給了戴安娜香煙後自己也點上一支，走到後院裡胡思亂想：這個小姑娘是騙我香煙，還是真的對我有點意思？這個小天使太漂亮了，就是有點邪性，討人喜歡，能誘發男人產生不健康的思想，比如自己，現在就有點按捺不住了。可是澳大利亞法律有明確規定，和十六歲以下的少女發生性關係就等於強姦，這種犯法的事情不能做，再說也不道德。老謝的思想冷靜下來，但體內還沒有冷下來，他又想，如果要做那種事情，和她的姐姐克莉絲汀做一下，大概還是可以的，只要出點錢，大陳不是已經和她做過了嗎！

謝妮娜走過來，打破了老謝不健康的遐想，她對老謝埋怨道：「這個克莉絲汀真不像話了，她什麼東西也沒有，白天在這裡吃飯，喝的是我們放在冰箱裡的牛奶，用的是我們的杯子和碗碟，用完了也不洗一洗，扔在水池裡，還有她們的髒衣服，一大包扔在浴室的牆角邊，都發臭了，也不放在洗衣機裡洗一洗，簡直是懶到骨頭裡了，怪不得要去做妓女。你去看看那些髒東西。」

「我要對她進行教育，不管是中國人還是外國人，不教育是不行的，我一定要讓她知錯認錯，改正錯誤。在這裡，不能因為她的壞習慣影響其他人的生活。」老謝認為在這幢房子裡他是領導，有責任幫助教育不講衛生的克莉絲汀。

但是老謝白天黑夜都碰不到後進女青年克莉絲汀，當然也沒法教育她。有時候深更半夜，老謝在床上聽見汽車的聲音，他也爬不起來，他不可能每天半夜守在門口等她回來。第二天他也要上班，一清早去敲她的門，門總是關著。

冰箱裡的牛奶也喝完了，謝妮娜不讓老謝買，她說克莉絲汀這個懶女人只會吃現成的，米放在她面前也不會做飯，讓她去餓死，她的妹妹也是一個小妖精，還有那個傻瓜兒子，一起去餓死才讓人高興。謝妮娜對她們已經恨得有點咬牙切齒了。

周末的深夜，那個彼得和克莉絲汀又一起來了，一陣鬧騰，把戴安娜和史蒂文也叫起來，又開車駛了出去。兩個小時後，屋裡的人睡熟了，他們又回來了，這次回來，大呼小叫在廚房裡忙開了。附近有一家超市是通曉開門的。剛才彼得就是帶著她們一家去超市採購東西，買了一堆現成的食品回來。還買了幾隻電烤雞和薯條，一箱飲料和兩大瓶牛奶，讓她們吃了個飽。大概是一個星期沒有好好吃過東西，那傻小子瞧見什麼東西端上桌，一把搶過來就朝嘴裡塞，旁邊幾位一邊吃一邊哈哈大笑。彼得是克莉絲汀的情人，也是一個不大不小的服裝廠老闆，克莉絲汀雖然嘴裡說她和他是愛情，但愛情也不能讓他白佔便宜，過幾天，就讓他買一堆食品來。

克莉絲汀和彼得的情人關係已經有兩年多了，那時候克莉絲汀剛把傻瓜兒子養下來，生活無著落。在聖凱特街頭搭識了彼得。彼得是個義大利人，看見克莉絲汀年輕漂亮，就在外面租了一間屋子，想把她養起來，為自己一個人所用。他對克莉絲汀說，我供你吃供你住替你買時裝還替你把這個孩子養大，條件是你不能出去接客。這就有點像中國人包二奶的意思。可是克莉絲汀又不是中國女人，甘心情願做別人的二奶。

沒過多少時間，克莉絲汀就把街上的男人帶到這個屋子裡來了。彼得氣得和她吵架，說這房子是我租下來的，你怎麼可以用來接客？她說，你不是也有老婆養在家裡嗎？彼得說，這是兩回事。一氣之下就把那房子退了。

克莉絲汀說：「這是澳大利亞，沒有你們臭男人我還活不成了？」她就在政府那裡領一份救濟金，把傻瓜兒子扔給她母親，在外面和別的妓女合租房子住。克莉絲汀也不願意在一個固定的妓院裡工作，她認為這會受到妓院老闆的剝削，再說也不自由。她自從十八歲走出家庭，已經在這個世界上自由慣了。憑她年輕漂亮的本錢，在聖凱特街頭一站，不怕掙不到錢，其實她掙的錢也不比彼得少。她現在已經二十六歲，但是她掙的錢再多也永遠不夠用。

彼得和克莉絲汀吵架後，並沒有和她徹底斷絕關係，他還需要從克莉絲汀的身體上得到快樂。而克莉絲汀也算念舊情，她想到彼得在她最困難的時候幫助過自己，再說她還可以從彼得那兒拿點小錢。不過，現在兩人誰也管不了誰，彼得下半身需要的時候就來找克莉絲汀，克莉絲汀也經常要彼得幫忙，一個電話打過去，彼得召之即來。

第二天，老謝起來，瞧見廚房裡簡直像一個垃圾箱，吃剩下的食品紙盒空罐扔得到處多是，打翻的牛奶像一條小河還在桌上流淌，碗碟刀叉如同殘兵敗將一樣四散在周圍，還有白色的餐巾紙就像殘花敗葉一般點綴在各個角落。阿廣也起來了，踏進廚房瞧見這幅景象，大聲嚷道：「昨晚又鬧得我一夜沒有睡好，丟她老媽，應該把克莉絲汀這個臭娘們趕出門去。」

「不像話，太不像話了，發根他媽。」老謝跑去敲克莉絲汀屋子的門，門裡面鎖著，傻瓜孩子嘿嘿直笑。老謝大聲叫嚷，猛力敲屋門，克莉絲汀就是不來開門。

「這事沒完。」老謝還要去加班，不能耽擱了正事，就出門去上班了。

白天，阿廣幫著謝妮娜一起收拾屋子，廚房裡的垃圾收拾了好幾個塑膠袋，謝妮娜一邊在水池裡洗碗碟一邊氣憤地說：「我快成了她們的老媽子了。」阿廣擦著桌子說：「應該把她們趕出去。」謝妮娜說：「我也是這個想法。不過這個婊子凶著呢，要是趕不走怎麼辦？」阿廣說：「也不知道老謝什麼意思？還有大陳的意思，這事情有點難辦，不過，總要想出一個辦法來。」

阿廣根據謝妮娜的旨意，把浴室裡的那包髒衣服扔到了後院裡，謝妮娜說再不洗裡面要長蟲子了。這時候電話鈴響起來，謝妮娜拿起話筒一聽，是一個男的，說他是鮑勃，要戴安娜來聽電話。謝妮娜對阿廣說：「戴安娜這個小妖精也有男朋友，那個鮑勃每天都要打電話來，哪天肯定也要找上門來。這個破房子裡戲越唱越熱鬧了。」

阿廣跑去敲她們的門，大聲喊道，有電話找戴安娜。屋子裡面聲音響起來，阿廣把耳朵貼著門，聽見裡面大概是戴安娜在和克莉絲汀爭執，就說：「你們不去接，我把電話掛了。」

「No，No！」戴安娜從屋裡衝出來，上面的襯衣紐扣還開著，露出半個胸脯，下面只穿著一條小褲衩，跑去打電話。阿廣瞧著戴安娜豐滿的小屁股在眼前一顛一顛，嘴裡說，「這個皇冠街八十八號，早晚要鬧出一點緋聞。」

克莉絲汀走出來的時候，看見廚房裡被打掃的一乾二淨，就說：「很好，清潔工作幹得很好。」

謝妮娜正好在她身後，氣得咬牙切齒，用中國話罵了一聲：「婊子。」

克莉絲汀轉過頭來說：「你在說什麼？」

謝妮娜用英語回答她：「我說你是一個懶女人。請你以後不要用我們的碗碟，也不要吃我們冰箱裡的東西，你在浴室裡那包衣服已經發臭了，我們扔到後院裡去了。」平時謝妮娜說英語結結巴巴，這幾句話一順溜就噴出口了。阿廣也幫著謝妮娜說道：「克莉絲汀，你聽著，這個屋裡的人沒有義務養活你，你吃了我們的東西用了我們的東西就該付錢。」

克莉絲汀有點臉紅了，她說：「我昨夜也買來牛奶和很多東西，有時候，我搞不清冰箱裡的食品是誰的，也許是拿錯了。你們也可以吃我的東西。」說著，她走到後院，把那髒衣服扔進垃圾桶裡。

謝妮娜對阿廣說：「這個爛女人腦子沒毛病嗎？這麼多衣服扔了，她不心疼。」阿廣說：「她來錢容易。」謝妮娜說：「來錢容易還要偷吃我們的東西。」

中午的時候，大陳來了。一來就鑽進克莉絲汀的屋子，和那個傻瓜孩子鬧著玩，也和克莉絲汀打情罵俏，他只要一沾上克莉絲汀，英語說話能力就見長。一會兒，大陳走出來，要問阿廣借車。

阿廣說：「你又不會開車，要借車幹什麼？」

「不是我開，是克莉絲汀要開，讓我陪她出去買東西。」大陳拿出克莉絲汀的駕駛執照，「瞧，她能開車，還說要教我開車呢。」

阿廣一百個不願意借車給克莉絲汀，儘管是輛破車，但是大陳開口了，他不好意思不借，把車鑰匙給大陳說：「你不要讓這個女人弄昏了頭。」

三個多小時後，大陳、克莉絲汀、戴安娜還有那個傻瓜孩子一起回來了。進屋時提著大包小包，傻瓜兒子手上還有一個超人玩具，戴安娜在吃霜淇淋。

阿廣接過大陳還來的鑰匙說：「真的成一家子人了，好幸福啊。出去這麼長時間，沒有把汽油用完吧？」

「沒有，沒有，就在附近的購物中心逛了圈，在那裡吃了一頓肯德基。瞧，還給你們帶來幾塊。」大陳給阿廣一個紙袋食品。

阿廣問：「又是你花的錢吧？」

「一點小錢，在單位裡多加幾個小時班就行了。不過那個女人還真他媽的會花錢，買東西全挑好的，還要講什麼品牌，給她傻瓜兒子買了一套衣服，一雙童鞋和一大包紙尿布，花了三百多元。」大陳又湊近阿廣的耳朵說：「你知道嗎，這個女人還會偷東西？」

阿廣來了興趣：「偷什麼東西，會不會偷皮夾子？以前我們街上有個神偷，在我的大排檔上，一手拿著啤酒瓶子，另一隻手就把人家口袋裡的皮夾子叼出來，克莉絲汀有什麼高招？」

「這裡的人皮夾子裡面都沒有錢，都用銀行卡。」大陳湊近阿廣的耳朵說：「丁字褲你知道嗎？」

阿廣興趣更高了，「我什麼不知道？就是女人穿的，前面只有巴掌大的一塊，後面一根布條夾在屁股縫中間看也看不見。男人只要一看見年輕女人穿這種褲衩，馬上就衝動，馬上就吃不消了。」

大陳又問：「你知道這種巴掌大的布買多少錢？」阿廣老老實實地回答：「這我真的不知道，我想三五元錢一條差不多了。」

「好的要三十幾元錢一條，合人民幣二百多元呢，幾條橡皮筋穿上一小塊布料。這他媽的太不合理了，我們廠的帝皇牌西裝，一套才買五百多元，還說我們是什麼假冒名牌。這回我也算是開了眼界，克莉絲汀一偷就是十幾條，你知道她怎麼走出超市的？說起來都讓我提心吊膽。」大陳拿出煙盒，和阿廣一人點上一支，接著說道：「她讓我推著史蒂文的童車，還在傻孩子的腿上蓋一塊毯子，說傻瓜兒子怕冷。她拿著大包小包在帳臺上結帳，讓我把童車推出門去，戴安娜在邊上嘻嘻哈哈地開玩笑。出門後我們來到停車場，她還對我說：「史蒂文千萬不要拉尿。」接著她從史蒂文的屁股下面一下子拿出十幾條丁字褲，嚇了我一大跳。要是在門口被商場工作人員查到，肯定說我是小偷。媽的，這個女人太厲害了，一點也不肯吃虧，買東西花了三百多元，偷的東西還不止三百多元。

謝妮娜從那邊走過來說：「你們兩個男人在嘀咕什麼？」阿廣把大陳說的事又說了一遍。謝妮娜說：「丁字褲是她的工作服，她就是穿這個來勾引男人的。以後，房間裡錢包不能亂放，她看見錢肯定也要偷。」

傍晚，大陳想在克莉絲汀這裡過夜。克莉絲汀說夜裡她還要去聖凱特做生意。大陳說：「我今天又替你借車，陪你買東西，還請你們全家吃了肯德基，你就不能讓我過一夜。」克莉絲汀說，你在這兒過夜，戴安娜和史蒂文睡哪裡去？最後，克莉絲汀想出一個兩全齊美的辦法，她說給大陳一個小時的時間，完事後，她還能去聖凱特做生意。大陳也沒有辦法，只當去了一次按摩院，一個小時也差不多了。

一個小時後，大陳完事出來，一副意猶未盡的神態，嘴裡嘀咕著：「我這星期二百五十元錢也給她了，他媽的，只讓我玩一個小時。外面去玩花一百多元就行了。」阿廣說：「她是你老婆啊，價格當然貴。」

克莉絲汀提著小挎包，踩著高跟鞋匆匆忙忙出去了，走到門口正巧遇見老謝的車開回來，她說讓老謝送她一下，幾分鐘，就是到火車站。

老謝在車內的幾分鐘裡對克莉絲汀進行了教育，說你怎麼可以吃了東西不洗碗呢？克莉絲汀說我沒有洗東西的習慣。老謝說，我老婆對你亂用她的廚房用具很生氣。克莉絲汀說不是我用的，都是戴安娜和史蒂文用的。老謝說就算不是你用的，戴安娜是你妹妹，史蒂文是你的兒子。克莉絲汀說，他們是他們，我是我，以後你應該叫戴安娜幹活，她在家裡有沒有什麼事情，我在外面是有工作的。老謝說，你太自私了。克莉絲汀說，每個人都是自私的，只有上帝為大家。說話間，火車站已經到了。

晚上，老謝邀請大陳一起吃飯。飯桌上，大陳第一次聽說克莉絲汀有一個情人彼得，他一下子就跳起來，說要給彼得一點顏色瞧瞧。

「你還真把這個女人當你老婆了。不過，是要給他們一點顏色瞧瞧。」阿廣沒有在大陳面前說，要把克莉絲汀趕出去。如果把克莉絲汀趕出去，大陳的假結婚就玩完了。

3

那天晚上，戴安娜和史蒂文都睡覺了。

阿廣敲門進老謝的屋裡說：「今夜彼得肯定會和克莉絲汀一起來。我有一招，讓他們今天夜裡變成瞎子，什麼也看不見，以後也別在這兒半夜鬧騰了。」

「你現在也學會出招了，說來聽聽，是什麼招數？」老謝發現阿廣現在越來越狡猾，善用計謀。

阿廣說：「很簡單，把電閘給拉了，他們進門來黑燈瞎火，什麼也看不見，就不能在廳裡瞎鬧了。」

「高招，高招。不過電閘門一拉，我們半夜起來也看不見了。還有他們進門看不清路，摔倒摔傷人怎麼辦？」老謝有點擔憂。

「摔死他們才讓人高興呢。」謝妮娜坐在床上看電視，她已經把電視機搬進屋裡，讓那對狗男女半夜回來無法開電視機。

「我們半夜起來小心一點，克服一夜，明天把電閘拉上就是了。」阿廣說著就去後院的配電箱裡拉掉了電閘。大家鑽進被子睡覺。

深更半夜，克莉絲汀和彼得果然又來了，打開門，燈開不亮，穿高跟鞋的克莉絲汀被什麼東西絆了一下，先摔了一覺，嘴裡就罵了起來，操他媽的電力公司。彼得比較有腦子，說看見隔壁的房子電燈亮著，會不會是電閘裡的保險絲燒了，這種事經常發生。問克莉絲汀電閘箱在哪裡？克莉絲汀說我怎麼會知道那玩藝在什麼地方。彼得打開打火機，拉著克莉絲汀前前後後找了十幾分鐘，在後院裡找到配電箱。彼得打開配電箱，瞧見電閘門被拔掉了，就說：「這是有人故意搞的。」按上電閘門，屋裡的燈頓時亮了。

老謝的屋裡的燈沒有關掉，現在通了電也亮了，老謝在夢裡睜開眼睛說：「阿廣這一招沒戲。」

幾天後，戴安娜開學了，領著傻小子史蒂文去她媽家，臨走時，她要老謝開車送。她已經在老謝面前展示了好幾次乳房，老謝對她一點辦法也沒有，只能一次次給她香煙。還有幾次，老謝聽見電話鈴響，電話裡又是那個鮑勃來找戴安娜。戴安娜不去接電話，她讓老謝去接，說她不在，或者說老謝自己是戴安娜新的男朋友，聲音凶一點，讓鮑勃別再來騷亂了。

這女孩子好像真的想把老謝做男朋友了，可是老謝沒有這個膽量。他把戴安娜和史蒂文送到她母親家，戴安娜在下車前，還抱起老謝的腦袋親了一口，說以後周末有空，她會帶著史蒂文來她姐姐家，也來看看老謝，問老謝想不想和她上床？說著硬是拉著老謝的手，在她乳房上摸了摸。老謝把手伸回來，一句中國話出口：「小姑奶奶，你就別再來惹事生非了。」

戴安娜和史蒂文走後，對克莉絲汀和彼得來說就更方便了，彼得來得更勤快了，一個星期要來二三次。

沒過幾天，謝妮娜又有了驚人的發現，她把老謝和阿廣叫進廁所裡，指著一個廁所裡的一個小垃圾簍裡說：「你們瞧，這是什麼？」

老謝和阿廣一瞧，大驚失色，他們瞧見了垃圾簍裡有幾個用過的針筒。阿廣說：「百分之百，這個女人肯定吸毒。」老謝急忙說：「我們去她屋裡看看。」

他們來到克莉絲汀的屋子，她出門沒有鎖上。老謝對阿廣說：「我們的搜查工作，既要仔細，又要小心。所謂仔細，就是要注意每一個細小的地方，不放過任何一個角落；所謂小心，就是在翻動東西後，要保持原狀，不能讓克莉絲汀回來後，發現她的東西被動過了。」

阿廣說：「知道，知道，我從小喜歡看偵探小說，喜歡警察和黑社會。」沒有幾分鐘，阿廣在壁櫃的角落裡發現了一包東西，打開後是一包針筒等注射工具，還有兩小袋白色粉末，「這東西太貴了，一小袋三四十元。」

老謝說：「怪不得這個女人這麼會掙錢，錢還不夠花。」

阿廣說：「她一個晚上掙的錢，大概比我們一周掙的錢還多。可錢再多，一沾上白粉，錢都扔進無底洞裡。」

謝妮娜說：「這個女人又懶又自私又小器。我們要不要報告警察，說她在這裡吸毒。」

老謝不同意：「她又不是毒販子，這裡的警察只抓毒販子，不抓吸毒者，認為他們也是受害者。讓克莉絲汀知道了，還會恨我們。」

謝妮娜咬牙切齒道：「就是要讓她恨，讓她早點滾蛋。」

那天晚上大陳也來了，他聽了阿廣說夜裡拉電閘的事，認為應該再狠一點，不如拉一根赤膊電線進他們屋裡，讓情敵彼得嚐一嚐觸電的滋味。老謝說，那不行，那要鬧出人命。再說電流也不長眼睛，彼得摟著克莉絲汀親熱的時候，一中招，還不是兩個人一起下地獄。

阿廣問老謝有沒有什麼新招？老謝對此事不太賣力，因為替大陳搞假結婚的主意是他提出來的，如果事情鬧得太大，無法收場。不過老謝腦海裡產生了一個不祥的感覺，克莉絲汀住進這兒，有點像在這幢房子裡埋下一顆定時炸彈，早晚得爆炸。

阿廣想來想去也想不出什麼高招，最後想起小時候去姥姥家，看見過鄉下人家裡跳大神，於是想出了裝神弄鬼的法子，說可以弄一條死貓和死狗掛在克莉絲汀的門上，嚇唬嚇唬這對狗男女。老謝問他去哪裡搞來死狗死貓？澳大利亞雖然狗多貓多，但你弄死一條貓狗，很可能被廣大人民群眾狠揍一頓。阿廣說十三是一個不吉利的數字，在中國在外國都不吉利。如果克莉絲汀和彼得瞧見門上畫著一個臉一樣大的黑色的十三，兩個人會不會不敢進屋。謝妮娜說克莉絲汀本來就是一個十三點女人，她肯定不在乎，那個臭男人是否害怕，是否相信迷信，誰也不知道。

阿廣實在沒有辦法了，幾天後在唐人街買來一個黑色的兇神惡煞的面具，黏在克莉絲汀的門上，想嚇唬他們一下。

沒有想到彼得和克莉絲汀半夜回來，瞧見這個惡鬼一點也不害怕，彼得還挺喜歡這個面具，夜裡和克莉絲汀做愛的時候還帶著這個面具，興奮得哇哇直叫，一會兒克莉絲汀又把面具奪過來，戴在自己臉上，然後騎到彼得身上，這對男鬼女鬼歡樂了好幾小時。

事後老謝說，他們本來就是鬼佬，裝神弄鬼怎麼能嚇倒他們。這件事就這樣不了了之了。

一天夜裡，彼得又和克莉絲汀一起來了，在屋裡偷歡了幾個小時，浪聲笑語不斷。在這段時間內，阿廣聽見屋子外面「砰」地響了一聲，後面就沒有聲音了。已是後半夜，彼得玩盡心後，就叫一聲「甜心，拜拜！」和克莉絲汀告別，他從來不在克莉絲汀這兒過夜。

他走出門後，一會兒又大聲大叫地走回來，他的賓士車車門的鑰匙孔被什麼東西堵塞了，無法打開。「有人搞破壞。他瞧見車窗的雨刷下面還夾著一張紙，難道半夜裡還有人來送罰款單啊？」彼得取下紙來，打亮手上的打火機，看清楚紙上寫著幾個字：「下次，四個輪胎。」這話很清楚了，下次不是堵鑰匙孔了，而是要扎破四個輪胎。月光下面，彼得感覺到車頭上面好像少了什麼東西，想起來了，是那個不銹鋼的圓形的賓士標記。彼得再上前一看一摸，那個標記分明是被人用硬物敲掉的。賓士車沒有賓士標記還算什麼賓士啊？彼得大發雷霆。

進屋後，他把克莉絲汀拉起來，一起去敲老謝的房門，老謝睡眼朦朧的打開門問：「幹什麼？」彼得拿著手上的紙氣勢洶洶地問：「這是你寫的嗎？」老謝說：「你有神經病啊，半夜敲門來問我這個。」彼得就把車的事情說了一遍。老謝說：「我不知道，我寫這個幹嘛？我又沒有神經病。發根他媽！」就把門砰地關上了。彼得又怒氣衝衝去敲開了阿廣的門，問這個紙是不是阿廣寫的？阿廣說：「這是什麼意思，我為什麼要寫這個？」彼得又把車的事情說了一遍。阿廣說：「我們都在睡覺，沒人出門。也許是那個孩子搗蛋。」彼得說：「半夜裡，難道孩子出來幹這個事？你們沒有出門，可以從窗裡跳出去幹這事。」阿廣說：「你說是誰幹的？拿出證據來。」彼得說：「是你在說謊，我知道，這個屋子裡的人仇恨我。你們不肯承認，我就去報警。」說著，他真的去撥電話報警。

半夜報警，警察以為發生了什麼殺人案，來得特別快。警燈一轉一轉，警車就到了。兩個警察下了警車，瞧見也沒有發生什麼大不了的事，對彼得說車門打不開，你應該去找RACV保險公司，找警察是找錯人了。彼得說，是有人搞破壞，瞧，把賓士車的標記也敲掉了。他還拿出那張紙來，說是恐怖分子的犯罪證據，堅持要警察立案調查。警察也沒有辦法，走進屋裡又把老謝夫婦和阿廣都從床上叫起來，敷衍了事地做了一份筆錄。

最後警察又看了一下彼得的駕駛執照，發現上面的地址不是在這兒，就問：「你不住這兒，半夜三更跑這兒來幹什麼？」彼得支支吾吾地說，「我是來找我女朋友的，這是我的私生活。」警察說，「早點回家，也許就不會碰到倒楣的事情。」

警察忙完了，老謝剛躺下去，聽見外面又有車來，他從窗後一瞧，外面黃燈一轉一轉，這回是RACV行車保險公司來的，來弄賓士車的鑰匙孔和車門。老謝在床上對謝妮娜說：「也不知道是哪個小子幹的，這一招夠損，弄得我少睡幾個小時。」這時候外面的天已開始放亮了。

自從這個事件發生後，彼得送克莉絲汀回來，再也不敢在屋裡久留，走進屋裡，就站在窗口往外瞧，好像一轉眼，就會有人把他的車輪給扎了。有時候他把克莉絲汀送到門口，連車也不下，倒車就走。

老謝一直在分析是那一路地下游擊隊幹的？阿廣說，「是神仙來替他們出了一口惡氣。」謝妮娜說，「活該，把四個輪胎扎壞了更好。」大陳來了，聽說了這件事，幸災樂禍地叫道：「大快人心，要是賓士車發生爆炸，把彼得炸上天去，更讓人高興。」

幾個星期後，大家又談論起這件事，大陳很神秘地從口袋裡摸出一個圓形的東西在大家眼前亮了一眼，又塞進口袋。

老謝上去把大陳口袋裡的東西又摸出來，是那個賓士車上的不銹鋼的圓型標記，說道：「好哇，是你小子幹的。你一點也不露聲色，真是一塊做間諜的料。長江後浪推前浪，一代更比一代強。」

「小夥子為了報復情敵，敢說敢幹，你不會把彼得殺了吧？」阿廣拍拍大陳的肩膀。

謝妮娜說：「光讓那個男人吃苦頭還不夠，應該讓那個女人也吃一點苦頭。」

「那個晚上我一宿沒睡，一會兒是彼得那個混蛋，一會兒是警察，一會兒又是RACV保險公司，我剛閉眼，天已經亮了，要上班了。那天幹活，我是硬支著眼皮不敢打瞌睡，大陳你下次再玩招數，先和哥們打個招呼。」老謝點上香煙。

大陳說：「我那一招也是從你那兒學來的。」

「我什麼時候教過你這樣的損人招法？」老謝吐出煙。

「你忘了，在悉尼搞麵包店老闆吉普車兩個輪胎的事情，你給我吹過好幾遍了。我只是在彼得的車鑰匙孔裡灌了一點黏膠。」大陳也從口袋裡摸出煙盒。

「想起來了，想起來了。你說得對，這叫名師出高徒，名師出高徒嗎。」老謝得意地給大陳點上香煙。

這一天，大家都很高興，謝妮娜多做了幾個菜，大陳去買了一箱啤酒，說是慶賀勝利。阿廣舉著酒瓶子對大陳說：「祝賀你戰勝了情敵。」大陳聽了很高興，一口氣喝下一瓶啤酒。吃完晚飯，幾位又恢復了以前其樂融融的狀態，吹大牛侃大山。

大陳吹牛時心不在焉，眼神經常朝房門口顧盼，他還在等待下一個節目，就是等克莉絲汀回來。他現在已經戰勝了情敵彼得，能夠在這裡和克莉絲汀舒舒服服地過一夜，是他日思夜盼的。可是等到十一點鐘，還不見克莉絲汀的影子。老謝和阿廣明天都是上白天班，進屋去睡覺。大陳也只能出門走人，因為今晚喝多了幾瓶，走路時還搖搖晃晃。

4

幾天後，大陳又來了，謝妮娜說：「你現在就像走娘家一樣，怎麼走得這麼勤快？」

大陳說：「大姐，來看看你，你不會不歡迎吧。」

謝妮娜說：「看我有什麼好看的。是不是又來和那個騷貨幽會，小心這條母狼把你吃了。」大陳嘿嘿一笑。

大陳總算把克莉絲汀盼回來了，是彼得把她送來的。大陳走出去狠狠地瞪了彼得一眼。彼得也搞不懂這個中國男人為什麼一副仇恨的面孔，他並不知道克莉絲汀和大陳搞假結婚的事情，他只是不明白克莉絲汀為什麼要搬到這裡，和一群不友好的中國人住在一起。克莉絲汀也沒有告訴他任何有關事情，這是她的私生活，男朋友也沒有權利知道。不過彼得還是想起了那天夜裡賓士車遇難的事情，看來狗屁警察也不會再來查這點狗屁小事，還是自己防著點，他朝大陳那邊吐一口口水，開車走了。

大陳瞧見彼得灰溜溜走了很高興，好像又打了一場勝仗，他對克莉絲汀說，是送這一周的二百五十元錢來的。克莉絲汀拿了錢，問大陳還有什麼事？大陳嬉皮笑臉地說：「好久沒有在你這兒過夜了，你不想我嗎？」

克莉絲汀說：「我當然想你。親愛的，我想我應該去新西蘭一次，當然也是為了你，你是否可以給我一千元錢？」

大陳聽不懂了，「你去新西蘭幹什麼？我每周都給你錢，不是剛給你二百五嗎，為什麼還要給你一千元？」

克莉絲汀嘰哩咕嚕地說了一大通，大陳沒有聽懂幾句，就把老謝叫進屋裡一起聽。克莉絲汀又說了一遍。老謝聽懂了，告訴大陳。克莉絲汀說她不是澳大利亞公民，是澳大利亞的隔壁的島國新西蘭的公民。克莉絲汀說她的家庭原來就在新西蘭，父母離婚後，兩人一人帶一個孩子，母親帶著她妹妹戴安娜來澳大利亞生活，她跟著父親生活。

大陳急了，問道：「你和我搞假結婚的時候也沒有說過你是新西蘭公民，你的駕駛執照也是澳大利亞的駕駛執照，我檢查過。」

克莉絲汀說：「我的新西蘭駕駛執照可以換澳大利亞駕駛執照。不過我的母親和我的妹妹都是澳大利亞公民。」

大陳說：「我又不是和你母親搞假結婚，也不是和你妹妹搞假結婚，戴安娜的年齡太小了。我是在和你搞假結婚，早知道你不是澳大利亞公民，我付你那麼多錢幹嘛？」

「新西蘭公民和澳大利亞公民有什麼區別嗎？社會福利，醫療保險，我都能享受。」看來克莉絲汀對這些事情也有所瞭解，她說出一番道理，「我也打算留在澳大利亞不回去了，這裡比新西蘭賺錢容易。不過，我的身份材料等許多東西都在新西蘭我父親那兒，我需要回去一次，把這些東西整理好拿來。然後我就在這兒轉成澳大利亞公民，你也不就跟著我成了澳大利亞公民嗎？」

大陳還是搞不清楚，他對克莉絲汀的話似信非信，讓老謝替他拿主意。老謝也拿不定主意，說這個事情應該問問張傑克，他是內行，再說這個假結婚本來就是他辦的。老謝馬上打電話給張傑克。張傑克聽說了這事，讓他們別著急，幾個人立刻來一次。

阿廣說對這事沒有興趣，不去了。這次只能老謝開車，把大陳和克莉絲汀一起帶到張傑克那裡。

謝妮娜對阿廣說：「去城裡一次，又要花掉不少汽油錢，又不是我們家的事。老謝瞎起勁什麼。」

老謝帶著大陳和克莉絲汀到了「長弓移民公司」。

張傑克瞭解了克莉絲汀的情況，說克莉絲汀的講法還是成立的。新西蘭和澳大利亞是鄰居，關係密切，各種福利醫療保險等互通又互。新西蘭公民和澳大利亞公民要轉換身份是非常容易的。他又為克莉絲汀和大陳調整了方案，拿了克莉絲汀的手機號碼說：「你還有什麼新的情況應該早點告訴我，和我保持聯繫。」

「我要去新西蘭一次，陳應該給我一千元錢，我要買飛機票。」克莉絲汀三句話不離錢字。張傑克認為大陳可以答應克莉絲汀的要求，讓克莉絲汀去新西蘭把各項事情辦妥，比如，在澳紐銀行開一個他們夫妻倆的聯合帳號等等，張傑克還答應給他們倆製造一些兩地來往的信件，說情書也可以，這樣就可以證明兩人處在熱戀深愛之中，送去移民局，讓移民局參考，早日批下大陳的身份。

「我英語字母也寫不全認不全，移民局要是問我，不就是露餡了嗎？」大陳對自己的英語水平一點信心也沒有。

「這沒有關係，你現在能說幾句英語，你就說看信的時候，你可以借助字典，寫信的時候請朋友幫忙。這說明你對愛情的忠貞不渝，為愛付出的刻苦精神。就像羅密歐與朱麗葉那樣，這樣更有助於你拿到身份。」張傑克給他出謀獻策。

大陳問道：「你說的羅密歐與朱麗葉是誰，我怎麼沒有聽到過。」

老謝說：「你們年輕人只知道港臺歌星，孤陋寡聞，連羅密歐朱麗葉這樣的西方愛情經典也不知道。那移民局的官員都是洋人，個個知道愛情經典，一瞧你們兩位年輕人愛得這麼深，不就立馬批准你們的澳洲身份。」

大陳還在猶豫，他現在銀行帳戶上只有一千多元錢了，為了這個假結婚，每周去按摩院的錢也省下來了。老謝瞧他那退縮不前的模樣，就說：「人是要有點敢做敢為的精神。再給你講一個外國人的經典故事，西班牙有一個偉大作家叫塞萬提斯，寫了一本書叫唐詰柯德。那個唐詰柯德騎一匹瘦馬，拿一杆長槍，瞧見轉動的風車，把它當作魔鬼，衝上去和它大戰幾個回合。這是為什麼嗎？是為了他心裡的愛人，為了神聖的愛情，這就是人的精神，有了精神就能夠戰勝困難，就能夠取得勝利。」

「你也不用對他說什麼唐詰柯德了，讓他自己想一下。」張傑克還表示，這些事情都要等克莉絲汀從新西蘭回來後辦理，他代筆的那些愛情書信當然也要另外收費。大陳大概是聽了老謝的言語，雖然還沒有弄懂唐詰柯德是誰，但也表示出自己和唐先生一樣，有著大無畏的精神，有著對愛情的執著追求，這件事大錢也花了，為了早日拿到身份，再增加一點小錢也無所謂了，反正和外面五萬元錢搞假結婚的行情相比，還算便宜。

回去的路上，大陳從銀行取了一千元錢給了克莉絲汀，讓她去新西蘭早去早回，還說會天天想著她，特別是在晚上睡覺的時候，想得更厲害。克莉絲汀很高興，抱著大陳的腦袋親了好幾下。老謝在反光鏡裡看到他倆的親熱情景，感覺到自己生理上產生了反應，就用英語嚷道：「停止，我吃不消。」克莉絲汀在後面大笑道：「這不管你的事，這是我倆的事。」還說今晚讓大陳在屋裡過夜。

二十二、老謝的悲喜劇

1

一個星期後，克莉絲汀帶著傻瓜兒子史蒂文從新西蘭回來，神采奕奕。大陳問她事情辦好了嗎？她說，一個星期的度假時間太短了，她剛爬了兩座山去了三個海灘，其他什麼事情也沒有辦，錢就用完了。還說新西蘭有山有水真漂亮，下次讓大陳陪她再去一次。大陳心裡咯噔一下，好像就像聽見了自己的一千元錢掉進了大海裡，然後看見鈔票在水上飄散了，飄遠了，看不見了。這是他兩個星期的工資，還包括好幾個加班日的錢。

大陳打電話給張傑克，說克莉絲汀去新西蘭一件事情也沒有辦好，又問愛情書信的事情要不要搞？張傑克說，只要克莉絲汀同意，還是可以搞的。大陳又去徵求克莉絲汀的意見。克莉絲汀說，如果你想編一些情書給我，那沒有問題，你想愛我，那是你的權利。不過我不能寫什麼愛情書信給你，我和你沒有什麼愛情，我和你只是交易。大陳聽了這些話很生氣，說既然是這樣，我給你的一千元錢就是四周的錢，在這個月內，我不能再給你錢了。克莉絲汀傻了眼，說那一千元是額外的。大陳說，我又不是傻瓜，付錢讓你去新西蘭度假。

回來沒有幾天，克莉絲汀生病了，是史蒂文先得了感冒，又傳給了克莉絲汀。克莉絲汀讓戴安娜把傻瓜兒子領走，自己老老實實地在床上躺了一個星期，誰能想到這一躺，又躺出了一件大事。因為生病，她一星期就沒有出去接客做生意，沒有做生意就沒有錢。大陳這一周也不肯給她錢，彼得來看過她一次，給她買了一些食品，給了她幾個零花錢，因為無法和她上床，所以也沒有來第二次。

一星期後，克莉絲汀感冒差不多好了，想要出門做生意，但身體沒有力氣，錢都花完了，打電話給彼得，那邊服裝廠裡說彼得出差去了。克莉絲汀毒癮上來了，家裡的幾小包白粉很快用完了，她急得在屋裡轉圈。

那天，謝妮娜在後院給蔬菜澆水。因為房屋後面的花園很大，老謝以前在農村裡混過幾年，會幹幾下農活，就在後院裡開出一小塊地，又弄來一些菜籽撒下去。這幾天豆苗發芽了，小白菜穿出泥土，番茄爬上了藤架。紅紅綠綠，謝妮娜看了挺喜歡，說我們整個變成鄉下人了。這幾天沒有縫紉活，她就經常去後院伺候菜地。

老謝下班回家，小車駛入前院。克莉絲汀早就等在窗口，一眼瞧見了他，好像等到了大救星，老謝剛踏進門，就被克莉絲汀一把拉進她屋裡。老謝問：「你要幹什麼？」他發現這幾天克莉絲汀很安分，天天在家，住進來三四個月了，從來沒有這麼老實過。這女人臉色不是很好，有點蒼白。不過畢竟年輕漂亮，體型也好，在老謝面前一站，亭亭玉立，那對藍色的大眼睛看著老謝，發射出幾分電光，又有幾分楚楚可憐的神態，讓老謝產生起一些憐香惜玉的感覺和某些意念。克莉絲汀開口了，要問老謝借一百元錢。

老謝聽見錢字，馬上提高了警惕，心裡想，怎麼能借錢給這個女人？借錢給她還不如送錢給她，她一拿到錢就馬上忘記誰是誰了？錢一進她的口袋就屬於她的了，永遠別指望她會還錢給你。大陳的一千元錢打水漂就是一個例子。老謝搖搖頭說：「我沒有錢。我的錢都在我老婆那兒。」克莉絲汀說：「你可以去你老婆那兒拿。」老謝說：「我老婆的錢也不在我老婆那兒，都在銀行裡，我們的錢都付了房屋貸款。這你知道。」

克莉絲汀想了想說：「我想和你做一筆交易，你願不願意？」老謝問：「什麼交易？」克莉絲汀說：「你想不想操我？」

老謝聽見這句話就像被這個女人在身上用火柴一擦，點燃了，但心裡又很矛盾。他沒有想到克莉絲汀會這樣直率地提出這個意思。假裝沒有聽清，又問了一遍：「你說什麼？」

「你想不想操我。你給我五十元錢，我在外面收費是八十元錢，給你優惠價，而且我可以給你服務一小時。」克莉絲汀看見老謝的臉上沒有反應，又一把抓住老謝的手，貼在自己隆起的胸脯上說：「我非常性感。」

老謝當然知道克莉絲汀很性感，提出的價格也很低廉，非常誘人，看來，這個女人迫切需要錢。他的心頭一動，以前他瞧見大陳進入克莉絲汀的閨房，心頭也不是沒有動過，但只是動一下而已，沒有產生過強烈的慾望。還有，老謝知道中國那句古話：「朋友妻，不可欺。」但是，克莉絲汀算大陳的哪門子老婆，她每天都在外面接客。老謝對於這個信念產生了懷疑，接別的客人和和我做一次性交易也沒有什麼區別，她本來就是做這一行的。老謝的手在克莉絲汀的溫暖豐滿的胸脯上，就像捂著一個小兔子，他能感到兔子下面的心跳。還有自已的手在發抖，自已的心也在猛跳。

克莉絲汀瞧著老謝猶豫不決的樣子，急著說道：「四十元，你給四十元錢就行了，我已經給你半價了，你還猶豫什麼？」

「你說話輕聲點。」老謝走到門口擔驚受怕地望了一眼。克莉絲汀明白了老謝的意思，輕聲說道：「沒關係，你老婆在後花園。我把房門鎖上，她不會知道我倆在屋裡幹什麼，我當然也不會對你老婆說這件事，我只是為了掙點錢，我急需要錢。難道你對女人沒有興趣，你不會是同性戀者吧？」

老謝不做都不行了，會被認為是同性戀者，再說他口袋裡確實有四十幾元零花錢，再多也拿不出來。機不可失，時不再來。最主要的是，老謝感到自己現在是全身上下都在發熱，從腦門上一直發熱到大腿中間。老謝的手在克莉絲汀的胸上抓了一把，點頭答應了。克莉絲汀立刻上前把門鎖住。

老謝躺倒在這張床上的第一感覺是，妓女和老婆的服務就是不一樣。克林斯蒂扒下粉紅色的丁字褲，全身赤裸，肚臍眼上穿著一個小銀環，腳下穿著紅色的高跟鞋，一會兒用嘴一會兒用手一會兒用胸脯給老謝做全方位的服務，弄得老謝高潮疊起，這時候老謝認識到，在這方面，天底下最好的老婆也不能和妓女相比，她們太有經驗了，看來不管辦什麼事情，經驗太重要了。老謝快活如神仙，不到一個小時，用掉了兩個避孕套。

老謝在克莉絲汀屋裡雲山霧雨的時候，謝妮娜回到屋裡，她走到前院，瞧見了老謝的車輛，可是沒有看見老謝。她聽到克莉絲汀屋裡有些動靜，知道這幾天克莉絲汀在生病，沒有出去。謝妮娜無論如何不會想到，這時候老謝膽大包天地在克莉絲汀屋裡偷腥。老謝去了哪兒了，老謝也沒有散步的習慣啊？謝妮娜走出前院，去街上看了看，街上沒有一個人影。

謝妮娜去廚房做飯，聽見廳裡有聲音，出去一看，看見廳裡的克莉絲汀，她還在拉著自己的衣服，走進洗手間。又見老謝從克莉絲汀的屋子裡走出來。謝妮娜有點奇怪，問道：「你在她屋裡幹什麼？」

老謝看見謝妮娜的時候，差點又躲進屋裡，不過躲是來不及了，他只能隨口一說：「沒什麼，沒什麼，在屋裡替她搬東西。」

「你是不是被這個女妖精迷住了？她得了感冒，別讓感冒傳染給你。」謝妮娜還是沒有想到那個方面，「你們在搬什麼東西啊？」

老謝應付道：「把那個櫃子移動一下，裡面整理一下，讓我幫個忙。她病了，一個人搬不動。」

謝妮娜似信非信。克莉絲汀走出洗手間，臉上已經化妝整齊，對老謝笑了笑，點點頭。老謝就對謝妮娜說：「我還要開車送她一下，她要出去買藥。」

「這個妖精早點病死就好了，」謝妮娜很不滿地說：「還要用我們的車，花我們的汽油錢。老謝你不要熱心過了頭。」

「好了，好了，少說兩句了。她不是病了嗎？不然我也不會開車送她，沒多少路，就算我幫大陳一個忙行了吧。」老謝走出門去。

這是老謝在做完那件好事後，付錢給克莉絲汀時答應她的一個要求。克莉絲汀已經迫不及待地要吸上一口，她說去買藥，其實是想用這四十元錢買一小包白粉，只要吸上一口，有了精神，她就能去做生意賺錢了。她上了老謝的車，就像馬上要奔赴戰場，衝鋒陷陣。

謝妮娜瞧著他們的車開走，又回去做飯，在廚房裡，她想來想去覺得有什麼地方不對勁，老謝下班回來不少時間了，在那個屋子裡幫她搬東西也沒有必要把門關上啊？謝妮娜感到疑點重重，關了電爐，走出廚房，走到廳裡，看見謝妮娜的屋子沒有鎖上，她就走了進去。

走進屋裡，首先映入謝妮娜眼簾的是那張床，床上亂七八糟的好像被人折騰過一般，不過克莉絲汀這個懶女人平時也不整理床。謝妮娜又轉眼瞧那個大櫃子，大櫃子以前好像一直在這個位置，也看不出剛被移動過的痕迹，她又上去打開櫃子，櫃子裡的東西根本不像被整理過。老謝為什麼要說謊呢，他究竟在做什麼？謝妮娜的疑問越來越大。她的眼光在屋裡四處搜尋，看到了桌子上的一個紙巾盒，邊上還有兩張沒有使用過的紙巾。

謝妮娜的第六感覺告訴她就要發現真相了，接著她瞧見了床底下的廢紙簍，上面有一條粉紅色的丁字褲。謝妮娜跪下身來，揭開丁字褲，廢紙簍裡有一大把被使用過的紙巾。謝妮娜揭開那些紙巾，有些紙巾被黏糊糊的東西沾在一起，明顯是剛使用過的，緊接著，謝妮娜看見了罪證，幾張潮濕的紙巾中間的兩個避孕套暴露在她的眼前，小套套裡還留著新鮮的黏糊糊的精液。這事情還能是誰幹的？此時此刻，這個房子裡沒有出現過第二個男人，一切都很明白了。

謝妮娜就像腦袋上突然被揍了一拳，兩眼冒出了金星，差點一頭栽在這張肮髒的床前。幾分鐘後，謝妮娜緩過氣來，眼前的金星散發了，她大叫了一聲：「天殺的老謝，你竟敢在我的面前做這種事情。」

老謝是一個人開車回來的。走進屋裡，屋裡冷冷清清的，廚房裡鍋碗都扔在竈上，謝妮娜也不在，老謝以為她又去後園了，在窗口對著後院叫了幾聲，也沒有回音。老謝走到自己的臥室前，推門進去，看見謝妮娜撲在被子上，發出哭泣的聲音。老謝裝作沒事地問道：「小謝，發生了什麼事？」

謝妮娜猛地轉過頭，大喊道：「你和那個婊子做了什麼事？」老謝這才看到床頭櫃上的幾張肮髒的紙巾，中間躺著那兩個濕漉漉的避孕套。頓時，老謝臉色發白，面前鐵證如山，他再想抵賴也沒有用了，他撲通一下就跪倒在謝妮娜的面前。

屋外又有了聲音，是阿廣下班回來了，他一進門就喊道：「老謝，老謝。」如果這時候阿廣敲門進來，看見老謝跪在老婆面前，老謝就太沒有面子了，不是說，男人膝下有黃金嘛。屋裡的老謝又立刻站起來，心想，大丈夫敢做敢當，豁出去了。他點上香煙，走出自己的房間。

這個晚上，老謝沒有進屋裡睡覺，一個人呆坐在破沙發上，抽掉一盒「魂飛爾」香煙，好像靈魂真的飛走了。半夜，克莉絲汀回來，瞧見老謝臉色慘白地坐在那兒，叫了他一聲，他兩眼發呆，也不回答。克莉絲汀害怕了，懷疑老謝的腦子出了什麼毛病，下午，老謝在她的床上還是生龍活虎的，怎麼一會兒就成瘋子了。克莉絲汀在外面已經掙了錢，她認為這不管自己的事，一聲不啃地溜進自己的屋子裡。老謝早就把克莉絲汀比喻為埋藏在這幢房子裡的一顆炸彈，但萬萬沒有想到這顆炸彈在自己身上爆炸了，今夜，他被炸倒在這張破沙發上。

而謝妮娜一個人在臥室裡嗚嗚地哭了一夜。隔壁的阿廣知道他們之間出事了。

2

第二天清晨，謝妮娜又哭又喊，就像把房子點著了一般，不但和老謝大鬧了一場，還敲門把克莉絲汀叫起來，大罵克莉絲汀是不要臉的婊子。

克莉絲汀振振有詞地回答：「我本來就是婊子，你不應該這麼激動，我又不是和你搶老公，我只是做了一次生意，而且只收了謝的一半錢。」謝妮娜聽了更火了，沒想到老謝怎麼這麼賤，這個女人更賤。

老謝一夜沒睡，在謝妮娜發泄怒火的時候一聲不啃，早飯也不吃，說要去上班，就快步溜出門去。

老謝一走，謝妮娜就對克莉絲汀怒吼道，要她馬上滾出去，不許住在這兒。阿廣也堅決支援謝妮娜，對克莉絲汀說：「你沒有付過房租，不應該住這兒，應該馬上滾出去。」

克莉絲汀著急了，她說：「我為什麼不能住這兒，我是陳的妻子，陳付過房租。」

「街上的男人全是你老公，你到街上去找他們。」謝妮娜叫喊著，這時候她成了一頭母獅，衝進克莉絲汀屋裡，要把她的東西扔出去。克莉絲汀也急了，上來和謝妮娜搶東西，阿廣幫著謝妮娜，克莉絲汀敵不過他倆，她打電話給大陳，大陳大概認為她又是問他拿錢，也不來接電話。她打電話給彼得，那邊廠裡說彼得出差還沒有回來，也不知道是真的假的。克莉絲汀又打電話到彼得家裡，是彼得老婆接的，她也知道彼得和克莉絲汀的事情，在電話裡把克莉絲汀一頓臭罵。克莉絲汀像沒有頭的蒼蠅，瞧著謝妮娜和阿廣把她的東西一件一件地朝前面院子裡扔，她撥響了警察局的電話。

不一會，一輛警車又來到屋前，警車燈一亮一亮。隔壁鄰居以為這兒出了什麼大事。下車的那兩個警察，還是上次半夜來過的，一走進院子，先瞧見院子裡的一堆衣物，克莉絲汀瞧見警察來了就像來了大救星，馬上叫嚷起來。警察讓阿廣和謝妮娜停止搬東西。一個警察把克莉絲汀叫進一個屋裡，另一個警察把謝妮娜和阿廣叫進另一個屋裡，進行訊問。

這個屋子裡的警察問道：「誰是這幢房子的主人？」謝妮娜說；「我是，我和我丈夫買下了這幢房子，那個女人在這個房子裡住了幾個月，一分錢房租也沒有付過，所以要把她趕出去。」

那邊的屋子裡，警察問克莉絲汀：「你為什麼不付房租？」克莉絲汀說：「房租是我丈夫陳付的，我不管房租的事。」警察又問，「你的丈夫在哪兒？」克莉絲汀說，「我丈夫不住這兒，他和我分居。」警察搞不明白：「分居他為什麼還要為你付房租？」克莉絲汀又不敢把假結婚收大陳錢的事說清楚，只能支支吾吾地說不清楚了。警察想起那天半夜，又問道，「那天半夜我們也來過這兒，那個男人是不是你的丈夫？」克莉絲汀說：「彼得不是我丈夫，是我的情人，這事上次他已經說過了。」警察打開紀錄本一查，這事上次確實說過。不過這事情更有點蹊蹺，半夜情人來這裡，丈夫不住這兒，卻在付房租，那兩個人又要把這個女人趕出門去。警察越想越糊塗，一筆糊塗賬。

這邊，謝妮娜又去廁所裡拿來一根針管，說克莉絲汀是一個吸毒的女人，我們不能讓她再住在這兒。阿廣補充道，她再住下去，這個屋子裡肯定要出大事情。警察感到事情有點嚴重了，把針管收起來，當作證據，說要回去化驗一下。

兩個警察一合計，把他們三個人叫到一起，對克莉絲汀說，你必須儘快到外面去找房子，找到房子就從這兒搬出去。對謝妮娜和阿廣說，在克莉絲汀沒有找到房子前，她還是住這兒，你們不能隨便扔她的東西，把她的東西放回屋裡。又對雙方說，這個時間限定為兩個星期。

在這兩個星期裡，大陳為了躲避克莉絲汀要錢，沒有來過。老謝也沒有和大陳聯繫，他不好意思和大陳說這個事情，只能天天在家裡挨謝妮娜的罵聲。趕克莉絲汀出門的事，他也不表態，如果現在他表態，謝妮娜不但不會聽他的，一定會鬧得更凶。每天下班回家，他就坐在廳裡的破沙發上抽煙看電視，一句話不說，像個木頭人似的。謝妮娜也不給他做飯，他只能給自己下點麵條，填肚子。阿廣是和謝妮娜站在一個立場上的，老謝和他也說不上什麼。這幢房子裡，現在是四分五裂，安定團結的局面被破壞了。

克莉絲汀終於和彼得聯繫上了。彼得聽說了這件事，反而幸災樂禍，說：「你早就不該住在『掐你死』那兒，再住下去太恐怖了。我也不能到你那兒去快樂了，說不定我這輛嶄新的賓士車，哪天就讓幾個中國恐怖分子給毀了。」

他立刻在外面替克莉絲汀找了一處房子，一天夜裡，他開車來了，和克莉絲汀一起，悄悄地把東西搬走了。

老謝踏進克莉絲汀搬走後的房間，裡面的床桌還在，櫃子裡面搬空了，地下一片狼藉。老謝腳踏在那些垃圾上面，感到腳在發抖，「一失足為千古恨」啊，他算是真正明白了古人說話的意思。他就是在這間屋裡踩響了一個地雷，把他炸得身敗名裂。

其實現在的老謝，既沒有身價，也只是一個默默無聞的小人物，不存在身敗名裂的嚴重問題。他唯有的兩萬多元錢全扔在這幢舊「耗死」上面，而且房產證上寫的是謝常家和謝妮娜兩個人的名字，這就是說，他只有一半份兒。

老謝沒有想到的是，他踩響的只是第一顆地雷，克莉絲汀搬出去後，就像連環雷一樣，引發出一聯串的爆炸。克莉絲汀搬走後，拿不到大陳的錢，認為自己沒有必要盡一個假妻子的責任，把自己和大陳的事告訴了彼得，彼得給她出主意，「如果說假結婚你也逃脫不了干系，你就說和那個中國小子解除婚約。」克莉絲汀聽了彼得的話，一個電話掛到了移民局。

移民局這種事碰到多了，就打電話給辦理這件事的代理人張傑克，責問到底是怎麼回事？張傑克一口咬定給他們辦理的是真結婚，還一起去唐人街烤鴨店吃了烤鴨，這是中國式婚禮，有結婚照為證，還能找出一群證人，是他本人給這兩位做的結婚文件。當初他們兩個談情說愛也是真實的。至於小兩口子結婚後，吵架翻臉也是很普通的事。據統計，現在澳大利亞人結了婚，三對裡面有兩對要鬧離婚的，這不是又多了一對嗎，說不定，過幾天他們又好起來了。

移民局官員說：「那位新西蘭來的女士克莉絲汀已經取消了她對丈夫陳的擔保，這是她的權利，我們也沒有辦法。這也就是說，從她的取消日開始，陳就是一個不合法的居留者，因為他的簽證已經過期了。」

張傑克馬上打電話給老謝，老謝說，我不管這事了，你直接打電話給大陳吧。張傑克打電話給大陳，告訴了他，關於克莉絲汀已經告發他的事情，對他說道：「如果你還想在澳大利亞混下去，馬上轉移地方，轉入地下，就像當年的老謝和我一樣。」

「怎麼轉移，我現在還有一份工作呢，找工作不容易。」大陳不捨得那份掙錢不少的工作。

張傑克警告說：「工作也馬上扔掉，克莉絲汀知道你工作的地方，這非常危險，移民局分分秒秒都可能來抓你。還是老謝以前說過的那句話，留得青山在，不愁沒柴燒。走得越早越快越好，出事情很可能就在一天二天裡面，甚至一個小時兩個小時裡面。這都是經驗之談，我們都是過來之人。」

大陳打電話給老謝，老謝不在，是阿廣接的。阿廣說：「出事了。」就把這幾天發生的事情告訴了大陳，大陳聽了很生氣，說，「老謝怎麼可以搞我的女人，那個彼得剛被我趕走，老謝就爬到克莉絲汀的身子上去了。不然也不會鬧出這樣的事情，老謝這樣做，和出賣了我有什麼兩樣？」

大陳立刻在華人報紙上找到一個分租房子的地方，當天就辭了工作，讓阿廣開著破車，把他的生活用品拉去那兒。

過了幾天是周末，大陳又來到了老謝這兒。

屋子裡，老謝阿廣和謝妮娜都在。大陳把老謝罵了一通，說老謝不夠朋友。老謝抽著煙也不說話，他肚子裡也有氣，他在想，大陳說他不夠朋友是指哪一方面，是說他幹了克莉絲汀，克莉絲汀本來就是一個妓女，就是讓人幹的，天天都在外面讓人幹，我幹了一下又怎麼了？她又不真是你的老婆。說是把克莉絲汀趕出去的事，也不是他老謝要把克莉絲汀趕走，是謝妮娜把她趕走的。克莉絲汀要翻臉，老謝有什麼辦法，這個事情實在是說不清楚。說他老謝不夠朋友是冤枉他了，他老謝為了朋友，就差兩肋插刀了。如今，老謝是豬八戒照鏡子，裡外都不是人。

大陳又說，他已經在克莉絲汀身上花了將近一萬元錢了，現在這些錢比扔進水裡還不如，扔進水裡還能聽到撲通一聲，看見一道水花。大陳現在什麼也看不見，前途一片迷茫。是誰出的餿主意讓他搞這個倒楣的假結婚，他辛辛苦苦地幹了一年多，手上的老繭也幹出來了，流血流汗，掙點錢不容易啊，難道這些血汗錢就是為了辦這種蠢事？大陳說到這裡，眼淚也差點流出來了。聽了每個人都很感動。老謝想，這話不是指著我的鼻子嗎，難道還要我賠償他的損失？可是，老謝現在也是窮光蛋一個，除了填在這幢「耗死」裡的幾個錢。

最後，大陳走了一圈煙，算是給各位告別。這次，連謝妮娜也點上了香煙，這是她來澳大利亞抽的第一支煙。

大陳走出門，就算是和老謝一刀兩段了。

這事情還沒有完，對於老謝來說，還有一聲更響的爆炸等待著他。

謝妮娜雖然把克莉絲汀趕走了，但是想起這件事就感到受不了，感到委屈，感到忿怒，感到火冒三丈，感到忍無可忍，感到無法嚥下這口氣。老謝瞧見一個破女人就搞，她不在的時候，也不知道搞過多少破女人賤女人壞女人。以前，她不在澳大利亞，他搞過也就搞過了，眼不見為淨。如今她來到澳大利亞，來到他身邊，他還在搞，最氣人的是，他還花了錢，在她的眼皮底下搞。還有，她來到澳洲後，老謝在床上和她做那件事，一直是有氣無力，不能使謝妮娜感到滿意。可是，老謝在那個婊子的床上，這麼短的時間裡，竟然用掉了兩個避孕套，套子裡的黏液還是滿滿的。這說明了什麼呢？說明了老謝對她的基本態度，還不如對待那個妓女。謝妮娜越想越氣，又嗚嗚地哭起來，她要和老謝離婚，要和老謝分開，她要給這個男人瞧瞧，在澳大利亞沒有他，她也能活下去。

謝妮娜和老謝攤牌了，說：「我們分手吧？」

老謝說：「難道沒有一點挽回的餘地？」

謝妮娜說：「我一想到你和那個婊子在一起，就感到噁心，就像被人咬了一口，心上的肉就會發疼。每天讓我疼一次，我會死的。」老謝無話可說。

這個夜裡，老謝又無法入睡，又在廳裡的破沙發上抽了一夜的煙，他想起以前謝妮娜喜歡唱的那首歌〈恰似你的溫柔〉，如今歌詞已經變成了「掐死你的溫柔」。沒有想到老謝和小謝是這樣一個結局。第二天，他的眼裡滲出紅紅的血絲，他對謝妮娜說：「好吧，我們好聚好散。」

這幢十八萬元的舊房子，只付了兩萬元，還欠十六萬，根據合同，每周付利息三百元，還需要付二十幾年。房產證上寫的是老謝和謝妮娜兩個人的名字。老謝是個算計小頭不算大頭的人。他自己拿了那輛二手車，把房子留給了謝妮娜，不過，以後的貸款老謝當然不付了，全由謝妮娜負擔，如果謝妮娜負擔不了，可以把房子賣掉，也可以出租。

老謝認真想過了，畢竟這件事是他的過錯，他選擇了離開，他是個男人，出去什麼事都好辦。讓謝妮娜住下去，畢竟夫妻一場，把新買的家具也都留給了謝妮娜。

老謝給以前的房東打了一個電話，知道藍區門那邊還有一間屋空著，整理了一下自己的東西，就搬過去了。

3

那首歌是怎麼唱的，「山喲還是那個山，水喲還是那個水。」屋子也是那個屋子，老謝又回來了，回到他剛來墨爾本時住過的舊屋子。屋子裡的小蟑螂又爬了出來，想當初大陳最怕蟑螂，瞧見這種成群結隊的小蟑螂就要喊叫，如今再也聽不到他的叫喊聲了，也不知道這小子去了哪兒？走的時候連個地址和電話也沒有留給老謝，老謝是真心把他當朋友，朋友一場卻落得了這個結局。

老謝坐在屋子裡的破沙發上一口一口地吸著煙，吐出白色的煙霧，也吐出百般感歎：「藍去門」聽起來不就是「來去門」嗎？我來這裡落腳，又去了，去了又回來了，人生不就是這樣來來去去嗎？走進這道門又走進那道門，最後又走回這道門，這有點像阿廣在外面的世界兜了一圈又回來了，又走進澳大利亞的門裡。

不同的是，七八年來，老謝還沒有走出過這道門檻，走來走去都在澳大利亞的門裡亂穿。老謝想，走來走去都是在為它人做嫁衣裳，就像紅樓夢裡唱的好了歌一樣。老謝是在為誰做嫁衣裳，為老婆謝妮娜嗎？有點像，可是謝妮娜活著又是為了什麼？謝妮娜來到澳大利亞也已一年多了，不知什麼原因，就是沒有孩子。直到現在也沒有弄清楚原因是在老謝身上還是在謝妮娜身上。不過，現在看來，沒有孩子也好。夫妻本是同林鳥，緣分盡了，飛出林子，留下孩子幹什麼呢？

可是老謝已經四十幾歲了，許多人在這個年齡已經成名成家，老一輩無產階級革命家在這個年齡已經打下半邊江山，大腕大款已經進入成功人士的行列。就算那些階級敵人，比如那個大名鼎鼎的賓拉登，四十幾歲已經建立了他的基地組織，五十歲不到，已經在阿美利監炸了兩棟摩天大廈，搞得全世界誠惶誠恐。老謝好事壞事都沒有做成，除了在澳大利亞混了一個永久居留的身份，一事無成，窮光蛋一個。他感到很悲哀，這種悲哀情緒以前他只有在維拉沃特的拘留營裡產生過，那時候他連死的想法也有過，後來是抱著要把牢底來坐穿的堅強意志，熬到出獄。現在的情況，應該說要好多了。不過好和壞是相對的，比如那時候雖然身陷囹圄，但身邊出現了一個情人蘇海倫，萬里之外還有老婆謝妮娜在中國等著他，還有盼頭。如今老謝雖然是自由身，身陷在自由世界的自由天地裡，但自由了，他又能幹什麼呢？他連老婆也沒有了，光棍一個，想不自由都不行。

老謝抽完了幾支煙，就把行李箱裡的東西倒在床上，開始整理東西，老謝已經好久沒有整理東西了，自從謝妮娜來了，整理東西的事情就歸女人管了。現在，老謝又進入了單身人士的行列，不得不操勞一下。來到澳大利亞的年數越來越多，各種材料文件也越來越多，扔了又怕不知什麼時候再用上。都是一堆紙張垃圾。就在這堆亂七八糟的的東西中間，老謝瞧見了一張小紙片，他順手朝地上一扔，想了想，又把小紙片撿起來，小紙片上列印著一組組數目字，這是老謝兩個星期前買的一張「抬死駱駝」的彩票。因為這兩個星期，地雷一個接著一個爆炸，老謝被炸得暈頭轉向，根本沒有想到去看開獎號碼。不知什麼時候，他把這張小紙片扔在抽屜裡，這次離家出走時，謝妮娜把這張小紙片朝他的行李堆裡一扔，說：「做你的夢去吧。」老謝就把這些東西一古腦兒搬來了。現在這張小紙片，就像河裡的一根小草，浮上水面。

老謝手上拿著這張紙片就和抓著一根稻草差不多。已經兩個星期過去了，老謝知道八成沒有希望，不是八成九成，甚至不是九點九九成，據概率統計，這種彩票中大獎的機會是二百萬分子一，也有人做過一個很生動的比喻：雙手捧著滿滿一把硬幣，朝天上扔去，掉下地的時候，幾百個硬幣全是正面，沒有一個反面。這可能嗎？這就是「抬死駱駝」給人們的希望。老謝的眼睛在這張小紙片上停留了好一會，決定把死馬當作活馬醫，要去買彩票的地方驗證一下。

澳洲出售彩票地方，是賣報紙的商店News Agent，老謝叫它「牛死愛親它」，這種小店遍佈澳洲城鄉的每一個角落。現在，不管它是死駱駝死馬還是死牛，老謝打算去碰一下運氣，其實也不是碰運氣，彩票的號碼，兩周前的已經在電視上公佈了，老謝不知道。老謝因為後院爆炸，正被燒得焦頭爛額，無暇顧及，連這兩周的彩票也忘了買。老謝還決定，不去其他的報店，而是去他買彩票的「卡你急」地區那家「牛死愛親它」，寧可多走一點路，反正有車，這輛車是老謝現在最大的的財富。

老謝開車去了「卡你急」地區的商業街上，街上挺熱鬧，人來人往。老謝在這兒已經住了兩年了，對周圍的環境已經熟悉了，來到這兒，好像是為了和這條街告別，老謝的心裡又產生起幾分傷感。老謝的腳踏進那家小店，老闆是個波蘭小老頭，早就認識老謝，因為老謝是每周來買「抬死駱駝」彩票的老主顧，不管颳風下雨，他從沒有缺漏一次。可是，最近兩周，老謝沒有去買彩票，波蘭小老頭正惦記著他呢，「哈囉，謝，你好嗎？最近沒有看見你來買抬死駱駝。」

老謝說不上好還是不好，就說最近我搬家了。這個波蘭小老頭也是老謝的半個侃友，雖然兩個人的英語都不怎麼地道，兩個人談起來也有不少話題。波蘭小老頭說他父親在二戰時從法西斯集中營裡逃難出來的，還喜歡談論什麼團結工會主席瓦文沙總理雅魯夫斯基什麼的。老謝胸懷世界，對國際問題也有所研究。兩個人結結巴巴地能說上半個多小時。不過，老謝這會兒沒有心思討論什麼斯基，他摸出小紙片讓小老頭驗證一下。

「你這張還是兩個星期前的。」波蘭小老頭先沒有放進機器，戴上老花眼鏡拿起小紙片看了一下，小紙片上有幾組數目字，其中的一組引起了他注意，他說：「原來是你啊？」他立刻把小紙片塞入驗證的機器，號碼出來了，而且機器發出了嘟嘟的叫聲，小老頭大叫道：「上帝啊，真的是你。」

老謝只是感到一陣熱血衝上腦袋，但他還不清楚是什麼情況。店裡周圍的人都轉過頭來，不知道發生了什麼事情。老謝反應還算快，對波蘭小老頭說：「輕聲點，輕聲點，到底是什麼情況，是不是我中獎了？」

波蘭小老頭把紙片塞還給老謝，關了一下機器，叫來另一個夥計，然後他把老謝拉到邊上，就像特務在接頭一樣，壓低聲音對老謝說：「我要和你進行一次正式的談話。」老謝瞧見小老頭神秘的樣子，猜想一定有什麼大事發生了。小老頭注視著老謝的眼睛，一眨不眨，繼續說道：「這在我們的小店裡是在第一次，在澳大利亞的歷史上也是第一次。」

老謝心裡癢癢的，好奇地問：「什麼第一次啊？」

波蘭老頭把老謝請到隔壁咖啡店裡，叫來兩杯黑咖啡，放進小方糖，用銀色的小勺在黑咖啡裡轉了轉，然後正式說話：「先說我們店裡的第一次，我們店裡賣彩票的歷史已經有幾十年，賣出的彩票，沒有中過一次頭等獎。這次彩票公司通知我們了，說我們出售的彩票中有一個頭獎。可是兩個星期過去了，沒有見到中頭獎的人來驗證。我每天都等待著，頭頸都等長了，還是沒有見到這個傢夥來臨。我以為這個人出了什麼事情？」

「出了什麼事情？」老謝又問道，他還沒有搞清楚小老頭說的到底是哪位，不過自己最近確實出了不少麻煩事。波蘭小老頭從來沒有請他喝過咖啡，今天這麼鄭重其事，肯定有什麼事情發生了。

「出什麼事情我當然不知道。不過從澳洲彩票的歷史上看，就有不少中了大獎，沒有人來認領的事情。最普通的情況是，有的人買了彩票，一張小紙片順手扔掉了，也忘記了自己填寫的號碼。這個大獎就隨著水溝裡的小紙片流走了。也有的老人買了一輩子彩票，就在中大獎的那天晚上高興死了，一個人孤零零地死在大房子裡，誰也不知道。還有就是，在一個工作的地方，幾個人出錢合買一張彩票，當然是委派一個人去買的，中了大獎，這個去買彩票的傢夥就失蹤了，別說其他的人找不到他，他的老婆也找不到他了。當然這個傢夥失蹤了一段時間，最後還是會去領這筆獎金的，他是暫時躲起來了，然後獨吞這筆鉅款，周遊世界去了。這筆錢太大了，成百上千萬，對人的誘惑力也太大了，沒有幾個上帝的子民能夠抵擋住這種誘惑。當然，也可能發生一個人害死另外一個人的事情，然後偷了他的中大獎的彩票。」波蘭小老頭說到這裡，又把眼睛盯住在老謝的臉上，喉嚨裡發出了莊重的聲音：「當然這些倒楣的事情都沒有在這次開大獎的過程中發生，因為你來了，密斯脫謝，並且帶來了這張頭獎的號碼。」

又是一股熱血衝到老謝的腦門上，他緊緊地抓住手上的小紙片，把紙片拿到眼前，激動地說：「真的嗎？你不是在和我開玩笑？」

波蘭老頭很嚴肅地說：「別人能和你開玩笑，我是出售彩票的，怎麼可以和你開這種玩笑？」

「你不會搞錯吧？可能是這兩周內的彩票號碼，可惜我這兩周都沒有買。」老謝捏著小紙片，還是不相信自己撞上了大運，他手心裡汗也滲出來了。

「我怎麼會搞錯呢。你不是剛才也聽見，拿個機器驗證到這組號碼就嗚嗚叫了。」小老頭的眼睛發亮，「我還要告訴你一個不會搞錯的原因，兩周前開出的這組號碼就是我剛才說的另一個第一，澳大利亞歷史上的第一次」

老謝聽見小老頭的這句話差點跳起來，「你說的第一次，是不是獎金最高，錢最多。」老謝感覺到自己就像喝醉二鍋頭一般，喉嚨口發熱，眼前有點模糊，突然間金光閃閃，那金錢像浪潮一樣朝自己迎面撲來，自己躲也沒處躲，一塊一塊金幣一捆一捆鈔票全朝他身上砸來。雖然他的手上還沒有拿到一分錢。

「那倒也不是，」波蘭小老頭喝一口咖啡，又吐出了一番道路：「因為兩個星期前的這個頭獎號碼，在幾年前也出現過一次，但是沒有一個人中頭獎，我記得很清楚，只有我們店裡出售的彩票中間有一張二等獎，二等獎和頭等獎獎金相差太多了，那次頭等獎是九百多萬，二等獎才幾千塊錢。這次這個神秘的數字又出現了。抬死駱駝的中頭獎概率是兩百萬分之一，幾年中再次出現這個數字的概率那就是千萬分之一了，可是這個神秘的小精靈再次出現了，所以我說它在澳大利亞的歷史上是第一次。是不是在全世界第一次，我就不清楚了。」小老頭推了推臉上的眼鏡架子，越說越來勁：「還有，我剛才說了，上次開獎時，唯一的一個二等獎出現在本店出售的彩票中，這次頭獎又出現在我們店出售的彩票中間，這說明了什麼呢？說明這個數目是個精靈，是上帝安排在我們店裡的小精靈。」

老謝也沒有心思再聽波蘭小老頭胡扯什麼精靈，杯子裡的咖啡也喝得差不多了，他心急火燎地問：「你快告訴我，我這個頭獎到底能得多少錢？」

「小夥子，別著急。你要不要再來一杯喝的？」小老頭仍然不慌不忙。老謝說，「不用了，你快說吧。」小老頭把最後一口咖啡喝進嘴裡，吐出話來：「這次頭獎是一千零五萬，但是有四個人買對了這個號碼，四個人平分一千零幾萬，這就是說，你可以拿到二百五十多萬澳幣的獎金。」

老謝雖然沒有獨得一千多萬的獎金，但感到自己飄飄然地飛到天上去了，他衷心感謝上帝又給了他一次機會。如果上次那個九百萬也砸在他身上，那麼老謝就會感到飛出天空，飛到宇宙中去了，飛到上帝住的金光閃閃的伊甸園去了。最後，他問波蘭小老頭：「請你告訴我，我怎麼去拿這筆錢呢？你知道，我這是第一次，沒有經驗。」

「誰也沒有經驗，誰還能碰到第二次？除非是上帝本人。」小老頭在身上劃了一個十字，然後告訴老謝，他馬上去給彩票局打一個電話，彩票局會立刻派人來這裡，驗證老謝的中獎號碼，發給老謝許多表格，讓老謝填寫了表格，才會給老謝寄來支票，也可能劃入老謝的銀行帳戶。通常，彩票局的人還會請記者來，給得獎者拍照上報，替彩票局做廣告。

「別，別，別讓我上報，照片一見報，說不定有人起歹心，看中了我的一大筆錢，綁架殺害，什麼可怕的事情都可能發生，我沒有享福就遇害了。那麼，小精靈是上帝派來還是魔鬼派來的就說不清楚了。」老謝強調說：「你讓彩票局千萬別帶記者來了，帶兩個警察來保護我還差不多。」

小老頭說：「現在的警察也靠不住，你沒有看到太陽晨報上說，那個警長為了一筆錢，做了黑社會的槍手。他得到的那筆錢雖然不少，但是和你的抬死駱駝頭獎相比，小得就像一隻小老鼠。」

老謝表示警察不可靠也不需要了，總而言之一句話，不能聲張。波蘭小老頭贊同老謝的觀點，不少顧客中了頭彩後，都和老謝一樣，低調行事，這件事情只能悄悄地進行，不讓一個無關者知道，如同搞間諜活動一樣。最後小老頭要老謝答應一件事，就是當老謝拿到那張中頭獎的證書後，讓他給這張證書拍一張照片，他要把這張照片放在鏡框裡，掛在牆上，說明這個中頭獎的彩票是本店出售的，上帝派來的小精靈在店裡上竄下跳，以後光顧本店的人越來越多。他還說，其他賣彩票的店都是這樣做的。老謝一口答應，並搶先付了兩杯咖啡錢。

小老頭就拉起老謝的手，走回本店，一起給彩票局打電話。老謝再次踏進店堂的時候，有點忘乎所以，高叫了一聲：「牛死愛親它。」

波蘭小老頭馬上拉了他一下，壓低聲音說：「小心一點。」然後環顧了一下四周，警惕地看著走來走去的人，好像周圍有不少蓋世太保特務分子。

4

老謝中大獎後，沉住氣沒有告訴任何人，連他的親娘老子也沒有通報。老謝打算以後回了北京，再告訴他們自己的一禍一福，禍是指謝妮娜和他離婚的事，福當然是指他得了大獎。古人說：「因禍得福」。老謝不知道自己算不算是因禍得福，按時間推算，買彩票還應該在那件禍事發生之前。

在得知中獎的第二天，老謝就把紅玫瑰餐廳的工作辭了，他哪裡有心思上班幹活，天天伸長脖子，翹首以待，一天二十四小時的時間太長了。有時候，他甚至懷疑這中獎是假的，是個騙局，到頭來讓他空歡喜一場。每天他都是在神不守舍的心情中度過的，吃飯毫無味道，整晚睡不著覺。兩眼瞧著天花板，看著小蟑螂在牆上爬來爬去。兩個星期後，這天中午，老謝收到彩票局寄來的到款通知，老謝麵條煮到一半，熄了火，馬上趕到聯邦銀行，他在自己的銀行帳戶上看到了一組九位數的數字，這組數字將改變老謝的一生的命運。

張傑克又打電話來了，請老謝去喝酒。大陳和克莉絲汀的那件假結婚的事黃了後，張傑克認為自己已經盡到了責任。沒有想到幾天後，老謝又找上了他，委託他辦理謝妮娜和老謝的真離婚。誰能想到事情會鬧出這樣的結果，張傑克有點為老謝痛心。自從老謝搬回藍區門，張傑克有時候會打電話來，和老謝吹吹牛，也算是對老謝的一點安慰。

這會兒老謝心情很好，一口答應，說：「我請你。」

在唐人街「食為先酒家」，老謝訂了一個雅座。張傑克一來就感到不對勁，以前老謝和他一起吃飯都是挑便宜的小飯店，這會兒老謝怎麼講起排場來，一開口說他菜已經點好了，全是海鮮，桌上放著一瓶茅臺酒，服務員先端上來兩小碗的鮑魚羹。張傑克看不懂老謝了，說道：「老謝你不要遇到一點事就想不開，你是不是有不活了的意思？」

「我幹嘛不活，我活的好著呢。瞧，我今天喝茅臺吃海鮮。」老謝打開茅臺酒瓶，酒香四溢，老謝用鼻子嗅了嗅。

「這大概是你來澳大利亞，吃的最貴的一頓吧，在國內有沒有吃上這個檔次，我就不知道了。我們是老朋友，你不用充大款。」張傑克拿過酒瓶的木塞也聞了聞，又從老謝手裡拿過酒瓶子聞了聞說：「真的。」

「那是那是，我老謝什麼檔次，怎麼會喝假酒。」老謝給自己和張傑克斟上酒，「以後，咱天天喝茅臺，吃海鮮。」

張傑克更搞不懂：「你哪來這麼多錢？你沒有把那套房子賣掉吧？說好了，房子是給你老婆的，離婚材料都是我做的，具有法律效應，你不能亂來。」

「你想到什麼地方去了，我怎麼會去和老婆爭財產？來，乾上，乾上。」老謝和張傑克碰杯。

張傑克糾正道：「不是老婆，是前妻。」

當茅臺酒喝掉半瓶的時候，老謝終於管不住自己的舌頭，坐在對面的是老謝引以為知己的朋友，不是說，人逢知己千杯少嗎？老謝才喝了兩杯，就露出自己獲大獎的口風，「兄弟，最近我發大財了。」

張傑克還沒有明白過來：「發財，你能發什麼財？」

老謝說：「你猜猜」

「贏了一大筆，不可能，你從來不去賭場。在澳洲的馬路上撿大錢比較難，大家出門都刷卡，再說撿到一個皮夾子也發不了財。」張傑克猜不出，想了想，講起一件新聞，「對了，前幾天，我在太陽晨報上看到，聖凱特地區的一條名叫瑪格麗特的小街，這條街是一條死胡同，街尾有一堆破家具等垃圾，結果一個老太太在那裡撿到一捆錢，有十幾萬，她交到警察局。直到現在也沒有人來認領這筆錢，根據澳大利亞的法律，沒有人來認領，這筆錢就歸這位撿錢的老太太了。幾天後，又有人去翻這堆垃圾，又找到一大捆錢，也是十幾萬。那還了得，許多群眾都紛紛跑去瑪格麗特街折騰這堆垃圾，當然什麼也沒有找到。不過那條無人的小街現在變成了鬧巷，電視臺還說要去拍電視。根據警察分析，那些錢可能是黑社會的販毒人士藏在那兒的，他們當然不會出來認領。」

這時候，服務員又把一盤蔥薑龍蝦端上來。老謝說：「你不要光顧著說話，吃菜喝酒」

「喝酒，喝酒。」張傑克舉酒杯的手在半空中突然停住了，眼睛從那盤龍蝦上面轉到老謝的臉上，他緊盯著老謝的眼睛，說：「老謝，我知道了，我想起來了，你不就是在聖凱特地區的飯店裡上班嗎，那條瑪格麗特街是不是就在你們飯店後面？」老謝笑著看著對面的張傑克，也不說話，剝開一個龍蝦的大鉗。張傑克更來勁了：「我想事情應該是這樣發生的。有一天，你在那個紅玫瑰飯館上晚班，下班時已是深夜。老謝，我瞭解你這個人，有時候，你會異想天開，找個什麼新奇的樂子，你對後面街上的一大堆垃圾的好奇心已經不是一天兩天了。這條瑪格麗特街白天就沒有人行走，半夜有沒有鬼影子就不知道了。反正那個深夜，你老謝像幽靈一樣接近了那堆垃圾，結果是你第一個發現了裡面的鉅款，一捆是十幾萬，你找到幾捆我不清楚。不過你還算手下留情。第二天讓那個老太太也撿到一捆。還有一種可能是老太太先撿到，你在報紙上看到這個消息，半夜再去淘金，結果又弄到一捆二捆，你沒有聲張。不是後面還有人在裡面又翻到一捆嗎？」

老謝舉著酒杯大笑起來：「傑克，真有你的，你怎麼像福爾摩斯一樣，你應該去開一家私人偵探所。」

「我是有過這樣的想法，有一位哲學家說過：窺探別人的隱私，是人生之一大樂趣。這話還是有點道理的。不過我幹這一行的條件還不成熟，因為做偵探這一行有一些危險性，最好去弄一支手槍，考一張持槍證。再說掙錢也不一定比我現在這一行多。」張傑克又盯住老謝的眼睛：「我分析的對不對？你是從那堆垃圾裡挖了第一桶金。」

老謝又把一塊龍蝦肉送進嘴裡，說：「你說得不對，我已經不在那家紅玫瑰飯店裡刷碗了，我辭職不幹已經好幾天了。」

「如果是我，我也辭職不幹了，再幹下去太危險。如果黑道上的那幫爺們知道是你撿了他們的錢，還會放你過門，溜之大吉是上上策。你做得太對了。」張傑克斯文地用一個工具剝開另一個大蝦鉗，把白嫩的蝦肉送進嘴裡。

「傑克老弟，有兩點我要告訴你，第一，紅玫瑰飯店後面的小街並不叫瑪格麗特街，而是叫小克勒街；第二，十幾萬元對我老謝來說，也算不了什麼大錢。」老謝得意地點上一支魂飛爾牌香煙。

這句話讓張傑克大吃一驚，但老謝也不像吹牛的樣子，眼前的鮑魚羹和蔥薑龍蝦是不會假的。這時候，穿白制服的服務員又托著一個腰型盤子送上一打新鮮生蠔。老謝用芥茉醬沾著生蠔，裝著老吃老做的模樣。張傑克單刀直入地說：「老謝，你今天必須說清楚到底是發的那一路財？是不是去銀行打劫？不對，這幾天報紙上也沒有銀行被搶劫的消息。」老謝吞吞吐吐地說一兩句，又扯到別的事情上去。那張傑克是幹什麼吃的，以前做過記者，現在是移民代理兼律師，正在朝政客的路上混，那個腦袋和那張嘴結合在一起，把老謝當作一條牙膏，一句一段地擠出來，最後，老謝一點秘密也沒有了，把中「抬死駱駝」大獎的來龍去脈交代得一清二楚。

「不得了，老謝你不得了。」張傑克拍著老謝的肩膀說：「我玩到今天，雖然也算是分分秒秒都在進錢，買了三幢房子，再加上我這個生意，加起來還不到一百萬。你老哥一出手就拿到二百五十萬，恭喜，恭喜。」

「該出手是就出手，不是和你吹的，如果當初我沒有被移民局那幫孫子抓進去，一出手就能獨撈一個九百多萬的大獎……」老謝又把自己那個倒楣的故事對老謝講了一遍，不過，他現在也知足了，上帝彌補了他的損失，「人不能太貪。」老謝最後說。

當初，張傑克給老謝辦理818、919等類別的申請，錢也沒有收，現在老謝發財了，他表示要在經濟上對張傑克彌補一下。張傑克說：「'過去了的事情就讓它過去吧，如果你真有意思，就給我今後的仕途出點力，我競選地區議員的資金還缺一道口子。」

老謝二話不說，就從口袋裡掏出支票本，寫上張傑克的姓名和五萬元錢。自從那筆鉅款進了老謝的帳戶，老謝在各家銀行裡開出好幾個戶口，支票本等也都辦齊了。張傑克很受感動，以前抽一支煙都要在煙盒裡數一下的老謝，對朋友一出手就這麼大方。張傑克站起來，緊接地握住老謝的手：「老謝，你是好人啊，好人有好報，上帝是幫助好人的。」

5

老謝有了這筆大錢，張傑克就幫他出謀劃策，如何使用這筆錢，如何享受生活，如何讓錢再生出錢來，用現代的理念叫做「理財」。

張傑克說理財的第一件事就是資訊。老謝花了上千元錢買了一個剛流行起來的手提電話。第二天，手機就響起來，當時用手機的人還不多，只有像張傑克之類的生意人。老謝打開手機時想，不會是什麼生意撞上門來吧？手機裡有一個叫彼得的人說，要和老謝見一面，談談有關生意的事情，說他是張傑克介紹來的。老謝想，怎麼又是一個彼得，在澳大利亞他已經碰到三個彼得了，既然是張傑克介紹來的，就見他一下。

老謝把壁櫃裡的「帝皇牌」西裝拿出來，認為現在自己已經達到穿西裝帶領帶的身份了，他還認為假名牌西裝和真名牌沒有什麼區別，所以沒有必要購置新西裝。不過，腳下的那雙皮鞋底已經磨出一個小洞，他去店裡買了一雙二百多元的義大利皮鞋，穿在腳上確實舒服。

老謝不能和彼得在家裡會面，這個破屋子也太寒酸了，一不注意小蟑螂就會爬出來。是另外租一個好房子，還是直接在高尚住宅區買一套房子，這個事情應該考慮成熟後再做，可以慢慢來，不著急，錢在銀行裡存著不會發黴，還會長利息。

老謝和彼得在市區考林街的一家名叫富豪的咖啡店裡見面。這家咖啡店設在高樓大廈的底層，門口的這條考林街又被人認為是墨爾本的金融街，許多大公司和商業機構都在這條街上，許多大買賣也是在這些古老的花崗石建築裡面洽談成的。這個地點是彼得選的，說是請老謝喝義大利咖啡。老謝想，現在怎麼從腳上的皮鞋到喝進嘴裡的咖啡全和義大利耗上了？老謝對市區不熟，以前，他沒事是不會來市區的，幹嘛來？一來就會讓口袋裡的錢流出來。現在，他不怕錢從口袋裡朝外流，細水長流，這輩子也流不完。

老謝不認識這個彼得，說好了彼得坐在咖啡店裡，桌上放一束鮮花。彼得認為老謝比較好認，那個咖啡店很少有亞洲人光臨，老謝一走進去，就引人注目。老謝想有點意思，這是情人幽會還是間諜碰頭？

老謝的義大利小牛皮皮鞋在考林街上走了幾個來回，找到了那家富豪咖啡館，走進門就被一雙眼睛盯上了，他捧著鮮花迎上前來，問道：「你是謝先生嗎？」老謝說：「我就是，你是彼得？」

彼得和老謝熱情握手，把鮮花送到老謝手裡：「祝賀你，密斯脫謝。」他也不說祝賀什麼，但老謝心裡明白，這個祝賀就是和張傑克嘴裡的「恭喜恭喜」差不多，這個彼得肯定從張傑克那兒瞭解了老謝發財的消息，不然不會找到老謝頭上。

兩人入坐後，彼得叫上了兩杯黑咖啡，然後，彼得介紹自己是義大利人的後裔，說他父母是在兩次世界大戰後移民來澳大利亞的，又指著自己的腦袋說，義大利人和中國人一樣都是一頭黑髮。老謝說中國人沒有你們那樣的高鼻子。彼得說他和傑克張是朋友，他喜歡和中國人交朋友，義大利人和中國人在幾百年前，在馬可波羅訪問中國的時候，就是朋友了。老謝聽了很舒服，對這個彼得產生了好感。

接著，彼得就從黑皮包裡拿出幾本圖冊和許多照片，給老謝講解起來。原來這是一家私人醫院兼療養院，彼得給老謝推銷的一個專案是：捐十萬元錢，就可以在有生之年，每年在療養院裡免費住一個月，七十歲以後可以在療養院裡住半年，八十歲後可以全年住在療養院裡，住院期間，吃喝全不花錢，還可以受到醫護人員免費護理。

老謝算了算，自己現在才四十幾歲，要去見上帝還早著呢，每年去那裡享受一個月療養，七八十歲以後還能在那裡養老終身，花十萬元小錢，也算可以。老謝就指著一幅圖片問，是否可以先去看看。彼得滿口答應，當場就開車載著老謝去參觀療養院。

威爾遜療養院座落在墨爾本郊區，開車半個小時就到了。這裡是雅拉河上游，綠水環抱著青山，景色秀麗，一群白色的建築點綴在其中。老謝從山上俯視山下，頓時豪氣滿懷，感覺到自己是人上人了，金錢這玩藝兒真能改變人生，讓自己下半生有了一個休閒的去處，做富人就是好。老謝瞧著眼前的青山綠水，想得更遠，如果自己百年以後，有幾個人能活過百年，可能自己也就是活到七八十歲，老一輩海外華人都喜歡葉落歸根，像老謝這樣不老不年青的海外華人，死了以後把骨頭埋回去是否有這個必要呢？北京人多，地皮緊張，躺進八寶山殯儀館估計自己的級別也不夠，還是應該給祖國減少一點負擔，不要回去搶地皮。這裡地廣人稀，剛才車開進來的時候，就瞧見那邊的山上有一片墳地，風景不錯，在這個療養院混到七老八十歲，那一天活夠了，走了，直接拉到山對面，路途也近，也不用火葬，留個全屍。

老謝把以後的事都想好了，就問彼得有沒有從活著到死去的一條龍服務，對面墳場買一塊墓地需要追加多少投資？彼得說完全可以，這件事也可以委託他來辦，估計再加五萬元錢就行了。他還舉例說明：「以前，在這個療養院裡有幾個過世的受人尊敬的先生和太太，就一起埋葬在對面。密斯脫謝，原諒我再多問一句，你有沒有太太，如果是夫妻倆人，合做一個大墓只需要七萬元。」老謝說，暫時不考慮雙穴。彼得又說：「密斯脫謝，你的想法很好。如果死後埋在對面山上，其實就和活著的時候住在這邊山上的療養院裡差不多，每天看到景色都是一樣，太陽早晨升起晚上下山，你淋浴在同樣陽光之下，晚上看到的也是同一個月亮，死人和活人同樣幸福。」

但老謝又轉眼一想，自己活著的事情還沒有全部落實，房子也沒有買好，先買墳地有點不吉利，不是盼著自己早點死嗎？他就對彼得說，墳地的投資慢慢再說，他打算先買一套房子。彼得問老謝，療養院的投資考慮的怎麼樣？老謝從口袋裡拿出「魂飛爾」香煙，又摸出一盒火柴，風太大，一根火柴沒有點著，彼得連忙摸出一個打火機給老謝點上。老謝面對青山綠水點了點頭，答應簽約。

彼得雷厲風行，立刻把老謝拉回考林街的辦公室，從鐵皮櫃裡拿出許多文件，還給老謝做了不少解釋，最後老謝在文件上一一簽了字。這是老謝在這條金融街上做出了第一個投資專案。老謝簽字的時候就想起了剛才參觀過的療養院，那一間間小屋子是如此的精致漂亮優雅。彼得和他握手的時候，老謝問道：「你不是說過一年中可以在那兒住一個月，是不是我現在就可以入住療養院？」

彼得說：「當然可以，你只要交了錢，我馬上為你聯繫入住手續。」老謝開出了第二張支票，十萬元。

6

一個星期後，老謝住進了威爾遜療養院。

入院的第二天，醫務人員給老謝做了全身檢查，讓老謝像病人一樣躺在手推車上，由穿白大褂的工作人員送進一間間屋子，測身高量體重，拍X光片做超音波，又被推進一個新式玩藝裡面，醫生說是做CT，老謝的感覺有點像被送進火葬場的爐竈裡。清晨起來，老謝遵照醫生說的，不能吃東西。這會兒肚子早就餓得咕咕叫，但還要做血樣測試尿樣化驗等等。

老謝被折騰了整整一天，晚上八點，才被推進自己的房間，他從推車上跳下來，大聲嚷道：「我又不是病人，我快餓死了。」廚房工作人員給他送來菜單，老謝點了牛排和蔬菜沙拉，水果和飲料，他知道這裡買不到二鍋頭更不會有茅臺酒，就問工作人員有沒有啤酒。工作人員搖搖頭，老謝說，沒有啤酒葡萄酒也行。

「這裡不供應任何含酒精的飲料。」工作人員說著，替老謝的頭頸裡圍上一塊白色的餐巾。老謝沒有辦法了，只能裝模作樣地拿起刀叉，切牛排。老謝記得上次吃西餐，還是在幾年前的維拉沃特拘留營裡，那時候他胃口很好，不吃白不吃，拚命吃，朝死裡吃。

工作人員一走開，老謝就管不了那麼多了，乾的稀的一起朝嘴裡送，不一會就把桌上的食品飲料全填進肚子裡，可是感到肚子還沒有吃飽。

不一會，療養院經理來了，問老謝對這裡的服務滿意不滿意。老謝也說不上滿意還是不滿意。經理微笑著告訴老謝，療養院裡的營養師已經給老謝制定了一個完美的計劃，不但保證老謝的身體健康，還能在這一個月裡，讓老謝的體重增加三公斤。當然如果老謝太胖，也可以為他減輕體重。經理認為，按健康標準，老謝的體形沒有必要考慮減肥，老謝太瘦了，可以增加五公斤。又拿出這份計劃書，讓老謝簽字。

老謝在這裡住了一個星期，一天吃六頓，早飯、上午茶、中飯、下午茶、晚飯，睡覺前還要喝一道晚茶和吃幾塊奶油小點心。不用洗衣做飯，不用幹任何事情，一天到晚，像大爺一樣讓人伺候著，老謝有點不習慣。如果想活動身體舒展筋骨，這裡有健身房游泳池等設施，門外碧綠的草坪是高爾夫球場和網球場。這裡應有盡有，服務到家。可是老謝越住越感到哪裡不對勁？

這裡只有他一個亞裔人，別人開玩笑，說他是亞洲來的富翁。這幾天來，老謝雖然也結識了幾位老頭，和他們說說話，談笑幾句。可是談不深，吹不透，老謝突然明白過來，這裡沒有人和他神聊侃大山，也沒有人和他一起喝酒。還有，這裡住著的全是上了年紀的人。老謝想到了一個問題，一年之中在這裡只能住上一個月，一個月是療養身體，一個月太有道理了。如果一年三百六十天，天天住在這兒，就等於是在等死。這時候，老謝的手提電話又響了起來。

電話裡的人名叫大衛，和張傑克是朋友，說他有一件生意想推薦給老謝。老謝問他是什麼生意，大衛說是保險公司的業務，電話裡說不清，必須和老謝見面詳談。老謝在這兒待得發慌，正好找這個理由出去走一走。他去經理那兒請假，說要回城去談一件重要的生意。經理說：「你是完全自由的，想去哪兒都可以，這個房間給你保留一個月，還有，不要忘記我們為你制定的健康計劃。」

老謝開車回到「藍區門」的住宅，走入那個破屋子就有幾分親切感，雖然他看到了牆上爬過了四五隻小蟑螂。

老謝在咖啡館裡和大衛見面，大衛原來也是一個中國人。老謝說：「電話裡我以為你是一個正宗的老外，你的英語就能講得如此地道。大家都是在澳大利亞混飯吃，在你面前我真是無地自容。」

「哪裡，哪裡，我那幾句英語也就是為了混一碗飯吃，在你謝老闆這樣的成功人士前面，我自歎不如，甘拜下風。」大衛很謙虛。

老謝很得意：「哪裡，哪裡，我算什麼成功人士，張傑克才是真正的成功人士。」

「據張老闆傑克反應，你老闆做得比他大，財產比他多一倍還不止。」大衛一邊從公事包裡拿材料文件，一邊推銷自己，說他和張傑克不但是朋友，當年還是一起搞居留運動的戰友，張傑克是居留組織的宣傳部主任，他是居留組織的主席，是張傑克的上級，經常在各種居留運動的集會上發表演講。

這一說讓老謝想起來了，那時候中文報紙上經常出現大衛這個名字。「噢，你就是那個大名鼎鼎的大衛。」老謝肅然起敬，立刻伸出手，和大衛第二次握手，老謝對那些搞過居留運動的人心存好感，認為他們是為了廣大留學生群眾拿到身份出過大力做過貢獻的人，是留學生們的救星，那意思就和共產黨是人民的大救星不相上下。

大衛又表示，當年搞居留是為留學生做點好事，不能吃老本，要立新功，繼續為新移民做好事。如今這些留學生都成了海外新華人，安居樂業，要保障生活的質量，就應該及時購買人生保險。原來，今天的大衛是保險公司的推銷員。他又問老謝：「謝先生，我要問你一個問題，地球上有七大洲四大洋，你知道那一個海洋是最大的？」

「你這是在給小學生出考題，太平洋啊。」

「完全正確，一百分。我做的就是太平洋保險公司的業務，世界上最大的海洋是太平洋，世界上最大的保險公司就是太平洋保險公司，我們公司總部設在美國紐約，在全世界都有分公司。」大衛把照片和材料都展現在老謝眼前，而且不少還是中文材料，老謝完全能夠看懂。大衛已經給老謝設計了一個價錢不高，但是很實惠的計劃，每年只要交三千五百元澳幣，交到六十歲，老謝在這期間遇到什麼不幸，比如死亡，包括正常死亡和非正常死亡，老謝得了什麼治不好的絕症，還有撞車致殘，大樹倒在老謝的頭上，或者是地震老謝被埋在屋子底下等等情況，老謝都能得到一筆錢的賠償。

「這好像全是遇到不吉利的事，怎麼一件吉利的事也沒有？」老謝有點猶豫。

「這是科學，不是什麼吉利不吉利的事情，吉利的事情是買彩票，買保險就是預防不吉利的事情發生。人生都會有不測之事發生，買保險就是對人身安全最好的投資。」大衛又解釋道，這筆錢繳到六十歲，就全部退還給老謝本人，他不損失一分一毫。

老謝算了一算，也就是六七萬元小錢，再說到六十歲時還能退給他。另外，老謝對大衛印象不錯，大衛又是張傑克的朋友，為居留運動出過力流過汗，老謝能在澳大利亞定居下來，就有大衛的一份功勞；還有，老謝已經讓彼得做了療養院的投資，錢能讓洋人賺，為什麼不能讓自己的同胞賺呢？老謝心甘情願地和大衛簽了保險合同。在填寫到這一欄目上：如果老謝遇難，也就是說老謝兩眼一閉躺入棺材，賠償金的受益人是誰呢？老謝沒有子女，老謝沒有老婆，老謝的父母年紀大了，說不定走在老謝前面，老謝想到自己的妹妹謝飛燕，但把這個錢給妹妹好像有點彆扭，老謝想來想去，在這一欄上寫上謝妮娜的名字。老謝有一種感覺，自己雖然和謝妮娜離婚了，在這一世裡好像還是欠著她什麼，萬一老謝死了，也算是給前妻一點補償吧。

大衛說：「根據合同，老謝在六十歲前，必須每年交三千五百元錢，如果那一年不交，或者停交了保險費，那麼以前交的錢就全部給保險公司了，保險公司不退還任何錢。」

老謝簽完合同，回到破屋子裡，剛脫下帝皇牌西裝，手機在西服口袋裡響起來。來電是一家房產公司，說是彼得推薦的，說他們那裡有幾套好房子，價格都在三十萬到五十萬之間，靠近海邊，風景優美。老謝說：「讓我考慮考慮。」

老謝躺在破沙發上，感覺好像比療養院的床上還要舒服，他點上香煙，一支煙沒有抽完，手機又唱起來：「這次來電是一家投資公司，也說是張傑克的朋友，是個中國人，在電話裡就用國語和老謝聊起來，說給老謝準備了一個五十萬至一百萬元的投資計劃，每年的回報率保證比銀行高出五至八個百分點。他提出要和老謝面談。老謝說：「考慮考慮。」老謝經過考慮，認為投資療養院和投資人身保險都是實打實的事情，再說金額也不大。這個投資公司，口氣這麼大，我把一大筆錢放在他們那兒，萬一給他們玩輸了怎麼辦？這種生意太不靠譜。還有今天來電話談生意的人也太多了一點，幾路人馬都追著我，照這種談法，不用三天，就把我的二百五十幾萬元錢談完了。

下午，有一家貸款公司的小姐打電話來，也說是張傑克介紹來的，要貸款給老謝做生意。老謝說，我有錢，我不需要貸款。那位小姐說，你不需要貸款，也可以把錢放在我們這兒，我們給你貸出去。老謝說，謝謝了，我的錢我自已會安排。

不一會，又有一家慈善團體來電話，問老謝是否願意捐一筆錢給饑餓中的非洲兒童。老謝想到電視畫面上，索馬利亞兒童骨瘦如柴的情景，又想到老黑索羅門，答應寄一張支票過去。手機剛放下，不到一分鐘，音樂又唱起來，老謝再次打開手機，對方說是紅十字會華人分會，要為非洲兒童捐款。老謝說，「我已經在寫支票了，你們就等著收錢吧？」紅十字會的人說，現在騙捐款的人很多，讓老謝小心，最好還是把錢寄給他們。老謝就把前面那張支票撕了，再寫第二張支票。支票還沒有寫完，手機又響起來，老謝打開手機，那邊說是張傑克介紹來的，有一筆大生意。

老謝馬上關了手機，心想這個張傑克也太厲害了，他到底給我介紹了多少生意？於是，老謝撥響了張傑克辦公室的電話，那邊是張傑克老婆接的電話，說張傑克一星期前，回中國去考察了。

老謝越發弄不懂，他的手機是剛上號的，應該沒有幾個人知道，以前他也從來沒有接到過這麼多莫名其妙的電話。他剛中獎，什麼保險公司貸款公司房產公司慈善機構療養院都會找上門來，看來做生意的人真是無孔不入，上天入地地搜尋客戶，就像蜘蛛一樣把你網住，讓你無處逃竄。「發根他媽，我一件生意也不談了。看你們把我怎麼樣？」老謝制定了既定方針。

這些還不算太糟糕的，做生意的人只是電話騷擾你一下，老謝想，自己中獎的消息如果讓摩門教的保羅和彼得知道，他倆肯定要堵在樓下的門口，給我說教一天一夜，非要我把獎金的四分之一獻給上帝，四分之一就是六十幾萬，這和搶劫有什麼兩樣？不對，怎麼可以說上帝搶劫，應該說是信徒自覺自願貢獻給上帝的，報紙上說，西方不少有錢人，把一生的積蓄全獻給上帝，一分錢也不留給子女。西方人就是想得穿，就是和上帝的關係融洽。可是，老謝並不是上帝的信徒，讓他拿出一大筆錢給上帝，無疑是在他身上割肉。

老謝又從上帝聯想到魔鬼，如果中獎的事給魔鬼知道了怎麼辦？千萬不能給什麼黑社會的傢夥盯住，給他們瞄上就全完了，叫警察也沒用，就像波蘭小老頭說的，警察和他們是一夥的，見錢眼開，聯合起來把我做了怎麼辦？老謝頓時倒抽了一口涼氣，得到一筆大錢的同時也給自己增添了一層不安全感。老謝想，應該找個什麼地方躲一躲，就如同犯罪分子做了大案後，需要躲一躲的道理差不多。可是老謝能躲到什麼地方去呢？在澳大利亞中了彩票大獎是躲不了的，老謝就有了回中國避風頭的想法。

傍晚的時候，客廳裡的電話鈴聲響起來了，不是老謝的手機。電話裡一個年輕女人的聲音很好聽，也是說國語，也是找老謝。老謝先問道：「你是張傑克介紹來的，還是彼得介紹來的。」

電話那邊的女人嬌滴滴地說：「謝先生你好，我們是皇后按摩院的，我們新設了一個服務專案，小姐上門服務。」

老謝聽不懂，怎麼「皇后按摩院」也找上門來了？他想起來了，在以前的「史底歇雞廠」的同一條街上，隔壁三家門面的樓上就是「皇后按摩院」，那時候大陳每個星期要去一次高消費，老謝不捨得花錢，只陪大陳去過一次。說大陳是那兒的老顧客還差不多，怎麼老謝的名字也會在按摩院的電話本上？老謝想不通。那邊電話裡的女人軟綿綿的聲音還在繼續，「謝先生，你是我們按摩院的老顧客，我們這項服務，對你打八折優惠。」

老謝問道：「八折優惠是多少錢？」那邊說，「上門服務必須滿兩個小時時間，打了八折，我們只收你三百元。」老謝說：「打八折還要收三百元，也太貴了，人家金髮鬼妹半小時六十元到八十元，打折才四十元。」說這話時老謝想起了克莉絲汀。

那邊說：「不會這麼便宜吧，再說我們這裡都是亞裔姑娘，年輕有品味，個個美麗漂亮，鬼妹怎麼能和我們這裡的姑娘比呢？」老謝動了心，「你們這裡的姑娘漂亮不漂亮，不要騙我啊。」那邊說：「你不是經常來嗎，還不知道我們這裡的姑娘漂亮不漂亮。如果不漂亮，送上門來，你不接受，我們生意也做不成了。」老謝說：「那你晚上八點鍾來吧。」那邊說：「不是我，是泰倫小姐。」

老謝又出門去飯店吃了一頓海鮮大餐，養精蓄銳，準備迎接晚上的大戰。晚上來的是一位二十歲左右的泰國姑娘，身材小巧玲瓏，一臉甜笑。沒有想到，床上的功夫比克莉絲汀又厲害了許多，一套泰式按摩把老謝的骨架也拆鬆開來了，老謝光著身子伏在床上，想起自己在不銹鋼桌上拆雞的情景。上面那位光屁股的泰國妞肯定把身下的老謝也看成一隻光板雞了。兩個小時後，老謝就像被吸幹了，下床後腿也站不直了，直打哆嗦，嘴上說：「舒服，舒服。」還給泰倫小姐多加了二十元小費。

幾天後，老謝又回到療養院。經理見到老謝回來了，臉上又瘦了許多，馬上給老謝恢復了健康計劃。

老謝對那些所謂談生意的電話一一回絕，這些鳥雞巴生意都是從他口袋裡掏錢，而不是讓他掙錢，這樣掏下去，就是一座金礦也會被掏空。何況，老謝自己心裡還有一個宏大的計劃，這是他人生的宿願。他打算在療養院完成健康計劃後，回中國去躲一陣子，他已經八年沒有回國了。

回國前，老謝又和張傑克會面了一次，和他商談有關事宜。張傑克剛從中國考察回來，已經聯繫了幾個商務代表團來澳洲考察，說這也是生意。他對老謝說：「八年了，一場抗日戰爭也打結束了，你早該回國去考察考察，現在中國的經濟發展很快，你有資金，有許多生意好做。不過，你也要小心，國內的騙子也很多，花招層出不窮，許多怪招連我張傑克也看不懂。」

老謝不知道要做什麼生意，也不懂生意怎麼做。張傑克說做生意先要註冊一個公司。他幫助老謝註冊了一個「澳中謝氏貿易公司」，公司沒有辦公地點，地址暫時放在張傑克的移民公司這裡，如果有什麼事情，辦公室小姐也可以招呼一下。如果老謝在中國接到什麼大生意，張傑克也可以幫個忙，把一下關，有油水也可以兩人一起做。老謝和張傑克再次握手，表示感謝。張傑克說：「應該的，應該的。你應該去印一盒澳中謝氏貿易公司總經理的名片。」

老謝說：「總經理太厲害了吧？我連一個辦公室也沒有。」

張傑克拍拍老謝肩膀說：「你聽我的，名片最好還要印成燙金的。做生意的就是吃這一套。再說你有萬貫家產，二百五十多萬澳幣能兌換一千五百萬人民幣，國內有幾個總經理能和你相比。」

「明白，明白。」老謝立刻去印燙金的名片。

老謝回國前的一天，又做一件好事，他去了謝妮娜那兒，把車鑰匙放桌上，對謝妮娜說：「這車就歸你了，你學會開車，出門方便一些。另外，我在你的銀行戶口裡打上了十六萬元錢，你可以把買房的欠款一下子付清了，不用每月再付貸款了。」謝妮娜還沒有搞明白是怎麼一會事，坐在縫紉機旁發呆。老謝已經走出門去，心裡想，「夫妻一場，我算是對得住你謝妮娜了。」

老謝卸下了心理負擔，打算現去中國，然後再回澳洲，一切都換新的，買新房購新車，是否再娶一個新太太，要看實際情況而定。如今老謝有錢了，想做什麼就做什麼。

老謝回國買的是商務艙機票，雖然價格高出了一倍，但是座位寬大舒服，老謝躺在座位上，伸展四肢，上下通泰，航空小姐給他送來威士忌，老謝抿著洋酒，覺得自己是人上人了，是大款，是百萬富翁，和出國前的檔次大不一樣了，如今他是在天上。

二十三、老謝衣錦還鄉榮歸故里

1

北京變了樣，全是高樓大廈，就像春天的大地上一下子冒出了許多春筍。還有高架公路，一環二環三環，像一個個大圈圈套住這些高高低低的建築。當年的皇城根下成了套中的一小塊，北京比以前的北京城大了好幾圈。

老謝家附近的房子被拆遷了許多，幸好，老謝家的那條酒仙胡同還沒有被拆遷，說這條胡同以前住過不少清朝貴族大員，那些高官大員經常聚在一起飲酒賦詩，日子過得像神仙一樣，所以胡同就得了這個大名。後來，清朝倒臺了，民國也倒臺了，胡同裡雜七雜八的老百姓越來越多，每個大院裡都要擠進好幾家人家。如今這兒要作為文物保護起來。還要作為老北京的標記，讓老外來參觀旅遊。老謝馬上想到，要是在酒仙胡同口上設一個售票處，房子造型像一個酒葫蘆，進來一個老外就打一張票，就像進故宮參觀一樣，分分秒秒在收錢，這不是大發了。老謝又想，這可以作為一個投資專案，在胡同口造一個古式古香的售票亭也花不了多少錢，但不知道在胡同口設一個售票亭，要交給國家多少錢，票價應該比故宮便宜一些，貴族的檔次畢竟不能和皇上相比。還有，胡同裡住的都是街坊鄰居，他們進出當然不能收錢，可是他們的親戚朋友來了怎麼辦，收半價還是收全票？老謝已經打聽到，現在胡同裡的不少老住戶都已經搬了出去了，把這裡的房間出租給外地來的打工者，胡同裡走進走出的人，不像以前都是一口北京調兒，現在說話各種嗓門音調的全有，誰認識誰啊？這個門票怎麼賣。還有，老外和中國人，票價是否應該有所不同？進一步說，像老謝這樣在國外已經拿到身份的人，算老外還是算中國人？進胡同的人是查身份證，還是查護照？是否還得請幾個穿制服的保安人員在胡同口站崗……這些問題越想越複雜，老謝腦子全亂了，這個生意還是先放一放。

老謝的父母問老謝：「謝妮娜怎麼沒有和你一起回國？」

老謝吞吞吐吐地回答：「她和我離婚了。」

老謝父親質問道：「這是怎麼一會事？你不在的時候，謝妮娜能等你五六年，為什麼出去不到兩年，你們就離了，是不是你小子在外面有女人搞腐化？拋棄了你的結髮妻子。」

老謝的母親也說：「常家噢，你要有良心啊，當初謝妮娜的家裡人都不同意，小謝頂著家人和你結了婚，小謝是胡同裡的一支花，多少年青人都瞅著她，她還是嫁給了你。我們老謝家可不能做丟良心的事，出丟良心的人啊。」

「不是我拋棄了她，是她要和我離婚，我把十幾萬的房子也給了她，算對得起她了。」老謝只能說這些，詳細情況當然不能說，他認為也說不清楚。

老謝的妹妹來了，聽說老謝離了婚，一點也不感到驚訝，還說離了好。老謝的父親說：「你們這些人腦子都壞了。真是一代不如一代，毛主席在的時候，你們都該上臺挨批鬥。」

謝飛燕把老謝拉到一邊，把以前謝妮娜和小馬的事情告訴了老謝，老謝聽後，感歎道：「這輩子，我和謝妮娜的事情算是兩清了，誰也不欠誰。」

老謝給了妹妹五萬澳幣，合人民幣三十多萬。謝飛燕非常高興，說哥哥離婚離得太對了，不離的話，錢就要給謝妮娜的家人分一半。老謝給了父母八萬澳幣，合人民幣五十萬，老謝父母一輩子也沒有見過這麼多錢，老謝父親說：「這小子是不是在澳大利亞搶銀行，他那來這麼多錢？外國大街上不會真有撿洋錢的事，這錢來路不明。」老謝母親說：「我看不會，常家沒有這麼大的膽子。不過，他有了這麼多錢，和謝妮娜鬧離婚是不對的，是忘了本，是喜新厭舊。」

胡同裡的街坊，老一代的人觀點和老謝父母差不多，說老謝在國外發了洋財，和洋女人好上了，拋棄了謝妮娜，是當代陳世美。中年一代和年輕一代人觀點有所不同。有的人說：「以前北京人打招呼是，吃了沒有？現在碰頭就問，離了沒有？離婚已經是當前社會的流行曲，是社會進步的標誌，興我們北京人鬧離婚，就不容許人家老謝在國外鬧離婚？我們北京要進步，人家洋人也要發展。」這話很明顯，已經把老謝推到了洋人那一邊。年輕一代說得更酷：「結婚離婚，這都是哪個年代的事情？你們是遠古恐龍還是北京猿人？」實際情況是北京猿人真不知道結婚離婚是怎麼一回事，和新生代的觀念差得不太多。還有人說得更邪乎：「中年人有三大喜事，升官，發財，鬧離婚。」升官和老謝沾不上邊，發財鬧離婚，老謝佔了兩項。以前老謝認為是一禍一福，因禍得福，按那種說法，現在沒有禍，全是喜事，是因福得福。

回國前，老謝已經在威爾遜療養院養得滿臉紅光，體重增加了六公斤。如今老謝西裝革履走在胡同裡，精神抖擻，氣宇昂軒，腰也直了，說話的聲音更響了，還多了一份中年人的沉穩。不過，現在胡同裡找不到一群人圍在一起侃大山的情景了，老謝當然也無法坐在人群中間拉二胡吹大牛了，這讓老謝很失望，感到失去了昔日他在胡同裡的重要地位。要知道，老謝還有一肚子話要和哥兒們說。

現在的哥兒們已經都變成了爺們，都有了家小，忙著在外面掙錢，碰到這個見不到那個，都說要請老謝喝酒吃飯，可幾個哥們就是聚不到一起。如今像老謝這樣的閒人太少了，所以老謝在胡同裡見到一張熟臉，就要拉住他說一陣。有一位哥們看出了老謝的心思，對他說：「如今不興在胡同裡瞎掰，做什麼事都講究個氛圍，在胡同裡拉二胡侃大山即將成為歷史，現在說話都在飯館裡，高檔一點找個夜總會叫幾瓶洋酒，還要有妞伴在一邊。」老謝說：「這不是小事一樁嘛。」

老謝挑了一個最高級的「金馬夜總會」，還透過那位哥們的串聯，發了一份份精美的請帖，終算把昔日那群狐朋狗友全請到了。老謝要了一個豪華的大包廂，叫了許多酒，要哥們喝夠吹夠，大家一起吆五喝六，大喝特喝，大吹特吹，不一會領班送進來一群姑娘，每人身邊陪一個，幫著一起喝酒一起吹牛。老謝身邊，左右兩個妞，一聲一個「謝老闆」勸老謝喝酒，老謝還沒有伸手摸她們，她們拉住老謝的手朝自己的大腿和胸部上貼，老謝感到了手指上的溫度，心裡想，現在祖國真開放。

音樂響起了，老謝的腦袋搖搖晃晃，聽見哥們在前面卡拉OK，唱一首支懷舊歌曲，敖包相會，軍港之夜，我愛北京天安門，在那桃花盛開的地方。有一個女人唱了一首〈恰似你的溫柔〉，老謝好像聽到了謝妮娜的歌聲，以前謝妮娜就經常在他們這群胡同哥們中間唱歌這首歌，最後把溫柔獻給了老謝，使老謝引以為驕傲。現在謝妮娜的溫柔沒有了，找不到了，老謝醉了，躺在沙發上，邊上兩個小姐推著老謝，想和他溫柔卻沒法溫柔。老謝在醉夢中最後聽到的歌聲是這樣兩句，「今宵離別後，何日再相會？」這時候已經是臨晨五點。

這場Party燒掉了老謝六萬多元錢，其中包括了幾位哥們帶走小姐的出場費。老謝算了算，合計一萬澳幣。老謝不是捨不得錢，這些錢再大對今天的老謝來說也是小錢，而且來客都是老謝在澳大利亞的睡夢裡見到過的臉，是胡同裡的發小。此刻，老謝醒來後嘴巴發苦，他感到什麼都變了味，這場Party和以前胡同裡侃大山的味道相差太大了，老謝一點兒也找不回以前的感覺，說句實話，他不喜歡昨夜的狂歡，他寧可在胡同的圈子裡，一支煙一杯茶，也不用花什麼錢。當然，這不是錢多錢少的事，老謝想起了那位哥們說的兩個字「氛圍」，是的，他再也找不到以前胡同裡的老謝式的氛圍，出錢也買不到。

不過，老謝不死心，老謝一定要尋找過去，這是他回國的頭等大事，是首要任務，是他二十年多年來的心願，就像那句歌詞唱的：「是心中永遠的愛……」

2

幾天後，老謝坐火車換汽車，來到家鄉虎頭縣，瞧見縣城也和以前大不一樣，蓋起了幾幢五六層高的大樓，樓下面的大街上，人群熙熙攘攘，熱鬧非凡，街道兩旁的招牌五顏六色，亂七八糟，綠波浪髮廊，紅辣椒洗腳店，黑麥克遊戲房，黃瑪麗賓館，藍天洗浴城，中國名字洋名字都有。老謝頓時就有了一種喜氣洋洋的感覺。在縣城轉了一圈，老謝坐長途小巴去了謝家村。

謝家村的老鄉早就接到了老謝父親的通知，把老謝這位尊貴的客人送進村長家裡，然後就是大碗喝酒大塊吃肉，把老謝灌倒在炕上。老謝在夢裡也感到家鄉有了巨大的變化，最大的變化就是有肉吃了，想當年，他下鄉的時候，村裡宰一口豬是頭等大事，大家圍在殺豬的邊上，咂巴咂巴地吞口水。後來，老謝的夢裡，殺豬又變成了宰牛，怎麼又走進澳大利亞的宰牛廠裡……

第二天，老謝醒來後，提出要去以前他教過書的小學校看看，村長一口答應。一路上，老謝瞧見村裡蓋起了不少新磚房，來到小學校，學校還在那個搖搖欲墜的破房子裡，裡面傳出孩子們的朗朗讀書聲。村長和老謝的年紀差不多，當年一個是農村青年，一個是插隊知青，兩個人也算是村裡的哥們。

村長給老謝訴苦道，現在村裡人都各管各，錢是多了一些，但人心不齊，不像毛主席的時候，能夠一起爬上虎頭山開山造田。小學校的房子是剛解放的時候建起的，四十多年過去了，風吹雨打，這房子也撐不了幾年了。如今毛主席他老人家不在了，所以這個破學校也沒有人管。

「毛主席不管了，我來管。」老謝豪氣滿懷地說道，表示要投資一百萬，在虎頭山下建設一個像模像樣的學校。村長一聽老謝的口氣就嚇了一跳，知道老謝真的發大財了。說老謝如果真的為家鄉建起這所學校，那可是光宗耀祖的大事，是為謝家村子孫後代積德的大事，要把謝常家的名字刻在石頭上，供在家族祠堂裡。

村長又帶老謝去看家族祠堂，家族祠堂已經有全村人集資翻修一新。老謝在祠堂裡燒香給祖宗磕頭時想到了一個重要問題：中國人為什麼重視老祖宗，不重視下一代？

那天傍晚，老謝在村長的陪同下拿著一根竹笛爬上了虎頭山，當年開山造田的山頭上，梯田比過去少了，種上了一片片嫩綠的樹苗。村長說，這叫返耕回林，現在大寨式的梯田不流行了。老謝問：「不種糧食，現在吃什麼？」村長說：「這我也搞不懂，人多田少，種莊稼的人也少了，這些年糧食反而多起來，還能經常吃肉。」

老謝又吹響了竹笛，這是他多年的宿願，他已經很久沒有吹笛子了。村長聽了笛聲很感動，說：「記得當年，你也在山上吹笛子。時間過得真快，一晃二十多年過去了。我們已經做了半世人了，說不定哪天，兩眼一閉，兩條腿一伸，就去見閻王爺去了。」

「不要這麼悲觀，好日子還在後頭呢。」老謝又吹起了騎馬挎槍保邊疆。

老謝要出資建小學校的事很快傳開了，從村裡傳到鄉里，又從鄉里傳到縣裡。村長已經在和建築隊聯繫了。

虎頭縣的領導聽說附近的謝家村有一位知青，如今是海外歸來的大老闆，要在謝家村投資，已經有投資一所小學的意向。為了讓海外華僑有擴大投資的機會，縣領導班子專門舉行了一次工作會議，討論研究的結果是，先讓公安機關對這個回鄉知青暗中調查一下。

現在社會上的騙子太多，不是有一句民謠，「十億人民九億騙，中心就在駐馬店」，這句民謠也太誇張了，十億人民能出一百萬騙子就不得了了，就會使天下大亂。關鍵是在第二句，駐馬店也在河南省，那裡滿街都是刻假公章賣假文書假證明的攤位，根據客戶的要求，可以買到中國國務院的紅頭文件，也可以買到美國中央情報局的秘密文件，還可以買到俄羅斯國防部買賣坦克車的許可證，這就說明那裡出騙子的概率比較高。虎頭縣也在河南省，離駐馬店也不是太遠，所以這裡的政府和公安對騙子的警惕性比較高。

經過調查摸底後，摸清楚謝常家確實是謝家村的一個知青，而且他們家的上幾代就是謝家村的村民。謝常家在擔任知青期間，做過赤腳醫生和謝家村小學老師，表現良好，還得過村裡農業學大寨先進模範的獎章。同時，公安還偵察到老謝確實帶回來大批資金。縣領導班子舉行了針對老謝的第二次工作會議，決定有一個謝副縣長出面，專門負責對老謝的公關工作。

那天，副縣長親自出面，帶著縣鄉級的十幾位幹部，坐著幾輛車來到謝家村，把老謝接去縣城討論工作。一路上風光無限，前面是一輛縣裡的警車拉著警笛開道，中間是幾輛領導幹部的吉普車，最後還有一輛警車拉著警笛保駕護航。車輛外面是柳條江的一路景色，前面的車輛瞧見這個車隊大駕來臨，紛紛避開讓到路旁。

車裡，年輕的謝副縣長告訴老謝，自己當年也是從謝家村走出來的，記得老謝做知青老師時還教過他語文課。老謝聽了很高興，沒有想到自己的學生中間還出了一個副縣長。謝副縣長在車裡就對老謝恭恭敬敬地叫了一聲老師。老謝緊緊地握住了副縣長的手，差點流淚，激動地說：「一筆寫不出兩個謝字，你我不但是師生，也都是謝家的後人，為家鄉人民做貢獻也是我們這一代人的光榮責任。」副縣長說老謝的覺悟高，比我們不少共產黨員覺悟還高。老謝就告訴副縣長，他出國前擔任中學老師，入黨申請書還在校長的辦公室裡，要是不出國，他早就是共產黨員了，說不定現在已經混到黨委副書記的位置上了，又問黨委副書記是不是和副縣長的級別差不多。謝副縣長哈哈大笑，說老謝真幽默，又問道，除了謝家村小學，老謝是否可以考慮在縣城裡投資生意，縣城的投資環境當然遠遠超過謝家村。老謝支支吾吾地不說清楚，聽見車外的警笛還在叫喚，就說：「謝縣長，這一路警笛叫過去，別人會不會以為車上都是被押送的犯人？」

「不會，不會，」謝副縣長也和老謝開玩笑道：「你是國外來賓，我們把你當皇上還差不多。」

老謝抬頭挺胸，得意洋洋，頓時想起了自己是一千多年前貴族後裔。進縣城時，老謝瞧見路旁有幾輛警用摩托車，一隊穿制服的警察向這個車隊舉手敬禮。老謝的心裡那個得意勁啊，好像自己成了中央首長。

車隊到了縣委大樓前，老謝一下車，就有少先隊孩子給老謝送上鮮花，一個可愛的小女孩對老謝敬少先隊禮時說：「謝伯伯你好，歡迎謝伯伯。」老謝捧著鮮花，聽了小女孩的話，高興得差一點得暈過去。他急忙從口袋裡摸出一張十元票面的澳幣給小女孩，小女孩也沒有瞧見過這種外國鈔票，把錢推還給老謝，「謝伯伯，老師說了，不能隨便拿別人的東西。」

老謝聽了這句話，感動得眼淚真的掉下來，想當初老謝在山村學校裡做過老師，教育的也是這般年齡的農村孩子，當年的感覺全部回來了，他說：「祖國的花朵，覺悟就是高。哪像澳大利亞的孩子，又傻又肥，只知道吃喝玩樂，給他們錢，伸手就抓。」邊上的謝副縣長瞧見老謝眼淚掉下來，暗暗高興，知道觸動了老謝的心弦，公關工作馬到成功，讓老謝投資已經有了八成希望。

走上縣委大樓前面的臺階，一隊穿制服的少年兒童舉著銅喇叭吹起迎賓曲。老謝放眼望去，那個縣委大樓建在半山坡上，前面的花壇草坪還沒有全部完工，有三道寬闊的石頭臺階，後面以群山作為背景，那個氣派肯定在澳大利亞總督府之上。如果臺階路上再鋪上紅地毯，老謝肯定會認為自己是外國元首訪問中國了，這時候的老謝已經鬧不清楚自己是中國人還是外國人，是平民百姓還是高官富商。一句話，今天，老謝忘乎所以，掂不清自己的斤兩，弄不清楚自己是什麼身份。

老謝跟著副縣長等人走上三道臺階，前面的大樓門口，縣委書記和縣長等縣委主要領導幹部，和老謝熱情握手，謝副縣長在邊上一一介紹。

在縣委的會議廳裡，對老謝進行了隆重的歡迎儀式。縣長做了虎頭縣改革開放發展前景的報告，縣委書記談了引進外資的重要性和必要性，謝副縣長介紹了近年來海外華人來虎頭縣投資的情況，最後告訴大家，謝老闆已經決定投資一百萬在謝家村建小學校，並且有在虎頭縣大規模投資的意向。老謝想，我也沒有說過要在縣城投資啊？這時候一陣一陣熱烈的掌聲朝老謝襲來，就像他聽到中獎消息時金幣和鈔票朝他砸來時的感覺差不多，老謝暈頭轉向了。

晚上，謝副縣長在縣城最好的黃瑪麗賓館裡設宴招待老謝，縣委主要領導幹部都參加。這家賓館也有一個故事，是本地一位漂亮的妹子遠嫁香港大老闆，十幾年後，香港老闆和她離婚，給了她一大筆錢。富姐黃瑪麗回鄉以後建造起這座號稱三星級賓館。晚宴後，就在賓館的舞廳裡跳舞，總經理黃瑪麗雖然已四十出頭，但一經化妝打扮也算是縣城裡的交際花，今晚這麼大的場面，她親自下來招待貴客，敬了老謝兩杯酒，老謝不大會跳舞，踩了黃瑪麗小姐好幾腳，連聲說對不起，黃瑪麗小姐說，「有什麼對不起，你我都是海歸嘛。」又給老謝講了幾個有點色味的笑話，還說要和老謝交朋友。

第二天，老謝跟隨縣委幹部去大樓後面的苗圃裡種樹，說是種樹，其實坑已經挖好了，縣委書記縣長副縣長和老謝等人，每人都種下一棵桃樹，鏟幾下泥土，澆上一桶水，樹就算種好了。樹苗上掛著一塊紅綢帶，上面寫著種樹人的名字，謝常家的名字也掛在樹苗上。謝副書記告訴老謝，事後會請一個石匠來把種樹人的名字刻在石頭上，石牌埋在樹邊。下次老謝回國，不但能看到石牌上自己的名字和長大了的桃樹，很可能吃上自己種的桃子了，這是虎頭縣人民給予老謝的最高榮譽。老謝聽了很受感動。

接下來幾天，謝副縣長又陪同老謝，坐著吉普車去全縣的各處鄉鎮走走，老謝的感覺就是上級領導去下面視察工作，每到一處，鄉鎮領導好吃好喝的招待，謝老闆長謝老闆短的叫喚，老謝也沒有辦法，明明知道自己不是什麼老闆，也不得不裝模作樣地拿出口袋裡的「澳中謝氏貿易公司」的名片散發，每發一片，肚子裡都要感謝張傑克的先見之明。

一路上謝副縣長給老謝做許多介紹，那處要開發旅遊點，那裡要開發成工業區，那兒需要鋪路搭橋。搞開發建設交通是第一位的，縣委打算在柳條江上造一座大橋，資金還有比較大的缺口。

老謝看到虎頭山下的虎頭廟又被整修一新，記得當年他上山下鄉時，這個廟宇的泥菩薩已被砸爛，如今裡面的菩薩重新建起，重塑金身，大廳裡金壁輝煌，燒香拜佛的人摩肩擦踵。謝副書記說，這都是體現了我們黨實行的正確的宗教政策。他陪著老謝也敬了佛主一柱香。

幾天後，縣委主要領導聽取謝副書記的工作彙報，其實就是問謝老闆能拿出多少錢，投資什麼專案。謝副書記把老謝帶去參加會議，老謝一踏進門，大家就拍手鼓掌，好像迎接財神爺的到來。老謝山珍海味也吃了，名酒也喝了，舞也跳了，樹也種了，每天這麼多人眾星拱月似地圍在他身邊，他再說不投資也開不了這個口。有人提出了改造化肥廠的工程，老謝指著自己的腦袋說，柳條江邊不能再搞化肥廠，污染江水，虎頭山下的人民頭髮會越來越少的。那位領導幹部說：「是改造不是再建，改造後的化肥廠就能減少污染。」老謝說：「我不是工程師，只要是帶化學兩個字的東西我一概不投資。」

謝副縣長又提出了柳條江大橋的事情，問老謝是否可以投資五百萬人民幣，給他百分之三十的股份，以後大橋建成後，收取過橋費，老謝每年都有很不錯的回報。老謝認為在家鄉造橋還要收買路錢的做法要不得，會給鄉親指著後腦勺罵的。副縣長說：「不會有人罵，現在是商品社會，你投資就是為了回報嘛。」

最後，老謝提出的投資專案讓大家意想不到，大吃一驚。他像縣長做報告一樣站起身，呷一茶說道：「這幾天參觀了虎頭縣的各個地方，使我深深地感覺到家鄉面貌變化之大，到處造起了新房子，縣城裡造起了好幾幢高樓，賓館洗浴城都有了。不過，我看見縣城中學還是又舊又破的老房子，我在謝家村當小學老師的時候，就去那兒接受過進修培訓。上幾天我進去一看，那個老校長還在，和我說了不少心裡話，使我深受感動，也感到很不安，晚上睡覺也睡不著。現在我謝常家鄭重宣佈自己的決定：投資四百萬，重建縣城中學。」

有人對老謝提醒道，投資學校是沒有回報的。老謝說：「學校裡能培養出好學生，培養出人才是最好的回報。不僅僅是對我的回報，更是對虎頭縣的回報，對國家的回報。」縣委書記帶頭鼓掌，全場掌聲響了三次。

在商談有關如何投資的具體問題時，老謝的腦袋裡跳過一個想法，就是不久前的大陳和克莉絲汀的假結婚，大陳的分期付款的形式，最後還是保住了一部分錢財，沒有全扔進水裡。這幾天，老謝對河南省出了不少騙子的事也有所耳聞，當然虎頭縣委大院裡的人不會是騙子，但報紙上每天都在登載貪官污吏的事，也不會是假的。老謝盤算了一下，自己現在有的是錢，也不著急回澳大利亞，在這裡住上一年半載也沒有關係，就提出，四百萬錢不能一下子捐出來，要看工程進度，分期分批地拿出來。

這句話也就是說，縣中學大樓沒有建起來，縣委是拿不到錢的。謝副縣長說：「老謝，你這樣也太不信任我們縣委一班人了。」

老謝很坦率地說：「不是不信任你們，現在中國的貪官這麼多，撈起錢來沒良心。哪個是貪官臉上也沒有寫著我是貪官，到時候貓膩一大堆，我的錢怎麼辦？我還有一個條件，就是我本人要等到學校造完了才走人，而且要參與建造過程中的財務監督，縣城的中學和謝家村的小學校都是這樣。不答應，我就不投資。」

縣紀委書記首先表態，可以考慮謝常家同志的做法，他的主導思想是好的，是為了我們某些同志不犯錯誤或少犯錯誤。縣委書記說：「首先我們應該考慮到，這是謝先生熱愛祖國熱愛家鄉的慷慨行為，這種積極性是絕對不容許挫傷的。第二，這次是謝先生獨資建學校，我們縣委領導只是做一些穿針引線的工作，所以我認為可以答應他的要求。第三，如果謝先生這種個人的監督行為在我們的經濟活動中能起到明顯的作用，這是一件大好事。也是人民群眾對我們政府組織起到監督作用的一種方法，我們以後還可以推廣和發揚。」這一席話說得老謝對縣委書記肅然起敬，一把手說話的水準就是不一樣，自己得學著點。

縣城和謝家村，兩處學校的工程很快就開工了，老謝兩處走走。但老謝大部分時間還是住在縣城裡，縣城條件比較好，縣委替老謝在黃瑪麗賓館裡訂了一個長期包房。謝副縣長有自己的工作，不能天天陪著他，隔三岔五來看看他，請他出去喝口酒，口頭禪是「我們都是謝家村出來的」。謝副縣長說將來也要培養兒子出國，出國就是有前途，瞧老謝衣錦還鄉，要多神氣有多神氣，要多風光又多風光。老謝笑笑說，將來你兒子出國到澳大利亞一定要來找我。

黃瑪麗聽說老謝一出手就是投資四百萬建學校，而且不求回報，這種大手筆是她從來沒有見過的。她的那座五層樓高的賓館說是三星級，其實也就是投資了二百多萬，還有一百萬是從銀行貸的款。不過，這個小縣城裡沒有幾個人在她的眼裡，如今她的賓館裡住進了老謝，她就讓服務員推著小車把酒菜送進老謝的房間裡，說今晚拿來八瓶河南有名的地瓜酒，要陪老謝一醉方休。老謝來者不拒，和黃瑪麗喝地瓜酒喝到深夜，酒喝多了，老謝就說澳大利亞宰牛廠推牛皮的事，黃瑪麗就說在香港，大老闆和小老婆聯合起來欺負她的事情，說著說著眼淚流下來，一下子撲倒在老謝懷裡。老謝照樣來著不拒。第二天中午，黃瑪麗醒來的時候，光著身子和老謝在一個被窩裡，她就問老謝：「我怎麼會睡在這裡？」老謝點上煙說：「我也不清楚。」也給黃瑪麗點上一支。黃瑪麗抽著澳洲產的「魂飛爾」香煙，問老謝，是不是可以在她的賓館裡投一筆資金，大家一起賺錢。老謝說：「現在的錢都投在學校造房子裡面了，這你知道，等以後回澳洲掙了大錢，再來投資你的賓館。」黃瑪麗問，這要等到什麼時候？老謝說，他也不知道。黃瑪麗穿起衣服走人了。走了就走了，老謝對這位徐娘半老的女老闆也沒有多大興趣。

老謝除了去工地看看，看看財務報表，也沒有多少事。在沒事的日子裡，老謝上午在綠波浪髮廊洗頭，下午在紅辣椒洗腳店洗腳，晚上去藍天洗浴城洗桑那，如果說真洗也不用分三處了，浪費水浪費肥皂也浪費時間，其實真正目的在於洗頭洗腳洗澡之外的的內容。洗浴城也是樓高五層，和黃瑪麗賓館差不多高。由小姐陪洗的單間設在五樓的最高處，一般人是走不上去的，由保安守在樓梯口，洗一次澡要花五百元錢。

老謝舒舒服服地洗完後，站在五樓的大窗邊，看著下面燈火闌珊的街道，心裡想，當年自己在夢裡面，要在北京城裡開一家樓高三層的京都大妓院的想法實在是太土了，太落後了。瞧，這小縣城的洗澡堂也是五樓了，小姐的服務更熱情，更到位。祖國的發展太快了，自己跟不上時代的步伐。北京城裡的高樓都是幾十上百層了，風流場所肯定不少，回北京後也要去尋訪一下。

3

藍天洗浴城樓高背景硬，但價錢也貴。老謝還是比較喜歡去紅辣椒洗腳店。其實縣城裡的洗腳店已經有五六家，這家洗腳店是一位四川妹開的，現在全國各地大流通，人才流通，不是人才也需要流通，男男女女一起流通經濟就搞活了，大地方小地方都繁榮昌盛了。四川妹膽子大，也放得開，每年能從洗頭洗腳中掙不少錢寄回家鄉，為家鄉建設做出積極的貢獻。

老謝能成為紅辣椒洗腳店的常客，還有一個原因，就是裡面有一位川妹子小紅長得有點像蘇海倫，雖然沒有像蘇海倫那樣漂亮，但比蘇海倫甜美，沒有蘇海倫那種冷美人的感覺。老謝去了幾次，就和小紅混熟了，開始是在外面的通鋪上洗腳，木桶裡混沌沌的熱水，小紅說是用各種中藥材浸泡過的。老謝問她用的是什麼中藥？小紅說不知道，只是聽老闆說過，浸泡以後，能對人起到滋陰壯陽的作用。小紅的手上還真有勁，把老謝的腳捏得又酸又痛，腳底心發紅，說這樣就是血脈暢通了。來過幾次後，小紅在給老謝捏腳底的時候，那雙肉團團的手又朝老謝的大腿上捏，有意無意地碰到老謝大腿根部的東西，老謝那玩意就像小兔子在裡面跳動起來，發熱發燙，以為是藥材中的壯陽那部分起了作用。小紅臉上露出一種詭秘的微笑。親熱地問道：「大哥，你要不要那兒血脈也暢通一下？」老謝臉上也露出同樣的笑容，問道：「哪兒？」小紅就用拳頭擂老謝：「你壞，你壞，我說的你都知道，是不是捨不得錢。」老謝就學著小紅的四川話說：「要的，要的。」

小紅把老謝帶到後院，說好特別服務的價格是另外收一百元。後院裡也不見像樣的房間，只見小紅在一道牆上一推，牆的一部分被推開了，像打開了一道窗戶，小紅拉著老謝的手說：「快進來。」老謝跟著小紅爬進牆裡，嘴上說：「怎麼像打地道戰似的，鬼子進莊了？」心裡想不會是做人肉饅頭的黑店吧，等會兒把我宰了，剁成肉醬。這個四川丫頭不會這麼狠吧？

小紅推上牆，裡面一片漆黑，伸手不見五指。小紅說：「這是防公安的，大哥，你別害怕。」她打開了一盞燈，燈光昏暗。老謝看清楚了，屋子很小，裡面沒有窗，一張床佔據了大半個房間，大概客人需要特殊服務都在這間暗室裡，床上幾條亂七八糟的被子肯定不乾淨。

小紅正在和老謝行魚水之歡，只聽到牆外面有許多聲音響起，小紅按住老謝說：「不要出聲，會不會是公安來掃黃？」過了不少時間，外面沒有動靜了，只聽到床頭的牆上咚咚有人敲了兩下。小紅說沒有什麼事情，這是老闆在外面傳的暗號。老謝擔驚受怕，在被窩裡縮成一團，任憑小紅撫摸，也堅挺不起來，做不成好事。老謝沒有辦法了，只能罵一聲：「發根他媽。」小紅一點也聽不懂這句中外結合的罵人語言，就問老謝：「發根他媽是誰，是你老婆吧？你兒子的名字太土了。」老謝說，「你不懂。」他臨走時給了小紅一百元錢，嘴上說：「我的血脈堵得更厲害了。」

第二天晚上，老謝又來找小紅，說要把小紅帶出門，給了老闆娘五十元錢出鐘費，他給小紅的錢另外計算。老謝對小紅說：「你們的洗腳店裡，做那件事的屋子又小又暗，就像打地道戰一樣，連個洗澡的地方也沒有。在我們澳洲做按摩，每套房子裡都要有浴室，不然政府不給你發執照。小紅來了興趣：「大哥你還留過洋？」出門時，親熱地挽著老謝的胳膊，把老謝當作老公一樣。

老謝沒有把小紅帶去「黃瑪麗賓館」，他怕黃瑪麗瞧見他帶來一個年輕女人會不高興。就把小紅帶到另外一家虎頭賓館。這座縣城裡，也就是黃瑪麗賓館有點模樣，這家虎頭賓館號稱二星級，其實也和一般的旅館差不多，只是屋子旁邊多了一間浴室，熱水也不能正常供應。

老謝和小紅一起洗了半冷半熱的熱水澡，在床上做完了好事。這會兒老謝血脈暢通了，點上煙和小紅吹起牛，說他在澳大利亞的趣事，小紅就說她家鄉四川大巴山腳下的童年的事情。兩人越說越投入，當小紅知道老謝就是那位，在縣城裡已經傳說開的，投資建造學校大樓的大老闆，非常感動，眼淚也差點掉下來，說自己在家鄉就是因為沒有讀上中學，才不得已幹上按摩女郎這一行，如果自己能讀中學考大學，說不定現在也能出國留學了。老謝說以後有機會一定安排小紅出國去看看，讓小紅也開一次洋葷。小紅聽了，摟住老謝的脖子直親，還說這次就不收謝大哥的錢了，下一次也不收。老謝說：「這不大好吧，我怎麼能討你的便宜。」小紅說：「這也不是討便宜，人家喜歡你嘛，老公。」

說這話的時候，門被敲響了，服務員叫嚷要進門送開水，過了點就沒有開水了。老謝說：「我已經在門上掛了不要打擾的牌子，小地方的服務員就是不懂文明。」老謝穿上短褲內衣，打開門，楞住了，外面站著兩個身穿制服的公安。

老謝畢竟是大地方出來的，就問道：「你們要幹什麼？」

「我們要幹什麼你還不明白？」一位警察笑了，指了指自己身上的制服問：「這個認識嗎？」

「誰知道你們是真的假的，現在騙子太多了，請你們出示證件。」老謝還是把著門。

另一位小警察見老謝有點不買賬，把證件掏出來在老謝眼前一晃，一把推開老謝道：「你在這裡幹什麼？掃黃打非你聽說過沒有。」

老謝和小紅穿上衣服被帶進警車，在警車上，小紅輕聲說：「謝大哥別害怕，他們警察沒有錢發獎金了，就來抓我們罰款。」那邊的小警察厲聲道：「不許亂說。」

帶到警局後，警察認識紅辣椒洗腳店的小紅，問她是第幾次賣淫了，該罰多少錢知道嗎？小紅說：「這次我不是賣淫，我喜歡謝大哥，我也沒有收他的錢，不信你們可以去問謝大哥。」

老謝被涼了兩個多小時，才受到審訊。但在這兩個小時裡，老謝想好了幾個對付警察的方案。老謝被問了姓名地址後，警察說，那邊賣淫女已經招了，又問老謝是第幾次嫖娼。老謝反問道第一次和第二次第三次有什麼區別嗎？小警察說當然不一樣，罰款第一次一千，第二次兩千，依次類推，不過你在我們的檔案記錄上是第一次。

「我一次也沒有，小紅是我的女朋友，我和女朋友開一個房間還不容許，這都是什麼年代了，你們思想還這麼保守。領導上有沒有給你們講過改革開放？」老謝振振有詞，他想起當初被抓進澳洲移民局的大牢裡，自己也沒有害怕過，一個小小的警局怕什麼？

「小紅是洗腳妹，天大的笑話，你和洗腳妹處朋友？」那個警察哼哼冷笑了一聲，提醒道：「我們的政策是坦白從寬，抗拒從嚴，不冤枉一個好人，也決不放走一個壞人。我看你還是考慮考慮罰款吧，罰多罰少看你的態度。」

「洗腳妹為什麼不能談戀愛，中華人民共和國的法律上有這一條嗎？小紅沒有結過婚，我結過婚已經離婚了，現在也是單身一個，這你們可以去調查。我就是喜歡和洗腳妹談戀愛，你們管的著嗎？」

小警察一拍桌子說：「媽的，別以為你是北京來的，老子就治不了你，你不肯罰款，我們送你去勞改。」

那個年紀較大的警察對小警察擺擺手，又問老謝：「就算像你說的，你們是談戀愛，那我問你一個問題，小紅叫什麼名字？」

「小紅不是叫小紅嗎？」老謝還真叫不出小紅的名字。

「答不上來吧？」那個警察又笑了，「那有談戀愛，男女朋友不知道對方名字的。你不知道小紅的名字並不奇怪，小紅也不知道你謝常家的尊姓大名，只知道叫你謝大哥，她那種女人叫男人都是大哥。你還有什麼話說嗎？」

老謝沒話說了，心想這次認栽了，還要忍受宰割，也不知道要罰多少錢？至少一千元，這一千元錢給小紅，能尋歡十次。就在這時候，門外一陣聲響，謝副縣長和公安局長闖進門來。

謝副縣長很生氣，問道：「怎麼回事，你們為什麼把謝先生弄到這裡來了？」公安局長也接上話說：「謝先生就是投資縣城中學的謝老闆，你們知道不？」

那位警察連忙上來和老謝打招呼，賠禮道歉，說自己有眼不識泰山，以後請謝大老闆多關照。小警察還有點不買賬，嘴裡咕嚕著，「這算什麼事，都這樣搞，罰款的指標還能完成嗎？」

謝副縣長火了：「你眼裡還有沒有領導，不想幹，你馬上給我脫警服走人。」小警察不敢發聲音了。

老謝上來勸道：「算了算了，他們也是為了工作。搞錯了，把我和小紅談戀愛當作賣淫嫖娼抓進來了。」

謝副縣長說：「搞錯了，就應該認錯誤。」

「謝老闆，對不起。」小警察上來低聲說。

公安局長說：「謝老闆，要不要開車把你送回去？」

老謝說：「不用了，縣城也沒有幾條街，我和小紅散散步就到了。」

老謝和小紅走出公安局大門時真的變成一對情侶，小紅挽住老謝的胳膊，對老謝說：「老公，你真牛。」

4

虎頭山下的虎頭廟已經有二百多年的歷史，據說，當年山上森林茂密，荒草一人多高，虎嘯狼嚎，各種野獸出沒期間，其他動物就更多了。除了打獵者，很少人敢上山，虎豹豺狼卻經常下山來侵犯人畜。那一年，鬧乾旱，山上沒有吃的，野獸成群結隊的下山來襲擊村莊，家畜被吃掉了不少，還咬死了好幾個人。

附近的大戶人家集資造起了這座廟，請神仙來保護山下的村莊。以後山上的野獸少了，土匪多了起來，窮人沒有飯吃就拉杆子上山。山下的富人經常遇到搶劫和綁票。民國初年，政府軍上山剿匪，大獲全勝。有錢人又出資修廟，希望廟裡的菩薩保一方長久平安。可是，不久又天下大亂。解放以後，山上的土匪被解放軍趕走和消滅了，一個也找不到了。

五十年代末，大煉鋼鐵，山上的樹被砍掉不少；六十年代農業學大寨，山上造起了不少梯田，已經看不到森林裡。而山下的那座廟已經破敗不堪，文化大革命時，縣城的紅衛兵吃飽了撐著，舉著紅旗走幾十裡山路，來這裡砸廟，把廟裡的和尚趕出去修大寨田。以前的大戶人家都在挨批鬥，自身不保，當然顧不了廟裡的幾尊破菩薩。再說，現在他們也拿不出錢來修廟了。

老謝是在七十年代初來到這裡插隊的，這裡還在進行改天換地的學大寨運動。老謝在這片廣闊天地裡接受貧下中農再教育的，不久他又做了小學老師，教育貧下中農的子女，貧下中農父母一高興也來學校聽課，都說謝老師比以前他們山村裡的幾個土包子老師講的好，娃娃愛聽，大人也愛聽。這時候老謝就搞不清楚他和貧下中農之間，到底是誰在教育誰了？因此老謝就產生了成就感，優越感，對這裡就有了許多親近感，都是鄉里鄉親，老謝決心要改變家鄉的貧窮面貌，可惜那時候老謝有這個想法，也沒有這種能力。但是老謝心裡埋下了一顆為家鄉人民服務的種子，這也就是他今天回家鄉投資的一個根本原因。種子開花結果了。

虎頭廟離縣城五十里地，離謝家村二十里地。但老謝投資學校的事情早就在這片土地上傳開了。老謝回到謝家村時，看見小學校已經建好一大半，青瓦紅牆，兩層樓，前面還有一個水泥地的籃球場，和城裡的學校差不多了。村長說，附近百里地還找不出一所這樣氣派的一所小學。鄉里已經流傳著一首民謠：「虎頭山，綠油油，山下就是謝家村，村裡出了一個謝貴人。」老謝聽了心裡那個美啊。

在村長家喝酒的時候，村長說還有一件大事情要向老謝彙報。老謝問什麼事，難道還有比建造學校更重大的事？村長說，當然，這事不但是地上人間的事情，還是天上神仙的事情。老謝如果做了這件事，就不僅僅是光宗耀祖了，說不定來世會變成天上的神仙，也不用投胎下凡來。老謝聽不懂，就問：「你說得太玄了，不會是讓我學秦始皇煉仙丹吧？」

「不會，不會，那是封建迷信，吃了仙丹也成不了仙，說不定，還會中毒。」於是村長說了一件大事，虎頭廟的當家和尚悟真法師已經傳話來了，求問造福鄉里的謝先生是否願意做一場水陸大法會？

老謝問：「水陸法會是什麼意思？」

村長說：「我也不太懂，只知道那是廟裡做的大法事，要做三天三夜，還是幾年前虎頭廟擴建修完後，做過一次，方圓百里的廟宇裡都要派代表來，連省城裡高僧也從柳條江那邊坐船過來的，是不是有中央級別的法師來，我不清楚。那次水陸大法會縣長也參加了，與民同樂，老百姓來得就更多了，做道場的時候，廟裡廟外，人山人海，小和尚換捐款箱都來不及。」老謝問：「為什麼要換捐款箱？」村長說：「捐款箱一會兒就滿，香火錢塞不進去了。」

「悟真法師傳話給我是什麼意思，是不是要我給廟裡捐錢？」老謝一句話就說到點子上。

村長解釋道：「聽悟真法師說，這和善男信女捐點小錢是有區別的。這種水陸大法會是為有大善之舉的人做的，也是提供給大善者為天下做功德的一個機會。如果老謝不願意失去這個機會，只要出五十萬，其他的錢就有他們廟裡負責募捐了。」

老謝經過思考，認為建造中小學校已經花了五百萬大錢，在菩薩和神仙身上再花五十萬小錢也是應該的，做好事做到底，不能半途而廢。還有一個重要原因，老謝嘴上說不迷信，肚子裡還是有迷信，千萬不能得罪神仙，雖然村長說自己下世能做神仙，這話太過了，但是，「為今生平安，為來世積福，」這些普通人的覺悟，老謝還是有的。老謝讓村長傳話過去，答應出五十萬元香火錢。

5

在做水陸法會的前一天，老謝就被接到了虎頭廟裡，他一個人住一間客房，其他幾間客房裡都是幾人一間，也是捐大錢的施捨者。

第二天早上，老謝還在睡夢裡，就被小和尚叫起來了，說法事馬上開始了。老謝一看手錶，剛臨晨三點，比他以前巴黎麵包房上班時間還早，問小和尚：「你沒有搞錯時間吧？」。

小和尚說：「施主，你動作快點，做法事可不能等人，神仙怎麼能等人呢？」老謝想想也有道理，自己是俗人一個，神仙是沒有白天黑夜的。

院子裡，施主們打著哈欠結合了，老謝出得錢最多，排在第一位。由那位小和尚把他們一行領進一個內廳念經堂。在念經堂門口，大家脫鞋進門，廳內的地板被擦得錚亮，堂上的桌臺也被擦的一塵不染，兩旁點著兩支紅色的大蠟燭，中間香火也已經點上了，廳堂裡香氣彌漫。然後，他們被安排坐在一個個團蒲上，老謝屁股下面的團蒲最大。

燭光下，老謝瞧見對面已經坐著一排敲木魚念經的和尚。邊上的一位女施主告訴老謝，那兒排在第一位的叫上首師父，排在最後一位的叫下首師父，法華經是由上首師父起頭領唱的。以前，香客應該跪在團蒲上，但念經的時間太長，大家吃不消，當家廟主悟真師父改革開放，與時俱進，讓香客坐在團蒲上。

不一會，隨著上首師父的一句唱調，念經開始了，聲音從前面一排排地傳來，似說非說，似歌非歌，老謝也聽不懂他們在念什麼東西。老謝左瞧右看，邊上的施主的態度都比他虔誠認真，坐相端正，大概他們都是經常來廟裡的主兒。

那排和尚一起念了一陣經，又改成了一個一個地念，有的和尚聲音還比較高，有的和尚聲音細如小蟲子。因為起的太早，剛才老謝還有點新鮮感，這會感覺就像電流般地過了，缺乏刺激，老謝聽著聽著，就合上了眼睛，不一會，打起了呼嚕。邊上的女施主推了他好幾下才把他推醒，老謝猛地睜開眼睛問道：「念完了嗎？」女施主說，「小聲點。」老謝只才聽清楚，那邊像蚊子一樣嗡嗡叫的聲音還在繼續，嘴上就說：「小和尚念經有口無心，再念下去，他肯定也像我一樣睡著。」

女施主說：「這你不懂，他們一個個聲音有高有低，那是一種配合，就像音樂唱腔都是有高有低的一樣。」

老謝打算和女施主爭辯幾句，「世界上有什麼東西是我老謝不懂的？」嘴沒有張開，肚子裡先問自己，踏進廟裡我老謝什麼都不懂，什麼都不知道。老謝又想起在澳大利亞彼得和保羅講摩門教等事情。看來宗教裡面的知識學問多著呢，一輩子也學不完。「謙虛使人進步，驕傲使人落後」、「活到老學到老」，看來老毛肯定是悟到了什麼真諦，怪不得他老人家能成為當代中國的領袖，這領袖和一代教主也差不了多少。

就在這時候，前面傳來一陣腳步聲，老謝抬頭一看，一個身材高大的胖和尚站在廳堂中央。女施主碰碰老謝說：「天航師父來了，他唱經你肯定喜歡。」老謝肚子裡說：「天航師父，怎麼不叫太空梭？天馬行空，能夠在大千世界來來去去，符合佛教精神。」女施主又告訴老謝，天航師父不是虎頭廟裡的人，是其他廟裡請來的。附近百里的廟宇有較大的佛事活動都要請他出場，就像歌星一樣，他一出場，邀請他的廟宇都要付給他一筆香油錢。因為人人都喜歡聽他唱經的聲音。

「各位善男信女，大家好。」天航師父果然聲音洪亮，猶如在廳堂裡敲響了一面洪鐘，面目神態卻像一位節目主持人。他的唱經聲音出自肺腑，就像學過西洋唱法的男中音歌唱家。其實，他沒有受過任何聲樂訓練，他的聲音是天生的，是佛主給的，佛主讓他通過這個金嗓子來給芸芸眾生唱出菩提樹下的聲音，也讓他成為方圓百里內的宗教名人。

天航師父唱到某一段落時，叫一聲起，只見團蒲上的男男女女都站起身來，老謝也不知道發生了什麼事情，慌忙站起來，只見大家都排成了一行，老謝也排在那位女施主身邊，悄聲問：「這又是怎麼一回事？」女施主說：「你怎麼一點規矩也不懂，這是跟著師父走路。」老謝還沒有鬧清楚，只見大家跟在天航師父後面走起來，天航師父一邊走，嘴裡還一邊吟唱，經堂中間的空地有限，天航師父走的都是方步，沒有走幾步就要拐彎，拐彎時他走的也是一個方角，二十幾個人跟在他後面亦步亦趨。走了四四十六圈，後來又改走圓圈，要走三三得九圈，而且隨著天航師父唱經的節奏，大家的步伐也跟著師父的步伐越走越快，最後天航師父的唱經聲已經和迪斯可的節奏差不多，大夥像著魔一樣跟在他後面又跳又跑，腳下的木頭地板嘭嘭作響。走得老謝已經分不出東南西北，頭暈腦轉，差點倒下去。可是，天航師父的嗓音照樣宏亮不變，臉上滿面紅光。

老謝坐在團蒲上，喘著氣問女施主，為什麼要這樣做？女施主解釋道，剛才走的方步方塊型是天方之意，走圓圈是地圓之意，整個的意思是天方地圓，一共是連走帶跑了二十五圈，東南西北天上地下全走到了，這就是超度眾生，讓四面八方的孤魂野鬼全都跟上，佛祖的意思就是不能輕易漏掉一個生命，不隨便放走一個靈魂。

老謝問：「那我們是誰啊，算不算孤魂野鬼？」

女施主說：「你想到那兒去了，我們捐的錢多，也是在為眾生做貢獻，是眾生的代表，所以讓我們這些人來內堂參加念經唱經。其他人都沒有這個資格。」

老謝又說：「我明白了，我們就像是進人民大會堂的人大代表。」女施主認為老謝總算說了一句中聽的話。老謝繼續問，「佛祖要把四面八方的人全弄來，也不管好人壞人嗎？」女施主嫌老謝的話太多了，讓他自己去問佛祖。

「不冤枉一個好人，也決不放走一個壞人，坦白從寬，抗拒從嚴。」這話是佛祖說的嗎？這是警察審問老謝時說的，老謝糊塗了，自己到底屬於哪一種人，他想來想去，自己肯定不是壞人，好也好不到哪裡去。如果自己回到澳大利亞，老婆已經和自己離婚，又沒有孩子，人一死，在澳洲真的成孤魂野鬼了。這樣想來，老謝有點傷心，不過這一回出錢做水陸大法會還是有點用處的，就算預先給佛祖打了招呼，到時候真的在海外成了孤魂野鬼，佛爺肯定不會忘記自己。

唱經又換了一種花樣，天航師父領著那一排和尚一起唱，唱得格外好聽，後面又多出了幾位和尚，吹起了嗩吶和笛子等樂器，廳堂裡更熱鬧了。這邊的施主全改換了姿勢，不能再坐下了，雙膝跪在團蒲上，隨著音樂和唱經的調子，一會兒跪拜下去，一會兒又抬起頭。老謝也不知道什麼時候該跪下去，什麼時候抬起身，他就斜眼看著邊上的人，人家一跪，他也跟著跪，人家一起身，他也起身。最後，眾施主也跟著天航師父一起嗎咪嗎咪地唱起來。這下老謝只能翻白眼了，他一句也不會唱。老謝嘴巴動了幾下就不動了，這場面讓他想起澳洲的教堂裡，最後牧師領著大家一起唱讚美詩的情景，老謝很喜歡聽讚美詩的歌聲。老謝就把這種場面當作聽音樂會，他發現那些女施主唱經的聲音特別好聽，清脆亮麗，大概是剛才和尚的聲音聽得太多了，看來世界上就得有男女搭配，陰陽調和。不過這話不能在廟裡講，如果在廟裡面男女一搭配，和尚和尼姑住一起，肯定亂了套，百分之一百要出事情。老謝暗暗責備自己不該在廟裡有這些亂七八糟的想法，就像當年他不該在夢裡有開辦京都大妓院的想法一樣，這些錯誤想法都是非常荒謬的，不健康的，黃色下流的，很有可能被公安掃黃打非抓進去。

中午招待他們施主的素餐不錯，有素雞素鴨素魚素肉，還有雞蛋湯，說雞蛋還沒有長成生命，再說他們也不是出家人，吃一點沒關係。老謝早就餓了，吃了兩碗香米飯，素雞素鴨素魚素肉各吃了一盤，還吃了一大盤素菜，喝了一碗雞蛋湯。女施主在邊上說：「你真能吃。」老謝問來收飯碗的小和尚：「有沒有素酒喝？」小和尚說晚膳給施主供應素酒。

老謝發現廟裡有不少未成年的小和尚，以為他們都是窮人家的孩子，家裡養不起，送來廟裡。一問才知道，這些大都是富人家的孩子，因為生下來就有各種疾病，養在家裡有麻煩，父母給廟裡捐一筆錢，就把孩子送進來了。其中有一個孩子的父母已經出國，也是去了澳大利亞。老謝去這個小和尚的屋裡一看，這個小傢夥還在玩電腦。小孩問老謝：「叔叔，澳大利亞是怎麼樣的？」老謝說：「你可以問你的爸爸媽媽啊。」小孩說：「爸爸媽媽把我扔了。」老謝想，這年頭真有許多事情看不懂。老謝又聽說，不少有殘疾病的孩子在廟裡待了幾年，每天跟著老和尚念經，不吃藥也不看醫生，疾病莫名其妙地消失了，身體好起來。老謝想，這世界上真有許多不可思議的事情。老和尚說，這是佛祖創造的奇迹。

晚膳有素酒，廟裡釀的素酒真好喝，老謝喝了幾大碗，喝得迷迷糊糊就去睡覺，明天還要早起。老謝躺在床上，聽著那邊廟堂裡傳來的念經聲音，感到睡在廟裡特有氣氛，清心寡欲，做個和尚還真不錯。老謝心平氣和地進入了夢鄉。那邊和尚繼續念經，做水陸法會，他們要念三天三夜。

第二天，才是大法會的高潮，在虎頭廟的正殿大堂裡舉行法事。他們這些施主被安排在最前面，每個人發一個團蒲。大廟門一打開，大批人像潮水一樣湧進來，廟堂裡全跪滿了，後來的人膝蓋下面也沒有團蒲，不一會後面的大院裡人也滿了，廟門口，和尚攔著不讓進人了，警察也出動了，幫助和尚維持廟門口的秩序。

大堂內，九十高齡的悟真法師出場了，兩鬢雪白，鶴髮童顏，白鬍鬚有一尺來長，眼睛黑亮，一眼就看到了跪在大佛像前面的老謝。走到老謝前面，老謝也立刻站起身來，畢恭畢敬地給法師作揖。悟真法師稱老謝是貴人，把手上的一株紅色的檀香送到老謝手裡，請老謝給佛祖釋迦牟尼敬上今天的第一株香，老謝受寵若驚，點火敬香時手在發抖，這是他人生中莫大的榮譽，老謝要永遠記住這燦爛的一天，這幸福的時刻，不管是今生今世，還是來生來世。

接著是悟真法師領著眾生念經，幾百人的念經聲，在大廳裡一浪高過一浪。老謝濫竽充數，嘴巴媽咪媽咪地動著。他突然想起，西方人稱呼母親叫媽咪，中國人叫媽媽，世界上許多地方對母親稱呼都差不多，都有一個媽字，這和念經聲中「媽咪媽咪哄哄」有沒有聯繫？罵人裡面也有一個「媽」字，自己嘴裡經常跳出來的那個「發根他媽」，不對了，老謝又想歪了。

最後一天，悟真法師領著老謝走進一間廟堂，裡麵點著幾排油燈，他讓老謝也點上一盞，告訴老謝說，這是長命燈，只要老謝還活著，這盞燈就為老謝亮著，永不熄滅。老謝很得意，這不是成了奧運會上的聖火了？又一想，如果碰到再來一次文化大革命，廟也被砸了，長命燈火肯定保不住。

悟真法師告訴老謝，廟裡對老謝還有一項永久性的待遇，老謝無論什麼時候來到虎頭廟裡，廟裡都會給他提供一間屋子，提供膳食，老謝想住多久就能住多久。老謝想，這是不是老和尚的計謀，要我捐出全部家產，來廟裡做和尚？再一想，這不是和澳大利亞的那個威爾遜療養院的待遇差不多，一土一洋，這裡捐了五十萬人民幣，那裡出了十萬澳幣，合人民幣六十幾萬，錢也相差不多，所以待遇也差不多，那裡物質條件比較好，但這兒的精神層面更高。人是要有一點精神的。

6

以前中國人信仰佛祖，西方人信仰基督。後來中國人狂熱地信仰毛澤東思想，再後來中國人沒有信仰了，產生了信仰危機，只知道掙錢，工作學習沒有方向。現在又有不少老百姓信仰佛祖了。老謝自從參加了水陸大法會，精神面貌也有了變化，得意洋洋，認為自己找到了精神上的歸宿。走起路，抬頭挺胸，腳下的義大利小牛皮皮鞋走在鄉間的泥土道上，風塵僕僕。

虎頭縣中學的校舍在縣政府的關心督促下，建造得很快，錢也一筆一筆地進了縣財務科的帳上。謝副縣長說，老謝是個爽快人，是個明白人，是個好人。繼續請他喝酒，還一起去洗浴城。不過，是老謝付的帳。

不久後，謝家村小學建成，新樓房，新課桌椅，和不少新的教學用品。老謝還把餘下的錢，給孩子們每人做了一套學生服，給老師們發了一筆獎金。

開學典禮那天，學生們穿著清一色的藍色學生服，整齊地排在操場上，全村的鄉親們都來了，圍在學校的四周。村長扛來一快木牌，上面用紅綢布包著，他說是學校的招牌。以前學校根本沒有招牌，連名字也沒有，如今一定要有一個像模像樣的名字。村長把木牌交到老謝手上，讓老謝揭開紅布。老謝揭開紅布後，瞧見了「謝常家小學五個大字。」老謝心裡一陣發抖，欣喜若狂，嘴上卻說：「慚愧慚愧。」

村長說，用老謝的名字做學校的名字是全村村民的意思。村民全體鼓掌。村長又宣佈，把老謝的名字刻進本村祠堂裡的石牌上，寫進族譜裡。

老謝說，「不敢當，不敢當。」臉也紅了，老謝臉皮厚，很少臉紅，這輩子他也沒有紅過幾次臉。村民們又一次鼓掌。

一個月後，虎頭縣中學大樓進行落成典禮，樓高五層，和縣城裡的藍天洗浴城，黃瑪麗賓館一樣高，比縣委大樓低一些。縣委大樓也是五層，但是建在山坡上，像蹲在虎頭山上的一隻大老虎，俯視著縣城的每一條街道，每一個角落和每一位百姓。

一陣鞭炮後，謝副縣長遞給老謝一把剪刀，有老謝和縣委書記一起享受剪綵的最高待遇，老謝受寵若驚。縣長贈給老謝一把鑰匙和一本證書，說老謝已經光榮地成為虎頭縣的榮譽公民。老謝心想，這一招肯定是從國外學來的。老校長被人攙扶著走上來，送給老謝一幅墨寶，「鐵肩擔道義，善心建學校」。老謝感到句子有點熟。

鞭炮又乒乒乓乓地響起來，老謝抬頭看著眼前的情景，又低頭瞧著自己胸前掛著的，寫有謝常家名字的紅色小綢帶，感到自己這一輩子沒有白活，此生足矣。

老謝在虎頭縣和謝家村待了四五個月，樓也建成了，錢也捐掉了，榮歸故里的任務完成了，出門的時間也不短了。他返回了北京城。

有一位哥們在京晨報中間的豆腐塊欄目中，讀到老謝在河南省虎頭縣捐錢建校出風頭的事情，這個消息很快在老謝以前的那批哥兒們中間傳開了，老謝是成功人士，老謝是大老闆，老謝是億萬富翁。老謝謙虛地說：「誤導，誤導，我又不是李嘉誠，鄙人只是在澳洲開了一家小的貿易公司而已。」他就把燙金名片散發了出去。

請老謝喝酒的哥們越來越多，酒席上，老謝不說在澳洲推牛皮住大牢等辛酸事情，大吹特吹回到祖國親人懷抱裡，在虎頭縣裡，出門警車開道，少年兒童給他獻花，縣長給他榮譽證書，廟裡老和尚請他燒頭香等等人上人的感覺。找老謝來談生意的人越來越多，牛皮羊皮袋鼠皮還有牛鞭鹿鞭袋鼠鞭，老謝什麼生意都談，生意談好了，酒也喝完了，大家拜拜走人。

還有人知道老謝離了婚，又是大款，就拚命要給老謝介紹女朋友。老謝開始的時候很有興趣，後來發現那些姑娘一個比一個年輕，一個比一個漂亮，有一個姑娘還不到十八歲，第一次見面就撲到老謝懷裡，說這輩子非老謝不嫁。嚇得老謝摸也不敢摸她，生怕一摸她，她的肚子真的被摸大，到那時候老謝說不清楚，逃也沒處逃了。老謝想，現在的女孩子太開放了，自己實在是吃不消。老謝又不是一個沒見過世面的人，這些年輕漂亮的女孩子敢於投懷送抱，比他小十幾二十多歲，圖什麼呢，老謝一想就明白了。老謝在張傑克那兒也聽說過一點法律知識，那些女孩子要是今天嫁給老謝，不但能搞一個澳洲身份，將來和老謝離婚，還能分老謝的一半財產。老謝和謝妮娜離婚後，已經有了心理障礙，不敢再玩一次離婚。

在酒友商人和女人三路人馬的追擊下，老謝每天都忙得不可開交，家裡沒有吃過一頓飯，和父母說話的時間也沒有。老謝的父親埋怨道：「你每天瞎忙什麼？一點正經事也不做。還不如早點回你的澳大利亞去。」

老謝在飯局上要喝牛欄山二鍋頭，人家說你老土，現在大家都時興喝高檔的「酒鬼」，老謝每天都喝的迷迷糊糊，有時候一天要喝二三會，有一天喝得暈頭轉向，在馬路上攔不到計程車，只能坐公共汽車，女售票員要他買票。他翻著白眼說：「老子在國外坐空調火車也不買票，坐你這個爛巴士還買什麼票？」被女售票員一腳踹下車去。老謝就在人行道上用手指掐著喉嚨，一邊吐一邊罵：「發根他媽的，現在的女人就是厲害，比我老婆謝妮娜還厲害。」清醒的時候，老謝想，再這樣喝下去，真要出事，早晚會變成「酒鬼」。不喝吧，也不行，幾路人馬追著著他喝，逼著他喝，他也無處藏身。有一位老哥們更是荒誕，喝酒的時候非要把二十歲的女兒介紹給老謝做新太太，說將來也能跟著女兒去澳洲發財。老謝想，這太離譜了，以前都是哥們，以後要做我老丈人了，輩分顛倒，這怎麼行啊？

幾天後，老謝登上國際航空公司的班機，回到澳洲。

二十四、尾聲　老謝上法庭

1

老謝回到澳洲，回到「藍區門」那間盛產蟑螂的屋子。

老謝在中國沒有做成一件生意，不是他做不成，是他沒興趣，手裡抓著這麼多錢，浪費那些腦細胞幹什麼。老謝也沒有娶到新太太，不是他娶不到，實在是吃不準娶來的新太太到底是來過日子的，還是來搶他錢的。如今，老謝已經花掉了那筆「抬死駱駝」獎金的一半，當然，大部分是給家鄉的捐款，這錢值得花，是為人民的利益而花，花得重於泰山。小部分花在吃喝玩樂上面，那是花得輕於鴻毛，不過花錢的時候，老謝飄飄欲仙，就像鴻毛飄在半空中，舒服。

老謝的銀行賬戶上還有一百二十多萬澳幣。老謝打算買一幢好房子，買一輛好車，再去買一艘遊艇，去海灣衝衝浪，澳大利亞的有錢人都是這樣玩的。餘下的錢放在銀行裡吃利息也夠他吃一輩子了。

老謝因為回國時間較長，所以他把來往的郵件都轉到張傑克辦公室的地址。第二天，他就去張傑克那兒。

張傑克一見老謝，又是握手又是擁抱，「老謝，你這一走，有半年多了吧？」

「整七個月。」老謝從背包裡拿出一瓶酒，「我給你帶來的，我們家鄉虎頭縣出的地瓜酒，好喝。」

「謝謝！老哥真想得到我。你什麼時候回來的，也不提前通知我一聲，我能去機場接你。你現在沒車不方便。我最近認識一個寶馬車行的老闆……」說到這兒，張傑克突然想起了一件事，打開抽屜，拿出一疊信件，「這都是你的信件，我瞧了一下信封，大部分都是銀行來的，但這兩封我替你拆了，不拆不行，我吃這一行飯，知道法院來函很重要。」

老謝像被敲了一下腦殼：「法院找我幹什麼？」

「信函上沒有說明，只是讓你到時候上法庭，兩封信都是這樣，你人不在，也沒有委託律師，我也不能去。第三次再不到庭，說不定法庭會進行缺席審判。」張傑克看著老謝的眼睛問道，「老謝，你在中國住了這麼長時間，沒有犯什麼事吧？比如說給中國公安盯上了。」

「我能在中國犯什麼事，我在中國做的全是為人民服務的好事。如果我在中國犯了事，公安還會讓我上飛機？」老謝也猜不出到底發生了什麼事？

「對，對，中國和澳大利亞也沒有引渡條約，不少中國貪官鑽了這個空子，撈了大錢的都溜到這兒來了。」張傑克又搖搖頭，「不對呀，你又不是從中國來的，你是從澳大利亞回去的，肯定是在這兒犯的事，」

「我犯了事，警察為什麼不來抓我？再說。我自己知道，我沒有犯過什麼事啊。我想想，讓我再想想，」老謝突然想起一件事，「我想起來了，肯定是以前巴黎麵包店的事情，我和老黑索羅門把林老闆寶馬車的輪子給卸了，我給你說起過的。」

「不會，不會，又不是殺人防火的大事，兩個破車輪，都過去三四年了，你以為警察吃飽了沒事幹。」張傑克立刻否定了老謝，又問：「會不會你的那個大獎裡面有什麼貓膩？」

「彩票局的文件都是很正規的，簽名畫押，錢都到了我的賬上，已經讓我花掉一半了，還可能存在什麼貓膩？絕對不可能。」老謝的態度非常堅定。

「什麼，你說什麼，你已經花掉了一半錢，你沒有搞錯吧，你中獎得了二百五十多萬，一半就是一百二十五萬澳幣，你就是去周遊世界也不可能花得這麼快。除非你每天在家燒鈔票。」這回是張傑克弄不懂了，老謝嘿嘿笑了笑，笑得頗有深意。

這時候，辦公室小姐把今天的信件送進來，其中又有一份法院的信件，讓謝常家下個星期一上午十點，必須準時到達「古陵寒特」地區法院的四號法庭。

「瞧，又來了，下個星期一，我陪你一起去法庭，看看到底發生了什麼事情？」張傑克也感到老謝的事有點神秘，老謝這個人變得可疑起來。

2

老謝這幾天是在猜測中渡過的，方方面面都考慮過了，還是猜不出一個「古陵寒特」法院請他上法庭的原因。

星期一，老謝由張傑克培著走進法院的大門。這是老謝第一次進法院，不要說是在澳洲，就是在中國，他也從來沒有和法院打過交道。上次在悉尼被移民局的探子抓住，也不用走什麼法律程序，直接就被送進維拉沃特拘的大牢裡。

他們在走廊裡找那個四號法庭，找到二樓，樓上的人說四號法庭在樓下。老謝下樓時對張傑克說：「我有一個感覺，那個四號不是很吉利，四者死也。」張傑克說：「你不要瞎琢磨，四在英語裡面讀Four，不就是中國的福字嗎。」老謝搖搖頭，「不能這麼說。」

找到四號法庭，踏進門時，老謝先看到那個「牛死愛親它」彩票店的那個波蘭小老頭。老謝走進去時，又看到了坐在前排座位上的他的前妻謝妮娜，謝妮娜邊上坐著阿廣。老謝坐下的時候，越來越不對勁，好像有一股兒禍起蕭牆的感覺。張傑克朝四周一看，今天來法庭旁聽的人不少，看來這件案子動靜不小。

法官把老謝也叫到了前排座位，謝妮娜看了一眼老謝，沒有做聲。老謝也看了一眼謝妮娜，這一看他大吃一驚，坐在那兒的謝妮娜挺著大肚子。老謝走神了，難道謝妮娜肚子裡有了我和她的孩子，算算時間，也差不多，是離婚前，我在她肚子裡種下的？從中國到澳洲，這麼多年了，我和她都沒有孩子，怎麼一打離婚，她肚子就大起來？老謝實在想不通，但還在想，也許是有了孩子，她要和我打官司，問我要贍養費，有這個可能。

就在老謝胡思亂想的時候，法官讓人宣讀訴狀。老謝聽懂了一些，張傑克又在邊上給他做翻譯。這份訴狀確實是謝妮娜通過一位律師遞上去的，但並不是什麼贍養養費，而是說，她要和老謝對離婚前的家庭財產進行分割，那份「抬死駱駝」的大獎，她也應該分一半錢。老謝聽明白後，一下子就懵了，眼前直冒金星，這會兒不是金幣砸來，而是金色的蒼蠅在眼前狂飛亂舞。張傑克叫了他兩聲，他才從昏眩中回過神來，和張傑克說事兒。

一會兒，張傑克站起來對法官說道：「我的當事人，因為剛從中國回來，對這件事的發生還沒有心理準備，也不瞭解這件案子的情況，要求延期開庭。」法官認為當事人的要求合理，宣佈一周後再開庭審理這個案子。

老謝和張傑克回去後商量這件事，張傑克有點為難地說：「要麼，你換一位律師。我和你老謝，和嫂子謝妮娜都是熟人，去你們那裡喝酒，都是她做的菜。在法庭上你們兩個，我幫誰說話好呢？」

「不行，不行，你可以對事不對人，咱們就說這個事兒。這張彩票當然是我買的，我一領到工資，第一件事就是買彩票，已經買了許多年了，她來澳大利亞之前，我就一直買彩票，每期都買，這你也知道，阿廣也能證明。這張彩票百分之百是我的，她怎麼能分一半呢？」老謝雖然和謝妮娜離了婚，雖然從妹妹那兒知道了謝妮娜外面有情人的傳聞，但他心裡還是對謝妮娜放不下，畢竟兩人有一段夫妻感情。

可是，他無論如何沒有想到謝妮娜在他回國去的時候，朝他背後開了一槍，他回到澳大利亞，那顆子彈正好射到了他的前額上。他想不通，繼續對張傑克嘮叨道：「我已經給了她十幾萬，讓她付清房貸，把那輛車也給了她，我還在買保險的合同上寫了她的名字，如果我不幸遇難，她還能得一筆保險金呢。瞧，能想到的，我全為她想到了，她反過來這樣害我，這個女人太不講良心了？真讓我寒心。要是讓她知道我買保險寫了她的名字，她一定希望我出門立刻被汽車撞死。唉，女人啊女人，女人真是禍水，幸好我回國沒有再娶一位新太太來，再討一個年輕老婆，那一定要和我鬧翻天了……」

「行了，行了。法官不會在法庭上聽你說這些傻話。」張傑克讓老謝不要再發揮下去了，他給老謝提出了兩點：第一，買彩票的時間是在離婚前，還是在離婚後？第二，如何證明他買這張彩票是他的私人行為，和家庭無關。這兩點都非常重要。

老謝想了半天，讓張傑克把他和謝妮娜離婚的文件副本拿出來，仔細查了一遍，買那張彩票是在離婚簽字前三天。「我怎麼這麼倒楣。離婚的時候，我早把這張彩票給忘了，也沒有在電視上看過中獎號碼，更不知道能得這麼一大筆錢。不然，我也不會晚去了兩個多星期領獎啊，這個，波蘭小老頭也能證明，對了，我在法庭的長椅上也看見他了。」

張傑克搖搖頭：「你講的這些都沒有用，什麼問題也說明不了。」

老謝有了主意：「要不這樣，離婚文件的正本在我這兒，副本在你這兒，謝妮娜那兒也有一本，我知道她放在那兒，晚上我去把那一本偷出來。然後把三個本子上的時間都朝前挪三天，改完後，我再偷偷地送回去。」

「如果你被她發現了怎麼辦？」張傑克皺了一下眉頭。

「怎麼會被她發現？那邊的房屋鑰匙我還在，裡面每間屋子我都熟門熟路，神不知鬼不覺，我就能把這件事搞定。」老謝胸有成竹地說道，「以前，搞林老闆的車輪胎，比這風險大多了，還不是小菜一碟。」

「那是以前，以前我也是什麼都敢幹，膽大包天。現在你能這樣幹，我不能，我是個律師，怎麼可以幫著你偷改文件呢？這事太容易被人拆穿了。一出事，我的律師牌照肯定被吊銷，今後參選議員的事更沒戲了，我這偉大的一生都會毀在這一件小事上。」張傑克說出了自己不能幫老謝幹這件荒唐事的充分理由，最後讓老謝還是在第二點上多考慮考慮，

老謝回去以後，針對第二點，寫下了買彩票是他個人行為的許多理由，記敘了他將近十年買「抬死駱駝」彩票的歷史，說自己如何省吃儉用，堅持每周買彩票等等，寫了好幾張紙，為了有文采能感人，他還修改了好幾遍，最後拿去讓張傑克翻譯成英文，翻譯完後，老謝每天在家裡進行朗讀練習，準備在法庭上以感人的語言打動法官，奪取最後的勝利。

第二次開庭，法官讓雙方都陳述了各自的理由。老謝在法庭上，手按著聖經宣誓，然後把那幾張紙拿出來，念念有詞，表情誇張，說什麼家裡的錢都是他掙的，謝妮娜也沒有一分穩定的工作收入，只能掙點小錢。彩票當然是他買的，他在澳大利亞買彩票已經有十年歷史，諸如此類。法官聽了也沒有什麼興趣。

謝妮娜挺著大肚子走到了前面，第一句話就是：「我的丈夫和我離婚了，我的孩子就要出生了。」一句話就打動了下面的聽眾。謝妮娜又提出了一個充分理由，這張彩票上的號碼是她的出生日期，怎麼能說這張彩票和她沒關係呢？還有這張彩票是她和她丈夫在離婚前一起去買的。阿廣也

出來作證，說那天，他陪老謝和謝妮娜一起去「卡你急」的商業街上買東西，老謝問謝妮娜拿了十元錢，走進「牛死愛親它」去買了一張彩票，他和謝妮娜都等在門外。

老謝一聽阿廣說的，差點要上去搧他兩個大嘴巴，阿廣和自己關係這麼好，怎麼一下子成了叛徒？那個波蘭小老頭也被叫上臺作證，他能證明老謝那天是來買了彩票，至於拿的是什麼票面的錢，他當然記不住，還有阿廣和謝妮娜是否在門口等著，波蘭小老頭說，我又不是攝像機，門口走過成千上百的人，我能記住每一張臉嗎？

法官的判決可想而知，判決結果為：那張「抬死駱駝」的彩票屬於老謝和謝妮娜的共同財產，所得獎金也為兩人共同所有。離婚後，男女雙方各得百分之五十。老謝不服判決，說我已經給了謝妮娜十幾萬，讓她還清了房貸，把那輛車也給了她。為什麼還要給她百分之五十獎金？法官說：「我已經在判決書上說得很清楚了。你不服判決，可以在規定期間內，去高等法院上訴。」說完就宣佈退庭。

謝妮娜挺著大肚子站起來，走到老謝面前表示，如果老謝把那筆獎金的一半錢，也就是一百二十五萬元澳幣劃到她的賬戶上，她立刻就走人，把那幢房子和那輛汽車都留給老謝。老謝聽了此話，不知說什麼好。

出門時，老謝嘴裡一個勁地說：「死定了，死定了。」在石頭臺階上腿一軟，差點摔下去，張傑克一把扶住了他。老謝哭喪著臉問張傑克，上訴有沒有希望？張傑克說，希望只有百分之一，不會超過百點之二，讓老謝還是省點心算了。老謝又問張傑克，有沒有什麼走過程等辦法，就像當年玩的花招。

「那個時代一去不復返了。」張傑克又給老謝分析道，「也許事情就壞在你自己身上，回國前，你給她的十幾萬澳幣。你想想，中獎的事，你嘴巴很緊，沒有告訴任何人。謝妮娜並不知道，阿廣也不可能知道。你一下子給了她十幾萬，這筆錢哪裡來的？她當然會去打聽，北京城裡，你的哥們她都很熟，你在家鄉大把玩錢的事情，她很可能也探聽到了，她再去波蘭小老頭那兒一問，不就全明白了。」

「是啊，是啊，我沒有想到過這些。」老謝連連捶打自己的腦袋，「當時我怎麼可能會想到這些呢？我給她那筆錢是想對她好一點，讓她沒有貸款的壓力。誰能想到她是一條化妝成美女的蛇，真是人心不足蛇吞象。氣死我也。」

3

老謝山窮水盡，一點辦法也沒有了，只能按照法院的判決，在規定的時間裡，把自己賬戶上的一百多萬錢劃到了謝妮娜賬戶上。也就是說老謝一文不名，又變成了窮光蛋一個。

還算是謝妮娜遵守諾言，沒過幾天就搬走了，把房門鑰匙和車鑰匙留給了老謝。阿廣也跟著一起搬走了。老謝又回到了「卡你急」皇冠街八十八號。

破房子還是那個破房子。房間裡的家具，也沒有搬走幾件，老謝從這間屋走到那間屋，從前花園走到後花園，然後又走進屋裡，往事歷歷在目，好像在眼前過電影。如今，只是他和謝妮娜換了一個角色，他來了，謝妮娜走了。老謝想起以前在國內看過的，一部反映知青下鄉的電視連續劇《蹉跎歲月》，那首歌是怎麼唱的，「青春的歲月像一條河……」老謝已經沒有了青春，人到中年，不知道自己這條行將乾枯的河流向哪裡？

「人生蹉跎」老謝感歎道，他的手機響了起來，這個時候，還有誰來找這個倒楣鬼？老謝打開手機，是張傑克來電話，說他打聽到一個最新消息，那個阿廣和謝妮娜是一起搬走的，他倆已經在靠近海邊的高尚區域勃萊頓，買了一幢房子。根據可靠情報，老謝回國的時候，阿廣已經與謝妮娜登記結婚了。

老謝一聽到這個消息，兩眼發直，臉部肌肉一跳一跳，他萬萬沒有想到還會出現這樣的結局。阿廣這小子不但背叛了我，而且欺負了我的老婆，太可恥了。可是謝妮娜還是我老婆嗎，離婚了她想找誰都是她的自由，我有權力干涉她的婚姻嗎？還有？我回到中國，也不是去和一個又一個女孩子約會嗎？

老謝又細細一想，謝妮娜和老謝差七八歲，阿廣和老謝差三四歲，從年齡上說，他倆配對還挺合適。還有一個問題，阿廣來到澳洲後，一直沒有身份，他和飯店裡的小鬼妹混到現在，估計也沒戲，所以找上了謝妮娜。如今謝妮娜既有身份，又是百萬富婆，而且就在阿廣的身邊，阿廣何等活絡之人，近水樓臺先得月，還不是一下子抱住了謝妮娜。再說阿廣也不是什麼處男，也離過婚，他娶了謝妮娜，身份問題也解決了，錢也有了，一劍雙鵰，一步到位，這一招太高明了。

使老謝忿忿不平的是，這一切原來都是老謝的，現在怎麼會糊裡糊塗地轉到了阿廣手上，怪不得阿廣在法庭上一個勁幫助謝妮娜說話，還編排出什麼他和謝妮娜等在彩票店門口的鬼話。看來再好的朋友，在事關自己的重大利益面前，都會出賣靈魂。現在的人啊，全是魔鬼，死了都要下地獄，別想上天堂。就是我老謝，也得先到煉獄裡烤一烤，才能轉去天堂。

這個時候，老謝非常後悔，早知道要分一半錢給謝妮娜，回國不該捐掉這麼多錢，捐一半就可以了，在國內其他花銷也不該那麼奢侈，還有什麼療養院保險公司等等，都是狗屁事情，那些錢都不該花，這樣可以省下不少錢過日子。可是這些錢都拿不回來了，就像流水一樣流走了。

最後，老謝又想到謝妮娜，想到謝妮娜挺著大肚子的形象，他恍然大悟，那不是她和我的孩子，那是她和阿廣的孩子。我和謝妮娜結婚那麼多年也沒有孩子，阿廣和謝妮娜一結婚，謝妮娜肚子裡就有了孩子，說不定，他倆在結婚前就混到了一張床上，謝尼娜被阿廣一炮就打中了。老謝想到這兒，好像有點搞清楚了，過去不能在謝妮娜肚子裡種上一棵生命的種子，責任在自己，自己這方面也不行，有問題。想到這兒，老謝情不自禁地流淚了，以前的老話說，「不肖有三，無後為大」，我們老謝家，怎麼會到了我這兒，就斷代了？老謝一個人在屋子裡號啕大哭，他感覺到自己做人真是太失敗了，「發根他媽，發根他媽……」

接下來的日子，老謝一時找不到工作，但是日子還得過。老謝在報紙上看到一篇報導，名叫「喬尼的禮物」，說的是一位老人，從小喜歡讀書，但小時候家境太差，無法讀大學。後來他就在大學裡做清潔工，從十幾歲一直做到七十歲，他掙了許多錢，但不喜歡花錢；他不穿新衣服，只穿舊衣服；他不住大房子，只住小房子；他不開好車，只駕駛一輛小型的很便宜的車；他不買水果蔬菜，而是在後院裡種蔬菜；他喜歡聽音樂，但從不進戲院，而是在公園裡，看別人的免費演出。當他活到一百零三歲死的時候，他把積攢下來的錢全捐給了大學，幫助那些讀不起大學的窮學生。捐款的數目是二百三十萬。老謝看了很感動，心想這個老喬尼要做的事情，我老謝已經提前做了，他活到一百零三歲，還能搞到二百多萬錢，和我中大獎的錢差不多。如果我活到一百歲，還能掙多少錢呢？

老謝對生活又有了一點信心，他在後院裡走動的時候，想到老喬尼種菜的事情。自己以前在農村混過幾年，今天為什麼不能向老喬尼學習呢？他把後院的草地全都翻掉，種上小白菜田，每天澆肥灌溉，搞得院子裡一片臭烘烘的。小白菜長出來了，綠油油的長得不錯。

綠油油的長得不錯。後面加上一小段：老謝坐在小白菜田的前面，點上一支煙，情不自禁地唱起他少年時代的流行歌曲「等我長大了，要把農民當，要把農民當。」有誰會知道，老謝來到澳大利亞種小白菜，真的是「要把農民當」了。如今農民們都想進城掙錢，大家認為，從小就想把「農民」當，肯定是腦子有問題。老謝現在的狀況就有點腦殘的味道。老謝把小白菜拿到菜市場門口去賣。市場管理員走上來說，你要賣菜必須放在市場裡面去賣，不能放在門口賣。老謝知道放進市場裡面，就得交攤位費。老謝認為錢還沒有賺到，不能交攤位費，就在老謝和市場管理員爭執不清的時候，手機聲音響了，是管理員的手機。老謝朝自己的手朝口袋裡一摸，不好，他那部貴重的手機找不到了。他急忙把小白菜拉回家，到處找手機，用電話機撥手機的號碼，也聽不到手機的叫聲，完了，老謝等於又遺失了上千元錢，如果一千元錢買小白菜，能買一大堆。於是，老謝只能每天在家裡吃小白菜，炒小白菜，小白菜煮湯，小白菜下麵條。

老謝又在後院裡養了不少小雞，用小白菜餵雞，雞開始長大了，幾隻小公雞天一亮就叫起來。隔壁住著一個孤老頭，一個人養著三條狗和兩隻貓，狗和貓就跳過後院的木圍欄來騷擾老謝的雞，整日鬧得雞飛狗跳。隔壁老頭過來和老謝交涉了幾次，老謝理直氣壯地說，是你們家的狗和貓來欺負我家的雞，我家雞又沒有去侵犯你們家的狗和貓，再說雞能鬥過狗和貓嗎？老頭和老謝「雞狗雞狗」地爭論不清楚，就到政府部門去投訴。沒過幾天，老謝就接到了政府部門的來信，信裡說，家裡只能養寵物，比如狗和貓等，養雞對周圍有很大影響，早晨的雞叫聲影響了鄰居的休息，如果在家裡宰殺雞更是一種殘酷的行為，澳大利亞人民對這種行為是很反感的云云。老謝雞也養不成了，瞧著雞還不敢殺，拿這些雞一點辦法也沒有。真該發根他媽了。

第二天老謝又接到一封信，是那個電話公司來的賬單，一千多元。老謝看了嚇了一跳。老謝遺失了那個手機，還一直想著手機會從哪個角落裡突然鑽出來，一個星期後，他才和電話公司聯繫，手機號碼停止使用。看來，那個撿到手機的傢夥，每天打二十幾個小時電話，不吃飯不睡覺，朝死裡打，一個星期打掉了老謝的一千多元錢。今天的人為什麼這樣壞？真是人心不古，世風日下。

今天的老謝哪來錢付這份倒楣的賬單？他把賬單朝垃圾簍裡一扔。桌上的電話機又響起來，是保險公司的那個大衛打來的，提醒老謝日子就要到了，應該交第二年的三千五百元錢保險費。老謝說沒有錢。大衛說：「你不按時交保險費，你前面交的錢就扔進水裡了，二十年以後就拿不回來了。」老謝對著話筒叫道：「我今天吃飯的錢也沒有了，我還能顧得到二十年以後。」扔下話筒。

老謝餓著肚子走到後院裡，後院裡小白菜也不種了，雞送給幾個中國朋友。人家膽大包天把雞宰了，煮了雞湯叫老謝去喝。如今的老謝那有心思喝雞湯。他注視著偌大的花園裡，雜草叢生。他坐在一塊石頭上，點上一支「魂飛爾」牌香煙，苦苦地思索起人生，這時候的老謝變成了一位「我思故我在」的哲人，他在嫋嫋煙霧中沉思：「今天，我老謝為什麼會混到這個份上，我老謝在這個世界上到底扮演了一個什麼樣角色？」

他曾經是一個下鄉知青，頂替父親成了醬油廠工人，接著又混進教師隊伍。到了澳大利亞，說是什麼留學生，其實留的那門子學，只有天曉得。在宰牛廠，他是推牛皮的，在巴黎麵包房，他是夥計，在維拉沃特拘留營裡他是黑民，和阿媚在一起，和蘇海倫在一起，老謝差點成了她們的情人；搖身一變，老謝轉黑變白，糊裡糊塗混到了澳大利亞永久居留的身份。和謝妮娜在一起，老謝曾經是丈夫，現在夫妻又變成了陌路生人。和阿廣和大陳在一起，老謝是他倆的好朋友，老謝是一個把哥們間的友誼看得很重的人，如果在古代，老謝也許能做一個為朋友兩肋插刀的義士，可是今天，這兩個好朋友都和他恩斷義絕。老謝曾經是一個囊中羞澀的人，一不小心，成為幾百萬分之一的中了大獎的幸運兒，成了百萬富翁，千萬富翁。他曾經是一個奔赴海外的遊子，在澳大利亞各地遊逛，回國時他又變成了一個不做生意的大款大老闆，回到家鄉，更成為一個光宗耀祖的明星。如今，他又成了一個窮光蛋。

天黑了，煙盒裡的煙也被老謝抽完了，最後，老謝發現自己形象越來越模糊。於是，其他各種各樣的人物形象出現在他眼前，他彷彿看到了歷史長河裡的各種各樣的偉人，看到形形式式的英雄人物，也看到了不少大壞蛋；看到了許許多多不好不壞的人，也看到了不少又好又壞的人，他感到自己和兩個人有地點像，一個是中國人，那是魯迅筆下的阿Q，另一個是看到了洋人，那是塞萬提斯筆下的唐詰柯德。但是再想想，自己和誰也不像……。他自言自語地說：「人活在這個世界上，經常搞不清楚自己的身份。我是誰？」說這句話的時候，他的嘴裡一片苦澀，腦袋裡一片混亂，發根他媽。

後記

這些年來，老謝的影子老是在我眼前晃來晃去。看完此書後，我相信老謝的影子會在許多讀者眼前晃來晃去，特別是二十年左右，那些和我前後腳踏上澳洲這塊新大陸的，所謂「留學生」，實際上是在異國他鄉的漂流之人。這猶如在夜色裡行走，那個影子老是在你的前後左右晃動；有時候，下雨了，影子不見了，卻有清冷的雨飄在你的臉上，沾濕了你的衣裳……

我在以前寫的一些作品中也寫到過老謝這個人，有時候搞不清楚，老謝是我是你還是他，因此，斷斷續續地寫了十幾年。有些書可寫可不寫，這本書是我很想寫的，必須寫，因為它是我們這批人的生活寫照，在寫作的過程中，經常有喜怒哀樂共生，還有亂七八糟的夢，讓我沉醉其中。

在此，特別鳴謝澳洲南溟出版基金會對此書的贊助。

釀文學23 PG0581

墮落門
──沉淪澳洲的中國男人

作　　者　沈志敏
責任編輯　林泰宏
圖文排版　陳宛鈴
封面設計　陳佩蓉

出版策劃　釀出版
製作發行　秀威資訊科技股份有限公司
114 台北市內湖區瑞光路76巷65號1樓
電話：+886-2-2796-3638　傳真：+886-2-2796-1377
服務信箱：service@showwe.com.tw
http://www.showwe.com.tw
郵政劃撥　19563868　戶名：秀威資訊科技股份有限公司
展售門市　國家書店【松江門市】
104 台北市中山區松江路209號1樓
電話：+886-2-2518-0207　傳真：+886-2-2518-0778
網路訂購　秀威網路書店：http://www.bodbooks.com.tw
國家網路書店：http://www.govbooks.com.tw
法律顧問　毛國樑　律師
總 經 銷　創智文化有限公司
236 新北市土城區忠承路89號6樓
電話：+886-2-2268-3489　傳真：+886-2-2269-6560
博訊書網：http://www.booknews.com.tw

出版日期　2011年7月　BOD一版
定　　價　390元

Printed in Taiwan

國家圖書館出版品預行編目

墮落門：沉淪澳洲的中國男人 / 沈志敏著. -- 一版. --
臺北市：釀出版, 2011.07
面； 公分. --（釀文學；PG0581）
BOD版
ISBN 978-986-6095-29-0（平裝）

857.7 100011556

讀者回函卡

感謝您購買本書，為提升服務品質，請填妥以下資料，將讀者回函卡直接寄回或傳真本公司，收到您的寶貴意見後，我們會收藏記錄及檢討，謝謝！
如您需要了解本公司最新出版書目、購書優惠或企劃活動，歡迎您上網查詢或下載相關資料：http:// www.showwe.com.tw

您購買的書名：＿＿＿＿＿＿＿＿＿＿＿＿＿＿＿＿＿＿＿＿＿＿

出生日期：＿＿＿＿年＿＿＿＿月＿＿＿＿日

學歷：□高中（含）以下　□大專　□研究所（含）以上

職業：□製造業　□金融業　□資訊業　□軍警　□傳播業　□自由業
　　　□服務業　□公務員　□教職　□學生　□家管　□其它＿＿＿

購書地點：□網路書店　□實體書店　□書展　□郵購　□贈閱　□其他

您從何得知本書的消息？

□網路書店　□實體書店　□網路搜尋　□電子報　□書訊　□雜誌
□傳播媒體　□親友推薦　□網站推薦　□部落格　□其他＿＿＿＿＿

您對本書的評價：（請填代號　1.非常滿意　2.滿意　3.尚可　4.再改進）

封面設計＿＿　版面編排＿＿　內容＿＿　文／譯筆＿＿　價格＿＿

讀完書後您覺得：

□很有收穫　□有收穫　□收穫不多　□沒收穫

對我們的建議：＿＿＿＿＿＿＿＿＿＿＿＿＿＿＿＿＿＿＿＿＿＿

＿＿＿＿＿＿＿＿＿＿＿＿＿＿＿＿＿＿＿＿＿＿＿＿＿＿＿＿＿

＿＿＿＿＿＿＿＿＿＿＿＿＿＿＿＿＿＿＿＿＿＿＿＿＿＿＿＿＿

＿＿＿＿＿＿＿＿＿＿＿＿＿＿＿＿＿＿＿＿＿＿＿＿＿＿＿＿＿

請貼
郵票

11466
台北市內湖區瑞光路 76 巷 65 號 1 樓
秀威資訊科技股份有限公司 收
BOD 數位出版事業部

（請沿線對折寄回，謝謝！）

姓　　名：＿＿＿＿＿＿＿＿　年齡：＿＿＿＿　性別：□女　□男

郵遞區號：□□□□□

地　　址：＿＿＿＿＿＿＿＿＿＿＿＿＿＿＿＿

聯絡電話：(日)＿＿＿＿＿＿＿＿　(夜)＿＿＿＿＿＿＿＿

E-mail：＿＿＿＿＿＿＿＿＿＿＿＿＿＿＿＿